MIRA®

Der Preis dieses Bandes versteht sich einschließlich
der gesetzlichen Mehrwertsteuer.

Umwelthinweis:
Dieses Buch wurde auf chlor- und säurefreiem Papier gedruckt.

Schwarze Seelen

Eine Leiche am Roosevelt-Denkmal in Washington ist der blutige Auftakt zu Maggie O'Dells neuem Fall: Die erfahrene FBI-Agentin soll ein psychologisches Profil des Täters erstellen, der Ginny, die Tochter von Senator Brier, stranguliert hat. Die Ermittlungen führen Maggie in die Welt einer fanatischen Sekte, deren Führer Teenager mit verworrenen Verschwörungstheorien manipuliert und sie so mit Leib und Seele an sich bindet. Doch wo in diesem Umfeld lauert der Killer, der Ginnys Tod auf dem Gewissen hat und, so fürchtet Maggie, weitere grausame Morde begehen wird?

Die Handlung und Figuren dieses Romans sind frei erfunden.
Ähnlichkeiten mit lebenden oder verstorbenen Personen
sind nicht beabsichtigt und wären rein zufällig.

Alex Kava

Schwarze Seelen

Roman

Aus dem Amerikanischen von
Marget Kärtzig

MIRA®

MIRA® TASCHENBUCH
Band 25052
1. Auflage: Juli 2003
2. Auflage: August 2003

MIRA® TASCHENBUCH
erscheinen in der Cora Verlag GmbH & Co. KG,
Axel-Springer-Platz 1, 20350 Hamburg
Deutsche Erstveröffentlichung

Titel der nordamerikanischen Originalausgabe:
The Soul Catcher

erschienen bei: Mira Books, Toronto
Published by arrangement with
Harlequin Enterprises II B.V., Amsterdam

Konzeption/Reihengestaltung: fredeboldpartner.network, Köln
Umschlaggestaltung: pecher und soiron, Köln
Titelabbildung und Autorenfoto: © by Harlequin Enterprise S.A., Schweiz
Satz: Berger Grafikpartner, Köln
Druck und Bindearbeiten: Elsnerdruck, Berlin
Printed in Germany
ISBN 3-89941-067-X

www.mira-taschenbuch.de

Hüte dich vor dem Seelenfänger.
Er kommt wie der Blitz.
Vertraue keinem Wort.
Erwidere keinen Blick.
Denn er fängt deine Seele
und sperrt sie auf ewig
in sein kleines schwarzes Kästchen.
- Anonym -

1. KAPITEL

Mittwoch,
20. November,
Suffolk County, Massachusetts,
am Fluss Neponset

Eric Pratt lehnte den Kopf gegen die Wand der Hütte. Gips bröckelte ab, rieselte ihm in den Hemdkragen und blieb am Schweiß im Nacken kleben wie winzige Insekten, die ihm unter die Haut kriechen wollten. Draußen war es ruhig geworden – zu ruhig. Die Stille machte aus Sekunden Minuten und aus Minuten eine Ewigkeit. Was zum Teufel hatten die vor?

Da das Flutlicht nicht mehr durch die schmutzigen Fenster strahlte, musste Eric blinzeln, um die kauernden Gestalten seiner Kameraden auszumachen. Sie waren über die Hütte verteilt, alle erschöpft und angespannt, jedoch abwartend und bereit. Im Zwielicht konnte er sie kaum erkennen, aber riechen: stechender Geruch nach Schweiß und dem, was er inzwischen als den Geruch der Angst identifizierte.

Redefreiheit. Angstfreiheit.

Wo war diese Freiheit jetzt? Scheißdreck! Alles Scheißdreck! Warum hatte er das nicht eher erkannt?

Er lockerte den Griff um das AR-15 Sturmgewehr. In der letzten Stunde war die Waffe schwerer geworden, und doch gab sie ihm als Einziges ein Gefühl der Sicherheit, wie er zu seiner Schande gestehen musste. Mehr als Davids gemurmelte Gebete oder die über Funk gesprochenen Ermutigungen des Vaters. Beides hatte ohnehin vor Stunden aufgehört.

Was nützten auch Worte in so einer Situation? Was konnten sie schon ausrichten, da sie zu sechst in dieser Einraumhütte gefangen waren, umgeben von Wäldern voller FBI- und ATF-Agenten? Welche Worte konnten sie vor dem erwarteten Kugelhagel schützen, wenn die Krieger des Satans sich auf sie stürzten? Die Feinde waren da, genau wie Vater prophezeit hatte, und man brauchte mehr als Worte, um sie aufzuhalten. Worte waren schlichter Scheißdreck! Es war ihm gleichgültig, ob Gott seine Gedanken hörte. Was konnte Gott ihm jetzt noch anhaben? Eric legte sich den Waffenlauf an die Wange, und das kühle Metall war tröstend und beruhigend.

Töte oder werde getötet.

Ja, das waren die Worte, die er verstand. An diese Worte konnte er immer noch glauben. Er legte den Kopf zurück und ließ den Gips ins Haar rieseln, was ihn wieder an winzige Insekten erinnerte, an Kopfläuse, die sich in seinen fettigen Skalp vergruben. Er schloss die Augen und wünschte, den Verstand abschalten zu können. Warum war es so verdammt ruhig? Was zum Henker taten die da draußen? Er hielt den Atem an und lauschte.

Wasser tropfte von der Pumpe in der Ecke. Irgendwo tickte eine Uhr im Sekundentakt. Ein Ast wischte gegen das Dach. Durch ein geborstenes Fenster über ihm fiel kalter Herbstwind ein und brachte den Geruch von Piniennadeln mit und das Geräusch trockener, über den Boden treibender Blätter, als klapperten Knochen in einem Karton.

Das ist alles, was bleibt. Ein Karton voller Knochen.

Knochen und ein altes graues T-Shirt, Justins T-Shirt. Mehr war ihm nicht von seinem Bruder geblieben. Vater hatte ihm den Karton gegeben und gesagt, Justin sei nicht stark genug gewesen. Sein Glaube sei nicht stark genug gewesen. Und so sähe es aus, wenn man nicht ausreichend glaube.

Eric wurde den Anblick der weißen, sauber von Wildtieren abgenagten Knochen nicht los. Er konnte den Gedanken nicht ertragen, wie sich Bären oder Kojoten – oder vielleicht beide – knurrend um das Fleisch gerissen hatten. Wie sollte er mit der Schuld fertig werden? Warum hatte er es zugelassen? Justin war ins Lager gekommen, um ihn zur Flucht zu überreden, und was hatte er im Gegenzug getan? Er hätte nie erlauben dürfen, dass Vaters Initiationsritus stattfand. Er hätte mit Justin fliehen sollen, solange sie die Chance dazu hatten. Welche Chance blieb ihm jetzt? Und das einzige Andenken an seinen jüngeren Bruder war ein Karton voller Knochen.

Bei dem Gedanken schauderte er. Er öffnete die Augen, um zu sehen, ob jemand seine Reaktion bemerkt hatte. Doch ringsum war nichts als Dunkelheit.

„Was passiert da?“ fragte eine greinende Stimme.

Eric sprang geduckt auf und brachte das Gewehr in Anschlag. Trotz der Dunkelheit erkannte er die roboterhaft ruckartigen Bewegungen der anderen. Ihre Panik kam ebenfalls im Rhythmus der metallischen Geräusche zum Ausdruck, mit denen auch sie die Waffen in Anschlag brachten.

„David, was ist da los?“ fragte die Stimme wieder, leiser diesmal und begleitet von einem statischen Knacken.

Eric atmete durch und glitt wieder an der Wand hinab, während er David auf das Funkgerät auf der anderen Seite des Raumes zukriechen sah.

„Wir sind noch hier“, flüsterte David. „Die haben uns ...“

„Nein, warte“, unterbrach ihn die Stimme. „Mary ist in fünfzehn Minuten bei euch.“

Pause. Eric fragte sich, ob die anderen Vaters Codeworte ebenso absurd fanden wie er. Musste nicht jeder, der mithörte, die Worte seltsam finden? Er hörte David sofort die Knöpfe drehen und die Frequenz auf Kanal fünfzehn einstellen.

Im Raum wurde es wieder still. Eric sah, wie sich die anderen näher zum Funkgerät drängten und ängstlich Anweisungen erwarteten – oder vielleicht eine göttliche Intervention. Eric hätte gern Davids Gesicht gesehen. Hatte er genauso viel Angst wie sie alle? Oder spielte er weiterhin die Rolle des mutigen Anführers dieser verkorksten Mission?

„David.“ Die Stimme im Funk knackte. Kanal 15 kam nicht so deutlich herüber.

„Wir sind hier, Vater“, erwiderte David mit unüberhörbarem Zittern in der Stimme. Eric verließ der Mut. Wenn David Angst hatte, stand es schlimmer um sie, als sie ahnten.

„Wie ist die Lage?“

„Wir sind umzingelt. Aber bisher keine Schüsse.“ David machte eine Pause, um zu husten, als könnte er so die Angst loswerden. „Ich fürchte, es gibt keine Wahl, als aufzugeben.“

Eric atmete erleichtert auf. Dann sah er sich rasch um, dankbar, dass die Dunkelheit seine Erleichterung und somit seinen Verrat, verbarg. Er stellte die Waffe beiseite und entspannte sich. Natürlich, sie mussten sich ergeben. Das war ihre einzige Chance. Dieser Albtraum war bald vorüber.

Er konnte sich kaum noch erinnern, wie lange er schon andauerte. Die Lautsprecher draußen plärrten seit Stunden. Scheinwerfer hatten die Hütte mit gleißendem Licht erfüllt, während hier drinnen immer wieder Vaters auffordernde

Stimme aus dem Funkgerät gekreischt hatte, sie sollten mutig sein. Eric fragte sich, ob es nicht ein sehr schmaler Grat war, der die Mutigen von den Törichten trennte.

Plötzlich fiel ihm auf, dass Vater lange für seine Antwort brauchte, hielt gespannt den Atem an und lauschte. Draußen raschelten Blätter. Da war Bewegung. Oder spielte seine Fantasie ihm Streiche? War seine Erschöpfung in Paranoia übergegangen?

Dann hörte er Vater flüstern: „Wenn ihr aufgebt, werden sie euch foltern." Die Worte waren erschreckend, doch der Tonfall tröstend, beruhigend. „Die haben nicht vor, euch leben zu lassen. Denkt an Waco. Denkt an Ruby Ridge." Dann schwieg er, während die anderen gespannt auf Anweisungen oder zumindest ein Wort der Ermutigung hofften. Wo blieben seine machtvollen Worte, die heilen und beschützen konnten?

Eric hörte Äste knacken und schnappte sich sein Gewehr. Die anderen hatten es auch gehört und krochen und schlichen über den Boden zurück auf ihre Posten.

Eric lauschte trotz des ärgerlich lauten Herzklopfens. Schweiß lief ihm den Rücken hinab. Die Finger zitterten ihm so sehr, dass er sie vom Abzug fernhalten musste. Waren Scharfschützen in Position gegangen? Oder schlimmer noch, waren Agenten herangekrochen, um die Hütte anzuzünden? Vater hatte sie vor den Flammen des Satans gewarnt. Bei all der explosiven Munition im Lagerbunker unter den Dielenplanken würde die Hütte innerhalb von Sekunden ein flammendes Inferno sein, aus dem es kein Entrinnen gab.

Scheinwerferlicht durchflutete wieder die Hütte.

Die Jungen huschten beiseite wie die Ratten und drückten

sich in dunkle Ecken. Eric schlug sich das Gewehr ans Knie und glitt an der Wand hinab. Er bekam Gänsehaut. Seine Nerven lagen blank vor Erschöpfung. Sein Herz schlug so heftig gegen den Brustkasten, dass ihm das Atmen schwer fiel.

„Und dasselbe von vorn“, raunte er vor sich hin, als eine Stimme durch den Lautsprecher bellte: „Nicht schießen! Hier spricht Spezialagent Richard Delaney vom FBI. Ich möchte mit Ihnen reden. Vielleicht können wir dieses Missverständnis mit Worten anstatt mit Kugeln aus der Welt schaffen.“

Eric hätte am liebsten gelacht. Noch mehr Scheißdreck. Aber Lachen würde Bewegung erfordern, und im Moment lag sein Körper wie gelähmt an der Wand. Die einzige Bewegung war das Zittern seiner Hände, als er die Waffe fester umfasste.

Er würde auf Kugeln setzen. Nicht auf Worte. Nicht mehr.

David entfernte sich vom Funkgerät und ging zum vorderen Fenster, das Gewehr locker an der Seite. Was zum Teufel tat er da? Im Flutlicht sah Eric Davids Gesicht, und seine friedliche Miene verstärkte nur seine Angst.

„Lasst euch nicht lebend fangen!“ plärrte Vaters Stimme über Funk. „Ihr seid alle Helden, tapfere Krieger! Ihr wisst, was zu tun ist!“

David ging weiter zum Fenster, als würde oder könnte er nichts hören. Hypnotisiert vom blendenden Licht stand er da, eine große, schlanke Gestalt, wie von einem Heiligenschein umgeben. Eric fühlte sich an Heiligenbilder aus dem Katechismus erinnert.

„Geben Sie uns eine Minute!“ rief David dem Agenten zu. „Dann kommen wir heraus, Mr. Delaney, und werden reden. Aber nur mit Ihnen. Mit niemandem sonst.“

Eric sah die Lüge. Noch ehe David den Plastikbeutel aus der Jackentasche zog, wusste Eric, dass es kein Treffen und kein Gespräch geben würde. Beim Anblick der rot-weißen Kapseln fühlte er sich benommen und schwindelig. Nein, das konnte nicht angehen. Es musste einen anderen Ausweg geben. Er wollte nicht sterben, nicht hier und nicht auf diese Weise.

„Denkt daran, im Tod liegt Ehre", kam Vaters Stimme ruhig und deutlich über Funk, als stünde er bei ihnen im Raum. Das statische Knacken hatte aufgehört. Eric kam es vor, als antworte er auf seine Gedanken. „Ihr seid Helden, jeder Einzelne von euch. Satan wird euch nicht zerstören."

Die anderen stellten sich in einer Reihe auf wie Schafe, die zur Schlachtbank geführt werden. Jeder nahm die Todeskapsel ehrfürchtig wie die Hostie bei der Kommunion. Der Ausdruck in den Gesichtern reichte von Erleichterung über Erschöpfung zu Angst, die sie an diesen Punkt getrieben hatte.

Eric konnte sich nicht bewegen. Panik machte ihn starr. Seine Knie waren zu schwach, ihn aufrecht zu halten. Er klammerte sich an sein Gewehr wie an eine Rettungsleine. David, dem Erics Zögern aufgefallen war, brachte ihm die letzte Kapsel und hielt sie ihm auf der ausgestreckten Handfläche hin.

„Es ist okay, Eric. Schluck sie einfach. Du wirst nichts spüren." Davids Stimme war so ruhig und ausdruckslos wie sein Gesicht. Die Augen blickten leer, in ihnen war das Leben bereits erloschen.

Eric saß nur da, starrte auf die kleine Kapsel, unfähig, sich zu bewegen. Die durchgeschwitzte Kleidung klebte ihm am Körper. Vom anderen Ende des Raumes dröhnte die

Stimme aus dem Funk: „Euch alle erwartet ein besseres Leben. Habt keine Angst. Ihr seid mutige Krieger, die uns stolz machen. Euer Opfer wird Hunderte retten.“

Eric nahm die Kapsel mit zitternden Fingern und zögerlich genug, dass David skeptisch bei ihm blieb, sich die eigene Kapsel in den Mund warf und kräftig schluckte. Dann wartete er, dass Eric und die anderen seinem Beispiel folgten. In ihrem Anführer breitete sich innere Ruhe aus. Eric erkannte es an Davids eingefallenem Gesicht. Oder war das eher die Folge des Zyanid, das sich bereits durch die Magenschleimhaut fraß?

„Tut es!“ presste David hervor. Alle gehorchten, auch Eric.

Zufrieden kehrte David zum Fenster zurück und rief: „Wir sind so weit, Mr. Delaney! Wir sind jetzt bereit, mit Ihnen zu reden.“ Dann nahm er das Gewehr an die Schulter zielte und wartete.

An der Position des Gewehres erkannte Eric, dass es ein perfekter Kopfschuss werden würde, ohne das Risiko, Kugeln an eine schusssichere Weste zu vergeuden. Der Agent würde tot sein, ehe er den Boden berührte. So wie sie alle tot sein würden, ehe Davids Gewehr keine Munition mehr hatte und die Masse der Satanskrieger durch die Tür der Hütte brach.

Vor dem ersten Schuss legte sich Eric hin, wie alle anderen es getan hatten, damit das Zyanid rasch aus den leeren Mägen in den Blutstrom überging. Das war nur eine Frage von Minuten. Hoffentlich wurden sie bewusstlos, ehe die Atmung aussetzte.

Die Gewehrsalve kam. Eric legte die Wange auf den kühlen Holzboden, spürte Vibrationen und splitterndes Glas und hörte draußen die ungläubigen Schreie. Und während die anderen die Augen schlossen und den Tod erwarteten, spuckte Eric Pratt ruhig die rot-weiße Kapsel aus, die er sorgfältig in seinem Mund versteckt hatte. Im Gegensatz zu seinem kleinen Bruder würde er nicht als Knochen in einer Kiste enden. Er wollte es mit dem Satan aufnehmen.

2. KAPITEL

Washington, D.C.

Maggie O'Dells Absätze klapperten auf dem billigen Linoleum und kündigten ihre Ankunft an. Doch der hell erleuchtete Flur – mehr ein weiß getünchter Betontunnel als ein Flur – war leer. Hinter den geschlossenen Türen, an denen sie vorbeikam, waren weder Stimmen noch Geräusche zu hören. Der Sicherheitsbeamte auf der Hauptetage hatte sie erkannt, ehe sie ihren Ausweis zückte, und sie lächelnd durchgewinkt. Sie sagte: „Danke Joe", und er bemerkte nicht, dass sie seinen Namen auf dem Namensschild gelesen hatte.

Sie ging langsamer und sah auf die Uhr. Noch zwei Stunden bis Sonnenaufgang. Ihr Boss, der stellvertretende Direktor Kyle Cunningham, hatte sie mit seinem Anruf aus dem Bett geholt. Das war nichts Neues. Als FBI-Agentin war sie es gewöhnt, mitten in der Nacht aus dem Bett geklingelt zu werden. Und geweckt hatte er sie auch nicht. Er hatte nur ihr übliches schlafloses Herumwälzen unterbrochen. Sie war wieder einmal von Albträumen aufgeschreckt worden. Sie hatte genug Blut gesehen und genügend entsetzliche Erfahrungen gemacht, um ihr Unterbewusstsein auf Jahre hinaus zu beschäftigen. Bei dem Gedanken presste sie die Kiefer aufeinander und merkte plötzlich, dass sie beim Gehen die Hände ballte. Sie streckte lockernd die Finger, als rügte sie sie für ihren Eigensinn.

Ungewöhnlich an Cunninghams Anruf war seine angespannte, traurige Stimme gewesen. Deshalb war Maggie nervös. Der Mann war die Ruhe und Gelassenheit in Person. Sie arbeitete seit neun Jahren mit ihm zusammen und konnte sich nicht erinnern, jemals eine andere als seine ruhige, knappe und präzise Sprechweise an ihm erlebt zu haben. Selbst dann, wenn er sie tadelte. Heute Morgen jedoch hätte sie schwören können, ein leichtes Beben in der Stimme zu hören, eine emotionale Regung, die ihm die Kehle abschnürte. Das genügte, auch sie leicht aus der Fassung zu bringen. Wenn Cunningham sich derart über diesen neuen Fall aufregte, musste es schlimm sein, sehr schlimm sogar.

Er hatte ihr die wenigen Fakten mitgeteilt, die er selbst kannte. Für Details war es noch zu früh. Offenbar hatten ATF und FBI in einer Hütte am Fluss Neponset in Massachusetts eine Gruppe von Männern belagert. Drei Agenten waren verletzt worden, einer tödlich. Fünf Verdächtige aus der Hütte waren tot. Einen Überlebenden hatte man festgenommen und nach Boston gebracht. Der Geheimdienst hatte noch keine Erkenntnisse, wer die jungen Männer waren, welcher Gruppe sie angehörten und warum sie ein Waffenarsenal angehäuft, auf Agenten geschossen und sich dann selbst das Leben genommen hatten.

Während Dutzende Agenten und Polizisten die Wälder und die Hütte durchkämmten, um Antworten auf ihre Fragen zu erhalten, war Cunningham gebeten worden, mit einer kriminalpsychologischen Analyse der Verdächtigen zu beginnen. Er hatte Maggies Partner, Spezialagent R. J. Tully, an den Tatort geschickt und Maggie wegen ihrer forensischen und medizinischen Ausbildung hierher zur Leichenhalle der Stadt, wo die sechs Toten darauf warteten, ihre Geschichte zu erzählen.

Als sie zur offenen Tür am Ende des Flures kam, konnte sie die schwarzen Leichensäcke sehen, die auf Stahltischen hintereinander aufgereiht waren. Fast sah es nach einer makaberen Kunstinszenierung aus, irgendwie zu unwirklich, um echt zu sein. Aber hatte sie diesen Eindruck in letzter Zeit nicht bei vielen Ereignissen ihres Lebens gehabt? Irgendwann wurde es schwierig, zwischen Realität und ihren nächtlichen Albträumen zu unterscheiden.

Erstaunt sah sie Stan Wenhoff in voller Montur auf sie warten. Gewöhnlich überließ Stan die morgendlichen Einsätze seinen kompetenten und fähigen Assistenten.

„Guten Morgen, Stan."

„Hmm", grunzte er seine übliche Begrüßung und drehte ihr den Rücken zu, während er Objektträger gegen das fluoreszierende Licht hielt.

Er tat so, als wären Dringlichkeit und Wichtigkeit dieses Falles nicht der Grund, warum er selbst aus dem Bett gestiegen und hergekommen war, wo seine übliche Vorgehensweise doch darin bestand, einen seiner Assistenten anzurufen und zu schicken. Stan wollte sich bestimmt nicht vergewissern, dass alles nach Vorschrift gemacht wurde, aber er ließ nie eine Gelegenheit aus, sich in den Medien zu präsentieren. Die meisten Pathologen und Gerichtsmediziner, die Maggie kannte, waren ruhige, ernsthafte, manchmal zurückhaltende Menschen. Stan Wenhoff jedoch, der Chef-Gerichtsmediziner des Distrikts, liebte es, im Scheinwerferlicht vor einer Kamera zu stehen.

„Sie sind spät", grummelte er und warf ihr einen Blick zu.

„Ich bin so schnell gekommen, wie ich konnte."

„Hmm", machte er wieder und schob mit seinen dicken Stummelfingern die Objektträger in ihre Behälter zurück, um seine Unzufriedenheit zu signalisieren.

Maggie ignorierte ihn, zog ihre Jacke aus und bediente sich am Wäscheschrank, weil sie wusste, dass Stan sie nicht dazu auffordern würde. Sie hätte ihm gern gesagt, dass er nicht als Einziger ungern hier war.

Sie schlang sich die Bänder der Plastikschürze um die Taille und überlegte, wie viel ihrer Zeit von Mördern diktiert wurde, durch deren Unwesen man sie mitten in der Nacht aus dem Bett riss, um sie durch mondhelle Wälder, entlang reißender schwarzer Flüsse, durch Maisfelder und über Weiden voller Kletten zu jagen? Vielleicht hatte sie diesmal Glück. Im Gegensatz zu Agent Tullys Füßen blieben ihre heute Morgen warm und trocken.

Als sie vom Wäscheschrank zurückkehrte, zog Stan soeben den Reißverschluss des ersten Leichensacks auf, vorsichtig, damit kein Inhalt – fest oder flüssig – hinausfiel oder -lief. Maggie staunte, wie jung der Tote war. Das graue Knabengesicht hatte noch keine Bekanntschaft mit einem Rasierer gemacht. Der Junge konnte nicht älter als fünfzehn oder sechzehn sein.

Zu jung, um Alkohol zu trinken oder wählen zu dürfen, jedoch alt genug, eine halbautomatische Waffe zu besitzen und zu benutzen.

Er sah friedlich aus. Kein Blut. Keine Schnitte oder Abschürfungen. Kein äußerer Hinweis, der seinen Tod erklärt hätte.

„Ich dachte, Cunningham hätte gesagt, es sei Selbstmord gewesen. Ich kann keine Schusswunde erkennen."

Stan nahm vom Tresen hinter ihm einen Plastikbeutel und reichte ihn ihr über den Körper des Jungen.

„Der Überlebende hat das da ausgespuckt. Ich vermute Arsen oder Zyanid. Wahrscheinlich Zyanid. Fünfundsiebzig

Milligramm Kaliumzyanid reichen. Frisst sich in null Komma nichts durch die Magenwände."

Im Beutel steckte eine gewöhnliche rot-weiße Kapsel. Maggie erkannte den Herstellernamen auf der Seite. Ursprünglich hatte die Kapsel wohl ein gängiges Kopfschmerzmittel enthalten. Jemand hatte sie jedoch als praktisches Behältnis benutzt und den Inhalt ersetzt.

„Demnach waren sie gut auf den Selbstmord vorbereitet."

„Ja, würde ich sagen. Woher zum Kuckuck haben Kinder heutzutage solche Ideen?"

Maggie hatte das Gefühl, die Idee stammte nicht von den Jungen. Jemand hatte ihnen eingeredet, sie dürften sich nicht lebend fangen lassen. Jemand, der Waffenarsenale anlegte, Todespillen herstellte und keine Skrupel kannte, junges Leben zu opfern. Jemand weit gefährlicher als diese Jungen.

„Können wir uns die anderen ansehen, ehe wir mit den Autopsien beginnen?"

Maggie ließ es wie eine beiläufige Bitte klingen. Sie wollte sehen, ob alle Jungen Weiße waren, was ihre Ahnung untermauern würde, dass sie vielleicht zu einer weißen Faschistengruppe gehörten. Stan hatte keine Einwände. Vielleicht war er selbst neugierig auf die anderen Opfer.

Er begann den Reißverschluss des nächsten Sacks aufzuziehen und wies mit einem Finger auf Maggie.

„Bitte setzen Sie erst Ihre Schutzbrille auf. Aufs Haar geschoben nützt Sie Ihnen nichts."

Sie verabscheute diese beengenden Dinger, doch sie wusste, dass Stan sich immer streng an die Regeln hielt. Sie gehorchte und zog auch noch ein Paar Latexhandschuhe an. Während sie den Reißverschluss des vor ihr liegenden Leichensacks zu öffnen begann, schaute sie zu Stan am anderen Leichensack hinüber. Ein weiterer blonder weißer Junge schlief friedlich in dem Nylonmaterial, das Stan sorgfältig von seinem Gesicht entfernte. Sie lenkte den Blick wieder auf den Leichensack, dessen Reißverschluss sie soeben aufzog, und kam nicht weit, als sie innehielt und die Hände hochriss, als wäre sie gestochen worden.

„O mein Gott!" Sie starrte auf das graue Gesicht des toten Mannes. Das perfekte Einschlussloch hob sich klein und schwarz von der weißen Stirn ab. Sie hörte das Schwappen von Flüssigkeit hinter seinem Kopf. Flüssigkeit, die sie in Bewegung gebracht hatte, die aber noch vom Leichensack festgehalten wurde.

„Was ist?" Stans Frage erschreckte sie, als er sich über den Leichnam beugte, um zu sehen, was sie so entsetzte. „Das muss der Agent sein. Die sagten, einer sei tot." Er klang ungeduldig.

Maggie trat zurück. Kalter Schweiß brach ihr aus. Sie musste sich am Tresen festhalten, nicht sicher, ob ihre Beine sie weiter trugen. Stan sah sie an, und Besorgnis verdrängte seine Ungeduld.

„Ich kenne ihn", war die einzige Erklärung, die sie herausbrachte, ehe sie zum Spülbecken eilte.

3. KAPITEL

Suffolk County, Massachusetts

R. J. Tully hasste das *Wapp, Wapp* der Rotorblätter. Er hatte keine Angst vorm Fliegen, doch Helikopter machten ihm bewusst, dass er in nichts als einer Luftblase von Maschine hunderte Meter über dem Boden schwebte. Und etwas, das so laut war wie diese Dinger, konnte unmöglich sicher sein. Trotzdem war er dankbar, dass der Lärm eine Unterhaltung unmöglich machte. Cunningham war während der ganzen Reise aufgeregt und sichtbar erschüttert gewesen, was auch Tully nervös machte. Er kannte seinen Boss ein knappes Jahr, hatte jedoch nie erlebt, dass Cunningham mehr Emotionen zeigte als ein Runzeln der Stirn. Der Mann fluchte nicht mal.

Cunningham hantierte mit dem Funkgerät der Maschine und versuchte, die neuesten Informationen von der Bodenmannschaft zu bekommen, die den Tatort untersuchte. Bisher hatte man ihnen nur mitgeteilt, dass die Leichen nach Washington geflogen worden waren. Da die Belagerung der Hütte als Bundesangelegenheit galt, würde die Untersuchung – einschließlich der Autopsien – unter Federführung der Bundesbehörden stattfinden und nicht beim Bezirk oder dem Bundesstaat liegen. Direktor Mueller hatte persönlich darauf bestanden, dass die Leichen nach Washington gebracht wurden, besonders die des toten Agenten.

Bisher hatte man keine Identifizierungen herausgegeben. Tully wusste jedoch, dass es die Identität des getöteten Agenten war, die Cunningham so unruhig machte. Ständig betätigte er seine Hände oder richtete sich alle paar Sekunden den Kopfhörer, als könnte eine neue Funkfrequenz ihm neue Informationen bringen. Tully wünschte sich, sein Boss würde endlich stillsitzen. Er spürte, wie die zusätzliche Bewegung den Helikopter schüttelte, obwohl das wissenschaftlich betrachtet wohl unmöglich war. Oder doch nicht?

Während der Pilot über die Baumwipfel steuernd nach einer Lichtung zum Landen suchte, versuchte Tully, nicht auf das Rattern unter seinem Sitz zu achten. Es klang verdächtig nach lockeren Nieten und Bolzen. Stattdessen versuchte er sich zu erinnern, ob er Emma genügend Geld auf dem Küchentisch zurückgelassen hatte. War heute nicht der Schulausflug? Oder war der am Wochenende? Warum schrieb er sich solche Sachen nicht auf? Andererseits müsste sie alt und verantwortungsvoll genug sein, selbst an solche Dinge zu denken. Er wunderte sich, dass die Vaterrolle mit der Zeit nicht einfacher wurde, wie er soeben auf die harte Tour lernte. Na ja, falls der Ausflug heute stattfand und Emma es vergessen hatte, schadete es ihr nichts, eine Lektion zu lernen. Wenn er sie knapp hielt, sah sie vielleicht irgendwann ein, stundenweise einen Job anzunehmen. Immerhin war sie fünfzehn. Mit fünfzehn hatte er nach der Schule und im Sommer für zwei Dollar pro Stunde an Ozzies 66 den Tankwart gespielt. Hatte sich das Leben seit damals so drastisch geändert? Das war immerhin dreißig Jahre her, also eine Ewigkeit. Konnten das wirklich schon dreißig Jahre sein?

Der Helikopter begann den Sinkflug, Tullys Magen rutschte in die Brust, und das Unbehagen holte seine Gedanken in die Gegenwart zurück. Der Pilot hatte sich entschieden, auf einem Grasflecken von der Größe einer Türmatte zu landen. Tully wollte die Augen schließen, starrte aber stattdessen auf einen Riss im Leder der Rückenlehne des Pilotensessels. Nichts half. Der Blick auf hervorquellende Polsterfüllung und Federn erinnerte ihn nur an die losen unter ihm ratternden Nieten und Bolzen, die vermutlich das Landegestell abtrennten.

Trotz seiner Bedenken war der Helikopter in Sekundenschnelle nach einem Hüpfer, einem Aufschlag und einem letzten Salto von Tullys Magen am Boden. Tully dachte an seine Partnerin Agentin O'Dell und überlegte, ob er lieber den Platz mit ihr getauscht hätte. Bei der Vorstellung, wie er Wenhoff beim Aufschneiden der Leichen zusehen müsste, fiel die Antwort eindeutig aus. Kein Tausch. Da flog er schon lieber mit dem Helikopter – klappernde Bolzen hin oder her.

Ein uniformierter Soldat kam aus den Wäldern und nahm sie in Empfang. Tully hatte noch nicht darüber nachgedacht, doch es ergab Sinn, dass die Nationalgarde von Massachusetts hinzugezogen worden war, das ausgedehnte Waldgebiet zu sichern. Der Soldat wartete in militärischer Haltung ab, während Tully und Cunningham ihre Sachen – ein Sortiment aus Regenkleidung, einer Coleman Thermoskanne und zwei Aktentaschen – aus dem Helikopter zogen, wobei sie Köpfe und Nacken gesenkt hielten, um nicht in die kraftvollen Rotorblättern zu geraten. Als sie fertig waren, gab Cunningham dem Piloten ein Zeichen, der sofort abhob und einen plötzlichen Schauer rotgoldener Blätter herabregnen ließ.

„Sirs, wenn Sie mir bitte folgen würden. Ich bringe Sie zum Tatort." Der Uniformierte griff nach Cunninghams Aktentasche und wusste offenbar sofort, bei wem er sich einschleimen musste. Tully war beeindruckt. Cunningham ließ sich jedoch nicht drängen und hielt abwehrend die Hand hoch.

„Ich brauche Namen", sagte er. Das war keine Bitte, sondern ein Befehl.

„Ich bin nicht autorisiert ..."

„Verstehe schon", fiel Cunningham ihm ins Wort. „Ich verspreche Ihnen, dass Sie keine Schwierigkeiten haben werden. Aber wenn Sie es wissen, müssen Sie es mir sagen. Ich muss es wissen."

Der Soldat nahm wieder militärische Haltung ein, hielt Cunninghams Blick stand und gab nicht nach. Cunningham erkannte wohl, mit wie viel Entschlossenheit er es zu tun hatte. Tully konnte kaum glauben, was er seinen Boss als Nächstes sagen hörte.

„Bitte, sagen Sie es mir!" bat er leise, in verschwörerischem Ton.

Ohne den stellvertretenden Direktor genauer zu kennen, musste auch der Soldat gespürt haben, wie viel Überwindung es ihn kostete, zu bitten. Der Mann lockerte seine Haltung, und die harte Miene wurde weicher.

„Ich kann Ihnen ehrlich nicht alle Namen der Getöteten nennen, doch der tote Agent hieß Delaney."

„Richard Delaney?"

„Ja, Sir. Ich glaube, Sir. Er verhandelte für das Geiselrettungsteam. Wie ich hörte, hatte er sie so weit, dass sie reden wollten. Sie luden ihn in die Hütte ein und eröffneten das Feuer, diese Bastarde. Entschuldigung, Sir."

„Nein, Sie müssen sich nicht entschuldigen. Und danke, dass Sie es mir gesagt haben."

Der Soldat wandte sich ab, um sie durch den Wald zu führen, doch Tully fragte sich, ob Cunningham den Weg schaffte. Sein Gesicht war kreideweiß, und sein sonst aufrechter Gang wirkte taumelnd.

Mit einem Seitenblick zu Tully bekannte Cunningham: „Ich habe Scheiße gebaut. Ich habe soeben Agentin O'Dell zur Autopsie eines ihrer Freunde geschickt."

Tully wusste, dass dies ein außergewöhnlicher Fall werden würde. Die Tatsache, dass Cunningham die Worte „bitte" und „Scheiße" an einem Tag benutzte, sogar innerhalb einer Stunde, war kein gutes Omen.

4. KAPITEL

Maggie nahm das feuchte, kühle Handtuch an, das Stan ihr reichte, ohne ihn anzusehen. Mit einem kurzen Seitenblick hatte sie seine Besorgnis bemerkt. Er musste sogar sehr besorgt sein. Nach der Weichheit des Handtuchs zu urteilen, stammte es von seinem privat gewaschenen Stapel. Die steifen Behördenhandtücher rochen nach Chlor. Der Mann war von Sauberkeit besessen, sie war geradezu sein Fetisch. Was im Gegensatz zu seiner beruflichen Tätigkeit stand, die wöchentlichen, sogar täglichen Kontakt mit Blut und Körperflüssigkeiten erforderte. Maggie war jedoch froh über seine Freundlichkeit. Wortlos drückte sie das Gesicht in den kühlen, weichen Stoff und wartete, dass sich die Übelkeit legte.

Sie hatte sich seit ihrem Eintritt in die Behavioral Science Unit, BSU, in die Abteilung für wissenschaftliche Verhaltensstudien beim Anblick einer Leiche nicht mehr übergeben. Sie erinnerte sich noch an ihre erste Tatortbegehung: spaghettiartige Blutspuren an den Wänden eines heißen, von Fliegen wimmelnden übergroßen Wohnwagens. Das blutige Opfer war verstümmelt worden und hing an einem ausgerenkten Fuß vom Haken an der Decke wie ein abgeschlachtetes Huhn, das zappelnd ausgeblutet war. Was die Blutstreifen an der Wand erklärte. Seither hatte sie Ähnliches und Schlimmeres gesehen – Körperteile in Essensbehältern und aufgeschlitzte kleine Jungen. Doch eines war ihr erspart geblieben. Sie hatte nie in einen Leichensack voller Blut, Cerebral- und Spinalflüssigkeit und Hirnmasse eines Freundes blicken müssen.

„Cunningham hätte es Ihnen sagen sollen.“ Stan Wenhoff beobachtete sie vom anderen Ende des Raumes. Er hielt Abstand, als sei ihr Zustand ansteckend.

„Ich bin sicher, er hat es nicht gewusst. Er war mit Agent Tully im Aufbruch zum Tatort, als er mich anrief."

„Nun ja, sicher wird er Verständnis haben, dass Sie mir nicht assistieren." Er klang erleichtert – nein, erfreut – weil sie nun nicht den Morgen über wie ein Schatten an ihm kleben würde. Maggie lächelte in ihr Handtuch. Der gute alte Stan war wieder ganz er selbst.

„Ich kann Ihnen bis Mittag ein paar Autopsieberichte liefern." Er wusch sich schon wieder die kostbaren Hände, als hätte er sie beim Übergeben des feuchten Handtuchs kontaminiert.

Ihr Drang zu fliehen war zwar überwältigend und ihr leerer, rebellierender Magen Grund genug, ihm nachzugeben, doch etwas ließ ihr keine Ruhe. Sie erinnerte sich an einen Morgen vor knapp einem Jahr in einem Hotelzimmer in Kansas City. Spezialagent Richard Delaney war so sehr um ihre psychische Stabilität besorgt gewesen, dass er ihre Freundschaft aufs Spiel gesetzt und ihr Fehlverhalten zu ihrem Schutz ihren Vorgesetzten gemeldet hatte. Nachdem er mit Agent Preston Turner fünf Monate lang ihren Leibwächter gespielt hatte, um sie vor dem Serienkiller Albert Stucky zu schützen, war es zu einer frühmorgendlichen Konfrontation gekommen. Delaney hatte zu ihrem Wohl seinen Starrsinn gegen ihren aufgeboten.

Damals hatte sie jedoch nicht einsehen wollen, dass er sie zu schützen versuchte und wieder mal die Rolle des großen Bruders übernahm. Nein, sie war nur wütend gewesen. Und seit diesem Streit hatten sie nicht mehr miteinander gesprochen.

Nun lag er hier in einem schwarzen Leichensack aus Nylon und konnte die Entschuldigung für ihren Eigensinn nicht mehr annehmen. Das Mindeste, was sie jetzt noch für ihn tun konnte, war, dafür zu sorgen, dass er mit dem Respekt behandelt wurde, den er verdiente. So viel schuldete sie ihm, und mochte ihr noch so übel werden.

„Ich komme wieder in Ordnung", sagte sie.

Stan blickte kurz über die Schulter und bereitete seine glänzenden Instrumente auf die Autopsie an der ersten Jungenleiche vor. „Natürlich kommen Sie wieder in Ordnung."

„Nein, ich wollte damit sagen, ich bleibe."

Diesmal sah er sie stirnrunzelnd über seine Schutzbrille hinweg an, und sie wusste, dass sie die richtige Entscheidung getroffen hatte. Es wäre schön gewesen, wenn sich ihr Magen auch damit einverstanden erklärt hätte.

„Hat man die leere Patronenhülse gefunden?" fragte sie und zog ein frisches Paar Handschuhe über.

„Ja. Sie liegt drüben auf dem Tresen in einem Beweisbeutel. Sieht nach einem Schnellfeuergewehr aus. Ich habe es mir noch nicht genau angesehen."

„Demnach kennen wir die Todesursache zweifelsfrei?"

„Worauf Sie wetten können. Kein Grund für einen zweiten Schuss."

„Einschuss- und Austrittswunde sind eindeutig festzulegen?"

„Absolut. Ich denke, da gibt es keine Schwierigkeiten."

„Gut. Dann müssen wir ihn nicht aufschneiden. Wir schreiben unseren Bericht auf Grund der äußeren Beurteilung."

Diesmal hielt Stan inne, drehte sich zu ihr um, sah sie lange an und sagte: „Margaret, ich hoffe, Sie wollen mir nicht vorschlagen, dass ich etwas anderes als eine volle Autopsie durchführe?“

„Nein, das schlage ich nicht vor.“ Er entspannte sich und nahm seine Instrumente wieder auf, als sie hinzufügte: „Ich schlage es nicht vor, Stan, ich bestehe darauf, dass Sie keine volle Autopsie durchführen. Und glauben Sie mir, Sie werden nicht den Wunsch verspüren, sich in diesem Punkt auf einen Streit mit mir einzulassen.“

Sie ignorierte seinen bohrenden Blick, zog den Reißverschluss von Agent Delaneys Leichensack ganz auf und hoffte, ihre Knie würden nicht nachgeben. Sie erinnerte sich, dass seine Frau Karen seine Tätigkeit als FBI-Agent immer gehasst hatte. Fast so sehr wie ihr fast Exmann Greg ihre Tätigkeit verabscheute. Maggie musste an Karen denken und an die beiden kleinen Mädchen, die jetzt ohne ihren Daddy aufwuchsen. Wenn sie schon sonst nichts mehr tun konnte, würde sie wenigstens dafür sorgen, dass Richard Delaney nicht unnötig zerstückelt wurde.

Erinnerungen an den Tod des eigenen Vaters stiegen in ihr auf. Sie sah ihren Dad in dem riesigen Mahagonisarg liegen, in einem braunen Anzug, der ihr fremd war. Und seine Haare waren falsch gekämmt gewesen. So hätte er sie niemals getragen. Der Bestatter hatte versucht, ihn zu schminken und von der verbrannten Haut zu retten, was zu retten war, doch es hatte nicht ausgereicht. Sie war mit ihren zwölf Jahren entsetzt gewesen von dem Anblick. Sie hatte sich vor dem Parfum geekelt, das den überwältigenden Geruch nach verbranntem Fleisch ohnehin nicht überdecken konnte. Dieser Geruch war unvergleichlich und kaum zu ertragen gewesen. Großer Gott, sie roch ihn heute noch. Und die Worte des Priesters hatten ihr auch nicht geholfen: *Aus Erde bist du geschaffen, zu Erde sollst du werden, Erde zu Erde, Asche zu Asche, Staub zu Staub.*

Dieser Geruch, diese Worte und der Anblick ihres toten Vaters, das alles hatte sie in ihren kindlichen Träumen wochenlang verfolgt. Dabei hatte sie versucht, sich zu erinnern, wie ihr Vater ausgesehen hatte, ehe er im Sarg lag, damit sein Aussehen in ihrer Erinnerung nicht auch zu Staub wurde.

Sein Anblick hatte ihr damals schreckliche Angst gemacht. Sie erinnerte sich an die mumienartig verbundenen Hände an seinen Seiten. Sie war besorgt gewesen wegen der Blasen auf seinen Wangen.

„Hat es wehgetan, Daddy?" hatte sie ihm zugeflüstert.

Sie hatte gewartet, bis sie sich von ihrer Mutter und der Trauergemeinde unbeobachtet fühlte. Dann hatte sie ihren kindlichen Mut zusammengenommen und mit ihrer kleinen Hand über den Rand des glatten, schimmernden Holzes und der Satinfütterung gelangt. Mit den Fingerspitzen hatte sie ihrem Vater die Haare aus der Stirn gestrichen, trotz der Frankensteinnarbe am Haaransatz und der plastikartigen Struktur seiner Haut. Trotz ihrer Angst hatte sie ihm die Haare richten müssen. Er sollte sie tragen wie immer, wie sie ihn in Erinnerung hatte. Der letzte Eindruck von ihm sollte ihr vertraut sein. Es war eine kleine, alberne Geste gewesen, doch danach hatte sie sich besser gefühlt.

Als sie nun in Delaneys friedliches graues Gesicht blickte, wusste sie, dass sie alles tun musste, damit zwei weitere kleine Mädchen nicht schockiert ein letztes Mal in das Gesicht ihres Daddys blickten.

5. KAPITEL

Suffolk County, Massachusetts

Eric Pratt starrte die beiden Männer an und fragte sich, welcher von beiden ihn töten würde. Sie saßen ihm so nah gegenüber, dass ihre Knie seine berührten und er die Kinnmuskeln des Älteren sich entspannen sah, sobald er zu kauen aufhörte. Spearmint. Es war zweifellos ein Spearmint-Kaugummi, den seine Zähne mahlten.

Keiner von beiden sah wie Satan aus. Sie hatten sich als Tully und Cunningham vorgestellt. So viel hatte er durch seinen Nebel gehört. Beide sahen gepflegt aus – kurz geschnittene Haare, kein Schmutz unter den Fingernägeln. Der Ältere trug eine spießige Brille mit Drahtgestell. Also sahen sie nicht mal entfernt so aus, wie er sich Satan vorstellte. Und genau wie die anderen, die jetzt rings um die Hütte krochen und die Wälder durchkämmten, trugen diese beiden die marineblaue Windjacke mit den gelben FBI-Buchstaben darauf. Der Jüngere hatte seine blaue Krawatte gelockert und den Hemdkragen geöffnet. Der andere hatte seine rote Krawatte unter dem Button-down-Kragen seines strahlend weißen Hemdes eng um den Hals gebunden. Rot, weiß und blau mit den Buchstaben der Regierung auf dem Rücken.

Warum hatte er nicht früher daran gedacht? Natürlich kam Satan verkleidet, in symbolische Farben verpackt. Vater hatte Recht. Ja, natürlich, er hatte immer Recht. Warum hatte er an ihm gezweifelt? Er hätte gehorchen und nicht zweifeln sollen. Er hätte es nicht mit dem Feind aufnehmen sollen. Was für ein Narr er gewesen war.

Eric kratzte sich wegen der vermeintlichen Läuse, die sich immer tiefer in seine Kopfhaut bohrten. Konnten Satans Soldaten das kratzende Geräusch ertragen? Aber vielleicht war es ihr Werk, dass sich die eingebildeten Läuse in seinen Schädel fraßen. Satan hatte schließlich Macht. Unglaubliche Macht sogar, und die konnte er durch seine Soldaten ausüben. Eric wusste, dass sie ihm Schmerzen zufügen konnten, ohne ihn zu berühren.

Der mit Namen Tully sagte etwas zu ihm. Seine Lippen bewegten sich, der Blick war auf ihn gerichtet, doch Eric hatte schon vor Stunden den Ton abgestellt. Oder war es vor Tagen gewesen? Eric konnte sich nicht erinnern, wie lange er bereits in Handschellen in der Hütte auf dem Stuhl mit der geraden Lehne saß, die Füße gefesselt, und auf den unvermeidlichen Beginn der Folter wartete. Er hatte kein Zeitgefühl mehr, doch er kannte den genauen Moment, als sein Körper abgeschaltet hatte und sein Hirn betäubte. Es war die Sekunde gewesen, als David zu Boden fiel und der Aufprall ihn zwang, einen Blick zu riskieren. Da hatte er direkt in Davids Augen gesehen, ihre Gesichter nur Zentimeter voneinander entfernt.

Der Mund seines Freundes war offen gewesen. Er hatte geglaubt, ihn wenige Worte flüstern zu hören. Vielleicht hatte er sich das auch nur eingebildet, denn Davids Augen waren bereits leer gewesen, als ihm die Worte: „Er hat uns reingelegt“ über die Lippen gekommen waren. Er musste ihn falsch verstanden haben. Satan hatte sie überhaupt nicht hereingelegt. Vielmehr hatten sie ihn hereingelegt. Oder?

Plötzlich sprangen die Männer auf. Eric wappnete sich, so gut er konnte, Hände geballt, Schultern eingezogen, Kopf gesenkt. Doch es hagelte weder Schläge noch Kugeln. Auch sonst wurden ihm kein Leid zugefügt. Ihre Stimmen verschmolzen zu einem Geräuschgemenge, aber die Hysterie im Tonfall durchdrang Erics innere Barriere.

„Wir müssen hier raus! Sofort!“

Eric drehte sich auf seinem Stuhl um, als einer der Männer ihn hochzog und auf die Tür zuschob. Er sah einen zweiten Mann mit einer seltsamen Apparatur auf dem Kopf zwischen den Bodendielen aufsteigen. Natürlich hatten sie das verborgene Arsenal entdeckt. Vater würde enttäuscht sein. Sie hatten das Waffenlager gebraucht, um Satan zu bekämpfen. Ihre Mission war fehlgeschlagen, ehe sie die Waffen zum Basislager zurücktransportieren konnten. Ja, Vater würde sehr enttäuscht sein. Sie hatten alle im Stich gelassen. Vielleicht würden noch mehr ihr Leben lassen müssen, da alle in Monaten angesammelten Waffen jetzt konfisziert wurden und unter Satans Kontrolle kamen. Kostbare Leben gingen vielleicht verloren, weil ihre Mission fehlgeschlagen war. Wie sollte Vater sie ohne diese Waffen beschützen?

Die Männer schoben und zerrten ihn eilig aus der Hüttentür und hinein in die Wälder. Eric verstand das nicht. Wovor liefen die weg? Er versuchte zu lauschen und zu verstehen. Was konnte die Krieger Satans denn überhaupt ängstigen?

Sie versammelten sich um den Mann mit dem seltsamen Kopfputz, der einen Metallkasten mit blinkenden Lichtern und seltsamen Kabeln hielt. Eric hatte keine Ahnung, was das war, doch es klang so, als habe der Mann das unten im Keller bei den Waffen gefunden.

„Da unten ist ein Arsenal, so groß, uns alle ins Himmelreich zu bomben.“

Eric musste unwillkürlich lächeln und spürte sofort einen Stoß im Rücken. Er wollte Mr. Tully, dem Besitzer des Ellbogens in seinem Rücken, mitteilen, dass er nicht lächelte, weil sie in die Luft gesprengt werden könnten, sondern über die Vorstellung, dass einer von denen glaubte, er würde in Gottes Reich aufgenommen.

Niemand sonst bemerkte sein Lächeln. Sie konzentrierten sich auf den dunkelhaarigen Mann mit der verrückten schutzbrillenartigen Apparatur, die er sich jetzt auf die Haare geschoben hatte, womit er Eric an ein übergroßes Insekt erinnerte.

„Erzähl uns etwas, das wir noch nicht wissen", forderte ihn einer der Männer auf.

„Okay, wie wäre es damit? Die gesamte Hütte ist verkabelt", berichtete der Insektenmann.

„Scheiße!"

„Es wird noch besser. Das hier ist nur der Ersatzauslöser. Der eigentliche Auslöser befindet sich irgendwo außerhalb des Grundstücks." Er deutete auf den blinkenden roten Knopf, legte den Schalter um, und das Blinken erlosch. Innerhalb von Sekunden ging es jedoch wieder an wie ein pulsierendes rotes Auge.

Die Männer drehten sich in alle Richtungen und verrenkten sich fast die Hälse, als sie sich umsahen. Einige hatten ihre Waffen gezogen. Sogar Eric drehte den Kopf. Mit plötzlich klarem Blick sah er blinzelnd in die Schatten zwischen den Bäumen. Er verstand das alles nicht und fragte sich, ob David von dem Metallkasten gewusst hatte.

„Wo ist er?" fragte der große Typ mit dem kurzen Hals, den alle wie den Kommandierenden behandelten. Er trug als Einziger einen blauen Blazer anstatt einer Windjacke. „Wo ist der gottverdammte Auslöser?"

Eric brauchte einen Moment zu begreifen, dass der Mann mit ihm sprach. Dann erwiderte er dessen Blick, wie er es gelernt hatte. Er starrte direkt in die schwarzen Pupillen, ohne zu blinzeln oder zu zaudern, und ließ den Feind mit keiner Geste gewinnen.

„Warten Sie eine Minute", sagte der, der Cunningham hieß. „Warum wollten die den Auslöser nicht in der Hütte haben? Dann hätten sie doch bestimmen können, wann und wie sie sich hochjagen. Wir wissen, dass sie zum Selbstmord bereit waren. Warum haben sie sich dann nicht einfach mit der Hütte in die Luft gesprengt?"

„Vielleicht wollten die vor allem uns in die Luft sprengen." Mehr Unruhe, mehr besorgtes Drehen der Köpfe.

Eric wollte ihnen sagen, dass Vater niemals die Hütte in die Luft gejagt hätte, weil er die Waffen nicht opfern durfte. Er brauchte sie, um den Kampf fortzusetzen. Stattdessen richtete er den Blick auf Cunningham, der ihn so bohrend anstarrte, als könnte er ihm durch die schiere Macht seines Blickes die Wahrheit entlocken.

„Nein, wenn die uns hochgehen lassen wollten, wären wir bereits tot", fuhr Cunningham fort, ohne den Blick abzuwenden. „Ich glaube, die, die geopfert werden sollten, sind bereits tot. Ich glaube, ihr Anführer wollte nur sichergehen, dass sie das Richtige taten."

Eric hörte zu. Das war ein Trick. Satan stellte ihn auf die Probe, um zu sehen, ob er weich wurde. Vater wollte sie nur davor bewahren, lebendig gefangen und gefoltert zu werden.

Satans Krieger, dieser Cunningham, verstand seinen Job. Er ließ ihn nicht aus den Augen, doch Eric blinzelte nicht mal. Er durfte nicht wegsehen. Dabei musste er das Hämmern seines Pulsschlages in den Ohren ebenso ignorieren wie das Zusammenkrampfen seiner Eingeweide.

„Der Auslöser außerhalb", fuhr Cunningham mit starrem Blick auf Eric fort, „war eine zusätzliche Absicherung. Falls die Jungen die Todeskapseln nicht geschluckt hätten, sollten sie in die Luft gejagt werden. Einen schönen Anführer habt ihr da, mein Junge."

Eric schluckte den Köder nicht. Vater würde so etwas niemals tun. Sie hatten ihr Leben freiwillig aufgegeben. Niemand hatte sie gezwungen. Er war nur nicht stark genug gewesen, sich ihnen anzuschließen. Er war schwach. Er war ein Feigling. Einen Moment lang hatte er es gewagt, den Glauben zu verlieren. Er war kein mutiger loyaler Krieger gewesen wie die anderen, aber jetzt würde er keine Schwäche mehr zeigen. Er würde nicht aufgeben.

Dann erinnerte er sich plötzlich an Davids letzte Worte. „Er hat uns hereingelegt." Er hatte angenommen, David meine Satan. Und wenn er nun ...? Nein, das war unmöglich. Vater hatte sie doch nur vor der Folter retten wollen. Oder? Vater würde sie nicht hereinlegen. Oder?

Cunningham wartete, beobachtete Eric und erwischte ihn, als er die Lider senkte. In dem Moment sagte er: „Ich frage mich, ob dein edler Anführer weiß, dass du noch lebst. Glaubst du, dass er zu deiner Rettung eilt?"

Doch Eric war sich in nichts mehr sicher, während er auf die Metallbox mit den seltsam blinkenden Lichtern starrte. Rot und Grün, Stop and Go, Leben und Tod, Himmel und Hölle. David und die anderen waren vielleicht nicht nur die Mutigeren gewesen, sondern auch die Glücklicheren.

6. KAPITEL

Samstag, 23. November,
Heldenfriedhof Arlington

Maggie O'Dell packte ihre Jackenaufschläge mit den Fäusten und wappnete sich vor der nächsten Windböe. Sie bedauerte jetzt, ihren Trenchcoat im Wagen gelassen zu haben. Sie hatte ihn sich in der Kirche heruntergerissen und dem dummen Mantel die Schuld am Gefühl des Erstickens gegeben. Jetzt hier auf dem Friedhof, inmitten der schwarz gekleideten Trauergemeinde, umgeben von Grabsteinen, wünschte sie sich etwas Wärmendes.

Sie blieb ein wenig zurück und sah die Trauergäste sich um die Familie unter dem Baldachin scharen, um sie vor dem Wind zu schützen, als könnten sie so den Schicksalsschlag mildern, der sie hier zusammengeführt hatte. Sie kannte viele von ihnen in dunklen Standardanzügen mit den antrainiert feierlichen Gesichtern. Doch hier auf dem Friedhof wirkten sie trotz der Ausbuchtungen der Jacketts verletzlich, da der kalte Wind sie ihrer dienstlich straffen Haltung beraubte.

Vom Rande zuschauend, war Maggie dankbar für die sich schützend um die Familie scharenden Kollegen, die ihr ersparten, in die Gesichter von Karen und ihren beiden kleinen Töchtern zu sehen. Sie konnte sich deren Trauer und den Schmerz nicht antun, die so greifbar waren, dass sie den inneren Schutzwall gegen die eigene Trauer und den eigenen Schmerz einzureißen drohten. Die leichte räumliche Distanz erleichterte die innere Distanz.

Trotz der kalten Herbstböen, die um ihre Beine fegend

den Rock ergriffen, waren ihre Hände schweißnass. Die Knie wurden ihr weich, und eine unsichtbare Kraft schien auf ihr Herz zu drücken. Großer Gott, was war nur los mit ihr? Seit sie den Leichensack geöffnet und in Delaneys lebloses Gesicht geschaut hatte, war sie ein Nervenbündel. Erinnerungen tauchten immer wieder auf, Bilder und Worte, die besser begraben blieben. Sie atmete tief durch, obwohl ihr die kalte Luft in die Lungen stach. Dieses körperliche Unbehagen war jedoch allen Gedanken an die Vergangenheit vorzuziehen.

Es ärgerte sie, dass diese Beerdigung auch nach über zwanzig Jahren die Gefühle der damals Zwölfjährigen in ihr hochkommen ließ. Was sie damals erlebte hatte, lief wie ein Film vor ihrem inneren Auge ab. Sie sah, wie der Sarg des Vaters in den Boden hinabgelassen wurde, und spürte den Stoß der Mutter am Arm, damit sie endlich eine Hand voll Erde auf den glänzenden Sarg warf. Und sie wusste, dass der Ehrensalut und der gleich am Grab von einem Hornisten geblasene letzte Zapfenstreich sie an den Rand eines Tränenausbruchs bringen würde.

Sie wollte fliehen. Niemand würde es bemerken. Alle waren mit Erinnerungen und der eigenen Rührung beschäftigt. Doch sie schuldete es Delaney zu bleiben. Ihre letzte Unterhaltung war von Zorn und dem Gefühl, verraten zu werden, geprägt gewesen. Für Entschuldigungen war es zu spät. Zu bleiben vermittelte ihr jedoch ein Gefühl von Wiedergutmachung, vielleicht sogar von erteilter Vergebung.

Der Wind peitschte sie erneut und wirbelte knisternd trockene Blätter auf, die zwischen den Gräbern schwebten wie Geister. Sein Heulen, das wie unheimliches Stöhnen klang, ließ Maggie frösteln. Als Kind hatte sie geglaubt, die

Geister der Toten würden sie umgeben, sie necken und auslachen, weil sie ihr den Vater genommen hatten. Da hatte sie zum ersten Mal die große Einsamkeit gespürt, die an ihr haften geblieben war wie die feuchte Erde, die sie zwischen den Fingern gequetscht hatte, während die Mutter sie drängte, sie endlich ins Grab zu werfen.

„Wirf, Maggie!“ konnte sie die Mutter noch zischeln hören. „Tue es, und bring es hinter dich!“ hatte sie ungeduldig hinzugefügt, eher peinlich berührt, als um die Trauer der Tochter besorgt.

Eine behandschuhte Hand berührte Maggie an der Schulter. Sie zuckte zusammen und widerstand dem Drang, in ihre Jacke nach der Waffe zu greifen.

„Tut mir Leid, Agentin O'Dell, ich wollte Sie nicht erschrecken.“ Kyle Cunningham, ihr Chef, ließ die Hand auf ihrer Schulter, den Blick beobachtend geradeaus gerichtet.

Maggie hatte geglaubt, sie sei die Einzige, die sich nicht mit den anderen um das frisch ausgehobene Grab drängte, dieses Loch im Boden, das die sterblichen Überreste von Spezialagent Richard Delaney aufnehmen würde. Warum war er bloß so vorwitzig gewesen, so dumm?

Als lese er ihre Gedanken, sagte Cunningham: „Er war ein guter Mann, ein ausgezeichneter Verhandlungsführer.“

Maggie hätte gern gefragt, warum er dann hier lag und sich nicht am Samstagnachmittag zu Hause bei Frau und Töchtern als Zuschauer auf ein College-Footballspiel freute? Stattdessen flüsterte sie zurück: „Er war der Beste.“

Cunningham schob nervös die Hände tief in die Taschen seines Trenchcoats. Sie bemerkte, dass er sich so hingestellt hatte, um sie vor dem Wind zu schützen. Allerdings würde er sie niemals damit in Verlegenheit bringen, ihr seinen Mantel anzubieten. Sie vor Kälte zu schützen, war jedoch nicht sein eigentliches Anliegen. Offenbar hatte er etwas auf dem Herzen. Nach zehn Jahren erkannte sie das Schürzen der Lippen, das Runzeln der Stirn und das unruhige Verlagern des Gewichtes von einem Fuß auf den anderen als verräterische Anzeichen bei einem Mann, der normalerweise die nüchterne Professionalität selbst war.

Es überraschte Maggie ein wenig, dass er offenbar auf einen geeigneten Zeitpunkt wartete.

„Wissen wir etwas mehr über diese jungen Männer – welcher Gruppe sie angehörten?“ versuchte sie ihn mit leiser Stimme aus der Reserve zu locken. Sie standen weit genug von den anderen entfernt und würden auf Grund des Windgeheuls ohnehin nicht belauscht werden.

„Noch nicht. Sie waren noch Jungen, aber mit genügend Gewehren und Munition, um ein kleines Land zu erobern. Dahinter steckt jedoch eindeutig jemand anders. Irgendein fanatischer Anführer, der kein Problem damit hat, seine Anhänger zu opfern. Wir werden es bald wissen. Vielleicht nachdem wir festgestellt haben, wem diese Hütte gehört.“ Er schob seine Brille am Nasenbügel hinauf und steckte die Hand sofort wieder in die Tasche. „Ich muss mich bei Ihnen entschuldigen, Agentin O’Dell.“

Erstaunlicherweise zögerte er ein zweites Mal. Sein deutliches Unbehagen machte sie noch nervöser, als sie es ohnehin war, da sie an ihren verkrampften Magen und den Schmerz in der Brust erinnert wurde. Sie wollte nicht über Delaneys Tod reden, sondern sich ablenken und nicht immer daran denken müssen, wie er getroffen zu Boden stürzte. Die noch frische Erinnerung an das Plätschern der Hirnflüssigkeit im Leichensack war schrecklich genug.

„Sie müssen sich nicht entschuldigen, Sir. Sie haben es ja nicht gewusst“, sagte sie schließlich, als die Pause zu lang wurde.

Die Augen geradeaus gerichtet, widersprach er mit leiser Stimme: „Ich hätte es überprüfen sollen, ehe ich Sie hinschickte. Ich weiß, wie schwer das für Sie gewesen sein muss.“

Maggie streifte ihn mit einem Seitenblick. Das Gesicht ihres Chefs war so stoisch wie immer, nur das Zucken eines Mundwinkels ließ auf Emotionen schließen. Sie folgte seiner Blickrichtung und sah die Reihe Uniformierter aufmarschieren und in Stellung gehen.

O Gott, jetzt geht es los!

Maggie zitterten die Knie, und erneut brach ihr kalter Schweiß aus. Sie wäre gern geflüchtet, doch Cunningham stand neben ihr und schien ihr Unbehagen nicht zu bemerken. Stattdessen nahm er Haltung an, während die Gewehre klickend in Position gebracht wurden.

Maggie zuckte bei jedem Salutschuss zusammen und presste die Augen zu, um die Erinnerungen zu verdrängen. Sie hörte wieder die scheltende Warnung ihrer Mutter: „Wage nicht loszuheulen, Maggie! Das macht dein Gesicht nur rot und aufgedunsen.“

Sie hatte damals nicht geweint, und sie würde es heute auch nicht tun. Verdammt, Delaney! hätte sie am liebsten geschimpft. Sie wusste schon lange, dass Gott einen grausamen Sinn für Humor hatte – oder die Menschen waren ihm einfach gleichgültig geworden.

Die Menge teilte sich plötzlich, und ein kleines Mädchen kam in Sicht. Etwas strahlend Blaues in all dem Schwarz, wie ein kleiner blauer Vogel in einer Horde schwarzer Krähen. Maggie erkannte Delaneys jüngere Tochter Abby im königsblauen Mantel mit passendem Hut, geführt von ihrer Großmutter, Delaneys Mutter. Sie steuerten direkt auf sie und Cunningham zu und zerstörten Maggies Hoffnung, unbeteiligt zu bleiben.

„Abigail kann nicht länger warten, sie muss zur Toilette“, erklärte Mrs. Delaney Maggie im Näherkommen. „Haben Sie eine Ahnung, wo die ist?“

Cunningham deutete auf das Hauptgebäude hinter ihnen, verborgen durch eine kleine Anhöhe und umgebende Bäume. Mrs. Delaney warf einen Blick in die Richtung, und ihr rotfleckiges Gesicht wurde noch trauriger, als übersteige es an diesem Tag voller schwieriger Pflichten ihre Kräfte, noch einen Hügel zu erklimmen.

„Ich kann sie hinbringen“, erbot sich Maggie, ehe ihr klar wurde, dass sie die am wenigsten geeignete Person war, ein kleines Mädchen zu trösten. Aber natürlich konnte sie die Kleine zur Toilette begleiten.

„Ist dir das recht, Abigail? Gehst du mit Agentin O'Dell zur Toilette?“

„Agentin O'Dell?“ Die Kleine verzog fragend das Gesicht, als sie sich umblickte, um die Person zu entdecken, von der ihre Großmutter sprach. Dann sagte sie plötzlich: „Ach, du meinst Maggie? Sie heißt Maggie, Grandma.“

„Ja, tut mir Leid, ich meine Maggie. Ist es in Ordnung, wenn du mit ihr gehst?“

Abby hatte jedoch bereits Maggies Hand genommen. „Wir müssen uns beeilen“, sagte sie, ohne aufzublicken, und zog Maggie in die von Cunningham gezeigte Richtung.

Maggie fragte sich, ob die Vierjährige verstand, was hier geschah und warum sie auf dem Friedhof waren. Zugleich war sie erleichtert, dass ihre gegenwärtige Aufgabe nur darin bestand, gegen den Wind den Hügel hinaufzustapfen. Doch als sie das Gebäude erreichten, das die Reihen weißer Kreuze und grauer Grabsteine überragte, blieb Abby stehen, drehte sich um und sah zurück. Der Wind zerrte an ihrem blauen Mantel, und Maggie konnte sie zittern sehen. Sie spürte die kleine Hand ihre Finger pressen.

„Alles in Ordnung mit dir, Abby?"

Sie nickte zweimal, so dass ihr Hut wippte. Dann senkte sie den Kopf. „Ich hoffe, ihm wird nicht kalt", sagte sie, und Maggie drückte es das Herz ab.

Was konnte sie ihr erwidern? Wie sollte sie etwas erklären, das sie selbst nicht verstand? Sie war dreiunddreißig und vermisste ihren Vater immer noch und begriff bis heute nicht, warum er ihr entrissen worden war. Die klaffende seelische Wunde hätte längst heilen müssen, doch beim Klang eines dummen Hornsignals und beim Anblick eines in den Boden herabgelassenen Sargs brach sie auf.

Ehe Maggie sie trösten konnte, blickte die Kleine zu ihr auf und sagte: „Ich habe Mommy gesagt, sie soll ihm eine Decke reinlegen." Offenbar zufrieden damit, drehte sie sich zur Tür und zog Maggie ins Gebäude, um die dringliche Aufgabe zu erledigen. „Eine Decke und eine Taschenlampe", fügte sie hinzu. „Damit er es warm hat und im Dunkeln keine Angst bekommt. Nur bis er in Gottes Haus ist."

Maggie musste unwillkürlich lächeln. Vielleicht konnte sie von dieser weisen Vierjährigen einiges lernen.

7. KAPITEL

Washington, D.C.

Justin Pratt saß am Fuße des Jefferson Memorial, als müsste er seine Füße ausruhen. Ja, seine Füße waren wund, aber nicht deshalb war er entwischt. Seit Stunden gingen sie zwischen den Denkmälern umher und verteilten Flugblätter an kichernde und kreischende High School-Kids. Sie waren zum richtigen Zeitpunkt in die Stadt gekommen – Klassenreisen. Es mussten mehr als fünfzig Gruppen aus dem ganzen Land hier sein. Und alle gingen ihm maßlos auf die Nerven. Kaum zu glauben, dass er nur ein oder zwei Jahre älter war als diese Idioten.

Nein, der wahre Grunde, warum er sich entschuldigt hatte, waren eher böse Gedanken als wunde Füße – unzulässige Gedanken, nach dem Glaubensbekenntnis von Reverend Joseph Everett und seinen Anhängern. Ob er sich je zu seinen Anhängern zählen würde, als einer der wenigen Auserwählten? Wahrscheinlich nicht, solange er das Austeilen von Gottes Wort unterbrach, um sich zurückzulehnen und Alice Hamlins Brüste zu bewundern.

Sie blickte auf und winkte ihm zu, als hätte sie seine Gedanken gelesen. Er wurde unruhig. Vielleicht sollte er sich die Schuhe ausziehen, damit die wunden Füße glaubwürdiger wurden. Oder hatte sie ihn bereits durchschaut? Dann machte es ihr bestimmt nichts aus. Warum hätte sie sonst einen so engen pinkfarbenen Pulli angezogen? Zumal auf einer Busreise, wo sie den ganzen Tag damit beschäftigt waren, göttliche Propaganda auszuteilen, um später, in etwa einer Stunde, zu dieser beschissenen Gebetsversammlung zusammenzukommen.

Junge, Junge, er musste auf seine Ausdrucksweise achten.

Er sah sich prüfend um, ob einer von Vaters kleinen Boten seine Gedanken gehört hatte. Vater schien sie manchmal zu hören. Offenbar verfügte er über telepathische Fähigkeiten, oder wie man das nannte, wenn man die Gedanken anderer lesen konnte. Das war schlichtweg unheimlich.

Er griff nach einem Flugblatt, damit Alice merkte, dass er seine Aufgabe ernst nahm. Vielleicht entging es ihr ja, dass er ihre Brüste anstarrte. Der glänzende Vierfarbdruck war ziemlich beeindruckend mit dem Wort Freiheit in hervorgehobenen Buchstaben. Wie nannte Alice das? Ein Relief? Sehr professionell. Da war sogar ein Farbfoto von Reverend Everett und auf der Rückseite eine Liste der Termine zukünftiger Gebetsversammlungen in anderen Städten. Nach der Aufmachung der Broschüre zu urteilen, sollte man annehmen, dass sie sich etwas Besseres zu essen leisten konnten als sieben Tage die Woche Reis und Bohnen.

Als er wieder zu Alice sah, war sie von einer neuen Gruppe eventueller Rekruten umringt. Die lauschten ihr und verfolgten aufmerksam ihre immer lebhafter werdenden Gesten. Sie war drei Jahre älter als er – eine ältere Frau. Bei dem bloßen Gedanken kriegte er einen Steifen. Sie war nicht gerissen, aber in vielen Dingen bewandert. Sie erstaunte ihn beispielsweise mit Zitaten von Jefferson, die sie aufgesagt hatte, ehe sie die Stufen zum Denkmal hinaufgestiegen waren und sie an den Wänden gelesen hatten. Solche Geschichtssachen machten ihr Spaß. Über Jefferson wusste sie Bescheid. Dass er der erste Sekretär von irgendwas, zweite Vizepräsident und dritte Präsident war. Wie konnte sie diesen ganzen verdammten Scheiß behalten?

Er bewunderte das an ihr. Es musste ein gutes Zeichen sein, dass ihn – nicht wie sonst bei Mädchen – nur ihre tollen Titten interessierten. Es gab eine ganze Reihe von Dingen, die ihm an Alice gefielen. Zum einen konnte sie Religion so aufregend machen, als sei es ein verdammtes NASCAR-Rennen zum Himmel. Und es gefiel ihm, wie sie ihren Zuhörern in die Augen blickte, als seien sie das einzig Wichtige auf der Welt. Alice Hamlin konnte einem durchgeknallten Selbstmordkandidaten das Gefühl geben, etwas Besonderes zu sein, dass er vergaß, warum er da draußen auf dem Sims stand. Zumindest hatte er es so empfunden, schließlich war er vor einigen Monaten dieser durchgeknallte Selbstmordkandidat gewesen.

Manchmal spürte er noch diese Rastlosigkeit, diesen Drang, alles hinzuschmeißen und nicht mehr so zu tun, als habe er sich und sein Leben im Griff. Besonders jetzt, nachdem Eric auf einer Mission war.

Tatsächlich hatte er sich erst heute Morgen gefragt, wie man die Klingen aus dem Einwegrasierer entfernen konnte. Er wusste, dass man viel schneller verblutete, wenn man sich die Pulsadern vertikal anstatt horizontal einschnitt. Die meisten bauten da Mist und schnitten horizontal. Sich zu schneiden machte ihm nichts aus. Das Tätowieren hatte wahrscheinlich viel mehr wehgetan als ein Schnitt ins Handgelenk.

Alice führte eine Gruppe Mädchen zu ihm die Stufen hinauf. Offenbar sollte er ihnen vorgestellt werden. Irgendwann hatte sie ihm gesagt, er sei so süß, dass er jedes Mädchen überzeugen könne, zu Vaters Gebetsversammlungen zu kommen. Worte bedeuteten ihm im Allgemeinen nicht die Bohne. Nicht nachdem man ihn ein Leben lang mit allem Möglichen voll gelabert hatte. Aber wenn Alice so Sachen sagte, war es schwer, ihr nicht zu glauben. Also hatte er nichts dagegen zu missionieren. Außerdem mochte er gern zusehen, wenn Mädchen Stufen hochstiegen. Natürlich lieber von unten, doch dieser Blick war auch nicht übel.

Es war ein kühler Tag, trotzdem trugen alle drei Kurzärmeliges. Eine hatte sogar ein enges Stricktop an, so kurz, dass man ihren flachen Bauch sah. Was nach Wildheit aussehen sollte, war nur gespielt, denn sogar aus der Entfernung erkannte er, dass der Button im Nabel nicht gepierct war. Trotzdem war es nett anzusehen.

Wenn die doch bloß die Schnäbel halten würden. Hatten alle High School-Mädchen dasselbe hohe Kichern? Wo zum Henker lernten die das? Es ging ihm auf die Nerven, dennoch grüßte er lächelnd mit einem freundlichen Tippen an seine Baseballkappe, was sie noch mehr zum Kichern brachte, allerdings eine Oktave höher. Garantiert spitzten jetzt alle Hunde im meilenweiten Umkreis die Ohren.

„Justin, ich möchte, dass du einige meiner neuen Freundinnen kennen lernst."

Alice blieb mit den drei Mädchen in Hüfthöhe vor ihm stehen. Plötzlich vergaß er wunde Füße und Alices perfekte Titten – jedenfalls für ein paar Minuten. Die große Blonde und ihr kleineres Gegenstück schirmten die Augen gegen einige plötzlich erscheinende Sonnenstrahlen ab. Die Dritte, eine Kleine mit dunklen Augen, wirkte jetzt aus der Nähe älter als die anderen. Sie scheute sich nicht, ihm in die Augen zu sehen, wie die Blonde und ihr Gegenstück.

„Das sind Emma, Lisa und Ginny. Emma und Lisa sind Freundinnen aus Reston, Virginia. Ginny lebt hier in der Gegend. Sie haben sich erst heute kennen gelernt, und wie man sieht, sind alle schon befreundet."

Die Blondinen kicherten, und die Größere sagte: „Eigentlich heißt sie Alesha, aber sie mag den Namen nicht, also haben wir ihn auf Lisa abgekürzt."

„Nun ja, ich heiße eigentlich Virginia", sagte das Mädchen mit den dunklen Augen. Sie betonte das, als müsste sie ihre neuen Freundinnen in einem Wettbewerb übertrumpfen.

„Ist nicht möglich", erwiderten die Blondinen in geübter Einstimmigkeit.

„Mein Dad fand das nett, weil wir aus Virginia sind. Der würde mich übrigens umbringen, wenn er wüsste, dass ich heute Abend an der Veranstaltung teilnehme. Er verabscheut solche Sachen." Das sagte sie zu Alice. Und wie bei der Bemerkung mit den Namen klang es wie eine Herausforderung und nicht wie eine schlichte Feststellung.

Justin beobachtete Alice. Das Mädchen mit den dunklen Augen war nicht gerade ein preisverdächtiger Rekrut, und er fragte sich, warum Alice sie zur Gebetsversammlung eingeladen hatte. Miss Ginny-mein-Name-ist-eigentlich-Virginia zeigte bereits Anzeichen von Zweifeln. Da sollten alle Warnlampen angehen. Als Nächstes würde sie Fragen stellen, und Vater hasste Fragen.

„Wir können nicht erwarten, dass unsere Eltern uns immer auf den rechten Weg führen", erwiderte Alice ihr lächelnd und klang selbst wie eine Mutter. Ginny nickte, als wüsste sie genau, wovon Alice sprach, die zu cool war, um ihr zu widersprechen.

Justin verschränkte die Arme vor der Brust und verkniff es sich, die Augen zu verdrehen.

Ein Rangeln am Fuß der Treppe veranlasste alle, sich umzudrehen. Die Mädchen schwankten auf ihren lächerlichen

Plateausohlen und hatten Mühe, nicht von den Stufen zu fallen. Justin stand auf und stieg noch etwas höher, um besser sehen zu können. Unten stieß ein Doppelgänger von James Dean einen älteren Typen weg und versuchte dabei, ihm die Kamera zu entreißen.

„Wow, der ist wirklich süß", sagte Ginny, sogar ohne zu kreischen.

Justin setzte sich frustriert seufzend – was niemand bemerkte – wieder hin. Man konnte sich darauf verlassen, dass einem der verdammte Brandon die Show stahl.

8. KAPITEL

Ben Garrison verstand sich durchaus zu wehren. Der Junge war jünger und größer als er, dafür war er stärker und entschieden geübter. Falls er ihm die Hand an die Kehle legte und an den richtigen Stellen drückte, war dieser Hitzkopf in fünf Sekunden erledigt.

„Keine verdammten Reporter, Garrison! Wie oft müssen wir dir das noch sagen!" schrie der Junge ihn an.

Er griff nach Bens Leica und riss an dem Riemen, den er um den Hals trug. Die 35-mm-Kamera war fast so alt wie Ben und wahrscheinlich zäher. Sie hatte das Durchgehen einer Karibuherde in Manitoba überstanden und den Fall in eine ägyptische Sanddüne. Sie überstand auch einen angriffslustigen religiösen Fanatiker.

„Warum keine Reporter? Wovor hat euer edler Anführer Angst?" stichelte Ben. Er kannte den Jungen von seinem kurzen Besuch in ihrem Camp am Fuß der Appalachen. Irgendwie mochte er diesen Burschen sogar. Nach seiner Beobachtung hatte er eine Menge Leidenschaft und Feuer im Bauch, aber nicht den Schimmer einer Ahnung, was er damit anfangen sollte.

Brandon langte wieder nach der Kamera, und diesmal versetzte Ben ihm einen Stoß, dass er auf dem Hintern landete. Das Gesicht des Jungen wurde so rot wie sein mit Gel zurückgekämmtes Haar. Er sah wie ein wütender, angriffsbereiter Bulle zu Ben auf. Ben bemerkte, wie er die Nasenflügel blähte und die Hände ballte.

„Gib auf, Junge!" Grinsend machte Ben ein paar Schnappschüsse, um zu beweisen, dass er sich von dem Grünschnabel nicht einschüchtern ließ. „Reverend Everett konnte mich aus seinem Versteck rauswerfen, aber so leicht wird er mich nicht los. Warum schickt er für echte Männerarbeit nicht einen richtigen Mann los?“

Brandon war wieder auf den Beinen, zähneknirschend, kampfbereit. Ben stellte sich vor, dass ihm vor Wut kleine Dampfwolken aus den Ohren entwichen wie in einem Zeichentrickfilm. Doch dieser Bursche müsste schon etwas mehr tun, um einen Ben Garrison zu erschrecken. Meine Güte, er hatte den Blaspfeil eines Aborigine überlebt und den Machetenschlag eines Tutsi. Genau wie seine Leica hatte er bereits einige Kämpfe auf Leben und Tod gesehen, und das hier war keiner. Nicht annähernd. Armer Junge. Und das vor all seinen jungen Freunden. Doch es eilte kein Reverend Everett herbei, um die Seelen seiner kleinen verlorenen Narren zu retten.

Immer mehr Jugendliche kamen die Treppe des Jefferson Memorial hinauf, um besser sehen zu können, hielten jedoch Distanz. Sogar die Bande des Rotschopfs, die ihn umkreiste wie Hunde in Hitze, hielt sich fern. Ben kratzte sich die Bartstoppeln, der Sache überdrüssig. Er hatte den ganzen Nachmittag Aufnahmen von kleinen Nymphen ohne Hüften und Hintern gemacht. Einige hatte er erkannt, eine sogar verfolgt, in der Hoffnung auf ein riskantes Foto für den *Enquirer*, um ihren berühmten Daddy in Verlegenheit zu bringen.

Er würde bleiben und noch ein paar Aufnahmen von der Gebetsversammlung mit dem verdammten Reverend Everett in Aktion machen. Diese Jammergestalt eines Rebellen ohne Anliegen würde ihn nicht aufhalten. Die konnten ihm gar nichts anhaben, solange sie in aller Öffentlichkeit agierten.

Er stieg einige Stufen höher und ließ den Hitzkopf schnaubend und stampfend zurück, als habe er sich für die göttliche Anweisung entschieden, auch die andere Wange hinzuhalten. In der Ferne sah er die Menschen sich um das Franklin Delano Roosevelt-Denkmal scharen.

Es erstaunte ihn, dass Everett das FDR-Denkmal als Ort für seine Gebetsversammlung in der Stadt gewählt hatte, und nicht das Jefferson Memorial. Jefferson schien mehr im Einklang zu stehen mit Everetts Philosophie von individueller Freiheit und Beschränkung der Regierung. Hatte Franklin Delano Roosevelt nicht einige Regierungsprogramme auf den Weg gebracht, die Everett verabscheute? Der gute Reverend war ein kompliziertes Stück Scheiße. Aber Ben war entschlossen, den Bastard zu entlarven. Und es war mehr als ein hitzköpfiger Punk notwendig, ihn zu stoppen.

9. KAPITEL

FBI-Hauptquartier,
Washington, D.C.

Maggie wartete, bis Keith Ganza die Arbeit beendete, bei der sie ihn unterbrochen hatte. Er war es gewöhnt, dass sie in sein Labor im FBI-Hauptquartier platzte, eingeladen oder nicht – meist uneingeladen. Obwohl er jedes Mal brummelte, wusste sie genau, dass er nichts dagegen hatte. Auch nicht an einem späten Samstagnachmittag, wenn alle anderen schon gegangen waren.

Als Leiter des kriminaltechnischen Labors hatte Ganza in seinen über dreißig Dienstjahren mehr gesehen, als man einem Menschen zumuten sollte. Und doch schien er das mühelos zu verkraften – unbeschadet, im Gegensatz zu seinem Äußeren. Während Maggie wartete und den großen dünnen Mann, der sich über das Mikroskop beugte, betrachtete, überlegte sie, ob sie ihn je in etwas anderem als seinem weißen Laborkittel gesehen hatte, genauer gesagt, einem am Kragen vergilbten, zerknitterten Laborkittel mit zu kurzen Ärmeln für seine langen Arme.

Maggie war klar, dass sie ihn jetzt nicht belästigen, sondern auf seinen offiziellen Bericht warten sollte. Doch die tapfere Haltung der vierjährigen Abby hatte sie in ihrer Entschlossenheit, den Verantwortlichen im Mordfall Delaney zu finden, bestärkt. Dabei fiel ihr etwas ein. Sie holte ein Stück rotes Lakritz, das Abby ihr geschenkt hatte, aus der Tasche und begann es auszuwickeln. Ganza hob beim Knistern des Zellophanpapiers leicht den Kopf und sah sie über das Mikroskop und den Rand seiner Halbbrille hinweg an. Dabei machte er die gewohnt finstere Miene, die sich nicht änderte, gleichgültig, ob er einen Witz erzählte, über Beweise sprach oder ihr, wie in diesem Fall, seine Ungeduld zeigte.

„Ich habe heute noch nichts gegessen“, erklärte sie.

„Im Kühlschrank liegt ein halbes Thunfischsandwich.“

Sie wusste sein großzügiges Angebot zu schätzen, konnte sich jedoch nie überwinden, etwas zu essen, das einige Zeit in der Nähe von Blut und Gewebeproben gelegen hatte.

„Nein, danke“, erwiderte sie. „Ich treffe mich gleich zum Dinner mit Gwen.“

„Also kaufen Sie sich Lakritz, um sich über die Runden zu bringen?“ Wieder ein Stirnrunzeln.

„Nein, ich habe es auf Agent Delaneys Beerdigung geschenkt bekommen.“

„Die haben rotes Lakritz ausgeteilt?“

„Nur seine Tochter. Sind Sie jetzt so weit, dass ich Sie unterbrechen darf?“

„Sie meinen, das haben Sie noch nicht geschafft?“

Jetzt runzelte sie die Stirn. „Sehr witzig.“

„Ich bringe die Akte gleich Montagmorgen zu Cunningham. Können Sie nicht so lange warten?“

Ohne zu antworten, entrollte sie den langen Lakritzstrang, hielt ihn hoch, um ihn abzumessen, und riss ihn an der Falte auseinander. Sie reichte Ganza einen Teil, und er nahm die Bestechung ohne Zögern an. Zufrieden an dem Lakritz kauend, verließ er das Mikroskop und suchte auf dem Tresen einen Aktenordner.

„In den Kapseln war Kaliumzyanid. Zu etwa neunzig Prozent mit einer Beimengung Kaliumhydroxid, etwas Carbonat und einem Hauch Kaliumchlorid.“

„Wie schwer ist es heutzutage, an Kaliumzyanid zu kommen?“

„Nicht sehr. Es wird viel in der Industrie benutzt. Gewöhnlich als Reinigungslösung oder Fixativ. Man braucht es bei der Plastikherstellung, einigen Filmentwicklungsprozessen und beim Ausräuchern von Schiffen. In der Kapsel, die der Junge ausgespuckt hat, befanden sich etwa 75 Milligramm. Bei leerem Magen verursacht diese Dosis fast sofortigen Kollaps und Atemlähmung. Natürlich erst, nachdem sich die Kapsel aufgelöst hat, aber ich würde sagen, innerhalb von Minuten. Das Gift saugt den Sauerstoff aus den Zellen. Keine schöne oder angenehme Art zu sterben. Die Opfer ersticken praktisch von innen nach außen.“

„Warum haben die sich nicht einfach die Waffen in den Mund gesteckt, wie die meisten Jungen in dem Alter das machen würden?“ Beide Todesarten bedrückten sie so, dass sie ungeduldig und sarkastisch gesprochen hatte. Ganza zog verwundert die Brauen hoch.

„Sie kennen die Antwort darauf so gut wie ich. Psychologisch gesehen ist es viel einfacher, eine Pille zu schlucken, als den Abzug zu drücken, zumal wenn man auf den Tod nicht sonderlich erpicht ist.“

„Sie glauben also, der Selbstmord war nicht die Idee der Jungen?“

„Sind Sie anderer Meinung?“

„Ich wünschte, es wäre so einfach.“ Sie fuhr sich mit den Fingern durchs Haar und bemerkte erst jetzt, wie verweht es war. „Man fand ein Sprechfunkgerät in der Hütte. Also standen sie in Kontakt mit jemandem. Wir wissen nur nicht, mit wem. Und natürlich war da noch das riesige Waffenarsenal unter der Hütte.“

„Ach ja, das Arsenal.“ Ganza öffnete einen Ordner und blätterte einige Seiten durch. „Wir haben die Seriennummern von etwa einem Dutzend Waffen verfolgen können.“

„Das ging schnell. Vermutlich wurden sie gestohlen und nicht in einem Waffengeschäft gekauft. Richtig?“

„Nicht ganz.“ Er zog ein paar Dokumente hervor. „Es wird Ihnen nicht gefallen.“

„Mal sehen.“

„Sie stammen aus einem Lager in Fort Bragg.“

„Demnach wurden sie tatsächlich gestohlen?“

„Das habe ich nicht gesagt.“

„Was genau haben Sie denn gesagt?“ Sie stellte sich neben ihn und sah über seinen Arm auf das Dokument.

„Das Militär hat nicht gewusst, dass die Waffen fehlten.“

„Wie ist das denn möglich?“

„Sie haben die Waffen vor langer Zeit eingezogen und ins Depot geschickt. Wer sie dort herausgeholt hat, muss eine Genehmigung von höchster Stelle gehabt haben oder einen anderen offiziellen Zugang.“

„Sie machen Witze.“

„Es wird noch interessanter.“ Er übergab ihr einen Umschlag mit dem Aufdruck „Dokumentenabteilung“ und machte eine Geste, sie solle ihn öffnen.

Maggie zog einige Blatt Papier heraus, darunter eine Besitzurkunde des Staates Massachusetts über zehn Acres Land, inklusive einer Hütte und Anlegerechten am Fluss Neponset.

„Großartig“, sagte sie, nachdem sie das Blatt überflogen hatte. „Demnach wurde das Land einer gemeinnützigen Organisation übergeben. Diese Burschen verstehen wirklich, ihre Spuren zu verwischen.“

„Das ist gar nicht so ungewöhnlich“, bestätigte Ganza. „Viele solcher Gruppen häufen Waffen, Geld und Grundbesitz über falsche gemeinnützige Organisationen an. Damit sparen sie Steuern und können der Regierung, die sie ja so hassen, auch noch eine Nase drehen. Zu mehr reicht ihr Mut meistens nicht.“

„Aber diese Gruppe hat Gefährlicheres vor als Steuerhinterziehung. Welcher Verrückte auch dahinter steckt, er ist bereit, seine Leute, besser gesagt, seine Jungen, zu opfern.“ Maggie blätterte die Seiten durch. „Wer in aller Welt ist diese ‚Kirche der geistigen Freiheit‘? Ich habe nie von denen gehört?“ Sie sah Ganza an, der die knochigen Schultern zuckte. „In was ist Delaney da bloß hineingeraten?“

10. KAPITEL

Justin wünschte sich, nicht bis zur Gebetsversammlung bleiben zu müssen. Schließlich hatten sie den ganzen Tag geackert, um möglichst viele Teilnehmer zusammenzukriegen. Verdienten sie denn nie eine Pause? Er war erledigt und am Verhungern. Würde es Vater wirklich auffallen, wenn er mit Alice abhaute? Er wusste jedoch, dass Alice nicht mitkommen würde. Sie lebte für diese langweiligen Veranstaltungen und ließ sich vom Singen, Klatschen und Umarmen richtig mitreißen. Das Umarmen gefiel ihm auch, wie er zugeben musste. Und heute Abend waren ein paar richtig süße Dinger dabei.

Er sah Brandon mit den beiden Blondinen reden und auf die Granitwände deuten, wo eingraviert stand: Redefreiheit, Religionsfreiheit, Freiheit von Not und Angst.

Er hatte Vater diese Worte mehrfach predigen hören, besonders, wenn er sich darüber aufregte, wie die Regierung sich verschworen hatte, die Menschen zu unterdrücken. Eine Weile hatte er sogar geglaubt, der Reverend habe diese Schlagworte erfunden.

Was für eine Scheiße Brandon den Mädchen auch erzählte, Justin sah, dass sie ihm glaubten. Die Große, Emma, warf ihr Haar zurück und hielt den Kopf in dieser typischen Weise, wie High School-Mädchen das wohl im Flirtkurs lernen. Vielleicht lernten sie da auch dieses verdammte Kichern.

„He, Justin!“

Jemand tippte ihm auf die Schultern. Er drehte sich um und sah sich Alice und der dunkeläugigen Ginny gegenüber. Sofort bemerkte er die große Brezel und die Dose Cola in Ginnys Händen. Der Brezelduft veranlasste seinen Magen zum Rumoren.

Beide Mädchen hörten es lachend, und Ginny reichte ihm die Brezel. „Möchtest du etwas davon?“

Er sah flüchtig zu Alice, ob sie etwas dagegen hatte, doch die blickte suchend in die andere Richtung, und er fragte sich unwillkürlich, ob sie nach Brandon Ausschau hielt.

„Vielleicht einen Bissen“, sagte er zu Ginny.

Er beugte sich vor, biss in die Brezel und riss ein Stück ab, während Ginny sie hielt und zurückzog. Es schmeckte köstlich, und er wollte schon um einen zweiten Bissen bitten, als Ginny bewusst an derselben Stelle abbiss, sich die Lippen leckte und ihm dabei in die Augen sah.

Du meine Güte, die ging ja vielleicht ran. Er warf Alice einen weiteren Blick zu und sah, dass sie jemandem zuwinkte. Er drehte sich um und entdeckte Vater flankiert von seiner Kerntruppe: zwei älteren Frauen und einem Schwarzen. Dichtauf gefolgt von Vaters Leibwächtern, drei Doppelgängern von Arnold Schwarzenegger.

Justin fand, dass Vater mehr wie ein Schauspieler aussah und nicht wie ein Reverend. Vorhin im Bus hatte er gesehen, wie Cassie, seine hübsche schwarze Assistentin, ihm Make-up ins Gesicht schmierte. Wahrscheinlich hatte sie ihm auch die Haare frisiert. Für solche Zusammenkünfte warf Vater sich in Schale. Gewöhnlich trug er sein recht langes schwarzes Haar glatt zurückgekämmt. Aber heute war es schick frisiert. Später bei der Versammlung, wenn der Mann einen seiner so genannten leidenschaftlichen Momente hatte, würden ihm einige Strähnen in die Stirn fallen. Dann erinnerte er Justin immer an Elvis Presley in Aktion. Er fragte sich, ob Vater der Vergleich missfallen würde. Bestimmt hätte er nichts dagegen, wenn die Leute ihn mit „King“ titulierten.

Ansonsten sah Vater nach wohlhabendem Geschäftsmann aus. Heute Abend trug er zum anthrazitgrauen Anzug ein weißes Hemd und eine rote Seidenkrawatte. Die Anzüge waren immer teuer. Justin sah das. Wahrscheinlich musste man ein paar tausend Dollar pro Stück dafür hinblättern. Goldene Manschettenknöpfe, eine Rolex-Uhr und eine goldene Krawattennadel, alles Geschenke von reichen Gönnern, rundeten das Outfit ab. Irgendwie machte Justin das schwer sauer. Warum gab es immer Gönner, die ihm teure Klunker kauften? Aber wenn es um Toilettenpapier ging, mussten sie sich mit alten Zeitungen begnügen. Genauer gesagt mit Stücken alter Zeitungen. So klein geschnitten, dass man nicht mal die Tabellen vom College-Football lesen konnte.

Die Sonne war soeben untergegangen und hinterließ nur rosa violette Lichtspiele, aber Vater trug immer noch seine Sonnenbrille. Im Näherkommen nahm er sie jetzt ab. Er lächelte Alice an, streckte ihr beide Hände entgegen und wartete, dass sie die Geste erwiderte. Justin sah, wie Alices Finger geradezu in den Händen des Reverend versanken, der sie bis zum Handgelenk umfasste und streichelte.

„Alice, meine Liebe, wer ist dein hübscher Gast?" Er lächelte Ginny an, und sein Blick wirkte Wunder.

Ginny schien verwirrt durch die plötzliche Aufmerksamkeit und versuchte ungeschickt, Brezel und Cola loszuwerden. Justin wollte ihr schon beides abnehmen, als sie sich umdrehte und die wertvolle Brezel in einen nahen Abfalleimer warf. Er fragte sich, ob jemand seinen enttäuschten Seufzer gehört hatte, doch die anderen waren völlig von Vaters Charme gebannt. Justin trat beiseite, um nicht von einem der Schwarzenegger-Drillinge weggeschubst zu werden. Das war ihm nur einmal passiert.

Er setzte sich auf eine Bank. Die Aufmerksamkeit aller – einschließlich Brandon und den beiden blonden Buchstützen – galt Vater. Allerdings sah Brandon ziemlich sauer aus. Wahrscheinlich stank es ihm, dass Vater ihm mal wieder die Show stahl.

Vater nahm Ginnys Hände, genau wie eben bei Alice, doch da alle Blicke auf ihn gerichtet waren, machte er eine verdammte Zeremonie daraus. Er sah ihr lächelnd in die Augen und salbaderte, was für eine schöne junge Frau sie sei. Ginny war noch zarter als Alice, sodass die Hände des Reverend schon fast ihre Unterarme umschlangen.

Die skeptische Ginny, die mehrfach betont hatte, wie sauer ihr Vater sein würde, wenn er wüsste, dass sie heute Abend an dieser Veranstaltung teilnahm, schien seine Aufmerksamkeit geradezu aufzusaugen. Justin musste zugeben, dass der Mann ein Charmeur war ... ein Charmeur und eine Schlange. Genau in dem Moment sah Vater stirnrunzelnd zu ihm herüber.

Großer Gott, dachte Justin, der Typ kann ja wirklich Gedanken lesen.

11. KAPITEL

Ginny Brier konnte das Singen und Klatschen von unten kaum hören. Trockene Blätter knisterten unter ihr, und ein Ast piekste ihr in den Schenkel. Doch sie achtete nur auf Brandon, der ihr ins Ohr keuchend an ihren Blusenknöpfen herumfummelte.

„Vorsicht, reiß sie nicht ab", flüsterte sie, was ihn nur noch hastiger und wilder machte.

Sein Nacken war feucht, trotzdem streichelte sie ihn dort, in der Hoffnung, es würde ihn beruhigen. Andererseits machte es sie an, wie sehr sie ihn aufgeilen konnte. Sie fragte sich, ob er es lange nicht getan hatte? Das würde seine Hektik erklären. Oder hatte er vielleicht Angst, dass sie überrascht wurden? Machte er sich Sorgen, dieser Reverend könnte wütend werden, falls er es erfuhr? Der Gedanke törnte sie noch mehr an. Es gefiel ihr, dass dieser unglaublich coole Typ, der sie den ganzen Abend angestarrt hatte, plötzlich einfach hinter ihr gestanden und sie an der Hand hinter die Gedenkstätte geführt hatte.

Die grelle Beleuchtung reichte nicht bis hierher in das bewaldete Stück oberhalb der Granitmauer. Wenn sie lauschte, konnte sie den Wasserfall unten hören. Doch sie konzentrierte sie auf Brandons schwere Atmung. Er hatte sich endlich durch die Hindernissstrecke ihrer Knöpfe gearbeitet und nahm ihren BH in Angriff. Mit einer schnellen Bewegung schob er ihr den BH überraschenderweise einfach über die Brüste.

Sie griff hinab und öffnete ihm geübt Gürtelschnalle und Reißverschluss. Brandon wartete nicht ab, nahm ihn heraus und drückte sie in die Blätter zurück. Sie versuchte ihn zu beruhigen, flüsterte ihm ins Ohr und streichelte ihm Rücken und Schultern.

„Langsam, Brandon. Lass es uns genießen."

Doch es war schon zu spät. Er war kaum in ihr, als er kam. In Sekunden lag er ermattet auf ihr und versuchte keuchend wieder zu Atem zu kommen, was Ginnys enttäuschten Seufzer übertönte. Er stand auf, wischte sich das feuchte Haar aus der Stirn und zog den Reißverschluss hoch. All das mit der Lässigkeit, als zöge er sich am Morgen an. Ginny kam sich unsichtbar vor. Warum waren die Niedlichen immer die gefühllosen Scheißkerle mit dem schnellen Auslöser?

„Das war's?" fragte sie deutlich enttäuscht. Es war ihr gleich, ob jemand mithörte. Den Wasserfall, das Salbadern des Reverend und das ohrenbetäubende Klatschen konnte sie sowieso nicht übertönen.

Brandon sah sie schließlich an, die braunen Augen im Halbdunkel schwarz und leer. Unter seinem Blick kam sie sich schmutzig vor, das war schlimmer, als sich unsichtbar zu fühlen. Sie zog den BH zurecht und versuchte den Rock hinabzuschieben, wobei sie merkte, dass Brandon ihr die Unterwäsche im Schritt zerrissen hatte.

„Du Tölpel!" Sie zeigte ihm den Schaden. „Was soll ich jetzt machen?"

„Ich weiß nicht. Was tun Nutten wie du denn gewöhnlich danach?"

Sie starrte ihn fassungslos an und flüchtete sich in Zorn, um ihrer aufkeimenden Angst keine Chance zu geben.

„Du bist doch wirklich ein Scheißtyp!" Auch sie konnte mit Worten geißeln. Nur diesmal kam seine Antwort ohne Worte, da er ihr die Faust gegen den Mund schlug. Ginny fiel in die Blätter zurück, griff nach ihrem Kiefer und spürte Blut ihr Kinn hinabrinnen. Ängstlich kroch sie aus seiner Reichweite.

„Lass mich in Ruhe, oder ich schreie!"

Lachend legte er den Kopf in den Nacken, Gesicht zu den Sternen und lachte noch lauter, um ihr zu beweisen, dass niemand sie hören würde. Er hatte Recht damit. Bei den Gesängen von unten klang sein Lachen, als gehörte es dazu.

Er nahm ihre Tasche auf, wischte sie mit der Hand ab und warf sie ihr zu.

„Vergiss nicht, deine Bluse zuzuknöpfen, bevor du wieder nach unten kommst", sagte er plötzlich mit ruhiger, höflicher, fast feierlicher Stimme, aber so distanziert, dass sie fröstelte. Wie war das möglich? Wie konnte er sich so rasch verwandeln?

Sie schnappte sich die Tasche, rückte eilig von ihm ab und lehnte sich Schutz suchend an einen Baum. Ohne ein weiteres Wort wandte er sich ab und ging. Dabei benutzte er denselben Pfad, den sie heraufgekommen waren.

Sie hörte, wie jetzt eine Frauenstimme die des Reverend ersetzte. Doch Ginny lauschte nicht den Worten. Kurz darauf ertönten wieder Gesänge, lauter und kräftiger, je weiter der Abend fortschritt. Sie sangen etwas von der Heimkehr an einen besseren Ort. Was für eine Bande von Versagern.

Ginny atmete erleichtert auf. Gütiger Himmel, wie dumm sie diesmal gewesen war. Jede Wette, dass dieser Justin Mädchen nicht so behandelte. Warum entschied sie sich immer für die Falschen, immer für die bösen Jungs? Vielleicht, weil sie genau wusste, wie sehr das ihrem Dad stinken und ihrer zukünftigen Stiefmutter peinlich sein würde. Nicht, dass die beiden sich etwas aus ihr machten, denen ging es nur um ihr öffentliches Image und ihren kostbaren Ruf. Privat brüllten sie sich an, und in der Öffentlichkeit machten sie sich schöne Augen. Es war zum Kotzen. Sie lebte wenigstens nach ihren Gefühlen, Bedürfnissen und Wünschen.

Hinter ihr raschelte es im Gebüsch. Hatte Brandon es sich anders überlegt? Vielleicht kam er zurück, um sich zu entschuldigen? Dann wurde ihr bewusst, dass er den Weg auf der anderen Seite genommen hatte. Sie warf sich herum, sprang auf und blinzelte in die Dunkelheit.

Etwas bewegte sich dort im Schatten – gottlob nur ein Ast.

Sie musste hier abhauen, ehe sie vor Angst tot umfiel.

Sie griff hinab zu ihrer Tasche. Etwas ging peitschend vor ihr nieder, ein glühendes Seil, das sich um ihren Kopf schlang. Bevor sie danach greifen konnte, legte es sich fest um ihren Hals.

Ginny versuchte zu schreien, doch es kam nur ein Japsen, das ihr in der Kehle stecken blieb. Sie würgte und rang nach Luft. Ihre Finger krallten sich um das Seil, dann um die Hände, die es hielten. Sie grub die Fingernägel in Haut, riss das eigene Fleisch auf und bekam immer noch keine Luft. Sie konnte nicht verhindern, dass das Seil noch enger gezogen wurde. Sie spürte sich schon auf die Knie fallen, Lichtblitze hinter den Augen. Keine Luft. Sie konnte nicht atmen. Sie trat, dann sackten ihr die Beine weg. Jetzt hing ihr gesamtes Körpergewicht an dem Seil um ihren Hals.

Sie fand ihr Gleichgewicht nicht wieder, konnte nicht sehen, nicht atmen. Ihre Knie hatten keine Kraft. Sie schlug mit den Armen. Vergeblich. Als die Dunkelheit kam, war es eine Erlösung.

12. KAPITEL

Innenstadt,
Washington, D.C.

Gwen Patterson schob den Riemen ihrer Aktentasche auf die andere Schulter und wartete auf Marco. Sie blinzelte in das schwach erleuchtete Lokal, dessen antike Gaslaternen und Kandelaber die historische Atmosphäre des Saloons bewahrten. Gwen wusste, dass Old Ebbitts Grill so spät an einem Samstagabend nicht mehr von Politikern frequentiert wurde, die sich sonst gern hier tummelten. Das erhöhte die Chance, eine Nische zu bekommen, und würde ihrer Freundin Maggie O'Dell gefallen, die die politische Szene nicht sonderlich schätzte.

Was Maggie zuwider war, wirkte auf sie merkwürdigerweise belebend. Gwen konnte sich nicht vorstellen, in einer anderen, weniger aufregenderen Stadt zu wohnen. Sie liebte ihr Stadthaus in Georgetown und ihr Büro mit Blick auf den Potomac. Seit über zwanzig Jahren lebte sie hier. Obgleich in New York geboren, war Washington ihr Zuhause.

Marco lächelte, sobald er sie erkannte, und winkte sie herbei.

„Ihre Freundin war diesmal schneller als Sie", sagte er und deutete auf eine Nische am Ende des Ganges, in der Maggie bereits saß, ein Glas Scotch vor sich.

„Nicht zum ersten Mal." Gwen zwinkerte Maggie zu, die stets pünktlich war. Sie hingegen kam meist zu spät.

Maggie sah lächelnd zu, wie Marco sich um Gwen bemühte. Er half ihr aus dem Mantel und nahm ihr sogar die Aktentasche ab. Er wollte sie schon an den Messinghaken neben ihrem Tisch hängen, überlegte es sich jedoch anders und stellte sie sorgfältig und vorsichtig in ihre Nische.

„Was tragen Sie mit sich herum?“ beklagte er sich. „Fühlt sich an wie eine Ladung Steine.“

„Fast geraten. Es ist eine Ladung meiner neuen Bücher.“

„Ah ja, ich hatte vergessen, dass Sie jetzt auch noch eine berühmte Autorin sind und nicht nur eine berühmte Seelenklempnerin für Ganoven und Politiker.“

„Na ja, bei der berühmten Autorin bin ich mir nicht so sicher“, erwiderte sie, strich sich mit beiden Händen den Rock glatt und rutschte in die Nische. „Ich bezweifle, dass es der ‚Forschungsbericht über die Psyche krimineller junger Männer‘ in nächster Zeit auf die Bestsellerliste der New York Times schafft.“

Marco hob in gespielter Überraschung Hände und dichte Augenbrauen. „Was für ein großes, gewichtiges Thema für eine so zarte, schöne Frau.“

„Also Marco, Ihre Schmeicheleien enden jedes Mal damit, dass ich Käsekuchen bestelle.“

„Süßes für die Süße. Scheint mir angemessen.“

Diesmal verdrehte Gwen die Augen. Er tätschelte ihr die Schulter und entfernte sich, um ein paar Japaner zu begrüßen, die an der Tür warteten.

„Tut mir Leid“, sagte sie zu Maggie. „Das ziehen wir jedes Mal ab.“

„Offenbar lohnt es sich. Er hat uns die beste Nische im Lokal gegeben.“

Gwen lehnte sich zurück und betrachtete ihre Freundin. Maggie wirkte erheitert, entweder von der kleinen Szene mit Marco oder vom Scotch. Bei ihrem Anruf vorhin hatte sie depressiv, ja fast leidend geklungen. Sie hatte ihr mitgeteilt, dass sie in der Stadt sei, und gefragt, ob sie sich zum Dinner treffen könnten. Gwen wusste, dass sie aus beruflichen Gründen hier war. Maggie lebte in Virginia, fast eine Stunde entfernt, in einem der schicken Vororte. Sie fuhr nur selten zur Unterhaltung in die Stadt und schon gar nicht spontan.

„Wie war die Signierstunde?“ Maggie nippte an ihrem Scotch, und Gwen ertappte sich bei der Frage, ob das ihr Erster war. Maggie bemerkte es. „Keine Sorge, das ist mein Einziger. Ich muss noch heimfahren.“

„Die Signierstunde war gut“, erwiderte Gwen und unterließ es, Maggie wegen ihrer neuen Angewohnheit zu ermahnen. Dennoch war sie besorgt. Sie sah Maggie kaum noch ohne ein Glas Scotch in der Hand. „Es erstaunt mich immer wieder, wie viele Menschen sich für die eigenwillige Psyche von Kriminellen interessieren.“ Sie winkte einen Kellner heran und bestellte sich ein Glas Chardonnay. An Maggie gewandt, fügte sie hinzu: „Ich habe mich heute kutschieren lassen, deshalb werde ich mir mehr als eines genehmigen.“

„Verräterin.“

Gwen war erleichtert, dass Maggie darüber scherzte, zumal sie ihr beim letzten gemeinsamen Dinner vorgeworfen hatte, sie brauche den Scotch mehr, als ihr bewusst sei. Maggie hatte sie lediglich mit einem strafenden Blick bedacht, der sagte, sie solle sich da raushalten. Die Sorge um ihre Freundschaft war jedoch unbegründet. Maggie hielt daran fest. Und für Gwen ging sie mit einer unerklärlichen mütterlichen Fürsorge einher.

Sie war fünfzehn Jahre älter als Maggie. Seit ihrer ersten Begegnung, als Maggie Assistentin in der forensischen Abteilung in Quantico gewesen war und sie beratende Psychologin, hatte sie einen nie erlebten Schutzinstinkt gegenüber Maggie entwickelt. Sie hatte immer geglaubt, keine mütterlichen Regungen zu besitzen. Doch Maggie verteidigte sie wie die sprichwörtliche Bärenmutter ihr Junges.

Gwen schob ihre Speisekarte beiseite, bereit, Psychologin, Freundin und Mutter zu spielen. Sie hatte nicht gelernt, diese Rollen zu trennen. Na und wenn schon. Maggie konnte jemanden gebrauchen, der auf sie aufpasste, auch wenn sie das nicht gerne hörte.

„Was hat dich in die Stadt geführt? Arbeit im Hauptquartier?"

Da Maggie in Quantico in der Abteilung für wissenschaftliche Verhaltensstudien arbeitete, kam sie nur selten zum FBI-Hauptquartier an der Neunten Straße, Ecke Pennsylvania Avenue.

Maggie nickte. „Ich komme gerade von einem Besuch bei Keith Ganza. Davor war ich draußen in Arlington. Agent Delaney wurde heute beigesetzt."

„O Maggie, das wusste ich nicht." Gwen beobachtete sie, und Maggie wich ihrem Blick aus, indem sie am Scotch nippte und die Stoffserviette auf dem Schoß zurechtlegte. „Alles okay mit dir?"

„Sicher."

Das kam zu rasch und zu lässig, was für Maggie übersetzt bedeutete: Nein, natürlich nicht. Gwen wartete schweigend und hoffte auf weitere Erklärungen. Die blieben aus. Okay, dann musste sie weiter forschen und bohren. Kein Problem. Schließlich hatte sie ein Diplom im Forschen und Bohren. Obwohl auf ihrer offiziellen Urkunde Doktor der Psychologie stand. Was dasselbe war. „Am Telefon klang das so, als müsstest du mit jemandem reden."

„Ja, ich arbeite gerade an einem Fall und könnte deine professionelle Einschätzung gebrauchen."

Gwen sah ihr forschend in die Augen. So hatte sie sich vorhin am Telefon nicht ausgedrückt. Nun gut, wenn sie lieber auf Umwegen zur Sache kommen wollte, sie konnte warten. „Worum geht's?"

„Um die Belagerung der Hütte. Cunningham hätte gern ein psychologisches Profil dieser Jungen, damit wir sie einer Organisation zuordnen können. Denn die haben das bestimmt nicht aus eigenem Antrieb getan."

„Klar. Ja, natürlich. Ich habe einiges darüber in der *Washington Post* gelesen."

„Und die kriminelle Psyche halbwüchsiger Jungen ist ja dein neues Spezialgebiet", sagte Maggie mit einem Lächeln, aus dem Gwen Stolz herauslas. „Warum legen sechs Jungen im Teenageralter ihre Waffen nieder, nehmen Zyanidkapseln und legen sich dann zum Sterben hin?"

„Ohne die Details zu kennen, wäre meine spontane Vermutung, das war nicht ihre Idee. Sie haben getan, was man ihnen befahl, sie sind der Anweisung einer Person gefolgt, die sie fürchten."

„Die sie fürchten?" wiederholte Maggie nachdenklich, beugte sich vor, stützte die Ellbogen auf und legte das Kinn in die Hände. „Warum sagst du automatisch *fürchten*? Warum hast du nicht gesagt, sie handelten im Glauben an ihre Sache? Ist das nicht die am häufigsten gebrauchte Argumentation solcher Gruppen?"

Ein Kellner servierte Gwen den Chardonnay. Sie dankte ihm, legte die Hände um das Glas und ließ den Wein kreisen. „In dem Alter weiß man nicht unbedingt, was man glauben soll. Ansichten und Vorstellungen sind noch sehr leicht formbar und manipulierbar. Aber Jungen haben gewöhnlich eine natürliche Tendenz, sich zu wehren. Es gibt sogar einen physiologischen Grund dafür."

Gwen trank einen Schluck Wein. Sie wollte nicht so klingen, als hielte sie Maggie eine Vorlesung über etwas, das sie längst wusste. Da Maggie jedoch interessiert schien, mehr zu hören, fuhr sie fort: „Das liegt nicht nur am höheren Testosteronspiegel. Jungen haben auch eine geringere Ausschüttung am Neurotransmitter Serotonin. Serotonin hemmt Aggression und Impulsivität. Das könnte erklären, warum mehr junge Männer Selbstmorde begehen als junge Frauen. Warum sie Alkoholiker werden oder blindwütig auf Schulhöfen umherschießen, um ihre Probleme zu lösen."

„Demnach wäre ihre spontane Reaktion, wenn sie mit einem Waffenarsenal in einer Hütte umzingelt werden, sich den Weg freizuschießen." Maggie zuckte mit den Schultern und lehnte sich zurück. „Was mich wieder auf die alte Frage bringt: Warum haben die sich zum Sterben hingelegt?"

„Was mich auf dieselbe Antwort bringt." Gwen lächelte. „Angst. Irgendwer hat sie überzeugt, dass Selbstmord ihre einzige Wahl ist." Sie sah zu, wie Maggie ihr Scotchglas in den Händen wiegte. „Aber das hast du doch bereits gewusst, oder? Komm schon, ich erzähle dir schließlich nichts Neues. Warum hast du dich nun wirklich mit mir zum Essen verabredet? Worüber willst du reden?"

Das Schweigen dauerte länger, als Gwen es im Allgemeinen zuließ.

„Um ehrlich zu sein ..." Maggie nahm die Speisekarte auf und wich Gwens Blick aus, „ich habe einen Bärenhunger." Sie blickte über den Rand der Karte und schenkte der besorgt blickenden Gwen ein angespanntes Lächeln. „Ich musste einfach mit einer Freundin zusammen sein, okay? Einer lebenden, atmenden, wunderbaren Freundin, die ich absolut verehre.“

Gwen erhaschte nur einen kurzen Blick in Maggies tiefbraune Augen, die ernst und ein wenig feucht wirkten. Dann versteckte Maggie das Gesicht gleich wieder hinter der Speisekarte. Gwen durchschaute, dass sie ihre deutlich gewordene Rührung verbergen wollte. Verwundbarkeit zeigte die zähe Maggie O'Dell nicht mal der lebenden, atmenden, wunderbaren Freundin.

„Du solltest den Hickory-Burger versuchen“, riet Gwen und deutete auf die Speisekarte.

„Einen Burger? Der Gourmet empfiehlt einen Burger?“

„He! Nicht irgendeinen Burger, sondern den besten in der Stadt.“ Sie sah, wie Maggie sich entspannte und heiter zu lächeln begann. Okay, dann würde sie mit dem Bohren und Forschen aufhören. Heute Abend würden sie Burger essen, etwas trinken und einfach lebende, atmende Freundinnen sein.

13. KAPITEL

Er musste sich setzen. Der Dunst schien diesmal dichter zu werden als sonst. Hatte er zu viel von dem selbst gemachten Gebräu genommen? Er nahm es nur zur Stärkung, um hinter das Dunkel zu sehen. Auf diese Benommenheit konnte er verzichten. Er musste sich setzen. Ja, sitzen und warten, dass der Nebel hinter seinen Augen verschwand.

Er musste auf seine Atmung achten, wie man es ihn gelehrt hatte. Er würde seinen Zorn ignorieren und abwarten. War es überhaupt Zorn? Frustration vielleicht, Enttäuschung, ja. Aber kein Zorn. Zorn war negative Energie und unter seiner Würde. Nein, es war einfach Frustration. Und wieso auch nicht? Er hatte wirklich geglaubt, diesmal würde es länger dauern. Sie hatte es zweifellos versucht. Und er war fast sicher, dass er es beim dritten Mal gesehen hatte. Ja, er war sicher. Er hatte das Licht hinter ihren Augen gesehen, das Aufglimmen, den Blitz, den Augenblick, als das Leben mit dem letzten Atemzug aus dem Körper gewichen war. Ja, er hatte es gesehen, und er war nah dran gewesen.

Jetzt dauerte es Tage, vielleicht sogar Wochen, bevor er es wieder versuchen konnte. Er verlor langsam die Geduld. Warum zum Henker musste sie auch so schnell aufgeben? Eine weitere Chance, mehr brauchte er nicht. Er war so nah dran gewesen, dass er nicht länger warten wollte.

Er nahm das Buch auf. Das glatte Leder des Einbands zu spüren gab ihm Trost. Er saß in einer dunklen Ecke des Bahnhofs auf einer harten Bank und ignorierte das Kreischen der hydraulischen Bremsen, das endlose Klappern von Absätzen und das Geschiebe von Menschen, die alle in großer Eile waren, an ihre Ziele zu gelangen.

Er schloss die Augen gegen den aufsteigenden Dunst und lauschte. Er hasste den Lärm und den Gestank nach Dieselabgasen, nassen Socken und Körpergeruch. Ja, Körpergeruch von dem Abschaum, der seine Pappunterkünfte an der Straße verließ und hereinschlenderte, um Kleingeld zu erbetteln. Wertlose Armleuchter.

Er öffnete die Augen und war erfreut, dass sich sein Blick klärte. Kein Nebel mehr. Er beobachtete, wie einer der wertlosen Armleuchter den Schlitz am Verkaufsautomaten nach Wechselgeld absuchte. War das eine Frau? Schwer zu sagen. Sie trug alles, was sie besaß, am Leib – Lage um Lage schmutziger Lumpen, die Hosenaufschläge hinter sich herschleifend, was nur ein langsames abwesendes Schlurfen zuließ. Die zerrissene ausgeleierte Strickmütze verlieh dem Kopf eine schiefe Spitze und ließ die schmutzigen blonden Haare darunter hervorstehen wie Stroh. Was für ein Feigling. Kein Überlebensinstinkt. Keine Würde. Keine Seele.

Er legte das Buch auf den Schoß und ließ es auf der Seite mit dem ungewöhnlichen Lesezeichen aufklappen – ein unbenutztes Flugticket, an den Ecken verknickt und längst abgelaufen. Das Buch würde ihn beruhigen, das hatte es immer getan. Es bot Führung und Inspiration, Anleitung und sogar Rechtfertigung. Seine Hände wurden bereits ruhiger.

Er zog die Hemdmanschette über das angetrocknete Blut. Sie hatte ihn ziemlich gekratzt. Es hatte höllisch wehgetan, aber das konnte er vorläufig ertragen. Waschen würde er sich die Hände später. Im Moment brauchte er das Gefühl, etwas Richtiges vollbracht zu haben. Er musste seine Frustration dämpfen und zur Geduld zurückfinden. Doch er musste immer daran denken, wie nah er seinem Ziel gewesen war. Er wollte nicht mehr warten. Wenn er doch nur eine Möglichkeit finden könnte, die Wartezeit abzukürzen.

In dem Moment streckte ihm die Versagerin mit der Mütze auf dem Kopf die stinkende behandschuhte Hand ins Gesicht. „Haste mal 'n Dollar oder zwei?“

Er blickt in ihr schmutziges Gesicht und merkte, dass sie noch recht jung war. Vielleicht war sie unter all dem Schmutz und dem Gestank nach Verfall und saurem Unrat sogar mal attraktiv gewesen. Er sah ihr forschend in die Augen. Sie waren klar, kristallblau und ja, da war Licht hinter ihnen. Kein leerer Blick der Verzweiflung. Noch nicht. Vielleicht musste er doch nicht länger warten.

14. KAPITEL

Newburgh Heights, Virginia

Der kalte Wind stach Maggie in die Haut, doch sie lief weiter und genoss das Gefühl. Delaneys Tod hatte sie in einer Weise aufgewühlt, mit der sie nicht gerechnet hatte und mit der sie noch nicht fertig wurde. Die Beerdigung hatte eine Lawine an Kindheitserinnerungen losgetreten, die sie stets hinter hohen inneren Barrieren zurückgehalten hatte, was so anstrengend war, dass sie sich manchmal wie betäubt fühlte und manchmal zornig wurde. Beides endete in Erschöpfung. Oder rührte die Erschöpfung daher, dass sie stets verbarg, wie es in ihr aussah, damit niemand ihre Zerrissenheit bemerkte? Niemand außer Gwen natürlich.

Sie wusste, dass Gwen ihre Verletzlichkeit spürte. Das war der Preis ihrer Freundschaft und sowohl Trost wie Ärgernis. Manchmal fragte sie sich, wie Gwen es mit ihr aushielt. Auf die Antwort war sie jedoch nicht allzu erpicht. Sie war ihrer klugen, liebevollen Mentorin einfach dankbar, weil sie mit einem Blick ihren Seelenzustand erkannte, den verborgenen Seelenmüll durchwühlte und aus einer emotionalen Reserve, von deren Existenz sie selbst keine Ahnung hatte, neue Kraft für sie schöpfte. Heute Abend war Gwen das gelungen, ohne mit einem einzigen Wort das eigentliche Problem anzusprechen. Maggie hoffte, diese neue Kraft bewahren zu können.

Zu Beginn ihrer Tätigkeit als Profilerin hatte sie geglaubt, es sei ein schlichter Lernprozess, Gefühle in einzelne Schubladen verstauen zu können, um das Entsetzen und die schrecklichen Bilder, mit denen sie tagtäglich konfrontiert wurde, von ihrem Privatleben zu trennen. So etwas unterrichtete man in Quantico zwar nicht, aber da sie ihre unerfreuliche Kindheit verdrängt hatte, war sie davon ausgegangen, auch die unerfreulichen Seiten ihres Berufes verdrängen zu können. Das Problem war nur, jedes Mal wenn sie glaubte, die Technik zu beherrschen, sprang eine dieser Schubladen auf. Was umso ärgerlicher war, da Gwen es merkte.

Maggie legte Tempo zu. Harvey lief hechelnd neben ihr her und beschwerte sich nicht. Seit sie den großen weißen Labrador Retriever übernommen hatte, war er so etwas wie ihr Schatten geworden und hatte einen ausgeprägten Schutztrieb entwickelt. Er reagierte auf Geräusche, die sie nicht mal hörte, und bellte bei sich nähernden Schritten, ob sie dem Briefträger oder dem Pizzalieferanten gehörten. Maggie konnte es dem Tier kaum verübeln.

Im letzten Frühling war der Hund Zeuge geworden, wie sein Frauchen von dem Serienkiller Albert Stucky aus dem eigenen Haus gekidnappt wurde. Maggie hatte Stucky bereits einmal hinter Gitter gebracht, doch er war geflohen. Trotz tapferer Gegenwehr hatte Harvey es nicht geschafft, den Angreifer aufzuhalten. Nachdem er von seinen Verletzungen genesen war, hatte sie ihn aufgenommen. Traurig hatte der Hund noch eine Weile aus den Fenstern ihres großen Tudorhauses geschaut und auf sein Frauchen gewartet. Als er zu begreifen schien, dass sie nicht mehr kommen würde, hatte er sich Maggie mit so beschützender Anhänglichkeit angeschlossen, als wolle er nur ja kein zweites Mal ein Frauchen verlieren.

Maggie überlegte, was Harvey wohl denken würde, wenn er verstünde, dass seine erste Besitzerin entführt worden war, weil sie sich flüchtig gekannt hatten? Seit damals fühlte sie sich schuldig an der Entführung. Das gehörte zu den Dingen, mit denen sie leben musste, die ihr Albträume bereiteten und in ihrer eigenen Schublade verstaut wurden.

Sie atmete gleichmäßig im Takt von Schritt und Pulsschlag, der ihr in den Ohren pochte. Beim Laufen wurde ihr Kopf frei. Für Minuten war sie einzig auf ihren Körper, den natürlichen Laufrhythmus und ihre Kraft konzentriert. Sie lief schneller, und als ihr die Beine schwer wurden, legte sie noch eins zu. Dann merkte sie plötzlich, dass Harvey eine Vorderpfote schonte, obwohl er nicht wagte, langsamer zu laufen. Maggie blieb stehen und erstaunte ihn mit einem versehentlichen Ruck an der Leine.

„Harvey.“ Sie atmete heftig, und er wartete aufmerksam mit leicht zur Seite geneigtem Kopf. „Was ist mit deiner Pfote?“

Sie deutete darauf, und er duckte sich an den Boden, als erwarte er Schelte. Sie nahm die große Pfote vorsichtig in beide Hände, und ehe sie sie umdrehte, spürte sie bereits einen Stich. Tief zwischen den Ballen steckte ein Klumpen Kletten.

„Harvey.“ Es hatte nicht wie Schelte klingen sollen, doch er duckte sich in einer Demutsgeste noch mehr an den Boden.

Sie kraulte ihm die Ohren, damit er wusste, dass er nichts falsch gemacht hatte. Er hasste es, wenn man ihm diese Dinger entfernte, verkroch sich lieber und erduldete den Schmerz. Maggie hatte jedoch gelernt, es schnell und wirkungsvoll zu erledigen. Sie nahm den Klumpen mit den Fingernägeln und zupfte mit scharfem Ruck. Sofort belohnte Harvey ihre Hand mit dankbarem Lecken.

„Harvey, du musst mir mitteilen, wenn du dir solche Dinger einfängst. Ich dachte, wir wären übereingekommen, nie mehr Helden zu spielen."

Er lauschte beim Lecken, ein Ohr höher aufgerichtet als das andere.

„Also, abgemacht?"

Er blickte sie an und bellte kurz. Dann sprang er auf, wackelte freudig mit dem Hinterteil und war bereit, weiterzulaufen.

„Ich denke, den Rest des Weges lassen wir es langsamer angehen." Dass sie es ein wenig übertrieben hatte, wusste sie spätestens, als sie beim Aufstehen einen drohenden Krampf in der Wade spürte. Ja, den Rest würden sie gehen, obwohl der Wind ihren schweißnassen Körper auskühlte und sie zu frösteln begann.

Ein großer orangeroter Mond lugte hinter einer Reihe Pinien auf dem Hügelkamm hervor, der Maggies neues Viertel vom Rest der Welt trennte. Die Häuser lagen weit von der Straße zurück mit parkähnlich angelegten Grundstücken, dass man den Nachbarn nicht sah. Maggie liebte die Abgeschiedenheit hier. Doch ohne Straßenbeleuchtung brach die Dunkelheit schnell herein. Es machte ihr immer noch ein wenig Angst, nach Einbruch der Dunkelheit zu joggen. Es gab zu viele Albert Stuckys auf der Welt. Und obwohl er tot war – sie hatte ihn selbst in Notwehr erschossen –, steckte sie zum Laufen manchmal noch ihre Smith & Wesson in den Taillenbund.

Ehe sie ihre lange, halbrunde Einfahrt erreichte, bemerkte sie das Aufblitzen einer Windschutzscheibe. Sie erkannte den vor dem Haus geparkten schnittigen weißen Mercedes und wäre am liebsten umgekehrt. Wenn Greg sie nicht gesehen hätte, hätte sie es vielleicht auch getan. Doch er winkte von der Veranda und lehnte sich gegen das Geländer, als gehörte ihm das Haus.

„Ist schon ein bisschen spät, um noch zu laufen, oder?" Wie immer klang seine Begrüßung eher wie ein Schelten, und sie zuckte instinktiv zusammen wie Harvey vorhin. Die Reaktion war symptomatisch für ihre gesamte Beziehung, die sich letztlich auf instinktive Überlebenstaktiken reduziert hatte. Und Greg wunderte sich immer noch, warum sie die Scheidung wollte.

„Was brauchst du, Greg?"

Er sah aus, wie den Seiten eines Modemagazins entsprungen – schwarzer Anzug mit scharfer Bügelfalte in der Hose, was sie sogar im schwachen Mondlicht erkannte, und nicht ein Knitter im gesamten Stoff. Das goldene Haar gefestigt und gefönt, nicht eine Strähne fehl am Platz. Ja, ihr zukünftiger Exmann war attraktiv, keine Frage. Wahrscheinlich war er auf dem Heimweg vom Dinner mit Freunden oder Geschäftspartnern. Vielleicht hatte er auch eine Verabredung gehabt. Sogleich fragte sie sich, was sie dabei empfinden würde. Erleichterung, war die rasche und eindeutige Antwort.

„Ich brauche nichts." Er klang gekränkt, und sie sah ihn seine Verteidigungshaltung einnehmen. Eine weitere Überlebenstaktik aus seinem Arsenal. „Ich dachte nur, ich sollte mal nach dir sehen."

Als sie näher kamen, begann Harvey zu knurren. Ein Warnsignal für jeden Fremden auf ihrem Grundstück.

„Großer Gott!" Greg wich zurück und bemerkte Harvey erst jetzt. „Ist das der Hund, den du aufgenommen hast?"

„Warum willst du nach mir sehen?"

Doch Greg war jetzt auf Harvey fixiert. Sie wusste, wie sehr ihm Hunde zuwider waren. Während ihres Zusammenlebens hatte er jedoch vorgegeben, eine Hundeallergie zu haben. Das Einzige, worauf er allergisch reagierte, schien jedoch Harveys Knurren zu sein.

„Greg." Sie wartete, dass er ihr wieder seine Aufmerksamkeit schenkte. „Warum bist du hier?"

„Ich habe das von Richard Delaney gehört."

Maggie sah ihn abwartend an. Als keine weitere Erklärung folgte, hob sie hervor: „Der Mord geschah schon vor Tagen." Sie verkniff sich die Frage, warum er erst jetzt kam, wenn er so besorgt war.

„Ja, ich weiß. Ich habe es aus den Nachrichten erfahren, doch der Name sagte mir zunächst nichts. Dann sprach ich heute Morgen mit Stan Wenhoff über einen Fall, den ich vertrete. Er erzählte mir, was dir im Leichenschauhaus passiert ist."

„Er hat dir davon erzählt?" Maggie konnte es nicht glauben. Sie fragte sich, wo er es sonst noch herumerzählte.

„Er war nur besorgt um dich, Maggie. Er weiß, dass wir verheiratet sind."

„Wir leben in Scheidung", korrigierte sie ihn.

„Aber wir sind immer noch verheiratet."

„Bitte, Greg. Es war ein langer Tag für mich nach einer anstrengenden Woche. Ich brauche jetzt keine Lektion. Nicht heute Abend, okay?" Sie marschierte an ihm vorbei zur Haustür und ließ Harvey vorangehen, sodass Greg ihm Platz machen musste.

„Maggie, ich wollte wirklich nur vorbeischauen, um zu sehen, ob du okay bist."

„Mir geht es gut.“ Sie schloss die Tür auf und beeilte sich, die summende Alarmanlage auszuschalten.

„Du könntest ein bisschen dankbarer sein. Ich bin den ganzen Weg bis hier heraus gefahren.“

„Das nächste Mal rufst du vielleicht vorher an.“

Sie wollte ihm die Tür vor der Nase schließen, als er sagte: „Es hätte dich treffen können, Maggie.“

Sie hielt inne, lehnte sich gegen den Türrahmen und sah Greg in die Augen. Seine sonst glatte Stirn war sorgenvoll gefurcht. Seine Augen schienen feuchter zu sein als sonst.

„Als Stan mir das von Richard erzählte, da ...“ Er sprach leise und ruhig, fast flüsternd und mit einem sentimentalen Unterton, den sie seit Jahren nicht gehört hatte. „Das Erste, woran ich denken musste, war: Was, wenn du das gewesen wärst?“

„Ich kann auf mich aufpassen, Greg.“ Ihr Beruf war während ihrer Ehe ein Dauerthema gewesen – nein, ein Dauerstreit war der treffendere Ausdruck –, vor allem in den letzten Jahren. Sie war nicht in der Stimmung für ein weiteres *Ich hab’s dir ja immer gesagt*.

„Bestimmt hat Richard auch gedacht, er könnte auf sich aufpassen.“ Er trat näher und streckte die Hand aus, um ihr die Wange zu streicheln. Doch Harveys Knurren beendete die Geste, ehe sie ausgeführt wurde. „Da wurde mir klar, wie viel du mir immer noch bedeutest, Maggie.“

Sie schloss seufzend die Augen. Verdammt! Sie wollte das nicht hören. Als sie die Augen öffnete, lächelte er sie an.

„Warum kommst du nicht mit mir? Ich kann warten, während du dich umziehst.“

„Nein, Greg.“

„Ich treffe mich mit meinem Bruder und seiner Frau. Wir nehmen noch einen Schlummertrunk in seinem Hotel."

„Greg, lass das ..."

„Komm schon, Maggie. Du weißt, Mel verehrt dich. Bestimmt würde er dich gern wiedersehen."

„Greg." Sie wollte ihm sagen, dass er aufhören sollte, weil sie sich weder mit ihm noch mit Mel je wieder treffen wollte, da ihre Ehe beendet war und es kein Zurück gab. Doch der Blick in diese feucht schimmernden grauen Augen dämpfte ihren Zorn und stimmte sie traurig und milde. Sie dachte an Delaney und seine Frau Karen, die seine Berufswahl ebenso gehasst hatte wie Greg die ihre. Deshalb sagte sie: „Vielleicht ein andermal, okay? Es ist spät, und ich bin wirklich erledigt heute."

„Okay", gab er zögernd nach.

Einen Moment fürchtete sie, er könnte versuchen, sie zu küssen. Sein Blick wanderte von ihren Augen zu den Lippen, und sie presste sich mit straffem Rücken gegen den Türknauf. Zugleich erkannte sie in diesem Moment des Zögerns aber auch, dass sie sich der Geste nicht widersetzen würde, und das erstaunte sie. Was war nur los mit ihr? Allerdings musste sie sich keine Sorgen machen. Harveys erneutes Knurren erstickte jeglichen Versuch einer intimeren Berührung im Keim und lenkte Gregs Aufmerksamkeit erneut auf den Hund.

Er sah Harvey finster an und erklärte Maggie lächelnd: „Wenigstens musst du dir keine Sorgen um deine Sicherheit machen, solange der bei dir ist."

Er wandte sich zum Gehen, drehte sich aber noch einmal um. „Ach, das hätte ich fast vergessen." Er zog einen Packen zerrissener und zerknüllter Papiere aus der Brusttasche.

„Das muss aus deinem Abfalleimer geweht sein. Der Wind war böig heute.“ Er überreichte ihr einige zerrissene Anzeigen, eine Aufstellung ihrer Kreditkontenstände und eine Abonnementsbestätigung für *Smart Money.* „Vielleicht brauchst du festere Tonnendeckel“, fügte er hinzu. Typisch Greg, immer praktisch, nie eine Gelegenheit auslassend, sie zu tadeln oder zu beraten.

„Wo hast du das gefunden?“

„Unter dem Busch dahinten.“ Er deutete auf den Lorbeer am Haus und ging zu seinem Wagen. „Bye, Maggie.“

Sie sah ihn winken und wartete, dass er einstieg. Wie gewöhnlich prüfte er zunächst sein Konterfei im Rückspiegel und strich sich rasch über das perfekt sitzende Haar. Sie wartete, bis sein Wagen auf der Straße außer Sichtweite war. Dann nahm sie Harvey und ging um die Garage herum. Sofort sprangen die durch Bewegungsmelder aktivierten Lichter an. Die beiden galvanisierten Metallabfallbehälter waren genau dort aufgereiht, wo sie immer standen, nebeneinander dicht an der Garagenwand, die Deckel intakt und fest aufgelegt.

Sie sah sich noch einmal das zerknüllte Papier an und zerriss vorsichtshalber die wichtigen Sachen. Es war ein wenig beunruhigend, dass offenbar jemand ihren Müll durchwühlt hatte. Was hatte man da zu finden gehofft?

15. KAPITEL

Washington, D.C.

Ben Garrison warf den Matchbeutel hinter die Tür seines Apartments. Etwas stank hier. Hatte er vergessen, den Abfall hinauszubringen?

Er reckte sich stöhnend. Sein Rücken schmerzte, und der Kopf pochte. Er rieb sich die Beule an der rechten Schläfe, erstaunt, dass sie immer noch da war. Sie tat ihm verdammt weh, wurde aber wenigstens von Haaren bedeckt. Nicht, dass es ihm etwas ausmachte. Er mochte es nur nicht, wenn ihm Leute blöde Fragen stellten zu Dingen, die sie nichts angingen. Wie diese keuchende alte Schachtel in der Metro neben ihm. Sie hatte gestunken wie der Tod. Ihretwegen war er früher ausgestiegen und hatte sich für den Rest des Weges ein Taxi genommen – ein Luxus, den er sich selten leistete. Taxis waren was für Memmen.

Er wollte nur ins Bett kriechen, die Augen schließen und schlafen. Aber das würde er nicht können, ehe er wusste, ob ihm ein paar vernünftige Aufnahmen gelungen waren. Zum Teufel, Schlaf war auch was für Memmen.

Er schnappte sich den Matchbeutel und kippte den Inhalt auf den Küchentresen. Mit seinen großen Händen fing er drei Behälter auf, ehe sie über die Kante rollten.

Dann sortierte er die schwarzen Filmdöschen nach den auf den Deckeln vermerkten Daten und Zeiten.

Von den sieben Rollen stammten fünf von heute. Er hatte gar nicht gemerkt, dass er so viele verbraucht hatte. Falsches Licht war sein größtes Problem gewesen. Die Beleuchtung rings um das Denkmal war in manchen Bereichen zu grell und in anderen zu schwach. Er fand sich gewöhnlich in den dunklen Ecken wieder, wo er nicht gern Blitzlicht benutzte, es aber dennoch tat. Wenigstens war die Bewölkung vorhin aufgebrochen. Vielleicht hatte er Glück gehabt.

In diesem Geschäft hing sehr viel vom Zufall ab. Er versuchte ständig, so viele Hindernisse wie möglich aus dem Weg zu räumen. Leider war Dunkelheit sogar von hochempfindlichen Filmen und diesem neuen Infrarotzeugs nicht zu durchdringen.

Er sammelte die Filmdosen ein und ging zum Wandschrank, den er in eine Dunkelkammer umgewandelt hatte. Das Klingeln des Telefons erschreckte ihn. Er zögerte, hatte jedoch nicht vor, den Hörer abzunehmen. Seit Monaten, seit Beginn der Drohanrufe ging er schon nicht mehr an den Apparat. Trotzdem wartete er aufmerksam, bis der Anrufbeantworter sich einschaltete.

Ben wappnete sich innerlich vor einer weiteren Absurdität. Stattdessen sagte eine vertraute Männerstimme: „Garrison, hier spricht Ted Curtis. Ich habe Ihre Fotos bekommen. Sie sind gut, aber nicht viel anders als die meiner eigenen Jungs. Ich brauche was anderes. Etwas, das die anderen nicht bringen. Rufen Sie mich an, wenn Sie was haben, okay?“

Ben hätte gern die Filmdosen durch den Raum geschleudert. Jeder wollte irgendwas Spezielles, eine verdammte Exklusivität. Es war fast zwei Jahre her, seit er mit Fotos von toten Kühen außerhalb von Manhattan, Kansas, die Geschichte einer möglichen Milzbrandepidemie an die Öffentlichkeit gebracht hatte. Davor war er obenauf gewesen, als hätte er das Glück gepachtet. Zumindest erklärte er es sich mit Glück, dass er außerhalb des Tunnels war, als Prinzessin

Dianas Wagen verunglückte. War es nicht auch Glück gewesen, dass er sich an dem Tag, als die Bombe hochging, in Tulsa befand? Innerhalb von Stunden war er dort gewesen, hatte seine Aufnahmen gemacht und sie über Kabel an die Meistbietenden geschickt.

Noch Jahre später schien sich alles, was er machte, in Gold zu verwandeln. Zeitungen und Journale riefen ständig an, manchmal nur, um zu hören, was er ihnen in der entsprechenden Woche bieten konnte. Er reiste, wohin er wollte, und fotografierte alles, was ihn interessierte, von kriegerischen afrikanischen Stämmen bis zu Fröschen, denen Beine aus dem Kopf wuchsen. Die Fotos wurden ihm aus den Händen gerissen, sobald sie entwickelt waren. Alles nur, weil es *seine* Fotos waren.

In letzter Zeit war das anders. Vielleicht hatte er seine Portion Glück aufgebraucht. Er war es leid, ständig zu versuchen, zur richtigen Zeit am richtigen Ort zu sein. Er war es leid, darauf zu warten, dass Nachrichten passierten. Vielleicht sollte er selbst welche produzieren. Er presste die Filmdosen in der Hand und hoffte, dass die Aufnahmen gut waren.

Als er sich wieder der Dunkelkammer zuwandte, bemerkte er, dass der Anrufbeantworter blinkte und noch eine weitere Nachricht gespeichert hatte. Okay, vielleicht wollten Parentino oder Rubins die Fotos, die Curtis ablehnte.

Ohne die Hände zu leeren, drückte er den Abspielknopf mit dem Knöchel.

„Sie haben zwei Mitteilungen", teilte ihm die mechanische Stimme mit und ging ihm auf die Nerven. „Erste Nachricht aufgenommen um 23 Uhr 45 heute."

Ben sah auf die Wanduhr. Er musste den Anruf gerade verpasst haben, als er hereinkam.

Es kam ein Klicken, gefolgt von einer Pause. Vielleicht hatte jemand die falsche Nummer gewählt? Dann sagte die höfliche Stimme einer jungen Frau: „Mr. Garrison, hier spricht das Büro des Kundenservice von Yellow Cab. Ich hoffe, Sie fanden die Fahrt mit uns heute Abend angenehm."

Die Filmdosen fielen zu Boden und rollten in verschiedene Richtungen, als Ben sich am Tresen festhielt. Er starrte den Anrufbeantworter an. Keine Taxifirma der Welt rief ihre Kunden an, um sich zu vergewissern, dass ihnen die Fahrt gefallen hatte. Nein, das waren wieder die. Drohanrufe genügten ihnen nicht mehr. Sie waren dazu übergegangen, ihn zu verfolgen. Und hiermit wollten sie ihm kundtun, dass er unter Beobachtung stand.

16. KAPITEL

Justin Pratt wartete vor den Toiletten von McDonald's. Erstaunlich, wie viel um diese Abendstunde im Lokal noch los war. Aber wo sonst sollten Kinder herumhängen? Scheiße! Für einen Big Mac würde er fast alles tun. Der Frittengeruch ließ ihm das Wasser im Munde zusammenlaufen, und sein Magen knurrte.

Er hatte Alice arglos vorgeschlagen, dass sie sich einen Happen zu essen holen sollten. Noch ehe sie die Nase kraus zog und ihm diesen empörten Blick zuwarf, hatte er gewusst, dass sie nicht einverstanden war. Ihre unbeirrbare Selbstdisziplin war etwas, wofür er sie bewunderte. Zugleich fragte er sich, wem es denn wehtat, wenn sie sich einen verdammten Cheeseburger genehmigten?

Oje, er musste auf seine Ausdrucksweise achten. Er sah sich um. Allmählich wurde es ihm zur Gewohnheit, sich umzusehen, ob jemand seine Gedanken hörte. Was war bloß los mit ihm? Er machte sich ja selbst Angst.

Er konnte kaum fassen, wie schreckhaft er geworden war. Fast so, als hätte er seine Reaktionen und Gedanken nicht mehr unter Kontrolle. Er kratzte sich das Kinn und fuhr sich mit den Fingern durch das klebrige Haar. Er hasste diese begrenzten Duschzeiten. Das Wasser wurde nie warm, und heute Morgen waren seine zwei Minuten um gewesen, ehe er das Shampoo auswaschen konnte.

Er lehnte sich gegen die Wand und verschränkte die Arme vor der Brust, um ruhiger zu werden. Warum brauchte sie so lange? Ein Teil seiner Nervosität beruhte auf Nikotin- und Koffeinentzug. Keine Zigaretten, kein Kaffee, keine Cheeseburger. Großer Gott! Hatte er den Verstand verloren?

In dem Moment kam Alice aus der Toilette. Sie hatte sich das lange blonde Haar zurückgebunden, so kamen die helle Haut und die vollen ungeschminkten roten Lippen stärker zur Geltung. Sie sah ihn mit ihren strahlenden grünen Augen an und lächelte, wie er noch nie angelächelt worden war. Wieder einmal wurde ihm klar, wie bedeutungslos sein Verzicht war, solange dieser wunderschöne Engel ihn so anlächelte.

„Irgendeine Spur von Brandon?" fragte sie und riss ihn augenblicklich aus seinen Träumereien.

„Nein, keine." Er sah aus dem Fenster, als beobachte er etwas.

Er hatte Brandon völlig vergessen, und es war ihm auch jetzt gleichgültig, ob er auftauchte. Er konnte beim besten Willen nicht verstehen, wieso sein Bruder Eric mit diesem Typ so befreundet gewesen war. Eigentlich wünschte er sich, Brandon würde irgendwie vom Erdboden verschwinden. Sein Macho-Casanovagehabe nach dem Motto: Seht mich an, ich bin ja so cool! hing ihm zum Halse heraus. Und dass er angeblich ein zukünftiger Reverend in Ausbildung war, interessierte ihn überhaupt nicht.

Außerdem verstand er nicht, warum Brandon sich ständig an sie hängte, sobald er mit Alice irgendwohin ging. Der Typ konnte doch jede haben. Warum ließ er Alice nicht in Ruhe? Allerdings bestand Vater darauf, dass seine Anhänger nie allein loszogen. Und da er noch kein Mitglied der Kirche war, galt er automatisch nicht als anerkannte Begleitung.

Eric hatte versucht, ihm die Regeln und den ganzen Scheiß zu erklären. Aber dann hatte Vater ihn, Justin, für fast eine Woche in die Wälder geschickt. Ein Initialisierungssritual hatte er das genannt, obwohl Justin immer noch nicht verstand, was das Schlafen auf dem Waldboden und das Essen von kalten Dosenbohnen mit einer Initiation zu tun hatte.

Glücklicherweise war er in den Shenandoah National Park gewandert. Ein paar Camper hatten ihn aufgelesen und so gut durchgefüttert, dass er fürchtete, zugenommen zu haben, und nicht wie der ausgemergelte, ängstliche Neuling zurückkehrte, den Vater offenbar haben wollte. Bei seiner Rückkehr war Eric leider auf einer geheimen Mission gewesen, von der ihm keiner erzählen durfte. Er verabscheute diesen ganzen Abenteuerscheiß. Das war alles so blöd, wie es klang.

Alice rutschte in die Ecke der Nische und wartete. Justin zögerte. Er hätte gern neben ihr gesessen. Er konnte das unter dem Vorwand tun, nach Brandon Ausschau zu halten. Aber das tat sie bereits selbst, und zwar so intensiv, dass er Brandon hasste, weil er ihre Aufmerksamkeit in Anspruch nahm.

Justin rutschte ihr gegenüber auf die Bank, ließ den Blick durch das Restaurant schweifen und prüfte, ob jemand Einwände erhob, dass sie eine Nische belegten, obwohl sie nichts bestellten. Der Laden war voll von späten Gästen, die sich ihren Samstagabend-Fastfood-Cocktail holten. Die Dinnerzeit war längst vorbei. Kein Wunder, dass ihm der Magen knurrte. Mehr als den Bissen von Ginnys Brezel hatte er seit dem Mittag nicht gehabt. Und der Gummireis mit Bohnen, den sie ständig bekamen, hielt nicht lange vor, obwohl er an den Magenwänden festzukleben schien. Warum aßen die diesen Fraß tagein, tagaus? Und da sie unterwegs waren, war das Essen heute auch noch kalt gewesen. Hick! Er schmeckte es immer noch.

Da sie wohl ein Weilchen warten mussten, schälte Alice sich aus ihrer Jacke. Justin folgte ihrem Beispiel und versuchte, nicht auf ihre unglaublichen Titten zu starren. Trotzdem dachte er immer wieder, wie scharf sie in dem engen rosa Pulli aussah.

Sie griff in die Jackentasche, holte den gefüllten Lederbeutel heraus und stellte ihn auf den Tisch, dass die Vierteldollarmünzen klimperten. Justin wollte schon fragen, ob sie sich nicht wenigstens eine Cola leisten durften. Sie hatte lediglich einen Vierteldollar für das Telefonat benutzt, das ein wichtiger Teil ihrer Mission zu sein schien. Aber dann hatte sie nur eine kurze Nachricht übermittelt, irgendeinen sonderbaren Code über eine Taxifahrt.

Justin versuchte gar nicht erst herauszufinden, was dahinter steckte. Genau genommen interessierten ihn weder die Politik der Gruppe noch ihre religiösen Überzeugungen, noch ihre Reisearrangements. Er wollte nur bei Alice sein, weil er nicht wusste, wohin er sonst gehörte.

Er war jetzt fast einen Monat von zu Hause weg, und vermutlich kümmerte es seine Eltern einen Scheiß. Vielleicht hatten sie es noch nicht einmal bemerkt. Jedenfalls hatte es sie nicht sonderlich interessiert, als Eric abgehauen war. Sein Dad hatte lediglich gesagt, er sei alt genug, sich sein Leben zu verkorksen, wenn er das denn unbedingt wolle. Aber er wollte nicht an seine Eltern denken. Nicht jetzt, da er dem einzigen Menschen gegenüber saß, der ihm je das Gefühl gegeben hatte, etwas Besonderes zu sein.

Alice lächelte ihn wieder an, doch diesmal deutete sie über seine Schulter.

„Da ist er ja."

Brandon schlüpfte neben Alice in die Nische, machte

sich breit und drängte Alice gegen die Wand. Sie schien das nicht zu stören, doch Justin ballte unter dem Tisch die Hände.

„Tut mir Leid, ich bin spät dran“, sagte Brandon leise, obwohl er nicht aufrichtig klang. Typen wie Brandon entschuldigten sich so leichtfertig, wie andere sich nach dem Befinden erkundigten.

Justin musterte den großen Rotschopf, der ihn an den toten Schauspieler mit dem Rebellen-Image erinnerte – James Dean. Brandon drehte den Kopf und ließ den Blick überallhin schweifen, nur nicht zu seinen Tischnachbarn. Befürchtete er, dass ihm jemand gefolgt war? Er machte verteufelt den Eindruck. Sein Blick wanderte unruhig umher. Wenn er es nicht besser wüsste, hätte Justin glatt unterstellt, Brandon sei high. Aber das war unmöglich. Brandon gab sich zwar rebellisch, doch er würde nicht wagen, sich Vater zu widersetzen. Und Drogen waren verboten.

„Wir müssen zum Bus zurück“, wies Alice sie ruhig und höflich an. „Die anderen warten schon.“

„Lass mich erst mal zu Atem kommen.“ Brandon sah den Beutel mit Vierteldollarmünzen und griff danach. „Ich könnte was zu trinken gebrauchen.“

Justin wartete, dass Alice Brandon auf ihre leise strikte Art zurechtwies, doch sie starrte nur auf seine Hände. Justin bemerkte, was sie stutzen ließ. An Brandons Knöchel klebte etwas Dunkles, Rotes, das schrecklich nach Blut aussah.

17. KAPITEL

Reston, Virginia

R. J. Tully drückte den Knopf der Fernbedienung und ließ die Fernsehkanäle durchlaufen. Nichts auf der Mattscheibe konnte seine Aufmerksamkeit von der Wanduhr ablenken. Die Uhr zeigte auf zwanzig Minuten nach Mitternacht. Emma kam zu spät. Wieder ein Abend, an dem sie den Zapfenstreich ignorierte. Jetzt war Schluss mit lustig, gleichgültig mit welcher Entschuldigung sie ankam. Es war Zeit, andere Saiten aufzuziehen. Er wünschte sich allerdings, das gelassen erledigen zu können, ohne dass ihm Emotionen dabei im Weg standen.

An Abenden wie heute vermisste er Caroline sehr. Wahrscheinlich ein Zeichen, dass ihn die Vaterrolle langsam in den Wahnsinn trieb. Dass er als heißblütiger Mann ihre langen erotischen Beine vermisste und ihre hinreißend delikate Lasagne dazu, mochte noch angehen. Es gab sicher eine Reihe von Dingen, die ihm mehr fehlen sollten als ausgerechnet ihr tröstender Zuspruch auf der Couch, dass mit ihrer Tochter alles in Ordnung sei.

Caroline war immer sehr kreativ gewesen, angemessene Strafen für Emma zu finden. Sie erkannte zielsicher, was das Mädchen am meisten wurmte, zum Beispiel, einen Monat lang die Socken für den ganzen Haushalt zu sortieren. Solche Sachen fielen ihm einfach nicht ein.

Allerdings waren derlei harmlose Strafen angemessen, wenn eine Acht- oder Neunjährige mit dem Rad die Grenzen des erlaubten Territoriums überfuhr. Eine nachhaltige Strafe für eine Fünfzehnjährige zu finden – ganz zu schweigen von bedeutungsvollen Wegen, sie zu disziplinieren – war jedoch schwer.

Er wischte sich mit einer Hand übers Gesicht, um Müdigkeit und wachsenden Ärger loszuwerden. Er war einfach erledigt, deshalb war er so gereizt. Er ließ die *Fox News* eingeschaltet und tauschte die Fernbedienung gegen den Beutel Maischips, die er von dem abgewetzten Kaffeetisch nahm. Dazu musste er sich aufrichten und bemerkte die Reste seiner vorherigen Naschattacke aus den Falten seines Cleveland Indians T-Shirt fallen. Grundgütiger, was für eine Sauerei! Anstatt sauber zu machen, ließ er sich jedoch in den Liegesessel zurückfallen. Schlimmer konnte es kaum noch werden. Hier saß er am Samstagabend bei Naschereien vor der Glotze und sah sich die Spätnachrichten an.

Meistens blieb ihm keine Zeit für Selbstmitleid. Carolines Anruf vorhin hatte ihn jedoch nervös, besser gesagt, sauer gemacht. Sie wollte, dass Emma das Erntedankfest bei ihr verbrachte, und schickte am Montag die Flugtickets per Express.

„Es ist alles schon ausgemacht und geplant“, hatte sie ihm erzählt. „Emma freut sich darauf.“

Alles ausgemacht und geplant, ehe sie sich mit ihm abgesprochen hatte? Er hatte das Sorgerecht für Emma, dem sie bereitwillig zugestimmt hatte, als ihr klar geworden war, dass eine Tochter im Teenageralter in ihrer neuen Rolle als Geschäftsführerin und bei den vielen neuen Rendezvous ein Hemmnis war. Sie wusste, dass er diese Reise verbieten konnte, und sie hätte keine rechtliche Handhabe dagegen. Deshalb hatte sie es vorher mit Emma ausgehandelt und sie ganz heiß darauf gemacht. Sie benutzte das Mädchen als Druckmittel. So blieb ihm keine Wahl, als der Reise zuzustimmen. Caroline leitete eine international erfolgreiche Werbeagentur, natürlich war sie Expertin in Sachen Manipulation.

Seine Gefühle mal beiseite gelassen, wusste er natürlich, dass Emma auch Zeit mit ihrer Mutter verbringen musste. Einige Dinge sollten Mütter und Töchter miteinander bereden. Dinge, bei denen er sich inkompetent, um nicht zu sagen unbehaglich fühlte. Caroline war nicht der verantwortungsbewussteste Mensch auf Erden, aber sie liebte Emma. Vielleicht tat er sich ja nur selbst Leid, weil er zum ersten Mal seit zwanzig Jahren ein Erntedankfest allein verbringen musste.

Eine Autotür schlug zu. Tully richtete sich auf, nahm die Fernbedienung und schaltete die Lautstärke herunter. Eine weitere Autotür schlug, und diesmal war er sicher, dass es aus seiner Einfahrt kam. Okay, er musste ein strenges Gesicht machen, seine Ich-bin-so-enttäuscht-von-dir-Miene. Und welche Bestrafung hatte er sich nun ausgedacht? Verdammt, ihm war keine eingefallen. Er lehnte sich wieder in den Sessel und tat, als sei er durch das Aufschließen der Haustür bei den Nachrichten gestört worden.

Er drehte sich im Sessel um und sah Aleshas Mutter hinter Emma hereinkommen. Auch das noch. Was war jetzt wieder los?

Er stand auf, klopfte sich Krumen von T-Shirt und Jeans, fuhr sich mit den Fingern durchs Haar und wischte sich rasch über den Mund. Wahrscheinlich sah er zum Weglaufen aus. Mrs. Edmund war adrett wie immer.

„Mr. Tully, tut mir Leid, Sie zu stören."

„Nein, ich bin Ihnen sehr verbunden, dass Sie heute Abend den Chauffeur gespielt haben." Er beobachtete Emma, konnte jedoch nicht entscheiden, ob sie peinlich berührt oder besorgt war. In letzter Zeit schien ihr alles, was er vor ihren Freunden oder deren Eltern tat oder sagte, peinlich zu sein.

„Ich bin nur hereingekommen, um Ihnen zu sagen, dass ich für Emmas Verspätung verantwortlich bin.“

Tully beobachtete Emma weiter aus den Augenwinkeln. Sie war eine Expertin im Manipulieren genau wie ihre Mutter. Hatte sie Mrs. Edmund zu dieser Entschuldigung angestiftet? Er verschränkte die Arme vor der Brust und schenkte der zierlichen Blondine, deren Tochter ihr Ebenbild war, seine Aufmerksamkeit. Wenn sie glaubte, Emma ohne Erklärungen decken zu können, war sie schief gewickelt.

Er wartete. Mrs. Edmund fingerte am Riemen ihrer Tasche herum und schob ihn höher auf die Schulter. Dann strich sie sich eine widerspenstige Haarsträhne zurück. Für gewöhnlich benahmen sich Leute nicht so nervös, außer sie waren schuldbewusst. Tully tat nichts, um das unbehagliche Schweigen zu brechen, obwohl er merkte, dass Emma sich innerlich wand. Er lächelte Mrs. Edmund abwartend zu.

„Sie wollten lieber zu einer Gebetsversammlung an einem der Denkmäler gehen, anstatt ins Kino. Ich dachte, das wäre okay. Aber danach war der Verkehr einfach fürchterlich. Ich fahre äußerst ungern in der Stadt und habe mich ein paar Mal verfranst, es war eine Katastrophe.“ Sie verstummte und sah ihn an, als wolle sie prüfen, ob das als Erklärung reichte. Dann fuhr sie fort: „Und dann konnte ich sie am vereinbarten Treffpunkt nicht finden. Zum Glück hat es nicht geregnet. Und dann der ganze Verkehr ...“

Tully brachte sie mit erhobener Hand zum Schweigen. „Ich bin nur dankbar, dass alle heil und gesund wieder da sind. Nochmals danke, Mrs. Edmund.“

„O bitte, Sie müssen mich Cynthia nennen."

Er konnte sehen, wie Emma die Augen verdrehte.

„Ich versuche es nicht zu vergessen. Vielen Dank, Cynthia." Er geleitete sie aus der Haustür und wartete auf den Eingangsstufen, bis sie sicher in ihrem Wagen saß. Alesha winkte ihm zu, und ihre Mutter tat es ihr gleich. Wobei die Ablenkung dazu führte, dass sie fast rückwärts gegen seinen Briefkasten gefahren wäre.

Als er ins Wohnzimmer zurückkehrte, hatte Emma seinen Platz eingenommen. Ein Bein über der Sessellehne, zappte sie durch die Kanäle. Er nahm ihr die Fernbedienung weg, schaltete den Fernseher aus und baute sich vor ihr auf.

„Ihr habt Mrs. Edmund den ganzen Weg bis in die Stadt fahren lassen? Was ist aus dem Kinobesuch geworden?"

„Wir haben auf dem Schulausflug ein paar Leute kennen gelernt. Die haben uns zu dieser Versammlung eingeladen. Außerdem haben wir Mrs. Edmund nicht gezwungen. Sie sagte, es sei okay."

„Das ist fast eine Stunde Fahrt. Und was für eine Versammlung war das? Wurden Drogen und Alkohol herumgereicht?"

„Dad, beruhige dich. Das war so eine religiöse Erweckungssache. Eine Menge Singen und Klatschen."

„Warum in aller Welt wolltest du mit Alesha an so etwas teilnehmen?"

Sie richtete sich auf und begann die Schuhe auszuziehen, als sei sie plötzlich todmüde und müsse dringend zu Bett.

„Wie gesagt, wir haben auf dem Schulausflug ein paar coole Typen kennen gelernt, und die haben uns gesagt, wir sollten kommen. Aber es war irgendwie langweilig. Es endete damit, dass wir um die Denkmäler gelatscht sind und mit ein paar Kids geredet haben, die uns begegnet sind."

„Kids? Oder Jungs?“

„Na ja, Jungen und Mädchen.“

„Emma, nachts um die Denkmäler zu schlendern, kann gefährlich werden.“

„Dad, da waren massenweise Leute, Busladungen voll. Da gibt es geführte Touren. Manche Leute sind da richtig fanatisch, die pausen sich auf kleinen Papierblättern Text von den Wänden ab und machen mit ihren billigen Einwegkameras Gott weiß wie viele Bilder.“

Tully erinnerte sich, dass es mehrere nächtliche Touren zu den Denkmälern gab. Wahrscheinlich hatte sie Recht, die waren nachts ebenso sicher wie am Tag. Außerdem, gab es nicht auch einen Vierundzwanzig-Stunden-Sicherheitsdienst dort?

„Du warst wirklich komisch zu Mrs. Edmund.“ Sie lächelte ihn an.

„Was meinst du damit?“

„Einen Moment habe ich gedacht, du würdest sie in den Boden rammen.“ Sie kicherte, und Tully musste lächeln.

Schließlich lachten beide, aßen die restlichen Maischips und blieben auf, um sich Hitchcocks *Fenster zum Hof* anzusehen. Ja, seine Tochter war eindeutig aus demselben Holz geschnitzt wie ihre Mutter. Sie wusste genau, welche Knöpfe sie bei ihm drücken musste. Und wieder fragte er sich, ob er das mit der Erziehung jemals hinkriegte.

18. KAPITEL

Justin stellte sich schlafend. Im umgebauten Greyhound-Bus wurde es endlich ruhig. Das Surren von Motor und Reifen war ein willkommenes Wiegenlied. Gott sei Dank! Keine Scheiß „Kumbaya"-Songs mehr. Das „Praise the Lord" und „Yahweh Rules" bei der viel zu langen Gebetsversammlung zu überstehen, war schon schlimm genug gewesen. Aber wenn er sich diesen Mist auch noch auf der dreistündigen Heimfahrt anhören müsste, würde ihm garantiert der Schädel zerspringen.

Er hatte seine Sitzlehne weit genug zurückgestellt, um trotz halb gesenkter Lider ein Auge auf Brandon und Alice werfen zu können. Sie saßen eine Reihe hinter ihm auf der anderen Seite des Ganges. Im Bus war es dunkel bis auf die Ganglichter am Boden, die aussahen wie eine kleine Startbahnbeleuchtung. Er konnte Alices Umrisse kaum erkennen, ihr Kopf war zur Seite gedreht, weil sie aus dem Fenster sah. In dieser Haltung saß sie, seit sie Washington verlassen hatten. Auch als die übrigen Businsassen aus Leibeskräften gesungen hatten, konnte er ihre Lippen sich nur bewegen sehen, wenn sie zufällig den Kopf drehte. Ansonsten starrte sie aus dem Fenster. Vielleicht konnte sie Brandons Anblick auch nicht ertragen. Na ja, man konnte wenigstens hoffen, oder?

Brandon konnte er etwas besser beobachten. Justin sah ihm auf die Hände, die der Typ bloß von Alice fern halten sollte. Manchmal erkannte er im Licht entgegenkommender Scheinwerfer kurz seinen Gesichtsausdruck. Zufriedenheit. Verdammte Zufriedenheit, als hätte er keine Sorgen auf der Welt.

Es machte Justin immer noch stinksauer, dass Brandon sich an ihm vorbei in den Bus geschoben und auf den Sitz neben Alice geworfen hatte, als sei das sein angestammter Platz. Der Mistkerl nahm sich, was er wollte, ohne zu fragen.

Justin hörte Getuschel, ehe er sich umdrehte, und sah, dass Vater aus seinem Privatabteil hinten kam. Gerüchten zufolge gab es dort ein Bad und ein Schlafzimmer für Vater, damit er sich ausruhen konnte. Wie er nun im Halbdunkel den Gang entlangkam und sich an den Lehnen festhielt, um das Gleichgewicht zu halten, fand Justin ihn ziemlich gewöhnlich. Wie bitte? Der Typ wandelte angeblich über Wasser und musste sich im Bus an den Rückenlehnen festhalten?

Justin hielt den Kopf an die Lehne gepresst und drehte ihn leicht zur Seite, damit niemand auf die Idee kam, er sei wach. Er schnarchte sogar ganz leise, ein Geräusch, dass er sich selbst im Halbschlaf hatte machen hören.

Er sah Vater in Höhe seines Sitzes stehen bleiben. In der Dunkelheit und bei fast geschlossen Augen konnte er nicht erkennen, ob er auf ihn hinabsah oder nicht.

Dann hörte er ihn flüstern. „Brandon, setz dich ein paar Minuten nach vorn zu Darren. Ich muss mit Alice reden."

Brandon stand auf und gehorchte ohne Widerrede. Justin hätte fast gelacht. Gut, der Bastard würde Alice eine Weile nicht belästigen. Vielleicht hatte Vater Brandons Besessenheit bemerkt. Schließlich predigte er dauernd über die Wichtigkeit der Enthaltsamkeit für sie alle, um ihre Mission zu erfüllen. Reiner Scheißdreck natürlich, aber er war Zeuge der Bestrafungen für Ungehorsam geworden. Ein Pärchen, das in seiner ersten Woche im Camp in flagranti erwischt worden war, wurde von den anderen immer noch geächtet.

„Alice, ich möchte dich loben“, hörte Justin Vater mit leiser Stimme sagen. „Es war ausgezeichnet, wie viele junge Leute du bewegen konntest, zu unserer Gebetsversammlung zu kommen.“

„Justin und Brandon haben mir geholfen.“ Alice sprach auch im Flüsterton, doch Justin schnappte jedes Wort auf. Er liebte ihre leise, sanfte, süße Stimme, die wie Vogelgezwitscher klang. Gleichgültig, was sie sagte, die Worte waren melodisch.

„Das ist typisch für dich, dass du etwas von dem Lob abgibst.“

„Aber es stimmt. Sie haben mir geholfen.“

Vater lachte leise auf, was Justin nicht deuten konnte. Er versuchte sich zu erinnern, ob er den Mann jemals hatte lachen hören.

„Du glaubst gar nicht, was für ein besonderer Mensch du bist, mein liebes Mädchen.“

Justin lächelte erfreut, weil noch jemand diesen wichtigen Tatbestand feststellte. Doch Alice schien das nicht zu gefallen – ihre Mimik glich eher einer Grimasse. Zu viel Bescheidenheit? Sie musste dringend lernen, ein Kompliment anzunehmen, besonders ... was war denn da los?

Jetzt sah er, was Alice störte. Im Scheinwerfer eines entgegenkommenden Fahrzeugs erkannte er Vaters Hand auf ihrem Schenkel. Justin ließ den Kopf auf der Lehne, öffnete die Augen jedoch weiter, um besser sehen zu können. Ja, der Bastard schob die Finger zwischen ihre Schenkel und fuhr hinauf in ihren Schritt. Scheiße, verdammte!

Kalter Schweiß brach ihm aus, und sein Herz pochte wild. Er sah Alice ins Gesicht, und sie bemerkte seinen Blick. Kaum merklich schüttelte sie den Kopf, ein entschiedenes „Nein“. Zuerst dachte er, das bezöge sich auf Vater, doch der Mann war auf den Weg fixiert, den seine Hand nahm. Demnach galt das „Nein“ ihm, Justin.

Scheiße! Ihre gequälte Miene sagte eindeutig, dass sie nicht wollte, was da passierte, und trotzdem verbot sie ihm einzuschreiten?

Scheiße! Er musste etwas tun! Er konnte Vaters Hand nicht mehr sehen. Es war wieder dunkel, da der Gegenverkehr verebbt war. Doch aus Vaters Schulterbewegung schloss er, dass er weiter vorstieß. Vielleicht hatte er seine dreckige Hand bereits in ihrer Hose.

Justin legte den Kopf zurück. Er musste etwas tun, verdammt! Er musste nachdenken. Plötzlich hatte er eine Idee. Er warf sich herum, ruckte und zuckte im Sitz und spielte so gut es ging einen Albtraum. Dann warf er den Körper nach vorn und schrie: „Aufhören! Lass das!“

Sofort waren alle hellwach. Etliche schauten über ihre Sitzlehnen oder um sie herum zu ihm hin. Justin schüttelte den Kopf und rieb sich Augen und Gesicht.

„Entschuldigt bitte. Tut mir Leid. Ein schlechter Traum. Ich bin okay.“

Er streifte Vater mit einem Blick. Der starrte ihn zornig an, stand auf und blickte finster auf ihn hinab, damit alle sein Missfallen sahen. Wie wollte er Zorn auf einen Albtraum rechtfertigen? Niemand sonst kannte ja den wahren Grund. Justin gab sich ungerührt und war froh, dass der Perverse aufgehört hatte mit seinem Treiben. Er erwiderte Vaters Blick schulterzuckend und rückte sich auf seinem Sitz zurecht. Dann wich er dem durchdringenden Blick aus, indem er sich bei dem Arschgesicht entschuldigte, das neben ihm saß.

Schließlich merkte er, wie Vater sich abwandte. Justin wartete jedoch, bis er die Tür des Privatabteil ins Schloss fallen hörte, ehe er zu Alice hinübersah. Sie hatte den Oberkörper zum Fenster gedreht. Doch als lese sie seine Gedanken, sah sie über die Schulter zu ihm hin und schüttelte langsam den Kopf. Nur diesmal sah sie nicht gequält aus. Diesmal wirkte sie besorgt, und er wusste, dass er wahrscheinlich Riesenärger mit ihrem Anführer bekam, mit diesem beschissenen so genannten Seelsorger. Wie wollte der ihre Seelen retten, wenn er nicht mal seine Scheißhände bei sich behalten konnte?

19. KAPITEL

Sonntag, 24. November,
Hyatt Regency Crystal City,
Arlington, Virginia

Maggie sah wieder auf ihre Armbanduhr. Ihre Mutter kam eine Viertelstunde zu spät. Okay, manche Dinge änderten sich nie. Sofort tadelte sie sich für diesen Gedanken. Schließlich versuchte ihre Mutter, sich zu ändern. Ihre neuen Freunde schienen positiven Einfluss auf sie auszuüben. Seit über einem halben Jahr hatte es keine Anfälle von Trunkenheit oder misslungenen Selbstmordversuche mehr gegeben. Das war so etwas wie ein Rekord, trotzdem blieb Maggie skeptisch.

Ihre Mutter verließ Richmond kaum, doch in letzter Zeit reiste sie jede Woche an einen anderen Ort. Ihr Anruf gestern Abend hatte sie überrascht, besonders, da er aus dem Crystal City Hyatt kam. Sie konnte sich nicht erinnern, wann ihre Mutter das letzte Mal in der Stadt gewesen war. Sie hatte ihr erzählt, sie sei wegen einer Gebetsversammlung oder so etwas hier. Einen Moment hatte sie befürchtet, sie sollte zu dieser Gebetsgeschichte eingeladen werden. Inzwischen fragte sie sich allerdings, warum sie geglaubt hatte, ein Frühstück mit ihrer Mutter sei weniger beklemmend. Warum hatte sie nicht einfach abgesagt?

Sie nippte an ihrem Wasser und wünschte, es wäre Scotch. Der Kellner lächelte sie vom anderen Ende des Restaurants an, eines dieser mitfühlenden Lächeln, das besagt: Tut mir Leid, dass Sie warten müssen. Sie nahm sich vor, Rühreier mit Schinken und Toast und anstelle des Orangensafts einen Scotch zu bestellen, falls ihre Mutter nicht bald auftauchte.

Sie faltete ihre Serviette zum dritten Mal und hätte sich gern die Erschöpfung aus den Augen gerieben. Sie hatte nur etwa zwei Stunden geschlafen und immer wieder die auftauchenden Bilder von Delaney bekämpft. Wie sie Beerdigungen hasste! Nicht mal Abbys unschuldige Akzeptanz des väterlichen Todes hatte verhindern können, dass ihre Erinnerungen ihr den Schlaf raubten.

In dem Albtraum, der sie schließlich geweckt hatte, warf sie in einem endlosen erschöpfenden Vorgang Händeweise Erde in das dunkle Grabloch. Als sie schließlich über den Grabrand blickte, sah sie, wie sich die Erde blitzschnell in Maden verwandelte, die über das Gesicht ihres Vaters wuselten. Seine offenen Augen starrten sie an, und er trug diesen lächerlichen braunen Anzug, und die Haare waren wieder falsch gekämmt.

Maggie verdrängte blinzelnd diese Bilder und schaute sich nach dem Kellner um. Es hatte keinen Sinn, länger auf den Scotch zu verzichten. In dem Moment sah sie ihre Mutter das Restaurant betreten. Zuerst hatte sie sie übersehen und die attraktive Brünette im marineblauen Mantel mit rotem Schal gar nicht erkannt. Als die Frau ihr zuwinkte, musste sie zweimal hinsehen. Ihre Mutter trug gewöhnlich absurde Kombinationen, die zeigten, wie wenig sie sich aus ihrem Äußeren machte. Doch was sich da ihrem Tisch näherte, war jeder Zoll eine kultivierte Dame der Gesellschaft.

„Hallo, Süße“, sagte die Erscheinung in einem milden Ton, den Maggie ebenfalls nicht kannte, obwohl eine vertraute Rauheit der Stimme geblieben war, die von einem Zweierpack pro Tag stammte. „Du solltest mein Zimmer sehen!“ fügte sie mit einer Begeisterung hinzu, die die Scharade komplettierte. „Es ist riesig! Reverend Everett war so freundlich, uns gestern Abend hier absteigen zu lassen. Er ist einfach zu gut zu Emily, Stephen und mir.“

Maggie konnte kaum eine Begrüßung murmeln, ehe ihre Mutter sich an den Tisch setzte und der Kellner bereits zu ihnen kam.

„Möchten die Damen den Morgen mit einem Saft, mit Kaffee oder lieber einem Mamosa beginnen?“

„Wasser genügt mir vorerst“, sagte Maggie und wartete gespannt, ob ihre Mutter das Angebot des Kellners, vor dem Mittag Alkohol zu trinken, annahm. Die frühe Stunde hätte sie in der Vergangenheit nicht davon abgehalten.

„Ist das Leitungswasser?“ Kathleen O'Dell deutete auf Maggies Glas.

„Ich denke, ja. Ich bin mir aber nicht sicher.“

„Könnten Sie mir bitte ein Wasser in Flaschen besorgen? Quellwasser aus Colorado wäre gut.“

„Colorado?“

„Ja, bitte ... abgefülltes Quellwasser. Vorzugsweise aus Colorado.“

„Ja, Ma'am. Ich werde sehen, was ich tun kann.“

Sie wartete, bis der Kellner außer Sichtweite war, dann beugte sie sich zu Maggie vor und flüsterte: „Die geben alle möglichen Chemikalien ins Leitungswasser. Übles Zeug, das Krebs verursacht.“

„Die?“

„Die Regierung.“

„Mom, ich bin die Regierung.“

„Natürlich bist du das nicht, Süßes.“ Sie lehnte sich lächelnd zurück und glättete die Serviette auf ihrem Schoß.

„Mom, das FBI ist eine Regierungsbehörde."

„Aber du denkst nicht wie die, Maggie. Du gehörst nicht zu ..." Sie senkte die Stimme und flüsterte: „Zur Verschwörung."

„Da hätten wir es, Ma'am." Der Kellner stellte ihr ein wunderbares randvolles Kristallglas hin, garniert mit einer Limonenscheibe. Seine Bemühungen trugen ihm nur ein Stirnrunzeln ein.

„Woher soll ich wissen, dass es abgefülltes Quellwasser ist, wenn Sie es mir bereits in einem Glas servieren?"

Sie sah Hilfe suchend zu Maggie, doch die sagte: „Könnten Sie mir einen Scotch bringen? Pur."

„Natürlich. Einen Scotch pur und einmal abgefülltes Quellwasser in der Flasche."

„Vorzugsweise aus Colorado."

Der Kellner warf Maggie einen verzweifelten Blick zu, als erwarte er noch weitere Anordnungen. Sie tröstete ihn mit: „Mein Scotch kann von überall sein."

„Natürlich." Es rang sich ein Lächeln ab und war fort.

Der Kellner war kaum gegangen, als sich ihre Mutter wieder über den Tisch beugte und flüsterte: „Es ist noch schrecklich früh, um Alkohol zu trinken, Maggie."

Maggie widerstand der Versuchung, darauf hinzuweisen, diese Neigung habe sie vermutlich von ihr geerbt. Sie presste die Kiefer zusammen und fingerte an der Serviette auf ihrem Schoß herum. „Ich habe letzte Nacht nicht viel geschlafen", erklärte sie.

„Nun ja, dann wäre Kaffee vielleicht angebrachter. Ich rufe ihn zurück." Sie begann sich nach dem Kellner umzusehen.

„Nein, Mom, hör auf!"

„Du brauchst etwas Koffein. Reverend Everett sagt, Koffein kann Medizin sein, wenn nicht im Übermaß genossen. Ein wenig wird dir helfen. Du wirst sehen."

„Ist schon okay. Ich will keinen Kaffee. Ich mag ihn nicht mal."

„Wo ist er bloß hingelaufen?"

„Mom, nein!"

„Er ist dort drüben am Tisch. Ich werde ..."

„Mom, hör auf damit! Ich will den verdammten Scotch!"

Die Hände ihrer Mutter verharrten in der Luft. „Nun gut." Sie ließ die Hände in den Schoß fallen, als hätte Maggie darauf geschlagen.

Maggie hatte noch nie so heftig mit ihrer Mutter gesprochen. Was war nur in sie gefahren? Und als sie nun sah, wie Kathleens Gesicht rot anlief, überlegte sie, ob sie ihre Mutter je verlegen erlebt hatte, obwohl es in der Vergangenheit genügend Anlässe dafür gegeben hätte. Zum Beispiel, wenn Kathleen sich halb bewusstlos vor Trunkenheit von ihrer Tochter drei Treppen hatte hinaufschleifen lassen oder in einem See von Erbrochenem aufgewacht war.

Sie wandte den Blick ab, sah sich nach dem Kellner um und fragte sich, wie sie eine ganze Mahlzeit mit dieser Frau überstehen sollte.

„Vermutlich hat dich dieser Hund wach gehalten", bemerkte ihre Mutter beiläufig, als wäre ihre Beziehung völlig intakt und nicht durch eine trübe Vergangenheit belastet.

„Nein, eigentlich war es mein Regierungsjob."

Sie sah Maggie lächelnd an. „Weißt du, was ich gerade denke, Süßes?" Als Expertin in Konfrontationsvermeidung wechselte sie praktischerweise das Thema. „Ich dachte gerade, wir sollten zum Erntedankfest ein großes Dinner geben."

Maggie sah sie verblüfft an. Das konnte doch nur ein Witz sein.

„Ich mache einen Truthahn mit allen Beilagen. Es wird wie in den guten alten Zeiten sein."

Gute alte Zeiten? Das musste die Pointe sein. Doch ihre Mutter meinte das offenbar ernst. Zu glauben, dass Kathleen auch nur wusste, an welchem Ende der Truthahn gefüllt wurde, war abwegig.

„Ich werde Stephen und Emily einladen. Es wird Zeit, dass du sie kennen lernst. Und du kannst Greg mitbringen."

Das war keine Pointe, sondern eine Einladung mit Hintergedanken. Natürlich, warum hatte sie das nicht eher kommen sehen?

„Mom, du weißt, dass das nicht geht."

„Wie geht es Greg? Ich bedaure, dass wir uns nicht mehr sehen." Kathleen O'Dell redete weiter, als hätte Maggie nichts gesagt.

„Vermutlich geht es ihm gut."

„Ihr beide redet doch noch miteinander, oder?"

„Nur über die Teilung unseres gemeinsam erworbenen Vermögens."

„Ach, Süßes. Du solltest dich einfach entschuldigen. Ich bin sicher, Greg nimmt dich zurück."

„Wie bitte? Für was sollte ich mich denn wohl entschuldigen?"

„Das weißt du."

„Nein, weiß ich nicht."

„Weil du ihn mit diesem Cowboy in Nebraska betrogen hast."

Maggie beherrschte ihren Zorn, indem sie die Stoffserviette im Schoß strangulierte.

„Nick Morrelli ist kein Cowboy. Und ich habe Greg nicht betrogen.“

„Physisch vielleicht nicht.“

Diesmal sah ihre Mutter sie an, und Maggie konnte den Blick nicht abwenden. Sie hatte ihrer Mutter nichts von Nick Morrelli erzählt, aber Greg hatte das offenbar getan. Sie hatte Nick letztes Jahr kennen gelernt. Damals war er Bezirkssheriff in einer Kleinstadt in Nebraska gewesen. Zusammen hatten sie eine Woche lang einen Kindermörder gejagt. Danach war er ihr nicht mehr aus dem Kopf gegangen, zumal er inzwischen als stellvertretender Bezirksstaatsanwalt für Suffolk County in Boston lebte. Aber sie traf sich nicht mal mit Nick. Sie hatte darauf bestanden, Distanz zu wahren, solange ihre Scheidung nicht durch war. Trotz ihrer Gefühle für Nick hatte sie nicht mit ihm geschlafen. Sie hatte Greg nicht betrogen, wenigstens nicht im juristischen Sinn. Vielleicht war sie schuldig, ihn im Herzen betrogen zu haben.

Egal. Es ging ihre Mutter nichts an. Wie konnte sie sich einbilden, einen Geheimzugang zu ihrem Herzen zu haben? Was maßte sie sich an nach all dem Schaden, den sie ihr zugefügt hatte?

„Die Scheidungspapiere sind bereits ausgefertigt“, erklärte sie entschieden, um das Thema damit zu beenden.

„Aber du hast sie noch nicht unterschrieben, oder?“

Sie hielt weiter dem besorgten Blick der Mutter stand, der sie ebenso verblüffte, wie er ihr Unbehagen bereitete. Versuchte Kathleen aufrichtig, sich zu ändern? War sie wirklich besorgt? Oder hatte sie bei einem Gespräch mit Greg entdeckt, dass er es sich anders überlegt hatte, und eine Art Geheimpakt mit ihm geschlossen? War das der eigentliche Grund für die Einladung zum traditionellen „Thanksgiving“?

„Ob die Scheidungspapiere unterzeichnet sind oder nicht, zwischen Greg und mir ändert sich dadurch nichts.“

„Nein, natürlich nicht, solange du darauf bestehst, deinen Regierungsjob zu machen.“

Da war er also, der subtile und ach so wirkungsvolle Stich ins Herz. Natürlich war sie, Maggie, die Böse, und die Scheidung war ihre Schuld. Und natürlich konnte sich laut ihrer Mutter alles wieder einrenken, wenn sie sich entschuldigte und alle Probleme unter den Teppich kehrte. Es gab keinen Grund, Probleme zu lösen, man musste sie nur verdrängen. Das war immer Kathleen O’Dells Spezialität gewesen. Was man nicht zur Kenntnis nahm, konnte auch nicht existieren.

Maggie schüttelte kaum merklich den Kopf und blickte lächelnd auf, als der Kellner ein Glas mit bernsteinfarbener Flüssigkeit vor sie hinstellte – flüssige Rettung. Sie trank einen Schluck und ignorierte den missbilligenden Ausdruck im sorgfältig geschminkten Gesicht ihrer Mutter.

Ihr Handy begann zu klingeln, und Maggie drehte sich zur Seite, um es aus der Tasche ihrer Jacke zu holen, die über der Rückenlehne hing. Nur zwei Klingelzeichen, und alle Gäste im Restaurant sahen sie so stirnrunzelnd an wie ihre Mutter.

„Maggie O’Dell.“

„Agentin O’Dell, hier ist Cunningham. Tut mir Leid, Sie am Sonntagmorgen zu stören.“

„Ist schon okay, Sir.“ Dieser neue, sich entschuldigende Cunningham ging ihr auf die Nerven. Sie wollte ihren alten Chef zurückhaben.

„Auf Regierungsgelände wurde eine Leiche entdeckt. Die Polizei ist am Tatort. Ich bekam eine Anfrage, dass unsere Abteilung einen Blick darauf werfen sollte."

„Ich bin im Crystal City Hyatt. Sagen Sie mir einfach, wohin ich fahren soll." Sie spürte den finsteren Blick ihrer Mutter. Sie wollte noch einen Schluck Scotch, stellte das Glas aber beiseite.

„Treffen Sie sich am Franklin Delano Roosevelt-Denkmal mit Agent Tully."

„Am Monument?"

„Ja. Vierte Galerie. Die Leitung der Untersuchung am Tatort hat ...", sie hörte ihn umblättern, „Detective Racine."

„Racine? Julia Racine?"

„Ja, ich glaube. Ist das ein Problem für Sie, Agentin O'Dell?"

„Nein, Sir. Keineswegs."

„Okay dann." Er legte auf, ohne sich zu verabschieden, ein sicheres Zeichen, dass der alte Cunningham wieder durchkam.

Während Maggie in ihre Jacke schlüpfte, sah sie ihre Mutter an und legte für ein noch nicht bestelltes Frühstück eine Zwanzigdollarnote auf den Tisch.

„Tut mir Leid, ich muss gehen."

„Ja, ich weiß. Dein Job. Er ruiniert dir so einiges, nicht wahr?"

Maggie verzichtete auf eine angemessene Antwort, nahm ihr Glas und trank es auf einen Zug leer. Nach einem gemurmelten Abschied ging sie.

20. KAPITEL

Everetts Lager,
am Fuße der Appalachen

Justin Pratt wurde vom plötzlichen Plärren der Musik aus dem Schlaf gerissen und fiel fast von der schmalen Armeepritsche. Wäre das geschehen, wäre er auf mehreren Kirchenmitgliedern gelandet, die in Schlafsäcken ausgestreckt lagen. Er konnte von Glück sagen, dass er in dem engen Schlafquartier, das fast 24 Männer beherbergte, eine Pritsche ergattert hatte. Nach seiner Probezeit – wann immer die auch enden mochte – würde er garantiert bei den anderen auf dem Boden enden.

Bei dem wenigen Schlaf, den man ihnen gönnte, machte das auch nichts mehr aus. Aber morgens über Lautsprecher mit dieser erbärmlichen Musik geweckt zu werden, war die absolute Härte. Es klang nach einer alten verkratzten Platte von „Onward Christian Soldiers". Nein, er sollte sich nicht beklagen. Er musste dankbar zu sein, wenigstens bis Eric zurückkam. Dann mussten sie unbedingt bereden, was zu tun war. Vielleicht konnten sie zur Westküste trampen oder nach Hause zurückkehren. Hoffentlich konnte er Eric überzeugen, abzuhauen, denn ohne ihn würde er nicht gehen.

Er rieb sich die Augen. Scheiße! Er fühlte sich gerädert, als hätte er gar nicht geschlafen. Aus Gewohnheit sah er auf seinen Arm, dann fiel ihm ein, dass die teure Seiko, die ihm sein Großvater geschenkt hatte, weg war. Sie gehörte zu den „hedonistischen materiellen Dinge", die für immer konfisziert blieben. Blödsinn! Als käme er direkt in die Hölle, nur weil er die Uhrzeit wusste!

Inzwischen fragte er sich, ob der wahre Grund, warum Vater ihnen den Besitz von Wertgegenständen untersagte, nicht vielmehr der war, sie abhängig zu machen. Und sie waren abhängig. In allem, vom klebrigen Gummireis bis zu den Zeitungschnipseln, die sie als Toilettenpapier benutzten.

„Aufstehen, Pratt!“ Jemand schubste ihn von hinten an der Schulter.

Justin ballte die Hände. Ohne hinzusehen wusste er, dass es Brandon war. Nur ein einziges Mal hätte er gern seine Faust in diesem verschlagenen, arroganten Gesicht geparkt. Stattdessen nahm er saubere Unterwäsche und Socken von der Wäscheleine in der Ecke. Brandon war so gütig gewesen, sie mit ihm zu teilen, denn offenbar war sogar etwas so Billiges wie eine Wäscheleine ein seltenes Gut in diesem Lager. Die Socken waren noch feucht, was bedeutete, dass er wieder mal den ganzen Tag kalte Füße haben würde.

Er ließ sich Zeit beim Anziehen, während die anderen sich beeilten, um sich in der Schlange fürs Duschen anzustellen. Durch das kleine Fenster mit der Einfachverglasung sah er, wie die Schlange länger wurde. Sie reichte bereits um die Ecke des Betongebäudes. Er fuhr sich mit den Fingern durch das verklebte Haar. Verdammter Mist. Vielleicht konnte er später in die Dusche schlüpfen. Er war es leid, jeden Tag Schlange zu stehen. Außerdem war er am Verhungern, und sein Magen erinnerte ihn mit lautem Knurren, dass er seit gestern Mittag nichts gegessen hatte.

Justin machte sich auf zur Cafeteria und sah sich unterwegs im Lager um. Ein Scheißcamp war das hier. In einem Bericht des Kabelfernsehens über die Kennedys hatte er gehört, dass die ihr Familienanwesen auch Camp nannten. Als Eric ihm dann vom Lager in den Appalachen erzählt hatte,

hatte er sich natürlich etwas Ähnliches wie ein großes Anwesen darunter vorgestellt mit Häusern für Bedienstete, Pferdeställen und einem riesigen Herrenhaus. Aber das hier sah nach Armeecamp aus – kahle Stahl- und Betonbarracken, umgeben von riesigen Wäldern, einsam im Shenandoah Valley gelegen.

An der Südseite türmten sich Berge von Buschwerk und entwurzelten Bäumen, die man mit Bulldozern gerodet hatte, um eine Lichtung zu schaffen. Das sah alles sehr provisorisch aus. Die Brunnen waren nicht tief genug, und viele der Gebäude hatten keine Installationen. Es gab nie genügend warmes Wasser, von heißem ganz zu schweigen.

Das Ganze war ein Provisorium, und Justin hatte Gerüchte gehört, dass Vater ihnen irgendwo ein neues Camp bauen wollte. Ein Paradies hatte er allen versprochen. Aber nach gestern Nacht traute er dem Arschloch nicht mehr über den Weg. Der Perverse war ein beschissener Heuchler. Nicht, dass er ihm vorher getraut hätte. Er traute niemandem. Dass der Kerl ein Betrüger war, hätte er schon nach der ersten Woche wissen müssen.

In der ersten Woche hatte Eric ihn zu einem so genannten Reinigungsritual gebracht. Alle Teilnehmer mussten ihren peinlichsten Moment im Leben und ihre größte Angst niederschreiben und den Zettel mit Namen unterzeichnen.

„Niemand sonst wird diese Geständnisse lesen“, hatte Vater ihnen in seiner aalglatten, hypnotischen Art versichert. „Die Unterschrift ist nur eine Übung, damit ihr euch eurer Vergangenheit und euren Ängsten stellt.“

Die gefalteten Zettel wurden dann in einer schwarzen Metallkiste eingesammelt. Justin war aufgefordert worden, das zu tun und die zerbeulte Kiste hinter Vaters großen

Holzsessel zu stellen. Ein Sessel, der mehr wie ein Thron aussah und von seinen Neandertal-Leibwächtern flankiert wurde. Am Ende des Abends holte Vater die Kiste mit den vertraulichen Geständnissen hervor, warf ein brennendes Streichholz hinein und verbrannte die Zettel. Allgemeines Aufatmen. Doch Justin fiel auf, dass die schwarze Kiste keine Beulen mehr hatte.

Als er Eric später vom wundersamen Verschwinden der Beulen berichtet hatte, war der ihm fast ins Gesicht gesprungen.

„Manche Dinge erfordern Glauben und Vertrauen. Wenn du das nicht aufbringst, gehörst du nicht hierher!" hatte er ihn abends wütend angeschnauzt. Ein solches Aufbrausen kannte er nicht von Eric, und er erinnerte sich, dass er noch gedacht hatte, Eric führe sich auf, als wolle er vor allem sich selbst überzeugen.

Er nahm eine Abkürzung zur Cafeteria, sprang über einige Sägeböcke und wanderte durch ein Gewirr von gestapeltem Holz und antiquierten Ausrüstungsgegenständen. Er musste unwillkürlich denken, dass sie sich für ein Paar von Vaters massiv goldenen Manschettenknöpfen wahrscheinlich einen kleinen Gabelstapler kaufen konnten, damit der alte Traktor mit seinem Frontlader und dem hinten angehängten verrosteten Pflug endlich von seinem Elend erlöst würde.

Er roch den dumpfen Gestank der Abfallhalde und fand, dass seine Abkürzung doch keine so gute Idee war. Kein Wunder, dass alle diesen Teil des Lagers mieden. Als er die Richtung zum Hauptweg einschlagen wollte, sah er einige Männer hinter den Abfallhaufen graben. Vielleicht versenkten die endlich das stinkende Zeugs. Doch als er stehen blieb, merkte er, dass sie mehrere Stahlkassetten in den Boden einließen.

„He, Justin!“

Er drehte sich um und sah Alice über die Holzstapel winken. Sie kam durch das Gewirr auf ihn zu, das seidige Haar glänzte in der Morgensonne, und ihre Kleidung war frisch und adrett. Ihre Socken waren garantiert nicht feucht. Jetzt wünschte er, sich doch die Zeit für die kalte Dusche genommen zu haben. Als Alice bei ihm war, machte sie sofort dieses niedlich besorgte Gesicht.

„Was tust du hier, Justin? Hier darf sich niemand aufhalten.“

„Ich habe nur eine Abkürzung genommen.“

„Komm, lass uns gehen, bevor uns jemand entdeckt.“ Sie nahm ihn bei der Hand, um ihn fortzuziehen, doch er blieb stehen.

„Was machen die Typen da drüben?“

Sie legte die Stirn in Falten, schirmte jedoch mit einer Hand über den Augen die Morgensonne ab und sah in die angedeutete Richtung. „Das geht dich nichts an.“

„Demnach weißt du es nicht?“

„Es ist gleichgültig, Justin. Bitte, du möchtest doch nicht, dass wir hier geschnappt werden.“

„Und wenn? Werde ich dann für Wochen von allen geächtet? Oder nein, wahrscheinlich muss ich wochenlang auf meine Ration Gummireis mit Bohnen verzichten.“

„Justin, hör auf!“

„Komm schon, Alice. Sag mir einfach, was die Typen da vergraben, und ich gehe brav mit dir.“

Sie ließ seine Hand los, schob sie sogar fast von sich. Ihm wurde bewusst, wie dumm er sich verhielt. Sie war der einzige Mensch, der ihm wichtig war, und jetzt brüskierte er sie, wie er das schon bei allen anderen geschafft hatte.

„Sie vergraben das Geld, das wir gestern Abend auf der Gebetsversammlung eingenommen haben."

Am Ende jeder Gebetsversammlung wurden für die „Dankesgabe" an Gott, wie Vater das nannte, etwa ein halbes Dutzend Weidenkörbchen herumgereicht, die meist zum Überlaufen voll zurückkamen.

„Was heißt das, die vergraben es?"

„Sie vergraben alles Geld, das wir einnehmen."

„Die verbuddeln das?"

„Das ist okay. Sie legen Mottenkugeln in die Kisten, damit die Scheine nicht schimmelig werden."

„Aber warum vergraben?"

„Wo sollten sie es sonst aufbewahren, Justin? Banken ist nicht zu trauen. Die werden alle von der Regierung kontrolliert. Bankautomaten und elektronische Überweisungen, all das kann die Regierung überwachen und dir das Geld wegnehmen, wann sie will."

„Okay, aber warum wird dann nicht wenigstens ein Teil investiert, zum Beispiel am Aktienmarkt?"

„Ach Justin, was soll ich nur mit dir machen?" Alice tätschelte ihm lächelnd den Arm, als hätte er einen Witz erzählt. „Der Aktienmarkt wird auch von der Regierung kontrolliert. Erinnerst du dich noch an die große Depression aus dem Geschichtsunterricht?" Sie sprach jetzt mit ihrer ruhigen Lehrerstimme. Wenigstens hatten sich die Sorgenfalten in ihrem Gesicht geglättet. „Wenn die Aktienkurse sinken, ist das Schuld der Regierung. Sie stiehlt den Leuten ihr hart verdientes Geld und zwingt sie, von vorn anzufangen."

Justin hatte darüber noch nicht nachgedacht. Er erinnerte sich jedoch, wie stinksauer sein Dad immer war, wenn er Geld am Aktienmarkt verlor. Alice wusste viel besser über diese Sachen Bescheid als er. Geschichte war nie seine Stärke gewesen. Er zuckte mit den Schultern und tat so, als sei ihm die Angelegenheit gleichgültig. Als Alice diesmal seine Hand nahm, ließ er sich wegführen und genoss es, ihre zarte Haut zu spüren. Er hätte gern wegen Vaters perversem Annäherungsversuch gestern Abend mit ihr gesprochen, doch er scheute das Thema. Vielleicht war es für beide besser, wenn sie vergaßen, dass es passiert war.

Auf dem Weg zur Cafeteria dachte Justin darüber nach, wie viel Geld in dem Loch vergraben sein könnte. Er fragte sich unwillkürlich, wer sonst noch davon wusste. Wenn er mit Eric abhaute, mussten sie vielleicht doch nicht per Anhalter reisen.

21. KAPITEL

Franklin Delano Roosevelt Monument,
Washington, D.C.

Ben Garrison zog sich die Handschuhe wieder an und drückte nach dem Einlegen des Films die Klappe der Kamera zu. Er wollte keine Zeit verschwenden oder Detective Racine Zeit lassen, es sich anders zu überlegen. Er trat näher heran und stellte im Sucher das Gesicht der Frau scharf. Obwohl sie aufrecht sitzend an einem Baumstamm lehnte, sah sie so friedlich aus, als schliefe sie. Die bläuliche Verfärbung ihrer Haut faszinierte ihn. War das eine Folge der Kälte letzte Nacht oder eine verspätete Reaktion auf die Strangulation?

Ebenso faszinierend waren die Fliegen. Hunderte schwirrten umher, ungestört durch die Aktivitäten vieler Polizisten und Kriminalbeamten, die die Gegend absuchten. Es waren große schwarze Viecher, nicht die gewöhnlichen Hausfliegen. Sie schienen alle Körperöffnungen zu besiedeln, besonders die wärmeren, feuchten wie Augen und Ohren. Das dunkle Schamhaar der Toten wimmelte nur so von den Tieren.

Der Tod, seine Rituale und alle natürlichen Prozesse, die ihn begleiteten, erstaunten ihn. Gleichgültig, wie viele Leichen er sah, er war immer wieder fasziniert. Vor weniger als vierundzwanzig Stunden war diese leblose Hülle noch ein warmer, pulsierender Körper gewesen. Etwas fehlte jetzt. In Neukaledonien benannten die alten Männer dieses Etwas mit einem Wort, das *Schattenseele* bedeutete. Die Eskimos der Beringstraße nannten es den Schatten eines Menschen, im christlichen Glauben nannte man es einfach Seele. Was immer es auch war, es war entwichen, aufgelöst und ließ nur eine leere Hülle zurück, von der sich Insekten ernährten.

Er erinnerte sich, irgendwo gelesen zu haben, dass ein menschlicher Leichnam innerhalb einer Woche neunzig Prozent seiner Masse verlor, wenn er in einem warmen Sommer Insekten überlassen wurde. Insekten waren effizient und berechenbar. Menschen waren das leider nicht, sonst wäre seine Aufgabe um vieles einfacher.

„He, passen Sie auf, wohin Sie treten!“ schrie ihn ein Uniformierter an.

„Wer zum Kuckuck sind Sie?“ wollte ein Typ in blauer Windjacke mit Baseballkappe wissen. Er sah eher wie ein Baseballspieler aus und nicht wie in Cop. Als Ben nicht antwortete, sondern weiter Fotos schoss, packte der Typ ihn am Ellbogen. „Wer hat den Burschen hier reingelassen?“

„Verdammt, so warten Sie doch eine Minute!“ Ben entriss ihm den Arm und wurde sofort von zwei Uniformierten festgehalten. Jetzt sah er die hellen Buchstaben auf der Windjacke des Mannes: FBI. Mist! Wie hätte er das wissen sollen? Der Typ sah nach einem ordentlich gestutzten Pfadfinder aus.

„Ist schon okay.“ Detective Racine kam endlich zu seiner Rettung. An den Knien ihrer gebügelten Hose klebten Blätter, und ihr kurzes blondes Haar war vom Wind zerzaust. „Ich kenne den Mann. Er hat Tatortfotos für uns gemacht, ehe er ein berühmter Fotograf wurde. Steinberg konnte nicht kommen, er ist am anderen Ende der Stadt mit einem anderen Tatort beschäftigt. Wir müssen einige Aufnahmen machen, ehe es zu regnen anfängt. Wir hatten Glück, dass Garrison in der Nähe war.“

Die Beamten ließen Bens Arme los, allerdings mit einem Schubs, um ihn zu erinnern, wer hier das Sagen hatte. Er überprüfte den Kameraaufbau, um sicherzugehen, dass die ihm nicht alles versaut hatten. Arschlöcher. Er tat denen einen verdammten Gefallen, und die behandelten ihn trotzdem wie Dreck.

„Alles okay, Jungs, die Show ist vorbei", sagte Racine zu den durch das Gras kriechenden Leuten der Spurensicherung, die das kleine Geplänkel beobachtet hatten. „Wir müssen uns beeilen, ehe unsere Beweise weggewaschen werden. Das gilt auch für Sie, Garrison."

Er nickte, beachtete sie aber nicht weiter, da er soeben merkte, dass die Augen der Toten ihn anzustarren schienen, gleichgültig, wo er sich befand. Das musste eine dieser seltsamen Illusionen sein, oder wurde er langsam paranoid?

„He, Kamerajunge!" rief der FBI-Mann ihm zu. „Machen Sie davon eine Aufnahme."

Der Typ stand hinter ihm und deutete auf eine Stelle am Boden, etwa zwei Schritte von der Leiche entfernt.

„Ich heiße Garrison", betonte Ben, wartete, bis der Mann ihn ansah, und machte damit klar, dass er nicht weiterarbeitete, solange man ihn nicht mit einem Mindestmaß an Respekt behandelte.

Der FBI-Mann schob lächelnd mit der Fingerspitze die Baseballkappe zurück. „Und Sie waren zufälligerweise in der Nähe, wie Detective Racine sagte?"

„Ja. Ist das verboten? Ich habe ein paar Aufnahmen vom Monument gemacht. Für mein Archiv."

„Am Sonntagmorgen?"

„Ist die beste Zeit dafür. Dann hampeln hier keine komischen Käuze herum, die es für lustig halten, mir die Aufnahmen zu versauen. He, ich helfe euch Typen hier aus. Vielleicht könnten Sie damit aufhören, mir in die Eier zu treten!“ Ben beherrschte sich und hielt die Stimme gedämpft, aber am liebsten hätte er dem Kerl gesagt, er solle sich ins Knie ficken.

„Okay, Mr. Garrison, könnten Sie bitte eine Aufnahme von diesen Abdrücken im Boden machen?“ Er deutete wieder darauf. Der Mann war groß und schlaksig, aber athletisch. Sein sarkastischer Blick warnte Ben jedoch, es nicht zu übertreiben. Verdammte FBI-Fritzen. Ben sah auf die Windjacke des Mannes und fragte sich, wo er seine Waffe versteckt hatte. Jede Wette, dass der Arsch ohne seine regierungseigene Glock kein solches Machogehabe an den Tag legen würde.

„Kein Problem“, erwiderte Ben schließlich und sah sich den Bereich an, auf den der Agent deutete. Sofort erkannte er zwei, vielleicht drei Eindrücke im Boden. Sie lagen etwa fünfzehn, zwanzig Zentimeter auseinander.

„Was ist das?“ Racine kam zu ihnen und schaute Ben über die Schulter, als er gerade die ersten Regentropfen im Nacken spürte.

„Bin mir nicht sicher“, erwiderte der Agent. „Da wurde etwas abgestellt. Vielleicht ist es auch eine Art Signatur des Täters.“

„Mein Gott, Tully, Sie denken immer gleich an Serienkiller, was? Vielleicht hat der Täter einen Koffer oder so etwas abgesetzt.“

„Mit kleinen runden Füßen?“ Ben lachte und machte noch einige Aufnahmen.

„Jeder ist ein gottverdammter Experte!“ schimpfte Racine angesäuert.

Ben lächelte vor sich hin, den gebeugten Rücken zu ihr gewandt, Gesicht zum Boden gerichtet. Er mochte es, wenn Racine sauer wurde, und er stellte sich vor, wie sie dabei diese kleine erotische Schnute zog.

„Das sind genügend Fotos, Garrison. Seien Sie ein lieber Junge, und geben Sie mir den Film."

Als er aufsah, hielt sie ihm die ausgestreckte Hand hin.

„Ich habe die Leiche noch nicht aus allen Perspektiven aufgenommen, und es sind noch ein paar Bilder auf dem Film", wandte er ein.

„Ich bin sicher, wir haben genug. Außerdem ist der Gerichtsmediziner da." Sie winkte dem kleinen untersetzten Mann im Fischgrätenjackett und Wollkappe zu, der den bewachsenen Hang heraufkam. Er machte kurze, vorsichtige Schritte und achtete darauf, wohin der trat. Ben fühlte sich an eine Zeichentrickfigur mit kleinem schwarzen Koffer erinnert.

„Kommen Sie, Garrison." Sie wartete, Hände auf die Hüften gestemmt.

Vielleicht glaubte sie, dadurch an Autorität zu gewinnen. Racine hatte jungenhaft schmale Hüften und trug bei den langen Beinen wahrscheinlich sogar Männerhosen. Was ihr an Hüften fehlte, machte sie an Titten wett, die er ungeniert anstarrte. Beim Anblick der weichen Brüste neben der Waffe im Holster bekam er jedes Mal eine Erektion. Vielleicht wusste sie das, und es gefiel ihr sogar, denn sie machte sich nicht die Mühe, ihre Jacke zu schließen. Sie blieb in gleicher Haltung stehen, gab sich ungeduldig, verwehrte ihm jedoch nicht den Anblick.

„Garrison, ich habe nicht den ganzen verdammten Tag Zeit!"

Zögernd drückte er die Entriegelung und spulte den Film zurück, ließ die Kamera aufschnappen und überreichte ihr den Film. „Kein Problem. Ich weiß sowieso was Besseres mit meiner Zeit anzufangen."

Sie steckte den Film ein und schloss ihr Jackett, um zu zeigen, dass die Show vorüber war, nachdem sie bekommen hatte, was sie wollte.

„Sie schulden mir was, Racine. Wir wär's mit einem Dinner?"

„Davon träumen Sie nur, Garrison. Schicken Sie mir die Rechnung." Sie wandte sich ab, um den Gerichtsmediziner zu begrüßen, und ließ Ben wie einen Lakaien stehen.

Er kratzte sich das stoppelige Kinn und kam sich vor wie nach einem Tritt in den Magen. Undankbare Schlampe. Eines schönen Tages ließen sich die Kerle nicht mehr von ihr rumschubsen. Er hatte Gerüchte gehört, dass sie es auch mit Frauen trieb. Ja, er konnte sich vorstellen, dass Racine beides mochte, vielleicht sogar gleichzeitig. Bei dem Gedanken drohte wieder eine Erektion. Er spürte, dass der FBI-Mann ihn beobachtete. Zeit, hier abzuhauen. Schließlich hatte er, was er wollte.

Er begann den Weg hinabzusteigen und wusste, wohin er treten musste, ohne auszugleiten. Ehe er um die Granitfelsen verschwand, sah er über die Schulter zurück. Racine und die anderen scharten sich um den Leichenbeschauer. Ben schob die Hände in die Taschen und ertastete den glatten Zylinder. Lächelnd drückte er die Filmrolle in der Hand. Arme Racine. Sie hatte nicht mal geargwöhnt, dass er mehr als eine Rolle verknipst haben könnte.

22. KAPITEL

Maggie war nach dem Anruf sofort erleichtert gewesen. War das nicht schrecklich? Sie untersuchte lieber eine Leiche, als mit ihrer Mutter zu frühstücken. Das war zweifellos eine Todsünde, für die sie in der Hölle schmoren würde. Vielleicht wurde sie auch zur Strafe vom Blitz getroffen, eventuell aus den grauen Gewitterwolken, die sich soeben zusammenbrauten.

Sie zeigte dem ersten Uniformierten, der ihr den Weg neben dem Informationszentrum versperrte, ihren Ausweis. Er nickte, und sie duckte sich unter dem Absperrband hindurch. Das war ihr erster Besuch am Monument, obwohl es 1997 fertig gestellt und eingeweiht worden war. Da ging es ihr wie den meisten Bewohnern der Hauptstadt. Wer hatte schon Zeit, sich Denkmäler anzusehen, außer in den Ferien? Und wenn sie Ferien machte, blieb sie nicht in Washington.

Das FDR-Memorial war auf einem ausgedehnten Gelände angelegt mit Bäumen, Wasserfällen, Rasenflächen, Nischen und Gärten und bestand im Gegensatz zu anderen Denkmälern nicht nur aus einem imposanten Bauwerk. Während Maggie zum Tatort eilte, galt ihre Aufmerksamkeit den Granitwänden und Gesimsen des Monuments. Bäume und Buschwerk überall. Von hier unten betrachtet wirkte der Bereich dort oben wie ein ruhiger Zufluchtsort für einen Mörder.

Hatten die Erbauer das bedacht, oder war sie nach all den Jahren, in denen sie wie ein Killer zu denken versuchte, einfach zynisch geworden?

Maggie blieb an der überlebensgroßen Bronze von Roosevelt mit seinem kleinen Hund stehen, prüfte die Position der Scheinwerfer ringsum und fragte sich, wie weit sie hinaufschienen. Falls sich der Himmel weiter so verdunkelte, bekam sie vielleicht bald eine Antwort darauf. Die Granitwände mussten etwa drei bis fünf Meter hoch sein. Sie bezweifelte, dass die Strahler das Gebüsch und die Bäume darüber erreichten. Sie reckte den Hals, um besser sehen zu können, vermutete aber, dass man von hier überhaupt nicht bemerkte, ob oben im Wald etwas los war. Über dem Rauschen des Wasserfalls konnte sie schwach die Stimmen der dort arbeitenden Beamten vernehmen. Sie schienen tief aus dem Gebüsch zu kommen, sehen konnte sie jedoch nichts, keinerlei Bewegung.

„Der kleine Hund heißt Fala."

Erschrocken fuhr sie herum und sah sich einem Mann mit Kamera gegenüber.

„Wie bitte?"

„Die meisten Leute wissen das nicht. Der Hund hier, das war Roosevelts Lieblingshund."

„Das Monument ist heute geschlossen", teilte sie ihm kurz angebunden mit und sah ihn ärgerlich werden.

„Ich bin kein verdammter Tourist! Ich mache hier Tatortfotos. Fragen Sie Racine."

„Okay, mein Fehler." Doch sein Aufbrausen machte sie stutzig, und sie musterte ihn vom stoppeligen Kinn über das wirre dunkle Haar, zu den durchgescheuerten Knien der Jeans und den glänzenden Spitzen seiner Cowboystiefel. Er ging leicht als Tourist oder auch als alternder Student durch.

„Ich könnte ja auch einen voreiligen Schluss ziehen und mich fragen, was eine hübsche Mieze wie Sie hier zu suchen hat. Ich dachte, Racine wäre gern die einzige Schöne am Tatort." Er erwiderte genüsslich ihren abschätzenden Blick.

„Neue Polizeitaktik. Wir haben gern mindestens eine Unterstützung."

„Wie bitte?"

„Ich bin die Unterstützungsmieze."

Wieder ein Lächeln, das mehr ein verschlagenes Grinsen war, und er wiederholte den abschätzenden Blick.

„Ist wie bei den Fotografen", fuhr sie fort, „jede Polizeidienststelle braucht eine doppelte Besetzung, den richtigen Fotografen und einen Lakaien, den man ruft, wenn's eng wird und die Nummer eins keine Zeit hat."

Sie sah den Zorn in seinen Augen aufblitzen. Der Typ war so wenig Polizeifotograf wie sie Polizeimieze. Was zum Teufel dachte sich Racine dabei? Aber vielleicht hatte sie sich wie gewöhnlich nichts dabei gedacht.

„Ich habe die Schnauze voll von dieser beschissenen Behandlung!" schimpfte er mit einer allumfassenden Geste, die ihr zeigen sollte, dass er von allen schlecht behandelt wurde. „Ich tue euch Idioten einen Gefallen, und was macht ihr? Auf diesen Scheiß kann ich verzichten. Ich bin hier weg."

Ohne eine Antwort abzuwarten, machte er auf dem Absatz seiner polierten Stiefel kehrt und marschierte mit so viel Zufriedenheit davon, dass Maggie wusste, er hatte etwas für seine morgendlichen Mühen erhalten. Was, konnte sie nur vermuten. Vielleicht ein Versprechen von Racine, vielleicht eine konkrete Gegenleistung. Die Frau hatte das zur Kunstform erhoben. Maggie erinnerte sich an ihre letzte Zusammenarbeit mit Racine. Der Fall war noch nicht lange her und die unangenehme Erinnerung noch frisch. Sie hatte auch ein Angebot von Racine bekommen.

„O'Dell!" ertönte eine Stimme von oben. Agent Tully

beugte sich über den Rand des Sims. „Ich möchte, dass Sie sich das hier ansehen, ehe man die Leiche wegschafft."

„Wo ist der beste Weg nach oben?"

„Über die vierte Galerie. Gehen Sie hinter den Toiletten hoch." Er deutete auf einen Punkt hinter den Granitwänden, den sie nicht sehen konnte. Sie fand den Weg an einem weiteren Wasserfall und noch mehr Granit vorbei und kletterte einen offenbar frisch angelegten Pfad hinauf.

Man hatte auf sie gewartet und sich von der Leiche fern gehalten, obwohl Stan Wenhoff ungeduldig war und mit der Arbeit anfangen wollte. Das Team der Forensik packte seine Funde in größere Plastikbeutel ein. Maggie verstand deren Eile, noch ehe sie das leise Donnern von oben vernahm.

Das Mädchen saß an einen Baum gelehnt, mit dem Rücken zum Sims des Monuments. Der Kopf hing lose auf dem Hals, der tiefe rote Striemen aufwies. Die Augen starrten geradeaus trotz der gelblich weißen Masse in den Augenwinkeln. Maggie wusste auch ohne genauere Untersuchung, dass diese Masse aus Maden bestand. Die Beine des Opfers waren gerade ausgestreckt und gespreizt. Glänzend schwarze Schmeißfliegen sammelten sich bereits im Schambereich und in den Nasenflügeln.

Das Mädchen trug nur einen schwarzen BH, geschlossen, aber hoch geschoben, um ihre kleinen weißen Brüste freizulegen. Ein Stück graues Klebeband bedeckte ihren Mund. Im kurzen schwarzen Haar steckten trockene Blätter und Piniennadeln. Trotz der entsetzlichen Szene waren die Hände gefaltet und lagen ordentlich in ihrem Schoß, direkt über dem Nest von Fliegen. Die Handhaltung erinnerte Maggie an eine Betende. Sollte das etwas bedeuten?

„Wir haben nicht viel Zeit, Agentin O'Dell", drängte Stan sie als Erster.

Armer Stan. Ein weiterer frühmorgendlicher Ruf zur Pflicht in weniger als einer Woche.

Tully war neben ihr und zeigte auf den Boden.

„Da sind diese komischen runden Abdrücke."

Zuerst erkannte sie gar nichts. Dann sah es für sie so aus, als sei dort etwas abgestellt worden, obwohl der Gegenstand nicht allzu schwer gewesen sein konnte. Die Abdrücke waren nicht tief und kaum im Boden zu erkennen.

„Sagt Ihnen das was?" fragte er.

„Nein. Sollte es?"

„Ich denke, schon. Aber ich komme auch nicht darauf."

„Tully ist heute finster und geheimnisvoll." Julia Racine näherte sich Maggie von der anderen Seite. Lächelnd, die Hände auf den Hüften, fügte sie hinzu: „Er sucht bereits einen Serientäter."

Maggie betrachtete die Eindrücke noch einmal, blickte auf die Tote und wandte sich dann Detective Racine zu. „Ich glaube, Tully hat Recht. Und nach dem Zustand des Tatorts zu urteilen, würde ich sagen, dieser Täter fängt erst an."

23. KAPITEL

„Wenn Sie mich fragen, sieht es nach einer Vergewaltigung aus, die ausuferte."

Tully zuckte bei Racines Einschätzung zusammen, protestierte jedoch nicht. Er konnte davon ausgehen, dass O'Dell es tat.

„Wenn Sie davon überzeugt sind, warum hat man Agent Tully und mich dann herbestellt, uns die Sache anzusehen?"

„Keine Ahnung." Racine hob kurz die Schultern und klappte den Jackenkragen hoch, als ein zweites Donnergrollen die Luft erzittern ließ. „Das hier ist Regierungsgelände."

„Dann wäre jemand aus einem FBI-Außenbüro hinzugezogen worden. Es erklärt nicht, warum zwei Profiler konsultiert werden."

Tully blickte zu den sich türmenden grauen Gewitterwolken hinauf. O'Dell hatte Recht. Sie beide waren auf die Analyse von Verbrechen spezialisiert und erstellten Täterprofile bei Wiederholungstätern und Serienmördern. Jemand anderes als Detective Racine musste diesen Fall für wichtig genug gehalten haben, Cunningham einzuschalten. Wer immer das war, hatte Racine nicht informiert. Das ergab keinen Sinn.

„Das Gerangel geschah hier." Racine, begierig, ihre Theorie zu beweisen, deutete auf eine Stelle mit zerdrückten Blättern und Ästen. Die Spurensicherung hatte ziemlich viel Zeit damit verbracht, den Bereich zu überprüfen.

„Sieht mir nicht sehr nach Gerangel aus." Maggie ging am Rande des Gebiets in die Hocke und betrachtete den Boden, ohne etwas anzurühren. „Hier hat sich eindeutig jemand hingelegt. Vielleicht sogar gewälzt. Blätter und Gras sind zusammengepresst. Aber ich sehe weder zerrissenes Gras noch Riefen in der Erde oder Absatzabdrücke, wie sie bei einem heftigen Kampf, von dem Sie ausgehen, entstanden wären."

Detective Racine schnaubte leise, und Tully dachte unwillkürlich, wie undamenhaft das klang. Die beiden tasteten sich ab wie Boxer. Das war so in etwa das Gegenstück zum Hühnerhofgebaren zweier Männer, die sich umrundeten wie Kampfhähne.

„Also O'Dell, ich weiß auch ein paar Dinge über Vergewaltigungen und die entsprechenden Tatorte." Racine klang, als verlöre sie die Geduld. „Den Leichnam so zu postieren, zeugt von der Absicht des Täters, das Opfer zusätzlich zu erniedrigen."

„Ach wirklich?"

Tully wandte sich ab. Gütiger Himmel, jetzt ging's los. Er kannte diesen sarkastischen Ton, da er ihm selbst gelegentlich entgegengeschlagen war.

„Haben Sie je daran gedacht, der Täter könnte den Körper so postiert haben, um den Tatort bewusst zu manipulieren?" fragte O'Dell.

„Sie meinen, seine Absicht war, uns in die Irre zu führen?"

Den Rücken zu den Frauen, verdrehte Tully die Augen und hoffte, O'Dell sagte jetzt nicht auch noch: „O gut!" Detective Racine hatte immerhin die Leitung der Ermittlung. Konnte O'Dell das nicht berücksichtigen?

„Vielleicht hat er den Leichnam so postiert", erwiderte Maggie langsam, als spräche sie mit einem kleinen Kind, „um die Ermittlungen von sich abzulenken."

Noch ein Schnauben von Racine. „Wissen Sie, was Ihr

Problem ist, O'Dell? Sie unterstellen den Kriminellen zu viel Grips. Die meisten sind dumme Bastarde. Das ist die Prämisse, von der aus ich arbeite."

Tully entfernte sich. Er ertrug das Hickhack nicht mehr. Zuerst war es unterhaltend gewesen, doch inzwischen war ihm egal, wer den Kampf gewann, obwohl er auf O'Dell setzte. Er schlenderte zu Stan Wenhoff hinüber, der die Untersuchung des Körpers der jungen Frau abschloss.

„Irgendeine Vermutung zur Todeszeit?"

„Meine erste vage Schätzung auf Grund des Stadiums der Leichenstarre, der Rektaltemperatur und der Invasion der ersten Fressinsekten", er scheuchte ein paar beharrliche Fliegen fort, „ist weniger als vierundzwanzig Stunden. Vielleicht etwa zwölf Stunden. Ich muss noch ein paar Tests machen. Außerdem muss ich beim Wetterdienst erfragen, wie kalt es letzte Nacht war."

„Zwölf Stunden?" Tully wusste genügend über den Zustand von Leichen, um selbst einzuschätzen, dass der Mord vor nicht allzu langer Zeit passiert war. Allerdings wäre er nicht von einem halben Tag ausgegangen. Plötzlich wurde ihm flau in der Magengrube. „Das hieße ja, gestern Abend. Vielleicht irgendwann zwischen acht und Mitternacht?"

„Das ist eine gute Schätzung." Wenhoff hievte sich mühsam hoch und winkte einige Uniformierte heran. „Ihr könnt sie in den Leichensack packen, Jungs, aber sie ist steif wie ein Brett. Seid vorsichtig, dass ihr nichts abbrecht."

Tully ging aus dem Weg. Er wollte nicht mit ansehen, wie die Leiche aus der Sitzposition in den schwarzen Nylonsack verpackt wurde. Er schaute über die Lichtung in die Ferne und sah Touristen an der Vietnamwand entlangwandern. Busse schlängelten sich um die Polizeiblockade, um am

FDR-Memorial vorbei zum Lincoln-Memorial zu gelangen. Emma war gestern Abend mit ihren Freundinnen hier gewesen und dieselben Wege gegangen. Hatte der Killer auch sie beobachtet, während er sein Opfer aussuchte? Das Opfer sah nicht viel älter aus als Emma.

„Tully." O'Dell stand plötzlich neben ihm, und er erschrak. „Ich gehe jetzt rüber zum Leichenschauhaus. Stan macht die Autopsie heute noch. Möchten Sie dazukommen, oder soll ich Ihnen morgen die Ergebnisse mitteilen?"

Er hörte nur halb hin.

„Tully? Alles in Ordnung mit Ihnen?"

„Klar. Alles in Ordnung." Er rieb sich mit einer Hand übers Gesicht, um die Beklommenheit zu verbergen, die ihn erfasst hatte. „Ich komme dazu."

Da sie nicht wegging, sondern stehen blieb und ihn prüfend ansah, versuchte er sie zu überzeugen. Und wie ginge das besser, als das Thema zu wechseln. „Was ist da zwischen Ihnen und Racine? Ich werde das Gefühl nicht los, da gibt es eine Vorgeschichte."

Sie wandte den Blick ab, und Tully fühlte sich in seiner Vermutung bestätigt. Doch Maggie sagte nur: „Ich mag sie einfach nicht."

„Wie kommt das?"

„Brauche ich einen Grund?"

„Zugegeben, ich kenne Sie nicht besonders gut, aber ja, ich würde sagen, Sie sind der Typ Mensch, der einen Grund braucht, jemanden nicht zu mögen."

„Sie haben Recht", bestätigte sie und fügte hinzu: „Sie kennen mich nicht besonders gut." Sie wandte sich zum Gehen und sagte über die Schulter hinweg: „Wir sehen uns im Leichenschauhaus, okay?" Sie blickte nicht zurück, winkte aber ab. Eine Geste, die besagte, dass die Angelegenheit erledigt und jede Unterhaltung über sie und Julia Racine überflüssig war.

Als Tully das Team einschließlich der Männer mit dem Leichensack zusammenpacken sah, ging er zum Sims und blickte über den Potomac Park. Ihm war immer noch mulmig bei dem Gedanken, dass Emma hier gewesen war. Ein heftiger Donner rollte über den Himmel – als hätte er aus Respekt bis jetzt gewartet –, und der Himmel öffnete seine Schleusen.

Tully blieb stehen und beobachtete, wie die Touristen unten Schutz suchten oder ihre Schirme aufspringen ließen. Der Regen tat gut, und er hielt ihm das Gesicht entgegen. Doch der Gedanke, dass dieses Opfer seine Tochter hätte sein können, ließ ihn nicht mehr los.

24. KAPITEL

Maggie schüttelte ihre Lederpumps ab und zog Plastikschuhe über die Strümpfe. Die Pumps hatte sie wegen des Frühstücks mit ihrer Mutter im Crystal City Hyatt angezogen. Hätte sie gewusst, dass sie arbeiten musste, hätte sie darauf verzichtet. Stan sah ihr schweigend zu. Vielleicht wollte er sein Glück nicht zu sehr strapazieren. Immerhin trug sie unaufgefordert ihre Schutzbrille. Für gewöhnlich schob sie die auf die Haare hinauf. Aber Stans Verhalten ihr gegenüber war ohnehin verändert. Er wirkte ruhiger und hatte noch kein einziges Mal missbilligend gebrummt oder schwer geseufzt. Jedenfalls noch nicht. War er besorgt, sie könnte wieder schlappmachen?

Sie musste zugeben, dass sie sich nicht gerade wohl dabei fühlte, so schnell wieder hier zu sein. Zu leicht kam die Erinnerung an Delaneys graue Totenmaske hoch. Aber das passierte in letzter Zeit oft und an allen möglichen Orten. Ein weiterer Aufenthalt in der Leichenhalle machte es wahrscheinlich auch nicht schlimmer. Zumindest redete sie sich das ein. Sie musste aufhören, an Delaney zu denken und an die vielen Erinnerungen, die sein Tod heraufbeschwor. Erinnerungen an ihren Vater hinterließen ohnehin nur Gefühle von Leere und Einsamkeit.

Bei dem Gedanken wurde ihr bewusst, dass sie mit der bevorstehenden Scheidung von Greg auch die familiären Bindungen verlor, die sie aufzubauen versucht hatte. Aber hatte sie das wirklich? Gwen erzählte ihr ständig, dass sie auch Menschen, die ihr wohl gesonnen waren, auf Distanz hielt. Steckte da ihr eigentliches Problem mit Greg? Hatte sie auch ihn auf Distanz gehalten und ihre Empfindlichkeiten und Schwächen vor ihm verborgen? Vielleicht hatte ihre Mutter Recht. Vielleicht war sie ja wirklich schuld am Scheitern ihrer Ehe. Sie fröstelte leicht. Was für eine Vorstellung, dass ihre Mutter mit irgendetwas Recht haben könnte!

Sie ging zu Stan. Er hatte die äußere Untersuchung des Mädchenkörpers bereits abgeschlossen und nahm die Maße. Sie half ihm bei den niederen Arbeiten wie Fixierung der Leiche und dem Abnehmen von Körperflüssigkeiten. Es tat gut, sich auf etwas Konkretes zu konzentrieren, auf Vertrautes, Konstruktives. Sie hatte oft genug mit Stan gearbeitet, um zu wissen, welche Aufgaben sie übernehmen durfte und bei welchen sie zurückstehen und zuschauen musste.

Vorsichtig entfernte sie die Papiertüten von den Händen des Mädchens und begann die Fingernägel sauber zu kratzen. Es gab jede Menge Material, was gewöhnlich bedeutete, dass man die DNA des Täters isolieren konnten. Beim Blick auf den Hals des Mädchens sah Maggie zwischen mehreren blutigen, tiefen Strangulationsstriemen und massiven Prellungen jedoch mindestens ein Dutzend horizontaler halbmondförmiger Abschürfungen. Horizontale Abdrücke ließen darauf schließen, dass viel von der Haut unter den Fingernägeln dem Opfer selbst gehörte, weil sie nach dem Strangulationsgegenstand gegriffen hatte.

Stan machte so viele Polaroidaufnahmen, dass die Korkwand über dem großen Spülbecken voll wurde. Dann entfernte er seine Handschuhe und schrubbte sich zum dritten Mal, seit sie begonnen hatten, die Hände, nahm Lotion, massierte sie ein und zog ein neues Paar Handschuhe über. Maggie war an dieses seltsame Ritual gewöhnt, doch gelegentlich machte es ihr das Blut an den eigenen Handschuhen bewusst. So wie heute.

„Tut mir Leid, dass ich zu spät komme", sagte Agent Tully von der Tür her, wo er zögernd stehen geblieben war. Er war tropfnass, sogar der Rand seiner Baseballkappe war durchweicht. Er nahm die Kappe ab und strich sich die Feuchtigkeit aus dem stoppelkurzen Haar. Zuerst glaubte Maggie, er zögere, um den Boden nicht nass zu machen. Doch das war Unsinn, denn der Boden war aus Beton und an strategisch wichtigen Punkten mit Abflüssen versehen, die mehr aufnahmen als ein paar Regentropfen. Dann merkte sie jedoch, dass er auf jemanden wartete. Detective Racine erschien hinter ihm und sah zu trocken und frisch aus, um vom selben Ort zu kommen wie er.

„Sind jetzt alle da?" fragte Stan mit dem bekannten Brummen, das er bisher unterdrückt hatte.

„Alle da und bereit", zwitscherte Racine und rieb sich die Hände, als wären sie zu einem Spiel zusammengekommen.

Maggie hatte nicht bedacht, dass Racine an der Autopsie teilnehmen würde. Aber da es ihr Fall war, wollte sie natürlich dabei sein. Bei ihrer letzten Zusammenarbeit war Racine noch in der Abteilung für Sexualverbrechen gewesen. Deshalb war es fraglich, ob sie schon mal an Autopsien teilgenommen hatte. Plötzlich konnte Maggie es kaum erwarten, mit der Arbeit zu beginnen.

„Überschuhe, Masken, alles im Wäscheschrank", sagte Stan und deutete darauf. „Keiner sieht zu, ohne ordentliche Schutzkleidung zu tragen. Kapiert?"

„Kein Problem." Racine schüttelte ihre lederne Bomberjacke ab und ging zum Schrank.

Tully folgte zögernd und ließ sich mehr Zeit als nötig, Windjacke und Kappe über einem der Abflüsse auszuwringen. Mehrfach warf er einen Seitenblick zum Leichnam des Mädchens auf dem Aluminiumtisch. Maggie erkannte plötzlich ihren Irrtum. Nicht Racine, sondern möglicherweise Tully war der Neuling bei der Autopsie.

Ehe er nach Quantico gekommen war, hatte er fünf oder sechs Jahre lang aus dem Außenbüro in Cleveland kriminalistische Analysen abgegeben, die auf Grund zeitaufwändiger Studien von Fotos, digital gescannten Bildern und Videos erstellt wurden. Er hatte ihr mal gestanden, das er bis zum Albert-Stucky-Fall nie an einem Tatort gewesen war. Somit war das hier möglicherweise auch ein Novum für ihn. Verdammt! Und sie hatte sich so gewünscht, dass es Racine sein würde, die ihr Frühstück wieder hochbrachte.

„Agent Tully." Maggie wollte seine Aufmerksamkeit vom Leichnam ab- und wieder auf den Fall lenken. „Wurde am Tatort bestimmt kein Ausweis entdeckt?"

Sie sah ihn zu Racine blicken, die eifrig und ausgiebig nach der richtigen Größe der Schutzkleidung für sich suchte. Dabei gab es nichts anderes als groß, zu groß und riesengroß. Wenn sie so weitermachte, würde sie noch zehn Minuten brauchen, bis sie ausstaffiert war. Als Tully sah, dass Racine nicht auf ihn achtete, ließ er seine nassen Sachen an der Tür, nahm sich einen sauberen Kittel vom Wäschestapel und zog ihn über.

„Man hat ihre Handtasche gefunden, aber keinen Ausweis. Ihre Kleidung war gefaltet und mit der Tasche zusammen ein Stück entfernt abgelegt."

Das Fehlen eines Ausweises überraschte Maggie nicht. Die Täter entfernten oft alles, was zu einer schnellen Identifizierung des Opfers führte, um damit die eigene Identifizierung zu verschleppen. Und dann gab es noch die Freaks, die Ausweise als Trophäen sammelten.

„Ihre Kleidung war gefaltet? Was für ein adretter und ordentlicher Vergewaltiger", sagte Maggie, damit Racine es hörte. Die warf ihr nur einen finsteren Blick zu. Also hörte sie doch mit.

„Der Slip des Mädchens war im Schritt zerrissen", konnte sich Racine nicht verkneifen hinzuzufügen. Sie kam an den Tisch und schob die Schutzbrille auf ihre kurzen blonden Stoppelhaare hinauf.

Maggie wartete, dass Stan es bemerkte und sie zurechtwies. Er war jedoch damit beschäftigt, das Madennest aus dem Schamhaar des Mädchens zu entfernen. Dann ermahnte sie sich zur Konzentration. Sie durfte sich nicht durch Racine ablenken lassen. Sie schabte weiter Fingernägel sauber, tütete das Abgeschabte ein und vermerkte auf dem Etikett, von welchem Finger es stammte.

Außerdem, was interessierte es sie, ob Racine auf ihrer Theorie beharrte, es handele sich um eine Vergewaltigung mit anschließendem Mord. Wenn die Washingtoner Polizei noch nichts von der Inkompetenz ihres Detective bemerkt hatte, war das wohl kaum ihr Problem. Allerdings machte es schon etwas aus, weil sie selbst an diesem Fall mitarbeitete, und wenn auch nur beratend. Ihr letzter gemeinsamer Fall hinterließ immer noch einen schlechten Geschmack bei ihr. Racines Fehler hätte sie fast die Verurteilung des Täters gekostet.

Maggie wischte sich mit der Rückseite des Handknöchels Schweißperlen von der Stirn, um ihre Latexhandschuhe nicht zu kontaminieren. Sie ertappte Racine dabei, sie zu beobachten, und wandte den Blick rasch ab.

Abgesehen von dem fast missglückten gemeinsamen Fall wusste sie, bis auf das, was gerüchteweise verlautete, nichts über Julia Racine. Sie hatte vielleicht kein Recht zu urteilen, aber wenn die Gerüchte stimmten, dann repräsentierte Julia Racine genau den Typ Frau, den sie verabscheute. Dumme Spielchen konnten besonders bei Polizei und Justiz großen Schaden anrichten, schlimmstenfalls jemandem das Leben kosten.

Seit dem ersten Tag ihrer Assistenzzeit im forensischen Labor hatte sie großen Wert darauf gelegt, genau wie die Männer behandelt zu werden. Frauen wie Racine spielten ihre Weiblichkeit aus, um sich Vorteile zu verschaffen. Das ärgerte sie umso mehr, weil sie merkte, wie Racine sie ansah. Offenbar glaubte die immer noch, mit dieser Taktik käme sie auch bei ihr weiter. Nach ihrer letzten Zusammenarbeit hätte sie eigentlich wissen müssen, dass Flirten bei ihr nicht zog. Als Maggie aufsah, fing sie Racines Blick auf. Die senkte ihn jedoch nicht, sondern lächelte sie an.

25. KAPITEL

Ben Garrison hängte in der engen Dunkelkammer die tropfenden Aufnahmen auf ein kurzes Stück Wäscheleine. Die ersten beiden Filmrollen waren enttäuschend. Aber diese Rolle war unglaublich. Er saß wieder im Sattel. Vielleicht erreichte er sogar, dass die Redakteure sich gegenseitig überboten. Allerdings konnte er sich keine lange Verzögerung leisten. Seine Fingerspitzen kribbelten vor Aufregung. Trotz seiner Ungeduld brauchte er eine Pause.

Er nahm eine Aufnahme mit, schloss wegen der Dämpfe die Tür hinter sich und ging zum Kühlschrank. Der war natürlich leer, bis auf das übliche Durcheinander von Zutaten, einer verschrumpelten Kiwi, einem Behälter mit geheimnisvoller dickklebriger Flüssigkeit und vier langhalsigen Flaschen Budweiser. Er nahm sich eine Flasche, drehte die Kappe ab und kehrte an den Küchentresen zurück, um im schmutzigen fluoreszierenden Licht sein Meisterstück zu bewundern.

Ein Klopfen an der Tür störte ihn. Teufel auch! Er bekam selten Besuch, und er hatte geglaubt, seinen neugierigen Nachbarn beigebracht zu haben, sie sollten sich verpissen. Seine künstlerische Arbeit war zeitaufwändig. Er konnte sich nicht stören lassen, wenn er Abzüge im Fixierbad hatte oder eine Filmrolle im Entwicklungskanister. Die Leute hatten keinen Respekt. Was war nur los mit diesen Scheißtypen?

Er öffnete alle drei Schlösser und riss die Tür auf.

„Was ist?“ blaffte er, dass die kleine grauhaarige Frau zurückwich und sich am Geländer festhielt. „Mrs. Fowler?“ Er kratzte sich am Kinn, lehnte sich gegen den Türrahmen und versperrte seiner neugierigen Vermieterin den Blick in die Wohnung. Offensichtlich hatte er nicht jedem in diesem verfallenen alten Kasten beigebracht, dass er in Frieden gelassen werden wollte. „Also, Mrs. Fowler, womit kann ich Ihnen heute helfen?" Er konnte notfalls durchaus seinen Charme aufdrehen.

„Mr. Garrison, ich kam gerade vorbei. Ich habe nach Mrs. Stanislow unten am Flur gesehen." Ihre Knopfaugen waren ständig in Bewegung, während sie versuchte, an ihm vorbei in seine Wohnung zu schauen.

Vor ein paar Wochen hatte sie darauf bestanden, den Installateur zu begleiten, der seinen tropfenden Wasserhahn reparierte. Die kleine Frau hatte ihren vogelartigen Kopf dauernd gedreht, um alles zu sehen: die afrikanischen Masken an den Wänden, die bronzene Fruchtbarkeitsgöttin auf dem Bücherregal und die anderen exotischen Mitbringsel, die er auf seinen Reisen angesammelt hatte. Damals war das Geld noch geflossen, und es gab kein Foto von ihm, für das *Newsweek*, *Time* oder *National Geographic* nicht Höchstpreise gezahlt hätten. Er war der heißeste Neueinsteiger in der Welt des Fotojournalismus gewesen. Jetzt, mit Ende zwanzig, glaubten alle, seine Zeit sei vorbei. Aber er würde es ihnen zeigen.

„Ich bin leider sehr beschäftigt, Mrs. Fowler. Ich arbeite gerade." Seine Stimme blieb freundlich, doch er verschränkte gereizt die Arme vor der Brust und hoffte, sie sah seine Ungeduld trotz ihrer dicken Brillengläser.

„Ich habe nach Mrs. Stanislow gesehen", wiederholte sie und wedelte mit einem skelettartigen Arm zur Tür am Ende des Flures. „Sie leidet schon die ganze Woche unter dem Wetter. Und dieses Grippevirus grassiert, wissen Sie."

Falls sie auf so etwas wie Mitgefühl wartete, standen sie die ganze Nacht hier. Das überstieg eindeutig seine Arschkriecherfähigkeit, billige Wohnung hin oder her. Er verlagerte das Gewicht und wartete. Seine Gedanken wanderten zu den Abzügen auf dem Küchentresen. Über dreißig Bilder, um schließlich dieses eine ...

„Mr. Garrison?"

Ihr kleines, eingefallenes Gesicht erinnerte ihn an die schrumpelige Kiwi hinten im Kühlschrank.

„Ja, Mrs. Fowler? Ich muss wirklich an meine Arbeit zurück."

Sie betrachtete ihn mit Augen, die mindestens um das Dreifache vergrößert schienen. Sie schürzte die schmalen Lippen und knitterte damit die Haut noch mehr, als er es für möglich gehalten hätte. Eine verdorbene Kiwi. Er nahm sich vor, sie wegzuwerfen. „Ich dachte, es wäre vielleicht wichtig und Sie möchten darauf aufmerksam gemacht werden."

„Wovon reden Sie?" Seine Höflichkeit hatte Grenzen, und die überschritt sie gerade.

Als sie zurückwich, merkte er, dass sein Ton sie erschreckt hatte. Sie wies stumm auf das Päckchen neben seiner Tür, das er nicht gesehen hatte. Ehe er es aufhob, trippelte Mrs. Fowler schon auf kleinen Vogelfüßen die Treppe hinunter.

„Danke, Mrs. Fowler", rief er ihr nach und lächelte bei dem Gedanken, dass er klang wie Jack Nicholson in *Shining*. Was ihr wohl nicht auffiel. Der alte Vampir hatte ihn vermutlich nicht mal gehört.

Das Päckchen war leicht und in gewöhnliches Packpapier eingewickelt. Ben drehte es herum. Nichts klapperte, und es hatte keinen Absender. Nur sein Name war mit schwarzem Marker darauf geschrieben. Manchmal lieferte ihm das Fotolabor unten an der Straße Zubehör, aber er konnte sich nicht erinnern, etwas bestellt zu haben.

Er legte das Päckchen auf den Küchentresen nahm ein Schälmesser und begann das Einwickelpapier aufzuschneiden. Als er den Deckel abhob, fiel ihm die seltsame Struktur das Packmaterials auf. Es sah aus wie braune Erdnüsse. Er dachte nicht weiter darüber nach und steckte die Hand hinein, um zu ertasten, was es enthielt.

Das Packmaterial begann sich zu bewegen.

Oder spielten Erschöpfung und zu viele chemische Dämpfe seiner Fantasie Streiche?

In Sekundenschnelle wurden die braunen Erdnüsse lebendig. Scheiße! Der gesamte Inhalt krabbelte über die Ränder des Kästchen hinaus, einige Viecher seinen Arm hinauf. Ben schlug sie ab und auf sie drauf, wischte den Kasten vom Tresen, und hunderte Kakerlaken huschten in Windeseile über den Boden davon.

26. KAPITEL

„Hat man etwas gefunden, das zur Strangulierung benutzt worden sein könnte? Und was ist mit Handschellen?“ Maggie zeigte Tully und Racine die Handgelenke des Mädchens, sah aber Tully dabei fragend an. Die Prellungen und Abdrücke an den Gelenken stammten zweifelsfrei von Handschellen. Sie betrachtete Tullys Gesicht, als erwarte sie seine Antwort, vergewisserte sich jedoch nur, ob er okay war.

Diesmal blickte Tully nicht zu Racine. Maggie merkte, dass Racine antworten wollte, sich jedoch zurückhielt. Tully holte seine Brille und einige Blatt Papier von irgendwo unter seinem Kittel hervor und verwickelte sich im Zuge dessen fast im Stoff. Typisch Tully, dachte Maggie. Er setzte die Brille auf und blätterte seine Zettelsammlung durch – eine seltsame Mischung aus einer Broschüre, einem gefalteten Umschlag, der Rückseite eines Kassenbons und einer Cocktailserviette.

„Keine Handschellen“, erwiderte er schließlich und überflog noch einmal seine Notizensammlung.

Maggie wünschte sich, dass er sich endlich entspannte. Tully war gewöhnlich ein ruhiger Typ. Sie war der schnell aufbrausende Hitzkopf, die entsicherte Granate. Er war der besonnene Lasst-uns-nachdenken-ehe-wir-handeln-Typ. Seine Anspannung machte sie nervös. Irgendwas stimmte nicht mit ihm. Da steckte mehr dahinter als das Unbehagen, einer Autopsie beizuwohnen.

„Wissen Sie, Tully, die machen heute diese richtig coolen Dinger aus zusammengehefteten Blättern. Notizblocks nennt man die. Und man kriegt sie in genau der richtigen Größe für Ihre Hosentasche.“

Tully sah sie kurz stirnrunzelnd über seinen Brillenrand hinweg an und widmete sich wieder seinen Aufzeichnungen. „Sehr witzig. Mein System funktioniert."

„Natürlich. Solange Sie sich nicht die Nase putzen."

Racine lachte.

Stan Wenhoff räusperte sich und hatte offenbar keine Zeit für humoristische Einlagen. Er gab Maggie ein Zeichen, damit sie ihm half, den Körper auf die Seite zu legen, um einen Blick auf weitere Abschürfungen zu werfen.

„Warum ist ihr Hintern so rot?" fragte Racine. „Der übrige Körper hat eine eher bläuliche Färbung, aber ihr Hintern ist knallrot. Wenn das nicht eigenartig ist." Racine versuchte ein nervöses Lachen.

Stan seufzte tief. Was Erklärungen anging, war er nicht gerade ein Muster an Geduld. Wenn es ihm gestattet gewesen wäre, hätte er zweifellos ein Schild „Kein Zutritt für Besucher" an die Tür genagelt.

Vorsichtig legten sie den Körper wieder hin. Stan wandte sich ab, zog die Handschuhe aus und begann sein Waschritual.

„So etwas nennt man Livor Mortis oder Bluterguss des Todes", erklärte Maggie, als offenkundig wurde, dass Stan es nicht tun würde.

Sie beobachtete ihn und erwartete, dass er ihr ins Wort fiel, was er jedoch nicht tat. „Mit Ende des Herzschlags zirkuliert das Blut nicht mehr. Alle roten Blutkörperchen werden von der Erdanziehung buchstäblich an den tiefsten Punkt gezogen. Üblicherweise in die Körperregionen, die mit dem Boden in Berührung sind. Die Blutzellen beginnen sich aufzulösen und verteilen sich im Muskelgewebe. Nach etwa zwei Stunden sieht das ganze Gebiet so aus wie ein einziger roter Bluterguss. Immer vorausgesetzt, der Körper wurde nicht bewegt."

„Wow!" Racine starrte Maggie geradezu an. „Heißt das, sie ist aufrecht sitzend gestorben?"

Maggie hatte noch nicht darüber nachgedacht, aber Racine hatte vermutlich Recht. Warum setzte ein Killer den Körper so hin, wenn das Mädchen noch lebte? Sie sah zu Stan, ob er Racines Vermutung bestätigte. Als das Schweigen länger andauerte, wurde ihm endlich klar, dass man auf seine Antwort wartete. Er drehte sich um und zog ein frisches Paar Latexhandschuhe an.

„Als erste vage Schätzung würde ich sagen, ja. Allerdings macht mich dieses rosa getönte Rot neugierig. Ich brauche auf jeden Fall toxikologische Tests, um nach Giften zu suchen."

„Gifte?" Racine versuchte wieder ein nervöses Lachen. „Stan, dieses Mädchen wurde offenkundig stranguliert."

„Wirklich, Detective? Sie halten das für offenkundig?"

„Nun, vielleicht nicht völlig offenkundig."

Stan nutzte die Gelegenheit, ein Skalpell von seinem Instrumententablett zu nehmen, und Racine riss die Augen auf. Maggie merkte, dass sie den Moment erreicht hatten, vor dem Racine seit ihrer Ankunft graute. Stan begann den Y-Einschnitt.

„Warten Sie!" hielt Maggie ihn auf, aber nicht, um Racine zu schonen. Selbst neugierig geworden, wollte sie rasch etwas überprüfen. Wenn das Mädchen noch gelebt hatte, als es aufrecht am Baum saß, war Strangulation vielleicht nicht die Todesursache. „Könnten wir uns zunächst noch einmal die Strangulationswunden am Hals ansehen?"

„Gut, sehen wir uns noch einmal die Strangulationswunden am Hals an." Wenhoff seufzte tief und warf das Skalpell beiseite, dass es klimpernd gegen die anderen Metallinstrumente fiel.

Maggie sah, dass er sein Bestes gab, seine Ungeduld zu bremsen, doch die unnatürliche Röte seines teigigen Gesichtes verriet ihn. Schweißperlen bildeten sich auf seiner beginnenden Glatze. Er war es gewöhnt, die Arbeit auf seine Weise zu erledigen, und das Publikum schwieg dazu. Dass er ihrer Bitte nachgab, war in Maggies Augen ein großer Respektsbeweis. Er trat beiseite und ließ sie gewähren.

„Da war also nichts am Tatort, das zur Strangulation benutzt worden sein könnte?" fragte sie Tully erneut und blickte suchend über die Arbeitsflächen.

Sie merkte, dass Tully Racine anschaute, die antwortete: „Nichts. Die Tote trug nicht mal Strumpfhosen. Der Riemen ihrer Tasche war intakt und sauber. Was der Täter auch benutzt hat, er hat es mitgenommen."

Maggie entdeckte, was sie suchte, und holte den Abroller für Klebeband vom Schreibtisch in der Ecke. Sie zog die Handschuhe aus, um den Klebestreifen halten zu können, riss ein Stück ab und hielt es sorgfältig an beiden Enden fest.

„Stan, könnten Sie den Kopf halten, damit ich besser an den Hals komme?"

Stan bewegte den Kopf des Mädchens wie den einer Schaufensterpuppe. Die Leichenstarre war voll eingetreten und machte die Muskulatur steif. Nach etwa vierundzwanzig Stunden würden die Muskeln wieder erschlaffen, aber im Augenblick musste Stan den Kopf auf eine Art verdrehen, die respektlos wirkte, in Wahrheit aber eine Notwendigkeit war.

Es gab mehrere Strangulationswunden, etliche einander

überlappend, einige waren tiefer als andere. Der noch jugendlich straffe Hals des Mädchens sah aus wie eine Straßenkarte in 3-D. Neben den scharf abgegrenzten Linien gab es massive Unterblutungen, wo der Killer offenbar seine Hände benutzt hatte.

„Was glauben Sie, warum hat er es so schwer gehabt, die Sache zu Ende zu bringen?" fragte Maggie allgemein, ohne wirklich eine Antwort zu erwarten.

„Vielleicht hat sie sich heftig gewehrt", vermutete Racine.

Das Mädchen war klein, kaum einssechzig nach Stans Messungen. Maggie bezweifelte, dass sie viel Widerstand geleistet hatte.

„Vielleicht wollte er die Sache gar nicht schnell zu Ende bringen", überraschte Tully sie mit seiner leisen Bemerkung. Sie spürte ihn hinter sich stehen und ihr über die Schulter blicken.

„Sie meinen, er hat nur so lange gewürgt, biss sie bewusstlos wurde?" fragte Racine.

Maggie versuchte sich nicht ablenken zu lassen, drückte das durchsichtige Klebeband auf die Haut des Mädchens und tief in die Furchen.

„Vielleicht hat es ihn angetörnt, sie bewusstlos werden zu sehen." Tully sprach aus, was Maggie gedacht hatte. „Vielleicht gehörte das zu einer autoerotischen Erstickung."

„Das könnte erklären, warum sie aufrecht sitzend gestorben ist", pflichtete Maggie bei. „Vielleicht war diese Haltung schlicht ein Teil seines krankhaften Spiels."

„Was machen Sie mit dem Klebeband?" fragte Racine.

Aha, Detective Racine gab endlich zu, etwas nicht zu wissen. Maggie hob das Klebeband ab, während Stan ihr einen Objektträger hinhielt, auf den sie es legte. Sobald es gesichert war, hielt Maggie es gegen das Licht.

„Je nachdem, was der Täter benutzt hat, bleiben manchmal Fasern in den Wunden zurück.“

„Vorausgesetzt, er benutzte ein Seil oder ein Kleidungsstück.“

„Oder irgendeine andere Faser oder Nylon. Sieht aber nicht so aus, als hätten wir Fasern gefunden. Aber da ist was Komisches. Sieht aus wie Glitter.“

„Glitter?“ fragte Stan interessiert. Sie gab ihm den Objektträger und widmete sich wieder dem Hals des Mädchens.

„Er muss etwas Starkes, Dünnes benutzt haben.“ Maggie zog sich ein frisches Paar Handschuhe über. „Wahrscheinlich eine Schnur, eine Art Wäscheleine.“ Sie prüfte den Hals an den Seiten. „Er scheint keinen Knoten gemacht zu haben.“

„Ist das wichtig für uns?“ fragte Tully.

„Ein Knoten könnte uns helfen, falls er schon mal eine ähnliche Tat begangen hat. Dann haben wir etwas Vergleichbares vielleicht in VICAP gespeichert. Manche Täter benutzen jedes Mal denselben Knoten beim Strangulieren. Das war eines der Identifizierungsmerkmale beim Würger von Boston. Er benutzte bei allen dreizehn Opfern denselben Knoten.“

„Keine Frage, O'Dell, Sie kennen die Geschichten Ihrer Serienkiller“, stichelte Racine.

Maggie wusste, dass es als unschuldiger Scherz gemeint war, giftete jedoch zurück: „Es könnte Ihnen nicht schaden, wenn Sie sich auch ein paar merken würden. Sie können darauf wetten, dass die Killer sich auskennen!“ Sie bedauerte ihre Heftigkeit sofort.

„Vielleicht sollte ich nach Quantico kommen und ein paar Ihrer Schulungen besuchen."

Na, wunderbar, dachte Maggie. Das fehlte ihr gerade noch, Julia Racine als ihre Schülerin. Oder hoffte Racine, das zu werden? Hatte sie etwa Ambitionen auf einen Job als FBI-Agentin? Maggie verscheuchte den Gedanken und konzentrierte sich auf den Hals des Mädchens.

Sie ließ den Zeigefinger über die tiefroten Wunden fahren und ertastete einen Knoten. Keinen Knoten, sondern einen geschwollenen Bereich auf der weichen Unterseite der Kehle. „Moment mal. Haben Sie den Mund schon überprüft, Stan?"

„Noch nicht. Aber wir müssen Zahnabdrücke nehmen, wenn wir sie identifizieren wollen."

„Ich glaube, da steckt etwas in der Kehle."

Sie zögerte. Beide Männer und Racine beugten sich abwartend, beobachtend über sie und die Leiche. Sobald Maggie den Mund aufgestemmt hatte, roch sie es, einen süßlichen Mandelgeruch. Wieder zögerte sie und sah Stan an.

„Riechen Sie das?"

Er schnupperte. Maggie wusste, dass nicht jeder diesen Geruch wahrnehmen konnte, etwas fünfzig Prozent der Bevölkerung konnten es nicht. Es war Tully, der schließlich feststellte: „Zyanid?"

Maggie fuhr mit dem Zeigfinger an den Innenwänden beider Wangen entlang und holte eine teilweise aufgelöste Kapsel heraus. Stan hielt ihr einen Plastikbeutel auf.

„Was haben die heutzutage bloß alle mit Zyanid?" fragte er, ehe er Maggies warnenden Blick auffing.

„Was für ein durchgeknallter Hurensohn verabreicht seinem Opfer eine Zyanidpille, nachdem er es erdrosselt hat?

Oder ist das Gift etwa die Todesursache?" Racine klang gereizt. Sie bemerkte den Blickaustausch zwischen Stan und Maggie nicht. Beide hatten die rot-weiße Kapsel erkannt. Da sie den Markennamen noch lesen konnten, wussten sie, dass sie identisch mit den Kapseln der Jungen aus der Hütte in Massachusetts war.

„So weit bin ich noch nicht gekommen", antwortete Stan ihr schließlich.

Er wurde zunehmend ungeduldig, behielt seine Kenntnisse jedoch vorläufig für sich. Offenbar hatte er Maggies eindringlichen Blick richtig gedeutet. Falls es eine Verbindung zwischen diesem Mädchen und den toten Jungen gab, würde Racine es rechtzeitig erfahren.

Im Moment gehörte das zu den wenigen Dingen, die die Medien noch nicht wussten, und Maggie wollte, dass es so blieb.

„Ihr Mund war mit Klebeband verschlossen", fuhr Stan fort. „Ich habe das Band eingetütet."

„Er hat ihr wahrscheinlich die Kapsel in den Mund geschoben und ihn verklebt, als sie bewusstlos war", sagte Tully und versuchte die teilweise Auflösung der Kapsel zu erklären. Die Speicheldrüsen des Mädchens müssten noch gearbeitet haben, um die Kapsel anzulösen.

Maggie vergewisserte sich mit einem Blick, dass auch Tully die Kapsel erkannt hatte und seine Schlüsse zog. Racine war demnach die einzig Uneingeweihte. Kein schlechter Spielplan. Maggie fühlte sich nicht die Spur schuldig, dass sie Detective Racine etwas vorenthielt, zumal nach ihrem letzten gemeinsamen Fall.

„Das ist doch Overkill", stellte Racine fest.

„Ich unterbreche Ihre klugen Gedanken nur ungern",

sagte Maggie, „aber da scheint noch etwas zu sein. Stan, könnten Sie mir die Pinzette geben?“

Sie öffnete den Mund, so weit es die starren Kiefer erlaubten, und zog etwas tief aus der Kehle des Mädchens. Was sie herauszog, war blutig, gefaltet, zerknittert, aber noch erkennbar.

„Ich glaube, ich habe soeben ihren Ausweis gefunden“, sagte Maggie und hielt etwas hoch, das wie ein zerknautschter Führerschein aussah.

Tully trank seine Cola, dankbar für die Unterbrechung. Wenhoff hatte die Fahrerlaubnis und die Fingerabdrücke der Siebzehnjährigen ins Labor hinaufgebracht. Tully war jedoch klar, dass sie weder Vorstrafen noch Vermisstenanzeigen über Virginia Brier finden würden. Die hellen Bikinikonturen auf dem im November noch gebräunten Körper verrieten ihm, dass Virginia nicht das typische Hochrisikoopfer war. Sie war weder Prostituierte noch Abschaum oder heimatloses Straßenkind. Er schätzte, dass sie aus gutem Hause stammte, Mittel- oder Oberschicht. Irgendwo warteten ein Vater und eine Mutter darauf, dass sie endlich heimkam, oder wurden verrückt vor Sorge, weil es noch zu früh war, die Polizei über ihr Verschwinden zu informieren. Er dachte daran, wie er gestern Abend auf Emma gewartet hatte. Sie war nur zwanzig Minuten zu spät gekommen, aber was, wenn ...

„He, Tully!"

Er merkte, dass O'Dell ihn wieder besorgt ansah.

„Alles okay mit Ihnen?"

„Ja, alles okay, ich bin nur müde. War letzte Nacht zu lange auf."

„Ach wirklich? Heißes Rendezvous?" Racine hievte sich mit dem Gesäß auf eine Arbeitsplatte, was ihr dank langer Beine mit einer einzigen Bewegung gelang.

„Ich bin mit meiner Tochter aufgeblieben, und wir haben uns *Fenster zum Hof* angesehen."

„Jimmy Stewart und Grace Kelly? Ich liebe diesen Film. Ich wusste gar nicht, dass Sie verheiratet sind, Tully."

„Geschieden."

„Okay.“ Detective Racine lächelte ihn an, als sei sie froh darüber. Die meisten Menschen murmelten irgendeine Entschuldigung, was er auch nicht verstand.

Er warf O'Dell einen Blick zu, die vorgab, mit Beweisbeuteln beschäftigt zu sein, anstatt auf Racines Flirten zu achten. Zumindest glaubte er, dass Racine mit ihm flirtete. Er war nicht gerade ein Meister darin, solche Annäherungsversuche zu bemerken. Wenigstens beherrschte sich O'Dell jetzt gegenüber Racine, als könnte Nettigkeit dafür entschädigen, dass sie ihr die Sache mit den Zyanidkapseln verschwieg. Er war nicht sicher, ob es gut war, Informationen zurückzuhalten. Schließlich war das hier Racines Fall und nicht ihrer. Sie waren nur in helfender und beratender Funktion dabei.

Tully fragte sich immer noch, warum Cunningham und das BSU zu dem Fall hinzugezogen worden waren. Wer hatte den Anruf getätigt und was wusste derjenige? Hatte jemand bereits eine Verbindung zwischen diesem Mädchen und den fünf toten Jungen aus der Hütte hergestellt? Und wenn ja, wer und wieso? Offensichtlich war es niemand von der städtischen Polizei, denn Racine schien ahnungslos zu sein.

Ihm war flau in der Magengegend, die Cola half allerdings. Es ging ihm gut, solange er sich auf die Fakten des Falles konzentrierte und nicht daran dachte, dass die Tote Emma hätte sein können. Er fragte sich, was dieses Mädchen von anderen unterschied? Warum hatte der Täter sie ausgewählt?

„Okay, ihr zwei“, sagte Racine. „Ich möchte wissen, was Sie wissen.“

Tully schoss einen Blick in Richtung O'Dell. Hatte Racine gemerkt, dass sie ihr etwas vorenthielten?

Ehe einer von ihnen antworten konnte, fügte Racine hinzu: „Da wir noch Zeit übrig haben, erzählen Sie mir etwas über den Täter auf Grund der Beweislage. Ich muss hier raus und mit der Suche nach dem verdammten Psychopathen anfangen. Sie sind die Profiler. Sagen Sie mir, wonach ich suchen muss."

Tully entspannte sich und hätte fast erleichtert geseufzt. O'Dell hatte mit keiner Wimper gezuckt. Sie war gut, beeindruckend gut. Sie kannten sich noch nicht sehr lange, aber er wusste, dass O'Dell besser lügen konnte als er. Er ließ ihr den Vortritt bei der Beantwortung von Racines Fragen.

„Bisher deutet alles darauf hin, dass der Täter organisiert ist."

Racine nickte. „Okay, ich weiß, was organisiert heißt im Gegensatz zu unorganisiert. Ersparen Sie mir das Fachchinesisch. Ich bin auf Besonderheiten aus."

„Für Besonderheiten ist es noch zu früh", erklärte O'Dell.

Tully fand, O'Dell war nicht nur schwierig im Umgang mit Detective Racine, sondern auch zu vorsichtig.

„Ich schätze, er ist zwischen fünfundzwanzig und dreißig Jahre alt", sagte Tully. „Überdurchschnittlich intelligent. Er geht vermutlich einer geregelten Arbeit nach und wirkt auf sein Umfeld sozial kompetent. Er ist nicht zwangsweise ein Eigenbrötler. Vielleicht ist er sogar ein bisschen arrogant, ein Angeber."

Racine klappte ein kleines Notizbuch auf und kritzelte das Gesagte nieder. Was er ihr mitteilte, waren klassische Lehrbuch-Allgemeinheiten. Genau das, was sie nicht hören wollte.

„Er kennt sich mit Polizeiarbeit aus", fügte O'Dell hinzu und hielt es offenbar für sicherer, ein wenig ihrer Kenntnisse preiszugeben. „Wahrscheinlich benutzt er deshalb gern Handschellen. Außerdem wusste er, wie man die Identität eines Leichnams feststellt, und dass die Verzögerung der Identifizierung auch seine Identifizierung hinauszögert."

Racine blickte auf. „Warten Sie eine Minute. Was sagen Sie da? Er könnte ein Excop oder so etwas sein?"

„Nicht unbedingt. Aber er könnte einiges über Tatortanalysen wissen", erwiderte O'Dell. „Einige dieser Typen sind fasziniert davon. Sie benutzen ihre Kenntnisse zu ihrem Katz-und-Maus-Spiel. Was sie über Polizeiarbeit wissen, können sie aus dem Fernsehen haben, aber auch aus Kriminalromanen."

Tully sah zu Racine, die zufrieden war und weiterschrieb. Wenigstens versuchten die Frauen, sich nicht zu widersprechen oder sich gegenseitig zu übertrumpfen. Im Moment jedenfalls nicht.

„Wie er den Körper postiert hat, ist ebenfalls bedeutsam. Ich denke, es steckt mehr dahinter als der Wunsch, zu beherrschen und zu unterwerfen." O'Dell sah Tully an, ob er eine Vermutung wagen wolle. Er machte eine Geste, sie solle fortfahren. „Es ist möglich", fügte sie hinzu, „dass wir nur sein Werk bewundern sollten, aber es könnte auch mehr sein, eine Art Symbolik."

„Sie sagten vorhin, er habe den Tatort vielleicht bewusst verändert, um uns in die Irre zu leiten."

„Mein Gott, Racine, soll das heißen, Sie haben mir tatsächlich zugehört?" Sehr zu Tullys Erleichterung lächelten die Frauen sich an.

„Diese runden Abdrücke im Boden haben auch etwas zu

bedeuten“, erinnerte Tully sie, „aber ich weiß nicht, was. Noch nicht.“

„Ach ja, und er ist Linkshänder“, fügte O’Dell im Nachsatz hinzu.

Tully und Racine sahen sie an und warteten auf eine Erklärung.

O’Dell ging zur Leiche zurück und deutete auf die rechte Gesichtshälfte des Mädchens. „Da ist eine Prellung hier am Kinn. Ihre Lippe ist in dieser Ecke gespalten. Hat sogar kurz geblutet. Es ist ihre rechte Seite. Das heißt, wenn er vor ihr stand, hat er sie von links nach rechts geschlagen, wahrscheinlich mit seiner linken Faust.“

„Könnte er nicht die Rückseite seiner rechten Hand benutzt haben?“ fragte Tully, um die möglichen Szenarien durchzuspielen.

„Vielleicht. Aber dann wäre die Bewegung mehr aufwärts gerichtet gewesen.“ Sie demonstrierte einen Schlag mit dem Handrücken in seine Richtung. Er verstand, was sie meinte. Die natürliche Bewegungstendenz war, den Schlag unten zu beginnen und schräg aufwärts weiterzuführen. „Diese Verletzung“, fuhr O’Dell fort, „sieht nach einem geraden Schlag aus. Ich würde sagen, mit der Faust.“ Sie ballte ihre Hand und machte die Schlagbewegung. „Ja, eindeutig die linke Faust zum rechten Kiefer.“

Während dieser Demonstration sah Tully, dass Racine ruhig, fast ehrfürchtig, vielleicht sogar bewundernd zuschaute, ehe sie sich wieder ihren Notizen zuwandte. Was immer er in Racines Mimik entdeckte hatte, entging O’Dell. Sie hatte Racine keinerlei Beachtung geschenkt. Aber so war sie immer, wenn sie andere durch Kompetenz verblüffte. Die meiste Zeit machte sie ihn mit ihrer Pedanterie, ihrem

Ordnungssinn, ihrer Eigenwilligkeit oder der Neigung, sich nur an die Regeln zu halten, wenn es ihr in den Kram passte, leicht wahnsinnig. Diese Eigenschaft jedoch – mit ihren Fähigkeiten zu beeindrucken und keine große Sache daraus zu machen –, die mochte er wirklich an ihr.

„Eines noch", fügte O'Dell an Racine gewandt hinzu, „und ich sage das nicht, um Ihnen Angst einzujagen. Dieser Mord war keine einmalige Sache. Der Täter tut es wieder. Und es würde mich nicht wundern, wenn er schon früher gemordet hätte. Wir sollten es durch VICAP überprüfen."

Hinter ihnen schwang die Tür der Leichenhalle auf. Alle drei zuckten zusammen, drehten sich um und sahen Stan Wenhoff mit bleichem Gesicht dastehen. Er hielt etwas hoch, das nach einem Computerausdruck aussah.

„Leute, jetzt stecken wir bis zum Kragen drin." Stan wischte sich den Schweiß von der Stirn. „Sie ist die Tochter von Henry Franklin Brier ... einem verdammten US-Senator."

28. KAPITEL

Everetts Lager

Justin Pratt spürte einen Ellbogenstoß in der Seite und merkte erst jetzt, dass er eingeschlummert war. Er blickte kurz zu Alice neben ihm, die wie alle anderen mit geradem Rücken im Schneidersitz auf dem Boden saß, Kopf und Blick geradeaus gerichtet. Mit zwei Fingern trommelte sie ihm auf den Fußknöchel, ihre sanfte Ermahnung, wach und aufmerksam zu bleiben.

Er hätte ihr gern erzählt, dass ihm scheißegal war, was Vater heute und an allen anderen Abenden zu sagen hatte. Und nach gestern Nacht wünschte er sich, dass es Alice auch scheißegal wäre. Gütiger Himmel, er war so müde. Er sehnte sich nach ein paar Minuten Schlaf. Seine Lider begannen sich wieder zu senken, und diesmal spürte er ein Zwicken. Er richtete sich auf, strich sich mit der Hand übers Gesicht und drückte Daumen und Zeigefinger auf die Augen. Wieder ein Ellbogenstoß. Herrgott nochmal!

Er warf ihr einen finsteren Blick zu, doch Alice ließ sich von ihrer angemessen bewundernden Aufmerksamkeit für Vater nicht ablenken. Vielleicht hatte ihr ja gefallen, was der Typ gestern Nacht mit ihr gemacht hatte. Vielleicht hatte sie das richtig angetörnt, und was er für eine Grimasse des Abscheus gehalten hatte, war der Ausdruck eines Orgasmus gewesen. Scheißdreck! Er war einfach müde und musste aufhören, über gestern nachzudenken. Er richtete sich auf und faltete die Hände im Schoß.

Heute nahm Vater sich wieder die Regierung vor, sein Lieblingsthema. Justin musste zugeben, dass einiges von dem, was er sagte, Sinn ergab. Er erinnerte sich, dass sein Großvater Eric und ihm ebenfalls von Regierungsverschwörungen erzählt hatte. Und wie die Regierung JFK umgebracht hatte. Und dass die Vereinten Nationen eine Verschwörerbande war, um die Weltherrschaft zu übernehmen.

Sein Vater hatte immer gesagt: „Der Alte hat ein paar Schrauben locker." Aber er hatte seinen Großvater geliebt und verehrt. Er war ein Kriegsheld gewesen und hatte die Ehrenmedaille vom Kongress erhalten, weil er in Vietnam seine ganze Einheit gerettet hatte. Die Medaille hatte er gesehen und die Briefe und Fotos, eines sogar mit Präsident Lyndon Johnson. Echt cool. Sein Dad hatte diese ganzen Sachen allerdings verabscheut. Wahrscheinlich noch ein Grund, warum er seinen Grandpa so geliebt hatte. Sie hatten etwas gemeinsam gehabt: Es gelang ihnen beiden nicht, die Anerkennung seines Dad zu erringen.

Dann war Großvater plötzlich letztes Jahr gestorben. Stinksauer war Justin, dass der alte Mann ihn einfach so im Stich gelassen hatte. Natürlich wusste er, was für eine beschissene Einstellung das war. Schließlich traf den Großvater keine Schuld. Aber er fehlte ihm so schrecklich. Seit seinem Tod hatte er niemanden mehr zum Reden, besonders seit Eric weg war.

Eric hatte Granddad auch vermisst, das wusste er, aber Eric war ein viel zu großer Scheißmachotyp, um es zuzugeben. Knapp drei Wochen nach der Beerdigung schmiss Eric die Uni. Und da war zu Hause die Hölle los gewesen.

„Entschuldige, langweile ich dich?" donnerte Vaters Stimme durch den Raum.

Justin richtete sich auf, doch er saß bereits so gerade, wie er konnte. Er spürte, wie Alice seinen Knöchel so fest hielt, dass sich ihre Fingernägel durch die Socken in seine Haut bohrten.

Mist! Jetzt steckte er in der Scheiße. Alice hatte ihn gewarnt, dass Träumereien während Vaters Vorträgen zur Bestrafung führten.

Ach, was soll's? Dann schickte er ihn eben wieder in die Wälder. Vielleicht haute er diesmal einfach ab. Er brauchte diesen ganzen Mist nicht. Vielleicht konnte er sich irgendwo mit Eric treffen.

„Antworte mir!“ verlangte Vater, während es im Raum still wurde. Niemand wagte sich umzudrehen und den Schuldigen anzusehen. „Findest du meine Ausführungen so langweilig, dass du lieber schläfst?“

Justin blickte auf, bereit, Vaters Strafe anzunehmen. Doch Vater sah links an ihm vorbei. Und nun begann sich der alte Mann neben ihm unruhig zurechtzurücken. Justin sah ihn mit schwieligen Hände den Saum seines blauen Arbeitshemdes kneten. Er kannte ihn aus der Bauarbeitertruppe. Kein Wunder, dass der arme Kerl schlummerte. Die Mannschaft malochte rund um die Uhr, um Vaters Wohnquartier noch vor dem Winter umzubauen, was lächerlich war, wenn sie sowieso alle irgendwann in ein Paradies umzogen. Bestimmt würde sich einer aus der Truppe erheben und Vater erinnern, wie viele Stunden sie hart für ihn arbeiteten. Doch alle schwiegen betreten und warteten ab.

„Martin, was hast du dazu zu sagen?“

„Ich denke, ich ...“

„Steh auf, wenn du mit mir sprichst!“

Während der Zusammenkünfte saßen alle Mitglieder auf dem Boden. Justin konnte nicht begreifen, warum Vater als einziger einen Stuhl bekam. Alice hatte ihm zu erklären versucht, dass bei Vaters Vorträgen kein Kopf seinen überragen durfte. Justin hätte fast laut gelacht, wenn sie nicht so ein ernstes, fast ehrfürchtiges Gesicht dabei gemacht hätte.

„Wir haben Verräter in unserer Mitte!“ bellte Vater. „Da gibt es einen Reporter, der uns mit hässlichen Lügen vernichten will. Jetzt ist kaum die richtige Zeit, sich beim Schlafen erwischen zu lassen. Ich sagte, steh auf!“

Justin sah zu, wie der alte Mann seine Beine entknotete und sich mühsam aufrichtete. Er fühlte mit ihm. Nach drei Stunden bekam auch er Probleme mit Muskelkrämpfen. Der Alte erinnerte ihn an seinen Großvater, dünn, klein, aber drahtig. Vermutlich war er jedoch jünger und kräftiger, als seine wettergegerbte Haut es vermuten ließ.

Sie hatten kurz Blickkontakt. Martin wandte den Blick jedoch sofort ab, weil sie sich nicht ansehen sollten. Aus den Augenwinkeln erkannte Justin, dass alle brav ihre Gesichter nach vorn ausgerichtet und die Blicke gesenkt hielten.

„Martin, du verschwendest unsere Zeit. Vielleicht solltest du dir eine Erklärung sparen und erfahren, was passiert, wenn man anderer Leute Zeit verschwendet.“ Vater winkte den beiden Leibwächtern zu, die durch die Hintertür verschwanden. „Komm her, Martin, und bring Aaron mit.“

„Nein, warten Sie ...“, protestierte Martin auf dem Weg nach vorn, dabei trat er vorsichtig zwischen Vaters Anhängern auf, die kreuz und quer auf dem Boden saßen. „Strafen Sie mich“, bat er und schlängelte sich weiter. „Aber lassen Sie meinen Sohn aus dem Spiel!“

Der blonde, hellhäutige Aaron war jedoch schon fast an Vaters Seite. Justin schätzte ihn auf sein Alter, nur war er kleiner und drahtig wie sein Dad, aber seltsam begierig, Vater zu assistieren.

„Martin, du weißt, dass es bei uns weder Väter und Söhne noch Brüder und Schwestern gibt.“ Vater sprach wieder in seinem ruhigen, hypnotischen Ton. „Wir alle sind eine Einheit, eine Familie.“

„Natürlich. Ich meinte nur ...“ Martin verstummte, als er die Leibwächter zurückkommen sah. Sie trugen etwas, das Justin für einen riesigen, langen Schlauch hielt.

Dann bewegte sich der Schlauch.

„Scheiße!“ sagte er leise und sah sich rasch um, dankbar, dass er auf Grund des allgemeinen erschrockenen Japsens nicht gehört worden war. Denn die beiden Leibwächter trugen die größte Scheißschlange, die er je gesehen hatte.

Er streifte Vaters Gesicht mit einem flüchtigen Blick, während alle anderen wieder verstummten. Vater beobachtete die Reaktion der Menge und lächelte zufrieden. Als er Justins Blick auffing, wurde das Lächeln jedoch finster. Justin senkte den Kopf. Heiliger Strohsack, steckte er jetzt auch in Schwierigkeiten?

Mit heftigem Herzklopfen lauschte er, ob sein Name aufgerufen wurde. Würde ihn sein lauter Herzschlag in der verdammten Stille verraten?

„Aaron“, sagte Vater, „ich möchte, dass du die Schlange nimmst und sie Martin um den Hals legst.“

Kein Japsen mehr, nur noch Stille, als hielte die Versammlung kollektiv den Atem an.

„Aber Vater ...“ Aarons Stimme klang wie die eines kleinen Jungen. Justin ärgerte sich. Dämlicher Bengel! Zeig keine Schwäche! Zeig ihm nicht, dass du Angst hast!

„Aaron, ich bin überrascht.“ Die Stimme des Reverend war sanft und einschmeichelnd, und Justin wand sich innerlich. „Bist du nicht erst letzte Woche zu mir gekommen, weil du einer meiner Soldaten werden wolltest? Einer meiner Krieger für Gerechtigkeit?"

„Ja, aber ..."

„Dann hör auf zu schniefen und tu, was ich dir sage!" schrie er, dass alle Anwesenden bei dem plötzlichen Wechsel im Tonfall zusammenzuckten.

Aaron blickte von Vater zu Martin und dann auf die Schlange. Justin konnte nicht glauben, dass er auch nur in Erwägung zog, es zu tun. Doch welche Wahl blieb ihm schon, wenn er diese verdammte Schlange nicht selbst um den Hals gelegt haben wollte? Bestimmt war das nur ein Test. Klar, das musste es sein. Er kannte sich zwar nicht besonders in der Bibel aus, aber gab es da nicht eine Geschichte, wie Gott einen Vater aufforderte, seinen Sohn zu opfern? Und dann in letzter Minute hatte Gott den Typ zurückgehalten. Ja, das hier lief garantiert genauso ab.

Seine Vermutung verschaffte ihm jedoch keine Erleichterung. Er atmete tief durch und spürte Alices Fingernägel sich tiefer in seinen Knöchel bohren.

Aaron nahm die Schlange. Martin, der die ganze Zeit unerschütterlich und aufrecht dagestanden hatte, begann zu schluchzen und schüttelte sich heftig, als Aaron und einer der Leibwächter ihm die Schlange um Schultern und Hals legten.

„Wir dürfen uns nicht schlafend überraschen lassen", predigte Vater so ruhig, als hielte er eine Unterweisungsstunde ab. „Unsere Feinde sind näher, als ihr glaubt. Nur die von uns, die stark sind und sich strikt an unsere Regeln halten, werden überleben."

Justin fragte sich, ob irgendwer Vaters Worte hörte. Er selbst hatte Schwierigkeiten, sie beim Dröhnen seines Herzschlags zu verstehen, während er sah, wie die Schlange zu würgen begann und Martins Gesicht anschwoll und puterrot wurde. Der Mann krallte in Panik die Finger in die Schlange.

„Es genügt einer“, fuhr Vater fort, „der uns betrügt, und wir werden vernichtet.“

Justin konnte es nicht glauben. Vater sah nicht mal zu Martin hin. Bestimmt blies er die Sache jetzt gleich ab. Reichte das denn noch nicht als Test? Der Mann begann die Augen zu verdrehen, und die Zunge hing ihm heraus. Gleich explodierte ihm der Kopf und die Einzelteile würden überallhin spritzen.

„Wir müssen bedenken ...“ Vater hielt inne und blickte auf die Pfütze, die sich um seine Schuhe bildete. Martin hatte sich in die Hose gemacht. Vater hob bei angewidert verzerrtem Gesicht einen Fuß. Er winkte seinen Wachen. „Entfernt die Schlange“, sagte er, als ginge es nur darum, seine Schuhe nicht noch mehr zu beschmutzen.

Beide Leibwächter und Aaron waren nötig, die Schlange abzuwickeln. Martin kollabierte, wo er stand. Vater fuhr jedoch fort, als sei das eine nicht zu beachtende Lappalie. Er stieg über ihn hinweg und kehrte ihm den Rücken zu, während der Mann davonkroch.

„Wir dürfen nicht vergessen, dass es keine Loyalitäten und keine anderen Verpflichtungen gibt als die, dem hohen Ziel unserer Mission zu dienen. Wir müssen uns von den kleinlichen Wünschen der materiellen Welt befreien.“

Vater schien eine besondere Gruppe anzusprechen, besonders eine Frau, die vor ihm saß. Justin erkannte sie. Sie gehörte zu dem Gefolge, das der Reverend bei den Gebetsversammlungen nah bei sich behielt. Eine aus einem Dutzend, die mit dem Bus zu den Gebetsversammlungen geholt wurden. Alle lebten und arbeiteten noch außerhalb und waren der Gemeinschaft noch nicht ganz beigetreten. Alice hatte erklärt, das seien Leute mit wichtigen Verbindungen nach draußen, oder solche, die sich in Vaters Augen noch nicht endgültig bewährt hatten.

Am Ende der Versammlung beobachtete Justin, wie Vater zu dieser Frau ging, ihr beide Hände reichte, sie hochzog und in die Arme nahm. Wahrscheinlich befummelte er sie dabei und bekam ein paar zusätzliche Umarmungen. Justin fand, sie glich mit dem blauen Kleid und dem roten Schal den Freundinnen seiner Mutter aus dem Country Club.

29. KAPITEL

Um diese Abendstunde bekam Kathleen O'Dell immer noch Gier nach einem Bourbon, einem gerührten – nicht geschüttelten – Martini oder sogar einem Glas Brandy. Sie blickte auf das Tablett mit der Porzellankanne mit Goldrand und beobachtete, wie Reverend Everett ihr, Stephen, Emily und sich selbst Tee einschenkte. Und die ganze Zeit musste sie daran denken, wie sehr Tee ihr zuwider war, gleichgültig, ob aus Kräutern, aromatisiert oder mit Zitrone, Honig oder Milch gewürzt. Allein das Aroma verursachte ihr Brechreiz.

Tee erinnerte sie an die ersten höllischen Wochen, nachdem sie mit dem Trinken aufgehört hatte. Vater hatte jede Woche bei ihr in der Wohnung vorbeigeschaut und seine wertvolle Zeit geopfert, um ihr eine Kanne seines Spezialtees aufzubrühen, aus Blättern, die an einem exotischen Ort in Südamerika gepflückt wurden. Er behauptete, der Tee habe magische Kräfte. Kathleen hätte schwören mögen, sie halluzinierte danach, was ihr schmerzhafte Lichtblitze hinter den Augen bescherte. Das geschah stets, bevor ihr Magen heftig rebellierte. Jedes Mal blieb Vater geduldig bei ihr und erklärte, dass Gott andere Pläne für sie habe. Genauer gesagt erklärte er es ihrem Hinterkopf, während sie sich heftig in die Kloschüssel erbrach.

Trotzdem lächelte sie ihn jetzt an, als er ihr die Tasse reichte, als sei Tee genau das, wonach sie lechze. Sie verdankte diesem Mann so viel, und doch schien er nur wenig als Gegenleistung zu erwarten. Wenigstens so zu tun, als genieße sie den Tee, war nur ein kleines Opfer.

Sie saßen vor dem prasselnden Kaminfeuer in weichen Ledersesseln, die Vater von einem wohlhabenden Gönner bekommen hatte. Da alle tranken, führte auch Kathleen ihre Tasse an die Lippen und nahm einen Schluck. Sie hatten nur wenig gesprochen, noch erschüttert von Vaters machtvoller Demonstration. Niemand bezweifelte jedoch die Notwendigkeit, Martin eine Lektion zu erteilen. Was fiel ihm ein zu schlafen?

Sie spürte, wie Vater sie beobachtete – seine Diplomaten zur Außenwelt, wie er sie drei nannte. Jeder spielte eine wichtige Rolle und hatte Aufgaben übertragen bekommen, die nur er oder sie erledigen konnte. Im Gegenzug gestattete Vater diese privaten Zusammenkünfte und schenkte ihnen gnädig seine Zeit und sein Vertrauen. Beides seltene und besondere Gunsterweise. Er hatte viele Verpflichtungen. Es gab zu viele Menschen, deren Wunden er heilen und deren Seelen er retten musste. Zwischen Gebetsversammlungen am Wochenende und täglichen Vorträgen blieb dem Mann kaum Zeit für sich selbst. Es lastete ein ungeheurer Druck auf ihm, weil so viel von ihm erwartet wurde.

„Ihr seid alle sehr still heute Abend." Er lächelte sie an und nahm in dem großen Ruhesessel nah beim Feuer Platz. „Hat euch die Lektion heute Abend schockiert?"

Sie tauschten rasche Blicke untereinander. Kathleen trank wieder Tee, was ihr plötzlich angenehmer erschien, als vielleicht das Falsche zu sagen. Sie beobachtete ihn über den Rand der Tasse hinweg. Vorhin in der Versammlung wäre Emily fast in Ohnmacht gefallen. Kathleen hatte gespürt, wie sie sich immer heftiger an sie gelehnt hatte, während die Boa Martin würgte und sein Gesicht zu einem roten Ballon aufblähte. Doch Emily würde ihre Schwäche niemals zugeben.

Und Stephen mit seiner sanften und ... Sie unterband diesen Gedanken und schwor sich, nicht mehr in dieser Weise über Stephen zu denken. Schließlich war er ziemlich klug und hatte sicher andere Qualitäten, die nichts mit seiner ... nun ja, seiner sexuellen Vorliebe zu tun hatten. Sie wusste, dass Stephen auch schockiert gewesen war, aber wahrscheinlich aus Ehrfurcht nichts sagte. Vielleicht sah Vater deshalb sie an, als sei die Frage nur an sie gerichtet gewesen. Sein Blick war freundlich auffordernd, womit er ihr wieder mal das Gefühl gab, sie sei die Einzige, aus deren Meinung er sich etwas machte.

„Ja, ich war schockiert", gestand sie und sah Emilys Augen groß werden, als wolle sie in Ohnmacht fallen. „Aber ich habe die Wichtigkeit der Lektion verstanden. Es war sehr klug, eine Schlange zu wählen", fügte sie hinzu.

„Und warum sagen Sie das, Kathleen?" Vater beugte sich vor und ermunterte sie fortzufahren, begierig zu hören, warum er so klug war. Als ob er das nicht längst wüsste.

„Schließlich war es die Schlange, die Eva zum Verrat anstiftete und Schuld war an der Vertreibung aus dem Paradies. So wie Martins Schlafen uns verraten und unsere Hoffnungen, ein Paradies zu errichten, zerstören kann."

Er nickte erfreut und belohnte sie mit einem Tätscheln des Knies. Heute verweilte seine Hand ein wenig länger als sonst. Er spreizte die Finger auf ihrem Schenkel, eine zärtliche Geste, die Wärme durch die Strumpfhose auf die Haut abstrahlte und sie bis ins Innerste erbeben ließ.

Schließlich nahm er die Hand zurück und richtete seine Aufmerksamkeit auf Stephen. „Da wir gerade vom Paradies reden. Was haben Sie über unsere Transportmöglichkeiten nach Südamerika erfahren?"

„Wie Sie vermutet haben, müssten wir es in mehreren Trupps machen, jeweils zwei bis drei Dutzend auf einmal."

„Südamerika?“ Kathleen verstand kein Wort. „Ich dachte, wir gehen nach Colorado.“

Stephen vermied den Blickkontakt mit ihr. Er sah betreten zur Seite, als sei er beim Ausplaudern eines Geheimnisses ertappt worden. Sie sah Antwort suchend zu Vater.

„Natürlich gehen wir nach Colorado, Kathleen. Südamerika ist nur ein Notfallplan. Davon weiß sonst niemand, und die Kenntnis darf diesen Raum nicht verlassen.“ Sie sah ihm forschend ins Gesicht, um festzustellen, ob er zornig war, doch er versicherte ihr lächelnd: „Sie drei sind die Einzigen, denen ich trauen kann.“

„Also gehen wir nach Colorado?“ Kathleen hatte sich in die Fotos von heißen Quellen, wunderschönen Ahornbäumen und Wildblumen verliebt. Was wusste sie schon von Südamerika? Das war ihr zu weit weg, zu fremd, zu primitiv.

„Ja, natürlich“, versicherte er ihr. „Südamerika ist nur für den Fall, dass wir das Land verlassen müssen.“

Sie musste skeptisch ausgesehen haben, denn er nahm ihre Hände und hielt sie vorsichtig wie zerbrechliche Rosenblüten.

„Sie müssen mir vertrauen, Kathleen, meine Liebe. Ich würde nie zulassen, dass einem von uns ein Leid geschieht. Aber es gibt Menschen, böse Menschen, in den Medien und in der Regierung, die uns zerstören wollen.“

„Leute wie Ben Garrison“, sagte Stephen mit einer ungewöhnlichen Schärfe, die Kathleen überraschte und ihm von Vater ein Lächeln eintrug.

„Ja, Leute wie Ben Garrison. Er konnte zwar nur wenige Tage im Lager sein, ehe wir seine wahre Motivation entdeckten, aber wir sind immer noch nicht sicher, was er gesehen hat. Und wir wissen nicht, welche Lügen er über uns verbreitet.“

Geistesabwesend hielt er immer noch Kathleens Hände in seinen und begann ihre Handflächen zu streicheln, während er weiter mit Stephen sprach. „Was wissen wir über die Hütte? Wie haben die FBI-Leute überhaupt davon erfahren?"

„Das weiß ich immer noch nicht genau. Vielleicht durch ein verprelltes Exmitglied?"

„Vielleicht."

„Es ist alles verloren", erwiderte Stephen und blickte auf seine Hände, unfähig, Vater anzusehen.

„Alles?"

Stephen nickte nur. Kathleen hatte keine Ahnung, wovon sie sprachen, aber Vater und Stephen redeten oft von Geheimmissionen, die sie nichts angingen. Momentan konnte sie sich nur darauf konzentrieren, wie Vaters große Hände ihre kleineren massierten, was ihr das Gefühl gab, etwas Besonderes zu sein. Zugleich wurde ihr jedoch warm und leicht unbehaglich. Sie wollte ihm die Hände entziehen, wusste aber, dass das falsch wäre. Für Vater war das nur eine Geste des Mitgefühls. Was fiel ihr ein, etwas anderes hineinzuinterpretieren? Bei dem Gedanken wurden ihr die Wangen warm.

„Wir haben ein Problem", sagte Stephen.

„Ja, ich weiß. Ich kümmere mich darum. Müssen wir ..." Vater suchte zögernd nach den richtigen Worten. „Müssen wir unsere Abreise beschleunigen?"

Stephen zog einige Papiere und eine Landkarte hervor, brachte sie zu Vater, ging auf einem Knie neben ihm in die Hocke und zeigte ihm einiges.

Kathleen beobachtete Stephen und seine Gesten. Der Mann erstaunte sie immer wieder. Obwohl groß und schlank mit makelloser dunkler Haut, jungenhaftem Gesicht und scharfem Verstand wirkte er schüchtern und still, als warte er ständig auf Erlaubnis, sprechen zu dürfen. Vater sagte, Stephen sei brillant, aber gleichzeitig viel zu bescheiden. Er nahm nur ungern Lob an und war ein wenig zu durchschnittlich in seinem Verhalten, um aufzufallen. Er war der Typ Mann, den man nicht leicht bemerkte. Und Kathleen fragte sich, ob das seinen Alltagsjob erschwerte.

Sie versuchte sich zu erinnern, was er im Capitol machte. Obwohl sie Stunden mit Stephen und Emily bei solchen Zusammenkünften verbrachte, wusste sie nur wenig über die beiden. Stephens Position schien wichtig zu sein. Sie hatte ihn mal seine hohe Sicherheitsstufe erwähnen hören, und ständig ließ er die Namen von Senatoren und deren Referenten fallen, mit denen er gesprochen hatte oder mit denen er sich in Verbindung setzen musste. Offenbar nützte seine Position Vater und der Kirche.

Stephen war die Papiere mit ihm durchgegangen, stand auf und zog sich zurück. Kathleen wurde bewusst, dass sie kein Wort der Unterhaltung mitbekommen hatte. Sie sah Vater ins Gesicht, um zu sehen, ob ihm ihre Unaufmerksamkeit aufgefallen war. Seine olivfarbene Haut und die Bartstoppeln am Kinn ließen ihn älter erscheinen, als er war. Um Augen und Mundwinkel hatten sich neue Linien gebildet. Er stand unter einem Druck, der zu viel war für einen Mann. Das hatte er ihnen oft erzählt, aber stets hinzugefügt, er könne sich dem nicht entziehen. Gott habe ihn auserkoren, seine Getreuen in ein besseres Leben zu führen. Schließlich ließ er Kathleen los, zog die Hände zurück und faltete sie. Zunächst hielt sie das für eine Gebetsgeste, bis sie merkte, dass er seinen Jackensaum knetete, eine subtile, verräterische Geste.

„Die, die uns zerstören wollen, rücken mit jedem Tag näher“, vertraute er ihnen mit gedämpfter Stimme an. „Es gibt Möglichkeiten, einige unserer Feinde zu vernichten, aber andere können nur vorübergehend in Schach gehalten werden. Alles, was in der Hütte gelagert war, diente unserem Schutz und unserer Sicherheit. Wenn alles verloren ist, müssen wir einen anderen Weg finden, uns zu schützen. Wir müssen uns vor denen schützen, die eifersüchtig sind auf meine Macht. Am meisten Sorge bereitet mit jedoch, dass ich Verrat in den eigenen Reihen spüre.“

Emily schnappte nach Luft, und Kathleen hätte sie am liebsten geohrfeigt. Merkte die denn nicht, wie schwer das für Vater war? Er brauchte ihre Stärke und Unterstützung, nicht ihre Panik. Obwohl sie nicht sicher war, was Vater mit Verrat meinte. Sie wusste, dass es Mitglieder gab, die wieder gegangen waren, kürzlich sogar mehrere. Und dann natürlich der Reporter – der Fotograf, der sich als angeblich verlorene Seele in ihr Lager eingeschlichen hatte.

„Niemand, der sich mir in den Weg stellt, bleibt ungestraft.“ Bei diesen Worten wirkte er jedoch nicht zornig, sondern traurig und sah sie der Reihe nach an, als erbitte er Hilfe. Obwohl dieser starke, wunderbare Mann das nie tun würde, zumindest nicht für sich. Kathleen hätte gern etwas getan oder gesagt, um ihn zu trösten.

„Ich zähle auf Sie drei“, fuhr er fort. „Nur Sie können mir helfen. Wir dürfen unsere Gemeinschaft nicht durch Lügen zerstören lassen. Wir dürfen niemandem trauen. Wir dürfen nicht zulassen, dass sie unsere Kirche aufbrechen.“ Allmählich redete er sich in Rage. Er ballte die Hände, und seine Gesichtsfarbe wechselte von oliv nach knallrot. Trotzdem blieb seine Stimme gelassen. „Wer nicht für uns ist, ist gegen uns. Wer gegen uns ist, ist eifersüchtig auf unseren Glauben, unser Wissen und unsere besondere Gnade bei Gott."

Er schlug mit der Faust auf die Sessellehne, dass Kathleen zusammenzuckte. Er schien es nicht zu bemerken und fuhr fort, als hätte die Wut Besitz von ihm ergriffen. Kathleen hatte ihn noch nie so erlebt. Speichel lief ihm aus einem Mundwinkel, als er sich ereiferte: „Sie neiden mir meine Macht. Sie wollen mich vernichten, weil ich zu viele ihrer Geheimnisse kenne. Sie werden nicht zerstören, was ich in langer, harter Arbeit aufgebaut habe. Wieso bilden die sich ein, mich überlisten, ja ruinieren zu können? Ich sehe das Ende in einem Feuerball kommen, wenn sie mich zerstören wollen."

Kathleen sah zu, ohne sich ihr Unbehagen anmerken zu lassen. Vielleicht war das einer von Vaters prophetischen Anfällen. Er hatte ihnen von seinen Visionen, seinem Zittern und seinen Gesprächen mit Gott erzählt, aber niemand war je Zeuge geworden. War es jetzt so weit? Quollen ihm deshalb die Adern an den Schläfen hervor, presste er deshalb die Zähne zusammen? Sah das so aus, wenn man mit Gott redete? Woher sollte sie das wissen? Sie hatte vor Ewigkeiten aufgehört, mit Gott zu reden. Genau seit der Zeit, als sie an die Macht von Jack Daniels und Jim Beam zu glauben begann.

Vater schien eine besondere Macht, bestimmte Kenntnisse und fast hellseherische Fähigkeiten zu besitzen. Wie sonst wäre es ihm möglich, sich so haargenau auf die Ängste der Menschen einzustellen? Woher sonst wüsste er so viel über

Dinge, die Medien und Regierung geheim zu halten versuchten?

Sie war entsetzt gewesen, als er ihnen erzählt hatte, dass die Regierung Chemikalien wie Fluoride ins Wasser gab, um Krebs zu erzeugen, oder gesunde Kühe mit E-Coli-Bakterien infizierte, um eine Panik auszulösen, dass sie Abhöreinrichtungen in Handys montierten oder Kameras in Bankautomaten, um jede ihrer Bewegungen aufzuzeichnen. Sogar der Magnetstreifen auf der Rückseite ihrer Kreditkarte enthielt Daten, die es ermöglichten, ihre Wege zu verfolgen. Und mit dem Internet konnte die Regierung jetzt das Heim jedes Einzelnen ausspionieren, sobald er online war.

Zunächst war sie skeptisch gewesen, doch wenn Vater ihnen Artikel aus, wie er sagte, unvoreingenommenen Quellen vorlas, manchmal aus renommierten medizinischen Journalen, fand sie sein Wissen bestätigt.

Er war einer der weisesten Männer, die Kathleen kannte. Sie wusste immer noch nicht genau, ob ihr die eigene Seelenrettung wirklich am Herzen lag. Wichtig war für sie jedoch, dass sie zum ersten Mal seit über zwanzig Jahren wieder an jemanden glaubte und von Menschen umgeben war, denen sie etwas bedeutete. Sie war integraler Bestandteil einer Gemeinschaft und von etwas, das größer und wichtiger war als sie selbst. Das war eine neue wertvolle Erfahrung.

„Kathleen?"

„Ja, Vater?"

Er schenkte ihnen Tee nach und furchte leicht die Stirn, als er merkte, dass sie ihren kaum angerührt hatte. „Was können Sie mir über das Frühstück mit Ihrer Tochter erzählen?"

„Ach das. Es war schön", log sie, um nicht erzählen zu

müssen, dass sie nicht mal ein Frühstück bestellt hatte, ehe Maggie wieder gehen musste. „Ich habe Maggie gesagt, dass wir Thanksgiving miteinander feiern können."

„Und? Ich hoffe, sie entschuldigt sich nicht damit, dass sie als Profiler an einem wichtigen Fall arbeitet?" Es schien ihm sehr wichtig zu sein, dass sie die Beziehung zu ihrer Tochter ins Lot brachte. Kathleen fühlte sich schuldig, dass sie ihn bei seinen vielen Sorgen auch noch mit ihren belastete.

„Ich glaube nicht. Sie schien sich sehr darauf zu freuen", log sie wieder, um ihm eine Freude zu machen. Schließlich sagte er oft, der Zweck heilige die Mittel. Und da er Probleme hatte, wollte sie ihm wenigstens eine Bürde abnehmen. Außerdem kam sie mit Maggie schon wieder klar, das war ja immer so gewesen. „Ich freue mich darauf, ein richtiges Festmahl zu kochen. Danke, dass Sie mir den Vorschlag gemacht haben."

„Es ist sehr wichtig, dass Sie Ihre Beziehung bereinigen", betonte er.

Seit Monaten ermutigte er sie dazu. Ein wenig irritierte sie das. Gewöhnlich wies Vater immer darauf hin, dass die Mitglieder seiner Kirche sich von ihrer Familie lösen müssten. Auch heute Abend bei der Lektion für Martin hatte er betont, dass es hier weder Väter und Söhne noch Mütter und Töchter gab. Zugleich war sie überzeugt, dass er einen guten Grund für sein Bestreben hatte. Wenn er auf einer Versöhnung bestand, musste es zu ihrem Besten sein. Wahrscheinlich fand er die Aussöhnung besonders wichtig, ehe sie nach Colorado abreisten. Ja, das musste es sein. Damit sie sich wirklich frei fühlte.

Plötzlich wunderte sie sich, woher Vater wusste, dass

Maggie FBI-Profilerin war. Sie hatte es ihm bestimmt nicht erzählt. Die meiste Zeit fiel ihr ihre Berufsbezeichnung nicht mal ein. Aber natürlich hatte Vater sich die Mühe gemacht, sich zu erkundigen. Sie lächelte erfreut in sich hinein, weil sie ihm so viel bedeutete, dass er sich um solche Details kümmerte. Jetzt musste sie sich wirklich bemühen, Thanksgiving mit Maggie zu feiern. Das war das Mindeste, was sie tun konnte, wenn es Reverend Everett so wichtig war.

30. KAPITEL

Newburgh Heights, Virginia

Maggie lehnte die Stirn gegen das kühle Glas und sah die Regentropfen an der Scheibe hinablaufen. Nebelschwaden zogen über die weite Rasenfläche hinter dem Haus und erinnerten sie zum zweiten Mal an wirbelnde Geister. Lächerlich. Sie glaubte nicht an Geister. Sie glaubte an Dinge, die ihr vertraut waren, die sie sehen und fühlen konnte. An Schwarz oder Weiß, Grau war ihr zu kompliziert.

Doch trotz ihrer nüchternen Lebenseinstellung hoffte sie bei jedem Blick auf eine Leiche und jeden Schnitt ins kalte Fleisch, um einst pulsierende Organe zu entnehmen, dass etwas Ewiges aus dieser zurückgelassenen Hülle entfleucht war, etwas, das niemand sehen oder erklären konnte. Wenn das so war, befand sich Ginny Briers Geist – oder ihre Seele – jetzt an einem anderen Ort, vielleicht bei Delaney und ihrem Vater. Vielleicht erzählten sie sich ihre schrecklichen letzten Momente, während sie als graue Nebelschwaden um die Hartriegelbüsche in ihrem Garten schwebten.

Großer Gott! Maggie nahm ihr Glas vom Küchentresen, leerte es in einem Zug und versuchte sich zu erinnern, der wievielte Scotch es seit ihrer Rückkehr aus der Leichenhalle war. Aber wenn sie sich nicht erinnern konnte, war es wohl ohnehin gleichgültig. Außerdem war das vertraute Brummen im Kopf angenehmer als diese entsetzliche Leere, die sie nicht abschütteln konnte.

Sie schenkte sich noch einen Scotch ein. Dabei fiel ihr Blick auf den Wandkalender oberhalb der kleinen Korkpinnwand über der Arbeitsplatte. Die Pinnwand war bis auf die Nadeln leer. Gab es denn nichts, woran sie sich erinnern musste? Der Kalender stand noch auf September. Sie blätterte weiter bis November. In ein paar Tagen war Thanksgiving. Hatte ihre Mutter das mit dem Festessen ernst gemeint? Sie konnte sich nicht erinnern, wann sie das letzte Mal einen Feiertag zusammen verbracht hatten, aber zweifellos war es katastrophal gewesen. Es gab etliche Feiertage in ihrer Erinnerung, die sie einfach nur vergessen wollte. Wie damals, vor vier Jahren, als sie den Heiligen Abend auf einem harten, klumpigen Sofa vor der Notaufnahme des St. Annes Hospital verbracht hatte. Während andere Leute letzte Weihnachtseinkäufe tätigten oder sich auf Partys an Keksen und Punsch gütlich taten, hatte ihre Mutter den Tag dazu genutzt, rote und grüne Pillen mit Jim Beam zu mixen.

Sie stand wieder am Fenster und sah den Nebel ganze Gartenbereiche einhüllen. Die Umrisse der Pinien an der Grundstücksgrenze waren kaum noch zu erkennen. Sie erinnerten sie stets an Wachsoldaten, die Schulter an Schulter zu ihrem Schutz dastanden. Eine Vorstellung, die ihr nach einer Kindheit, in der sie sich schutzlos, einsam und verlassen gefühlt hatte, sehr angenehm war. Ihre Kindheitserfahrungen hatten sie vorsichtig, skeptisch und auch misstrauisch gegenüber ihren Mitmenschen gemacht. Oder wie Gwen es ausdrücken würde: Sie war unzugänglich für jeden, einschließlich derer, denen sie etwas bedeutete. Wobei sie gleich an Nick Morrelli dachte.

Sie lehnte wieder die Stirn ans Glas. Sie wollte nicht an Nick denken. Kathleens Vorwürfe vom Morgen hatten sie getroffen – wahrscheinlich, weil mehr Wahrheit in ihnen steckte, als sie zugeben wollte. Sie hatte Nick seit Wochen nicht gesprochen, und seit ihrer letzten Begegnung waren

Monate vergangen. Damals hatte sie ihm gesagt, sie sollten sich nicht sehen, bis ihre Scheidung endgültig durch sei.

Sie sah auf die Uhr, trank noch einen Schluck Scotch und griff nach dem Telefon. Sie konnte den Hörer ja wieder auflegen, ehe er abnahm. Oder vielleicht nur Hallo sagen. Was schadete es schon, wenn sie seine Stimme hörte?

Es klingelte, einmal, zweimal, dreimal ... Sie würde eine kurze freundliche Mitteilung auf seinem Anrufbeantworter hinterlassen ... viermal, fünf...

„Hallo?“ meldete sich eine Frauenstimme.

„Ja“, erwiderte Maggie, ohne die Stimme zu erkennen. Vielleicht hatte sie sich verwählt. Schließlich war es Monate her, seit sie Nick angerufen hatte. „Ist Nick Morrelli zu sprechen?“

„Oh“, erwiderte die Frau, „rufen Sie aus dem Büro an? Kann es nicht warten?“

„Nein, hier spricht eine Freundin. Ist Nick da?“

Die Frau machte eine Pause, als überlege sie, welche Informationen sie an eine Freundin weitergeben durfte. Dann sagte sie schließlich: „Hm, er steht unter der Dusche. Kann ich etwas notieren, damit er Sie zurückruft?“

„Nein, ist schon okay. Ich versuche es ein andermal.“

Maggie legte auf und wusste, dass sie es so bald nicht wieder versuchen würde.

31. KAPITEL

Reston, Virginia

Tully hoffte, seine Ahnung sei falsch und er sei nur ein überbesorgter, überreagierender Vater. Jedenfalls sagte er sich das immer wieder. Vor dem Verlassen der Leichenhalle hatte er sich eine Kopie von Virginia Briers Foto aus dem Führerschein gemacht und in die Gesäßtasche gesteckt.

Er hatte Emma vorhin angerufen und ihr mitgeteilt, dass er sich verspäten würde. Falls sie mit dem Dinner auf ihn warten wolle, würde er jedoch eine Pizza mitbringen. Erfreut hatte er ihre Bestellung von besonders viel Peperoni auf ihrer Seite entgegengenommen. Wenigstens würden sie zusammen essen und konnten es vielleicht sogar genießen. Ihre Kochkünste langten gerade mal für gegrillte Käsesandwiches mit Suppe. Manchmal, wenn ihn die Abenteuerlust packte, warf er ein paar Scheiben Fleisch auf den Grill. Leider hatte er nie herausgekriegt, wie er verhindern konnte, dass sie zu verschrumpelten, verkohlten Briketts von zweifelhafter Schmackhaftigkeit mutierten.

Ihr kleiner Bungalow mit zwei Schlafräumen in Reston, Virginia, war nicht mit ihrem ehemaligen zweigeschossigen Haus im Kolonialstil in Cleveland zu vergleichen. Caroline hatte darauf bestanden, das Haus zu behalten. Tully fragte sich jetzt, ob Emma überhaupt zu ihm zurückwollte, wenn sie Thanksgiving im alten Haus und in ihrem alten Zimmer verbracht hatte. Ihr Bungalow wurde erst allmählich zu einem Heim, obwohl seit dem Umzug schon fast ein Jahr vergangen war. Gleichgültig, wie oft er sich über seine Vaterrolle beklagte, er konnte sich nicht vorstellen, wie er das neue

Haus, den Umzug, die neue Stadt und den neuen Job ohne Emma verkraftet hätte.

Dank seiner Tochter machte das Haus wenigstens nicht den Eindruck einer typischen miefenden Junggesellenbude. Während er sich den Weg von der Unordnung im Wohnzimmer zur Unordnung in der Küche bahnte, bezweifelte er allerdings, ob es einen Unterschied zwischen Junggesellenchaos und Teenagerchaos gab. Was ihm gefiel, war vielleicht die weibliche Note. Auch wenn die pinkfarbene Lavalampe auf dem Bücherregal, die purpurnen Rollschuhe, die unter dem Sofa hervorlugten, und die Magnete mit Smileygesichtern am Kühlschrank nicht gerade sein Stil waren.

„Hallo, Dad." Er war kaum im Haus, als Emma auftauchte, wohl weniger von seiner liebenswerten Präsenz als vielmehr von der Pizza angezogen. Da machte er sich nichts vor.

„Hallo, Süße." Er gab ihr einen Kuss auf die Wange, was sie nur tolerierte, wenn sie allein waren.

Sie trug die Kopfhörer um den Nacken gelegt, ein Kompromiss, der viel Drill und ständige Ermahnungen erfordert hatte, sich aber lohnte, obwohl er die Musik immer noch plärren hörte. Die Musikrichtung störte ihn nicht, da er gelegentlich auch noch gern ohrenbetäubende Rockmusik hörte, vorzugsweise von den Stones oder den Doors.

Emma holte Pappteller und Plastikbecher, die als fester Bestandteil zu jedem mitgebrachten Essen gehörten, wie sie vor langer Zeit übereingekommen waren. Was hatte es schließlich für einen Sinn, das Essen von jemand anders zubereiten zu lassen, wenn man hinterher Geschirr spülen musste? Während er die Pizzastücke auflud und beobachtete, wie Emma ihnen Cola einschenkte, fragte er sich, wann ein guter Zeitpunkt war, über das tote Mädchen mit ihr zu sprechen.

„Küche oder Wohnzimmer?“ fragte sie und nahm Teller und Becher auf.

„Wohnzimmer, aber keine Flimmerkiste.“

„Okay.“

Er folgte ihr in den Wohnraum. Als sie sich auf den Boden setzte, tat er es ihr gleich, obwohl sein Bein immer noch ein bisschen empfindlich war. Was ihn daran erinnerte, dass Agentin O'Dell ihre Narbe niemals erwähnte oder sich über sie beklagte. Die Narbe war eine Erinnerung an den Serienkiller Albert Stucky. Er hatte sie nie gesehen, man munkelte jedoch, dass sie ihr quer über den Bauch verlief, als hätte der Mann versucht, sie auszuweiden. Immerhin hatte er jetzt etwas gemeinsam mit O'Dell. Auch er hatte eine Narbe von Stucky, der ihn letzten Frühling angeschossen hatte, während er und O'Dell versuchten, ihn wieder einzufangen.

Obwohl die Kugel einigen Schaden angerichtet hatte, ließ er sich nicht vom täglichen Joggen abbringen. Die Kugel hatte ihm einiges vermasselt, einschließlich des behaglichen Sitzens auf dem Boden. Seine Muskeln stachen und pieksten. Einige Dinge lohnten jedoch den Schmerz, und mit Emma auf dem Boden sitzend Pizza zu essen, gehörte zweifellos dazu.

„Mom hat angerufen“, bemerkte sie, als sei das etwas Alltägliches. „Sie sagte, sie hätte wegen Thanksgiving mit dir gesprochen und du wärst ganz cool mit allem einverstanden.“

Er presste die Kiefer aufeinander. Er war nicht cool mit allem einverstanden, aber das brauchte Emma nicht zu wissen. Er sah sie eine lange blonde Haarsträhne zurückschieben, um sie von den Käsefäden fern zu halten, die ihr Pizzastück zog.

„Bist du cool damit einverstanden, Thanksgiving in Cleveland zu verbringen?“

„Denke schon.“

Das war eine typische Emma-Antwort. Ein Hauch von Gleichgültigkeit, gemischt mit einem Schulterzucken, das besagte: Du verstehst das ja sowieso nicht. Er wünschte, jemand hätte ihn vor langer Zeit eingeweiht, dass für den Vater eines Teenagers ein Diplom in Psychologie unabdingbar war. Vielleicht machte ihm deshalb sein Job so viel Spaß. Sich in Serienkiller einzufühlen war ein Klacks verglichen mit dem Einfühlen in einen Teenager.

„Wenn du nicht hinfahren möchtest, musst du nicht.“ Er nahm einen Schluck Cola und versuchte sich in der Kunst der Gleichgültigkeit, die seine Tochter perfektioniert hatte.

„Sie hat schon alles geplant und vorbereitet.“

„Macht nichts.“

„Ich hoffe nur, dass sie ihn nicht auch eingeladen hat.“

Tully war nicht sicher, wer der Neue im Leben seiner Exfrau war. Er wollte es auch nicht wissen. Seit ihrer Scheidung hatte es mehrere Neue gegeben.

„Wenn deine Mutter einen neuen Partner hat, möchte sie ihn zum Erntedankfest vielleicht einbeziehen. Das musst du verstehen, Emma.“

Großer Gott, er konnte nicht fassen, dass er Carolines Recht auf immer neue Lover verteidigte. Die bloße Vorstellung, dass sie mit einem anderen zusammen war, machte ihn sauer, schlimmer noch, sie verschlug ihm den Appetit. Vor zwei Jahren hatte seine Frau plötzlich entdeckt, dass sie ihn nicht mehr liebte. Die Leidenschaft in ihrer Ehe sei erloschen, und sie müsse nun weiterziehen. Es gab wohl kaum etwas Wirkungsvolleres, das Selbstwertgefühl eines Mannes zu zerstören, als von der eigenen Frau zu hören, sie müsse nun weiterziehen, fort von seiner leidenschaftslosen, nicht liebenswerten Person.

„Was ist mit dir?"

Für einen Moment hatte Tully vergessen, worüber genau sie gesprochen hatten. „Was meinst du?"

„Was willst du an Thanksgiving machen?"

Er sah sie verblüfft an, nahm sich ein neues Stück Pizza und merkte, wie ihm die gespielte Gleichgültigkeit entglitt. Unwillkürlich musste er schmunzeln. Seine Tochter machte sich Sorgen, dass er am Erntedankfest allein war. Gab es etwas Cooleres?

„He, ich habe einen vollen Tag Spaß eingeplant. Ich werde in meiner Unterwäsche vor der Glotze hocken und mir den ganzen Nachmittag Football anschauen."

Sie runzelte die Stirn. „Ich dachte, College-Football ist dir zuwider."

„Nun, dann gehe ich vielleicht ins Kino."

Das brachte sie zum Kichern, und sie musste die Cola abstellen, um sie nicht zu verschütten.

„Was ist daran so lustig?"

„Du willst allein ins Kino gehen? Komm schon Dad, bleib auf dem Teppich."

„Um ehrlich zu sein, muss ich wahrscheinlich arbeiten. Wir haben gerade einen ziemlich wichtigen Fall. Ich wollte sowieso mit dir darüber reden."

Er zog die Fotokopie aus der Gesäßtasche, entfaltete sie und reichte sie Emma. „Kennst du dieses Mädchen? Sie heißt Virginia Brier."

Emma sah es sich sorgfältig an, legte die Kopie beiseite und nahm sich ein neues Stück Pizza.

„Hat sie irgendwelche Probleme?"

„Nein, hat sie nicht." Tully war erleichtert, da Emma das Mädchen nicht zu erkennen schien. Natürlich war er unnötig besorgt gewesen. Samstagnacht hatten Hunderte die Gedenkstätte besucht. Ehe er sich völlig entspannen konnte, fügte Emma jedoch hinzu: „Sie mag es nicht, wenn man sie Virginia nennt."

„Was?"

„Sie nennt sich Ginny."

Allmächtiger! Ihm wurde wieder flau. „Demnach kennst du sie?"

„Alesha und ich haben sie auf dem Ausflug kennen gelernt. Ja, sie war Samstagabend auch dabei. Sie hat uns sauer gemacht, weil sie mit dem Jungen flirtete, der Alesha so gut gefiel. Er war echt cool und schien gern bei uns zu sein, bis dieser merkwürdige Reverend auf Ginny abfuhr."

„Warte mal ne Sekunde. Wer war dieser Junge?"

„Er hieß Brandon. Er war bei Alice und Justin und diesem Reverend."

Tully stand auf und ging dorthin, wo seine Windjacke lag. Er entleerte die Taschen, fand schließlich eines der Flugblätter, die überall am FDR-Memorial herumgeflattert waren, und reichte es Emma.

„Ist das dieser Reverend?" Er deutete auf das Farbfoto auf der Rückseite.

„Ja, das ist er. Reverend Everett", las sie vom Flugblatt. „Aber alle nannten ihn nur Vater. War mir irgendwie unheimlich. Ich meine, der ist doch nicht ihr Dad oder so."

„So merkwürdig ist das nun auch wieder nicht. Katholiken nennen ihre Priester Pater oder Vater. Das ist eine Art Anrede wie Pastor oder Reverend oder Mister."

„Ja, aber sie haben es nicht wie eine Anrede benutzt. Die haben alle so geredet, als wäre er tatsächlich ihr Vater, weil er ihr Anführer ist und weiß, was für alle am besten ist und so."

„Diesen Brandon, hast du den mit Ginny weggehen sehen?"

„Du meinst, damit sie ungestört sein konnten?"

„Ja."

„Dad, da waren massenhaft Leute. Außerdem bin ich mit Alesha gegangen, ehe die Versammlung zu Ende war. Dieses ganze Gesinge und Geklatsche war ziemlich öde."

„Denkst du, dass du diesen Brandon einigermaßen genau beschreiben kannst?"

Sie sah ihn an, als dämmere ihr allmählich, dass eine Verbindung zwischen seinen Fragen über Ginny und seinem Job als FBI-Agent bestehen könnte.

„Ja, ich denke, das kann ich." Sie wirkte aufrichtig besorgt, von Gleichgültigkeit keine Spur mehr. „Aber du hast doch gesagt, Ginny wäre nicht in Schwierigkeiten."

Er zögerte und überlegte, was er ihr erwidern sollte. Sie war kein kleines Mädchen mehr, und wahrscheinlich erfuhr sie es ohnehin aus dem Fernsehen. Vor der Wahrheit konnte er sie nicht schützen, auch wenn er sie zu behüten versuchte. Außerdem würde sie ihm böse sein, falls er sie belog.

Er langte zu ihr hinüber, nahm ihre Hand und sagte: „Ginny ist tot. Jemand hat sie Samstagnacht umgebracht."

32. KAPITEL

Montag, 25. November,
FBI-Akademie, Quantico, Virginia

Maggie streifte Agent Tully mit einem Seitenblick, während sie zusahen, wie Agentin Bobby LaPlatz mit dem Bleistift schraffierte Linien zeichnete. Wie durch ein Wunder erhielt das Gesicht auf dem Skizzenblock eine schmale, gerade Nase.

„Sieht ihm das ähnlich?“ fragte sie Emma, die neben ihr saß, die Hände im Schoß, die Augen auf die Zeichnung gerichtet.

„Ich denke – aber die Lippen stimmen nicht ganz.“ Emma warf ihrem Dad einen Blick zu, als warte sie auf seinen Kommentar. Er nickte ihr nur zu.

„Zu dünn?“ fragte LaPlatz.

„Vielleicht ist es eher der Mund, nicht die Lippen. Er war so, als würde er nie lächeln. Er hatte irgendwie diesen ernsten Ausdruck, aber nicht so, als wäre er sauer. Vielleicht so, als wäre er zu hart, um zu lächeln.“ Sie warf das Haar zurück und sah ihren Dad wieder kurz an. „Ergibt das irgendwie Sinn für Sie?“ fragte sie Agentin LaPlatz, sah aber noch einmal kurz zu Tully, ehe sie wieder auf das Blatt blickte.

„Ich denke, ja. Versuchen wir es.“ Und LaPlatz machte sich wieder mit raschen, kurzen Handbewegungen an die Arbeit. Eine Linie hier, eine dort, veränderte sie das gesamte Gesicht mit ihrem Bleistift Nummer zwei, einem Zauberstab mit Zahnabdrücken auf dem Schaft.

Maggie bemerkte wieder Tullys Sorgenfalte auf der Stirn. Er begann daran herumzureiben, als könnte er sie so loswerden. Als er vorhin kurz in ihrem Büro vorbeigeschaut hatte, war er sehr besorgt gewesen. Desorientiert war vielleicht das treffendere Wort, seinen Zustand zu beschreiben.

Seine Tochter Emma war noch nie in Quantico gewesen. Und ihr Besuch war auch kein üblicher Spaßausflug, um zu sehen, wo Daddy arbeitete. Emma schien mit der Situation gut zurechtzukommen, nur Tully hampelte nervös herum. Er tippte ununterbrochen mit der Schuhspitze auf den Boden. Wenn er sich nicht die Delle in der Stirn rieb, schob er sich die Brille auf der Nase hoch. Er war stumm geblieben, seit Agentin LaPlatz sich gesetzt hatte. Gelegentlich wanderte sein Blick von dem Gesicht, das auf dem Blatt Form annahm, zu Emma. Maggie sah, wie er ein Stück Papier aus der Brusttasche zog und es in Ziehharmonikafalten legte. Dabei arbeiteten seine Finger eigenständig, ohne unterstützende Koordination durch die Augen.

Maggie hatte eine ziemlich genaue Vorstellung davon, warum ihr gewöhnlich gelassener Partner wirkte, als hätte man ihm Koffein injiziert. Nicht nur, dass Emma das tote Mädchen gekannt hatte, sie war vermutlich auch auf derselben Veranstaltung gewesen wie die Tote. Irgendeine Gebetsstunde, die am Samstagabend am Monument stattgefunden hatte. Wahrscheinlich war er deshalb am Tatort und bei der Autopsie so nervös gewesen. Vermutlich dachte er immer daran, wie leicht Emma das Opfer hätte werden können.

„Wie sieht das jetzt aus?“ fragte LaPlatz.

„Ist nah dran. Könnte ich das irgendwie in Farbe sehen?“ Emma sah wieder Tully an, als erwarte sie eine Antwort von ihm.

„Sicher.“ LaPlatz stand auf. „Ich scanne das in den Computer ein. Ich bevorzuge als Grundlage die altmodische Methode. Aber wenn das dem jungen Mann jetzt ähnlich sieht, lassen wir den Computer ein bisschen mit der Skizze spielen.“

Sie ging auf die Tür zu, Emma neben ihr, drehte sich aber noch einmal um, als Tully gerade aufstehen wollte, um ihnen zu folgen. „Vielleicht sollten Sie beide besser hier warten“, sagte LaPlatz beiläufig, doch ihr Blick wanderte von Tully zu Maggie.

Als Tully Anstalten machte, ihr trotzdem zu folgen, legte Maggie ihm sacht eine Hand auf den Arm. Er blickte darauf, wie ein Schlafwandler, der plötzlich erwacht.

„Wir warten hier“, sagte er und sah die Tür sich schließen, ehe er sich wieder setzte.

Maggie stellte sich vor ihn, gegen den Tisch gelehnt, und musterte Tully. Es schien ihm nichts auszumachen, falls er es überhaupt bemerkte. Mit den Gedanken war er woanders, wenn nicht nebenan bei Emma, dann bei der schrecklichen Szene am Tatort.

„Sie macht ihre Sache ausgezeichnet.“

„Was?“ Er sah auf, als merke er erst jetzt, dass sie noch da war.

„Emma gibt uns vielleicht den einzigen Hinweis auf den Killer.“

„Ja, ich weiß.“ Er rieb sich das Kinn und schob sich die Brille hoch.

„Alles okay mit Ihnen?“

„Mit mir?“ In seinem Ton schwang deutlich Überraschung mit.

„Ich weiß, Sie machen sich Sorgen um sie, Tully, aber sie scheint doch okay zu sein.“

Er zögerte, nahm die Brille ab und rieb sich die Augen.

„Ich mache mir Sorgen um sie." Die Brille saß wieder auf der Nase. Die Finger fanden das Flugblatt und begannen es wieder zu knicken, aber diesmal in die andere Richtung, wobei das Foto des Mannes neue Knitter bekam. „Manchmal komme ich mir vor, als hätte ich nicht den Schimmer einer Ahnung, wie ich meiner Vaterrolle gerecht werden kann."

„Emma ist ein mutiges, kluges Mädchen. Sie kam heute her, um in einer Mordermittlung zu helfen. Und sie macht das großartig, wobei sie ruhig und eifrig bleibt. Schon allein danach zu urteilen, würde ich sagen, Sie haben Ihre Sache als Vater verdammt gut gemacht."

Er sah ihr in die Augen und rang sich ein schwaches Lächeln ab. „Wirklich? Dann halten Sie es nicht für vollkommen offensichtlich, dass ich es vermassele?"

„Wenn ja, dann bleibt es unser Geheimnis, okay? He, haben Sie mir nicht mal gesagt, einige Geheimnisse sollten nur Partner miteinander teilen?"

Endlich lächelte er heiter. „Das habe ich gesagt? Ich kann nicht glauben, dass ich jemanden ermutige, Informationen zurückzuhalten."

„Das macht vermutlich mein schlechter Einfluss auf Sie." Sie sah auf ihre Armbanduhr und wandte sich zum Gehen. „Ich muss los und Gwen vor der Security retten. Wir sehen uns dann im Konferenzraum."

„He, Maggie?"

„Ja?"

„Danke."

Sie blieb an der Tür stehen und warf ihm rasch einen Blick über die Schulter zu. Gerade genug, um sich zu vergewissern, dass er nicht mehr so benommen wirkte wie ein Reh im Scheinwerferlicht. „Gern geschehen, Partner."

33. KAPITEL

Gwen Patterson eilte die Stufen zum Jefferson-Gebäude hinauf. Wie üblich kam sie zu spät. Kyle Cunningham und das BSU, die Behavioral Science Unit, die Abteilung für wissenschaftliche Verhaltensstudien, hatten sie seit über einem Jahr nicht mehr als Beraterin zu einem Fall hinzugezogen. Auch diesmal ging die Anforderung auf Maggies Bitte zurück. Gwen war so lange nicht mehr in Quantico gewesen, dass sie befürchtete, durchsucht zu werden. Maggie hatte jedoch offenbar dafür gesorgt, dass ihre Zulassung auf den neuesten Stand gebracht und aktenkundig war. Sie blieb am Tresen stehen, um sich einzutragen, doch noch ehe sie den Schreibstift aufnehmen konnte, sprach die junge Frau am Computer sie an.

„Dr. Patterson?"

„Ja."

„Das hätte ich für Sie." Sie übergab ihr einen Besucherausweis. „Sie müssen sich aber bitte trotzdem noch mit Unterschrift und Uhrzeit eintragen."

„Ja, natürlich." Gwen unterzeichnete das Blatt und sah auf den Ausweis. Ihr Name war darauf gedruckt, sogar mit ihren akademischen Titeln, anstatt des üblichen „Besucher". Okay, Maggie gab sich also Mühe, damit sie sich zu Hause fühlte. Trotzdem war Gwen nicht überzeugt, dass sie bei dieser Ermittlung eine große Hilfe sein konnte.

Dass Cunningham Maggies Bitte, sie in diesen Fall einzubeziehen, zugestimmt hatte, bewies seine Verzweiflung. Gewöhnlich zog er Außenstehende nicht hinzu. In den Anfängen der Abteilung ja, aber jetzt nicht mehr. Nicht seit das FBI unter beträchtlicher Beobachtung stand. Gwen kannte

Cunningham gut genug, um bei seinem Anruf gestern eine Spur Verzweiflung in seiner Stimme herauszuhören. Er hatte sie gebeten, ihre neuesten Forschungsergebnisse und ihre Fachkenntnisse in diesen Fall einzubringen. Sie hatte geantwortet, dass er einige sehr versierte Agenten in seiner Abteilung habe, einschließlich Maggie, die ihm genauso viel, wenn nicht mehr über die kriminelle Denkweise junger Männer sagen könne wie sie. Sie hatte ihm offen gestanden, dass sie nicht sicher war, ein großer Gewinn für die Ermittlung zu sein.

„Als Außenstehender fallen Ihnen vielleicht Dinge auf, die uns entgehen“, hatte er gekontert. „Das ist Ihnen früher bei anderen Fällen auch gelungen. Ich hoffe, Sie können auch diesmal Wunder wirken.“

Schmeichelei. Lächelnd klippte Gwen sich den Besucherausweis an. Cunningham konnte ungeheuer charmant sein, wenn er wollte. Dann las sie die Worte unter ihrem Namen auf dem Ausweis und zog die Stirn kraus: „Mitglied der Sonderkommission“.

Sonderkommission. Sie hasste dieses Wort. Es roch nach Bürokratismus. Die Medien hatten bereits jede kleinste offizielle Verlautbarung über den Fall breitgetreten und den armen Senator Brier von seiner Wohnung bis zum Capitol verfolgt. Als sie heute in ihrem Büro angefragt hatte, ob Mitteilungen für sie eingegangen seien, hatte ihre Assistentin Amelia bereits Anfragen von der *Washington Times* und der *Post* erhalten, ob sie in die Ermittlungen einbezogen sei. Wie zum Teufel fanden diese Leute das so schnell heraus? Seit Cunninghams Anruf waren weniger als zwölf Stunden vergangen.

Vermutlich trafen sie sich wegen der Medien in Quantico

und nicht in der Stadt. Der Mord an einer Senatorentochter, dazu noch auf Regierungsgelände, rechtfertigte eine Bundesermittlung. Dennoch überraschte es Gwen, dass man Cunningham gebeten hatte, die Sonderkommission zu leiten. Sie bedauerte jetzt, Maggie gestern Abend nicht erwischt zu haben. Ihre Freundin hätte ihr vielleicht einiges beantwortet, was Cunningham verschwieg.

„Gwen, da bist du ja!"

Sie sah seitlich am Tresen vorbei und entdeckte Maggie den Flur entlangkommen. Der burgunderrote Hosenanzug mit hoch geschlossenem weißen Pullover stand ihr gut. Gwen merkte, dass Maggie endlich etwas von dem im letzten Winter verlorenen Gewicht aufgeholt hatte. Sie war wieder eine straffe Athletin und nicht mehr der ausgehungerte Schatten ihrer Selbst ... zu dem Albert Stucky sie gemacht hatte.

„Hallo, Mädel", begrüßte Gwen sie und legte ihr einen Arm um die Schultern, da der andere Arm durch Aktentasche und Schirm belegt war.

Maggie mochte solche Gesten eigentlich nicht, tolerierte sie aber. Heute jedoch erwiderte sie die Umarmung. Als Maggie zurückwich, ließ Gwen eine Hand auf ihrer Schulter, damit sie ihr nicht zu schnell entwischte. Die Hand wanderte zu Maggies Kinn und hob es zur genaueren Inspektion leicht an. Auch das ließ Maggie über sich ergehen und lächelte sogar dabei, während Gwen die roten Linien in den Augen und die Schwellungen unter den Augen begutachtete, die von Make-up verdeckt waren, um weniger aufmerksame Betrachter zu täuschen. Doch Gwen verstand es, das Aussehen ihre reservierten und distanzierten Freundin richtig zu deuten.

„Bist du okay? Du siehst aus, als hättest du nicht viel geschlafen."

Maggie entzog sich wie beiläufig Gwens Berührung. „Mir geht es gut." Sie blickte zur Seite, damit Gwen ihre Augen nicht länger mustern konnte.

„Du hast meinen Anruf gestern Abend nicht erwidert", sagte Gwen, ohne eine große Sache daraus zu machen oder sich ihre Sorge anmerken zu lassen.

„Ich bin erst spät mit Harvey vom Laufen zurückgekommen."

„Mein Gott, Maggie, es wäre mir wirklich lieber, du würdest nicht spätabends noch joggen."

„Ich war ja nicht allein." Sie begann den Flur wieder hinunterzugehen. „Komm, Cunningham wartet."

„Habe ich mir schon gedacht. Ich spüre, wie er mich mit finsterer Miene durch die Wände anstarrt."

Im Gehen prüfte Gwen ihre Frisur, die zu sitzen schien, und strich sich den Rock glatt, der den Tag ohne eine einzige Falte begonnen hatte, aber nach einer Stunde Autofahrt ... Sie ertappte Maggie dabei, sie zu beobachten.

„Du siehst sensationell gut aus wie immer", versicherte Maggie ihr.

„He, ich treffe nicht jeden Tag einen Senator der Vereinigten Staaten."

„Ach ja, richtig", erwiderte Maggie mit ausreichend Sarkasmus, dass Gwen lächeln musste.

Natürlich konnte Maggie ihr eine solche Bemerkung nicht ungestraft durchgehen lassen. Der Kreis ihrer ehemaligen und gegenwärtigen Patienten umfasste genügend Mitarbeiter von Botschaften, Weißem Haus und Kongress, dass sie ihren eigenen Parteiausschuss gründen könnte.

Maggie hatte also nicht genügend Schlaf bekommen. Vermutlich wegen des ermordeten Kollegen. Nach so einer Tat versanken nicht wenige Menschen in Depressionen. Dass Maggie noch kontern konnte, war jedoch ein gutes Zeichen. Vielleicht hatte sie sich ja grundlos Sorgen gemacht.

Zwei Akademie-Rekruten in blauen Polo-Shirts hielten ihnen die Türen auf. Gwen dankte ihnen lächelnd. Maggie nickte nur. Sie nahmen den ersten Korridor in Angriff. Da Gwen wusste, wie lang die Wege hier waren, unternahm sie einen zweiten Versuch, Maggie ein wenig auf den Zahn zu fühlen.

„Wie war das Frühstück gestern mit deiner Mom?"

„Fein."

Die Antwort war zu knapp und zu einfach. Das war es also, sie hatte es gewusst.

„Es war fein? Wirklich?"

„Wir hatten eigentlich kein Frühstück."

Eine Gruppe Polizeibeamter in grünen Polo-Shirts und Khakihosen trat beiseite und ließ die Frauen vorbeigehen. Gewöhnt an das Gedränge und Geschiebe in der Stadt, empfand Gwen die höfliche und zuvorkommende Behandlung, die ihr in Quantico zuteil wurde, als überwältigend. Maggie wartete an der Tür auf sie, ehe sie den nächsten Korridor entlanggingen.

„Lass mich raten", sagte Gwen, als hätte es keine Unterbrechung gegeben, „sie ist nicht aufgetaucht."

„Und wie sie aufgetaucht ist. Aber ich musste früher gehen. Wegen dieses Falles, um genau zu sein."

Gwen merkte, dass sich ihr ärgerlicher Mutterinstinkt wieder regte, der immer nur sein Haupt erhob, wenn sie das

Gefühl hatte, ihre Freundin beschützen zu müssen. Sie wagte kaum, die nächste Frage zu stellen, weil sie fürchtete, die erwartete Antwort zu erhalten. Sie tat es trotzdem. „Was meinst du mit: und wie sie aufgetaucht ist. Sie war doch nicht betrunken, oder?"

„Können wir später darüber reden?" erwiderte Maggie und grüßte ein paar offiziell aussehende Männer in Anzügen.

Gwen erkannte sie als Agentenkollegen. Ja, dies war offensichtlich nicht der richtige Ort, die Familienwäsche zu waschen. Sie bogen um eine Ecke und gingen den nächsten Korridor entlang, der leer war. Gwen nutzte die Gelegenheit.

„Ja, wir können später darüber reden. Aber sag mir nur, was du damit gemeint hast, okay?"

„Mein Gott, hat dir schon mal jemand gesagt, dass du eine Nervensäge bist?"

„Natürlich, aber du musst zugeben, das ist noch eine meiner angenehmeren Eigenschaften."

Sie sah Maggie schmunzelnd weiter stur geradeaus blicken. „Sie möchte, dass wir Thanksgiving zusammen feiern."

Damit hatte Gwen nicht gerechnet. Da sie zu lange schwieg, sah Maggie sie an. „Na ja, du erzählst ja schon seit einer Weile, dass sie sich zu ändern versucht."

„Ja, ihre Freunde, ihre Kleidung, ihre Frisur. Reverend Everett hat ihr wohl geholfen, einiges in ihrem Leben zu verändern, vieles zum Besseren. Aber gleichgültig, was sie tut, sie kann die Vergangenheit nicht ungeschehen machen." Am Ende des Korridors deutete Maggie auf die letzte Tür zur Rechten. „Wir sind da."

Gwen hätte gern mehr Zeit zum Reden gehabt, was auch der Fall gewesen wäre, wenn sie nicht zu spät gekommen wäre.

Als sie den Konferenzraum betraten, erhob sich der Mann am Ende des Tisches, obwohl es ihn Mühe kostete und er sich auf einen Spazierstock stützte. Seine Geste veranlasste die übrigen Männer am Tisch, sich ebenfalls zu erheben: Agent Tully, Keith Ganza, Leiter des kriminaltechnischen Labors, und der stellvertretende Direktor Cunningham. Detective Julia Racine rutschte ungeduldig auf ihrem Stuhl herum. Maggie ignorierte den etwas linkischen Versuch ihrer Kollegen, höflich zu sein, und ging mit ausgestreckter Hand auf den Senator zu.

„Senator Brier, ich bin Spezialagentin Maggie O'Dell, und das ist Dr. Gwen Patterson. Bitte verzeihen Sie unsere Verspätung."

„Das ist schon in Ordnung."

Er schüttelte beiden Frauen rasch die Hand, wobei sein Händedruck extrem fest war, als könnte er so die Behinderung am Bein ausgleichen. Die war Folge eines Autounfalls, wie Gwen sich erinnerte, und nicht etwa eine alte Kriegsverletzung, wie die Medien während der letzten Wahl rasch verbreitet hatten.

„Ich bedaure Ihren Verlust, Senator", sagte Gwen und sah ihn zusammenzucken. Die aufkommende Rührung, die ihre schlichte Beileidsbekundung offenbar auslöste, schien ihm unangenehm zu sein.

„Danke", erwiderte er leise. Der Stimme fehlte plötzlich die Kraft und Sicherheit, die noch in der Begrüßung angeklungen war.

Abgesehen von den dunklen Ringen unter den Augen

sah der Senator im teuren dunkelblauen Anzug mit weißem Hemd, purpurner Seidenkrawatte und goldenem Halter mit Initialen tadellos aus. Gwen bemerkte die Buchstaben WWJD anstatt der üblichen drei Buchstaben. Um dem Senator über die Rührung hinwegzuhelfen, bemerkte sie: „Das ist eine hübsche Krawattennadel. Darf ich fragen, was die Initialen bedeuten?“

Er sah hinab, als müsste er sich selbst erinnern. „Sie dürfen durchaus. Sie war ein Geschenk meines Assistenten. Er sagte, sie solle mir helfen, wichtige Entscheidungen zu treffen. Ich bin kein religiöser Mensch wie er und – nun ja, es war ein Geschenk.“

„Und die Initialen?“ beharrte Gwen trotz Cunninghams ungeduldig gefurchter Stirn.

„Ich glaube, es ist die Abkürzung für: What would Jesus do – Was würde Jesus tun.“

„Wir sollten anfangen“, mahnte Cunningham und winkte sie zu ihren Plätzen, ehe noch mehr Zeit mit unnötigem Geplauder vertan wurde.

Gwen nahm neben dem Senator Platz und bemerkte, dass Maggie um den ganzen Tisch herumging und sich neben Keith Ganza setzte und den freien Platz neben Racine ignorierte. Dadurch saß sie dem weiblichen Detective nun aber genau gegenüber. Julia Racine nickte ihr lächelnd zu. Maggie wandte den Blick ab. Gwen war entfallen, warum Maggie diese Frau nicht mochte. Sie war sicher, dass es mit dem letzten Fall zusammenhing, an dem sie gemeinsam gearbeitet hatten, aber da war noch mehr. Sie musterte Racine nachdenklich, die etwas jünger war als Maggie, Mitte, Ende zwanzig. Ziemlich jung für einen Detective.

„Senator, ich weiß, ich spreche für uns alle, wenn ich

sage, wie sehr wir Ihren Verlust bedauern", unterbrach Cunningham ihre Gedankengänge und lenkte ihre Aufmerksamkeit auf die Gruppe am Tisch.

„Ich danke Ihnen, Kyle. Ich weiß, wie ungewöhnlich es ist, dass ich an dieser Besprechung teilnehmen kann. Ich möchte nicht im Weg sein, aber ich möchte einbezogen werden." Er zupfte sich die Manschetten zurecht und legte die Unterarme auf den Tisch. Die nervöse Geste eines Mannes, der versuchte, die Fassung zu bewahren. „Ich muss einbezogen werden."

Cunningham nickte, öffnete einige Akten und teilte an jeden dieselben Unterlagen aus. „Das hier ist der derzeitige Stand der Ermittlungen."

Ehe Gwen auf die Papiere sah, wusste sie bereits, dass es eine verwässerte Version der Wahrheit sein würde. Sie musste auf später hoffen, um genauere Informationen zu erhalten, was sie ungeduldig machte. Sie mochte es nicht, unvorbereitet zu sein, und fragte sich, warum Cunningham keinen späteren Termin mit dem Senator vereinbart hatte, nachdem die Sonderkommission getagt und den Fall diskutiert hatte. Gwen spürte bereits, dass dieser Fall nicht nach den üblichen geregelten Abläufen behandelt wurde, und fragte sich mit Blick auf Cunningham, ob er tatsächlich Leiter dieser Ermittlung war.

Sie überflog die Seiten und pickte sich mit einem Blick die doppeldeutigen Begriffe und die gesicherten Fakten heraus, die ungefähre Todeszeit und Todesursache benannten, Informationen ohne Details. Wie weitgehend die Zugeständnisse oder Sondergenehmigungen auch sein mochten, die Senator Brier von Direktor Mueller persönlich bekommen hatte, die echten harten Fakten würde man ihm vorenthalten. Cunningham würde zweifellos die grausamen Details abmildern, gleichgültig, wer ihn zur Offenheit anwies. Und Gwen verübelte es ihm nicht. Senator oder nicht, kein Vater sollte von den beängstigenden brutalen letzten Momenten im Leben der Tochter erfahren.

„Etwas muss ich vorab wissen." Der Senator hielt im Durchsehen der Blätter inne, ohne aufzublicken. „Wurde sie ... wurde sie vergewaltigt?"

Gwen beobachtete die Männer am Tisch. Alle wichen dem Blick des Senators aus. Es war etwas Faszinierendes bei Männern, die dem Opfer nahe standen, gleichgültig, ob Ehemann, Vater, Bruder oder Sohn. Das Opfer konnte geschlagen, durch Messerstiche verunstaltet, gequält, gefoltert, verstümmelt oder brutalst ermordet worden sein, nichts schien für sie so schrecklich wie die Vorstellung, dass die Frau vergewaltigt wurde, dass man ihr in für sie unvorstellbarer Weise Gewalt angetan hatte.

Als niemand antwortete, sagte Maggie: „Die Beweislage ist nicht eindeutig."

Senator Brier sah sie an. „Sie müssen mich nicht schonen. Ich muss es wissen."

Den Teufel musst du, dachte Gwen, hielt sich aber zurück, als sie Maggies Blick auffing. Die wiederum sah, um Erlaubnis zum Fortfahren einzuholen, Cunningham an. Der saß da, den Blick geradeaus gerichtet, die Hände auf dem Tisch gefaltet, und machte keine Anstalten, sie aufzuhalten.

Maggie fuhr fort: „Wir fanden Sperma in der Vagina, aber es gab keine Prellungen oder Zerreißungen. Ist es möglich, dass Ginny früher am Abend mit jemandem zusammen war?"

Gwen sah, wie Cunningham Maggie einen warnenden

Blick zuwarf. Offenbar hatte er mit dieser Frage nicht gerechnet. Doch Maggie achtete jetzt nicht mehr auf ihn, sondern widmete ihre Aufmerksamkeit dem Senator und der erwarteten Antwort. Gwen hätte fast gelächelt. Gut so, Maggie. Der Senator wirkte etwas verwirrt. Ihm schien es leichter zu fallen, über die mögliche Vergewaltigung seiner Tochter zu reden als über ihr normales Sexualleben.

„Das kann ich nicht mit Sicherheit sagen. Einige ihrer Freunde wissen das vielleicht."

„Es wäre sehr hilfreich, wenn wir das feststellen könnten", fuhr Maggie fort, obwohl Cunningham am Ende des Tisches unruhig wurde.

„Sie glauben doch nicht etwa, dass ein Freund ihr das angetan hat, oder?" Der Senator beugte sich vor, ballte eine Hand zur Faust und zerknüllte dabei ein Blatt Papier. „Das wäre absurd."

„Nein, das glauben wir nicht, Sir. Absolut nicht", betonte Cunningham und richtete sich auf. „Das hat Agentin O'Dell auch nicht gemeint." Er sah Maggie an, und Gwen entdeckte eine Spur Strenge in der Mimik, was das stoische Gesicht jedoch kaum veränderte. „Nicht wahr, Agentin O'Dell?"

„Nein, natürlich nicht." Maggie blieb ruhig und gelassen, und Gwen war erleichtert. „Was ich meinte, war, dass wir feststellen müssen, ob Virginia an jenem Abend freiwillig mit jemandem Sex hatte. Andernfalls könnte das Sperma ein wichtiges Beweismittel bei der Suche nach ihrem Mörder sein."

Der Senator nickte schließlich und lehnte sich etwas vor. Gwen vermutete, dass dies auch bei Senatssitzungen seine Haltung war, immer bereit, niemals entspannt.

„In diesem Zusammenhang muss ich Sie fragen, Senator Brier“, sagte Cunningham, schob sich die Brille hoch und stützte die Ellbogen auf den Tisch, „fällt Ihnen jemand ein, der Ihnen oder Ihrer Tochter schaden wollte?“

Den Senator verblüffte die Frage offenbar. Er rieb sich die Schläfe, wie um Kopfschmerzen zu vertreiben. Als er schließlich antwortete, war ein eindeutiges Beben in der Stimme zu hören. „Das heißt also, es war keine Zufallstat? Der Täter kannte Ginny?“

Stühle knarrten, während sich der eine oder andere unbehaglich zurechtrückte. Finger spielten nervös mit Papier. Ohne Genaueres über den Fall zu wissen, erkannte Gwen, dass niemand am Tisch glaubte, Virginia Brier sei lediglich zur falschen Zeit am falschen Ort gewesen. Ob nun ein durchgedrehter Freund der Täter war, stand auf einem anderen Blatt. Nur Senator Brier glaubte an eine Zufallstat oder redete sich doch heftig ein, es sei eine gewesen. Gwen sah, wie er die Hände rang, während er wartete, dass Cunningham ihm das Offensichtliche bestätigte.

„Wir wissen nichts mit Bestimmtheit, Senator. Wir müssen alle Möglichkeiten durchspielen. Dazu benötigen wir eine Liste aller Freunde Ihrer Tochter, von jedem, der Samstag oder auch Freitag mit ihr gesprochen hat.“

Es klopfte an die Tür, und ein großer gut aussehender Schwarzer kam herein. Er entschuldigte sich, ging ohne Zögern an die Seite des Senators, beugte sich hinunter und flüsterte ihm etwas ins Ohr. Eine vertrauliche Geste, die beiden trotz des ruhig wartenden Publikums am Tisch nicht unangenehm war.

Der Senator nickte und sagte: „Danke, Stephen“, ohne seinen Assistenten anzusehen. Während er sich erhob und sich auf Stephens ausgestreckten Arm stützte, blickte er über den Tisch zu Cunningham. „Ich entschuldige mich, Kyle. Ich muss zurück ins Capitol. Ich erwarte, dass Sie mich auf dem Laufenden halten."

„Natürlich, Senator. Sie erfahren alle Details, die Sie wissen müssen, sobald wir sie kennen."

Senator Brier schien zufrieden. Gwen lächelte über Cunninghams Wortwahl: alle Details, die Sie wissen müssen. Cunningham hätte Politiker werden sollen. Er verstand sich darauf, den Leuten zu sagen, was sie hören wollten, ohne überhaupt etwas zu sagen.

34. KAPITEL

Richmond, Virginia

Kathleen O'Dell schob die Papiere beiseite und langte nach ihrem Kaffeebecher. Sie trank einen Schluck, schloss die Augen und trank noch einen. Das schmeckte besser als dieser grässliche Tee. Obwohl Reverend Everett sie schelten würde, wenn er wüsste, wie viel Koffein sie bereits in sich hineingekippt hatte, und es war noch nicht mal Mittag. Wie konnte man von ihr erwarten, gleich beides aufzugeben, Alkohol und Koffein?

Sie blätterte die Seiten noch einmal durch. Stephen war sehr umsichtig gewesen, alle Behördenformulare zu besorgen, die sie brauchte. Wenn es doch nur nicht so lange dauern würde, sie auszufüllen. Wer hätte gedacht, dass es so viel Arbeit machte, das Wenige, das sie besaß, zu übertragen: ein mageres Geldanlage- und Sparkonto zusammen mit Thomas' Pension. Sie hatte die Pension schon fast vergessen, ein kleiner monatlicher Betrag, aber genug, dass Reverend Everett erfreut gewesen war, davon zu hören. Das war gewesen, als er ihr wieder mal versichert hatte, sie sei integraler Teil seiner Mission. Dass Gott sie ihm aus einer besonderen Gunst heraus geschickt habe. Noch nie war sie für jemanden ein integraler Teil von irgendwas gewesen, geschweige denn für jemand so Bedeutenden wie Reverend Everett.

Nachdem sie heute Morgen ihre Vermögensaufstellung gemacht hatte, war ihr bewusst geworden, dass sie nie viel besessen hatte. Andererseits hatte sie auch nie viel haben wollen. Nur das Nötigste, um über die Runden zu kommen, das genügte ihr.

Nach Thomas' Tod hatte sie ihr Haus und alle Habe verkauft, um Maggie so schnell wie möglich, so weit wie möglich wegzubringen. Sie hatte geschätzt, dass sie mit Thomas' Lebensversicherung auskommen würden, und sie hatten es bequem gehabt in der kleinen Wohnung in Richmond. Sie besaßen nicht viel, aber Maggie musste nicht hungern und ging nicht in Lumpen.

Kathleen sah sich in ihrer Wohnung um, einem sonnigen Apartment mit einem Schlafzimmer, das sie kürzlich in hellen, fröhlichen Farben dekoriert hatte, die sie nicht mehr verschwommen, aus blutunterlaufenen Augen sah. Seit zehn Monaten, zwei Wochen und – sie schaute auf ihren Tischkalender – vier Tagen hatte sie nichts mehr getrunken. Obwohl das nicht leicht war. Sie griff nach ihrem Becher mit Kaffee und nahm einen Schluck.

Der Blick auf den Kalender erinnerte sie, wie nah das Erntedankfest war. Sie sah auf ihre Uhr. Sie musste Maggie anrufen. Es war Reverend Everett wichtig, dass sie ein gemeinsames Familien-Thanksgiving feierten. Es konnte doch nicht so schwierig sein, das dieses eine Mal zu schaffen. Sie hatten es ja schon versucht und einige Feiertage zusammen verbracht, obwohl sie sich im Moment nicht deutlich genug an einen erinnern konnte, um sich ermutigt zu fühlen. Feiertage waren immer wie im Nebel vergangen.

Sie sah noch einmal auf die Uhr. Wenn sie es tagsüber versuchte, würde sie Maggies Ansagedienst erwischen und nicht mit ihr persönlich reden.

Kathleen dachte an ihr Frühstück gestern. Maggie war herumgezappelt, als könnte sie es nicht erwarten zu gehen. Inzwischen fragte sie sich, ob sie tatsächlich abgerufen worden war. Oder hatte sie einfach keine weitere Minute mit ihrer Mutter verbringen wollen? Wie war es nur so weit mit ihnen gekommen? Wie waren sie zu Feinden geworden? Nein, nicht zu Feinden, aber zu Freundinnen eben auch nicht. Und warum konnten sie nicht miteinander reden?

Sie sah wieder auf die Uhr, saß da, trommelte mit den Fingern auf die Papiere und blickte kurz zum Telefon auf dem Tresen. Wenn sie anrief, solange Maggie zur Arbeit war, konnte sie ihr eine Nachricht hinterlassen. Sie blieb noch einen Moment sitzen und starrte den Apparat an. Okay, das war einfacher – sie war immer noch ein Feigling. Sie stand auf, ging zum Apparat und nahm den Hörer ab.

35. KAPITEL

Maggie stand auf, um die Beine zu strecken, und begann automatisch ihr rituelles Auf- und Abgehen. Die eigentliche Konferenz begann, nachdem der Senator sicher in seiner Limousine und auf dem Weg in die Stadt war. Inzwischen waren die unzensierten Berichte und Fotos über den Tisch verteilt und lagen neben Kaffeebechern, Coladosen, Wasserflaschen und Sandwiches, die Cunningham aus der Cafeteria bestellt hatte.

Die alte Wandtafel auf der Staffelei, die Cunningham gern benutzte, war fast voll. Auf einer Seite standen die Worte:

Klebeband
Zyanidkapseln
Spermareste
Handschellenabdrücke – keine Handschellen an Opfer
Ligaturspuren: möglicherweise Leine mit glitzernden Rückständen
möglicherweise DNA unter Nägeln
Tatortszene manipuliert
unidentifizierte runde Abdrücke im Boden.

Auf der anderen Seite unter der Überschrift „Täter“ stand eine kürzere Liste, der Anfang eines Profils:

Linkshänder
organisiert, risikobereit
vorbereitet: brachte Tatwerkzeug mit
möglicherweise gute soziale Interaktion, jedoch rücksichtslos gegenüber anderen

Empfindet Genugtuung, Opfer leiden zu sehen

Starke Überzeugung eigener Großartigkeit – selbstgerecht.

Nach Senator Briers Aufbruch hatte Cunningham sofort das Jackett ausgezogen und mit der Arbeit begonnen. Eine Erklärung, warum sie sich hier in Quantico trafen anstatt im FBI-Hauptquartier, war er ihnen bisher schuldig geblieben. Er hatte ihnen auch nicht erläutert, warum er zum Leiter der Sonderkommission bestimmt worden war und nicht der SAC, der Leitende Spezialagent des Außenbüros im Distrikt, oder warum seine Abteilung BSU gerufen worden war, sich den Tatort anzusehen, noch ehe sie wussten, dass das Opfer die Tochter eines US-Senators war. Nichts von alledem hatte er ihnen erklärt, doch weder Maggie noch jemand anders traute sich, danach zu fragen.

Er verschwieg ihnen einiges. Hingegen hatte er schon dreimal darauf hingewiesen, dass alle Informationen ausnahmslos innerhalb der sechs Mitglieder der Sonderkommission bleiben mussten. Eigentlich überflüssig. Sie waren alle Profis und kannten die Regeln. Nun ja, vielleicht alle außer Racine. Maggie fragte sich, ob Cunningham Racine auch nicht traute. War das der Grund, weshalb er sich mit Erklärungen zurückhielt? Natürlich blieb ihm keine Wahl, als Racine einzubeziehen. Der Sonderkommission musste jemand von der Distriktpolizei angehören. Und da Racine schon mit dem Fall betraut war, machte es Sinn, mit ihr zusammenzuarbeieten.

„Laut Wenhoff war die Todesursache Erstickung durch manuelle Strangulation“, sagte Keith Ganza in seiner üblichen monotonen Sprechweise und komplettierte die Liste.

Cunningham strich bei der Todesursache das Wort Ligatur durch und kritzelte manuelle Strangulation darunter.

„Manuelle Strangulation? Was ist mit den vielen Ligaturstriemen?“ Tully deutete auf die Autopsiefotos vom Hals der jungen Frau.

Keith nahm ein Foto aus dem Stapel und schob es Tully zu. „Sehen Sie diese Quetschungen und die vertikalen halbmondförmigen Abschürfungen? Die Quetschungen entstanden durch den Druck seiner Daumen. Die vertikalen halbmondförmigen Abschürfungen entstanden durch seine Fingernägel. Die horizontalen sind alle von ihr. Die Quetschungen und die Abschürfungen sind an den optimalen Stellen, um das Zungenbein zu brechen. Das ist der hufeisenförmige Knochen an der Zungenbasis.“ Er zeigte ihm den Bereich auf einem Foto. „Es gab außerdem Frakturen an Schildknorpel und Kehlkopf. Alles Zeichen exzessiver Gewalt bei manueller Strangulation.“

„Der Täter hat offenbar immer wieder eine Art Schnur benutzt.“ Racine stand neben Tully und sah über seine Schulter auf die Fotos. „Warum zum Teufel sollte er plötzlich seine Hände nehmen?“

Maggie bemerkte, dass Racine sich fast an Tully lehnte und ihre Brüste seinen Rücken berührten. Sie wandte den Blick ab und ertappte Gwen dabei, sie zu beobachten. Gwens Blick verriet, dass sie genau wusste, was ihr durch den Kopf ging. Mit einem leichten Stirnrunzeln warnte sie Maggie, sich jeglichen Sarkasmus zu verkneifen.

„Vielleicht benutzte er zum Schluss die Hände, nachdem er sein kleines Spiel mit Würgen bis zur Bewusstlosigkeit und wieder aufwecken zu Ende getrieben hatte. Vielleicht glaubte er, mit seinen Händen mehr zu erreichen, um die Sache zum Abschluss zu bringen", vermutete Maggie, wandte sich ab und sah aus dem Fenster. Sie erinnerte sich an den Hals des Mädchens, auch ohne die Fotos zu sehen, und sie konnte sich leicht vorstellen, wie es zu der blauschwarzen Verfärbung gekommen war. Blauschwarz war auch der Himmel geworden mit den dunklen, aufgetürmten Wolken. Leichter Regen begann gegen das Glas zu plätschern. „Vielleicht war ihm die Schnur nicht persönlich genug", fügte sie hinzu, ohne sich umzudrehen.

„Sie war immerhin persönlich genug, dass unser Opfer Partikel von ihm unter ihre Fingernägel bekam", sagte Ganza und hatte sofort Maggies Aufmerksamkeit. „Die meiste Haut stammte von ihr. Aber sie muss ihn ein-, zweimal gekratzt haben. Genug für eine DNA-Analyse. Wir prüfen, ob sie mit der des Spermas identisch ist."

„Was ist nun mit den Zyanidkapseln?" fragte Racine. „Und mit diesem rosa Hauch. Stan deutete an, das könnte von dem Gift kommen."

Maggie drehte sich um und sah Tully an. Beide blickten zu Cunningham. Ja, was war nun mit den Zyanidkapseln? Sie hatten es vermieden, über eine mögliche Verbindung zwischen dem Tod der Senatorentochter und den fünf jungen Selbstmördern aus der Hütte in den Wäldern von Massachusetts zu sprechen. Beide Ereignisse konnten unmöglich ein zufälliges Zusammentreffen sein – außerdem glaubte Maggie nicht an Zufälle. Jemand hatte sich viel Mühe gegeben, damit sie eine Verbindung zwischen beiden Fällen herstellten. Da wollte jemand auf seine Tat hinweisen, besser gesagt, auf seine Rache.

„Zyanid hinterlässt eine rosa Tönung. Etwas von dem Zeug ist in ihren Kreislauf gelangt, aber nur sehr wenig", antwortete Keith, obwohl niemand außer Racine interessiert schien.

„Also“, sagte Racine und rieb sich die Schläfe, als könnte sie so besser denken und der Sache auf den Grund gehen. „Warum erwürgt er sie, wo er ihr doch Zyanid in den Mund gesteckt und ihn dann verklebt hat? Bin ich die Einzige, die darin keinen Sinn entdeckt?“

„Die Kapsel war reine Show“, erklärte Cunningham schließlich wie beiläufig, ohne Detective Racine anzusehen. Er wischte sich die Kreide von den Händen, nahm sich ein Schinkenbrot und machte eine Pause. Ohne das Sandwich eines Blickes zu würdigen, biss er hinein und betrachtete dabei die Diagramme und Polizeiberichte auf dem Tisch.

Racine, nun wieder auf ihrem Stuhl, rückte sich ungeduldig wartend zurecht.

„Sie müssen von der Belagerung letzte Woche in Massachusetts gehört haben.“ Cunningham sah sie immer noch nicht an und blätterte Berichte durch. „Fünf junge Männer nahmen dieselbe Sorte Zyanidkapseln, ehe sie das Feuer auf ATF- und FBI-Agenten eröffneten. Aus irgendeinem Grund möchte uns jemand auf eine Verbindung zwischen der Sache in Massachusetts und dem Mord an Senator Briers Tochter aufmerksam machen.“

Racine sah sich am Tisch um und bemerkte, dass diese Information nur für sie neu war. „Verdammt, Sie haben alle davon gewusst?“

„Die Information über das Zyanid ist geheim und wurde bisher erfolgreich aus den Medien herausgehalten.“ Cunninghams Ton veranlasste Racine, sich zu straffen. „So soll es auch bleiben, Detective Racine. Ist das klar?“

„Natürlich. Aber wenn ich zu dieser Sonderkommission

gehöre, erwarte ich, dass man mich über alle Ermittlungsergebnisse informiert."

„Einverstanden."

„Demnach war das ein Mord aus Rache?" schloss Racine rasch. Maggie war beeindruckt, wandte sich aber wieder dem Fenster zu, als Racine sie ansah. „Oder ist das eine zu offensichtlich Gleichung: das Leben einer Senatorentochter gegen das der fünf Jungen?"

„Rache kann jedenfalls als Motiv nicht ausgeschlossen werden", erwiderte Cunningham zwischen zwei Bissen.

„Vielleicht können Sie uns mitteilen, wie Sie von dem Mord erfahren haben, ehe wir wussten, dass die Tote eine Senatorentochter ist?"

„Wie bitte?"

Maggie sah Cunningham an. Racine wagte die Frage zu stellen, die alle beschäftigte. Die Frau hatte mehr Mut als Verstand.

„Warum wurde BSU zu diesem Fall hinzugezogen?" wiederholte Racine, offenbar unbeeindruckt von Cunninghams Machtposition und seiner finsteren Miene. Maggie dachte unwillkürlich, dass Racine sich soeben einen wichtigen Fürsprecher verprellte, falls sie wirklich Ambitionen hatte, dem FBI beizutreten.

„Ein Mord auf Regierungsgelände ist Regierungsangelegenheit", erklärte er Racine in ruhigem autoritären Ton. „Deshalb übernimmt das FBI die Leitung der Ermittlung."

„Ja, das weiß ich. Aber warum BSU?" Racine ließ nicht locker. Maggie beobachtete wie alle anderen, ob Cunningham zurücksteckte.

Er schob sich die Brille auf dem Nasenrücken hoch und sah alle der Reihe nach an. „Es gab gestern früh einen anonymen Anruf", gestand er schließlich, schob die Hände in die Taschen und lehnte sich an das selten benutzte Podium neben der Tafel. „Er wurde zurückverfolgt zu einem Münzapparat an der Gedenkstätte. Der Anrufer sagte schlicht, wir würden etwas Interessantes am FDR-Memorial finden. Der Anruf kam auf meiner direkten Leitung an."

Niemand sagte etwas.

„Ich bin mir nicht sicher, warum der Anrufer das ausgerechnet mir mitgeteilt hat", fügte Cunningham hinzu, als niemand, nicht mal Racine, zu fragen wagte. „Vielleicht wusste er, dass ich am Tatort bei der Hütte war. Vielleicht war bekannt, dass wir in dem Fall ein Profil erstellen sollten." Er sah zu Maggie hinüber. „Sie wurden in der *Time* zitiert. Da lag die Vermutung nahe, dass wir mit dem Fall befasst sind."

Maggie spürte, wie ihr die Wangen warm wurden, und bedauerte, dass sie damals überhaupt etwas gesagt hatte. An jenem Morgen war sie unvorbereitet von einem Reporter angesprochen worden, als sie die Treppe vom J. Edgar Hoover-Gebäude hinabging. Er hatte nach Agent Delaney gefragt. Sie hatte ihren Zorn nicht beherrschen können und erwidert, dass sie den oder die Verantwortlichen fangen würden. Mehr hatte sie nicht geäußert, doch in der Abendausgabe der *Washington Times* hatte der Reporter sie als FBI-Profilerin identifiziert und unterstellt, ihre Abteilung ermittle in dem Fall.

„Macht nichts." Cunningham versuchte ihr mit einer abwinkenden Geste das Unbehagen zu nehmen. „Wichtig ist für uns, diesen Bastard zu finden. Agent Tully, wie lief es mit Emma und Agentin LaPlatz?"

„Ich denke, recht gut." Maggie bemerkte, dass Tully wieder ganz der Alte war. Er nahm eine Kopie der Zeichnung aus dem Aktenordner und legte sie zu dem Durcheinander auf den Tisch. „Ob dieser Brandon nun etwas damit zu tun hat oder nicht, Emma hat ihn an jenem Abend mit Ginny Brier zusammen gesehen. Agentin LaPlatz faxt die Zeichnung gerade an alle Polizeidienststellen im Umkreis von hundert Meilen mit dem Vermerk, dass man ihn für ein Verhör sucht."

„Für ein Verhör und eventuell für eine freiwillige DNA-Probe. Wir müssen ihn finden, Detective Racine", sagte Cunningham und nahm die Skizze auf. „Vielleicht können Sie einige Beamte mit der Skizze losschicken, damit sie herumfragen, ob dieser Brandon Sonntagmorgen in der Nähe des Monuments gesehen wurde. Vielleicht ist er auch unser geheimnisvoller Anrufer."

Racine nickte.

„Und wir müssen wissen, zu welcher Gruppe die Jungen in der Hütte gehört haben. Wir stehen immer noch mit leeren Händen da." Er sah Gwen an. „Es gibt einen Überlebenden. Er weigert sich, eine Aussage zu machen. Er könnte wichtige Informationen haben. Würden Sie einen Versuch wagen?"

„Natürlich", erwiderte Gwen ohne Zögern.

Maggie sah Tully die Broschüre herausziehen, die er vorhin gefaltet hatte. Sie war noch voller Zieharmonikaknicke, und er versuchte sie auf der Seite mit dem Bild eines Mannes zu glätten. „Ich habe das hier vergessen. Ich habe es Sonntagmorgen am Monument gefunden. Es stammt von der Gruppe, die dort Samstagabend ihre Gebetsversammlung abgehalten hat. Emma glaubt, Brandon gehört zu denen. Und wenn Wenhoffs Bestimmung der Todeszeit korrekt ist, dann wurde das Brier-Mädchen ermordet, während die Versammlung unten noch in vollem Gang war."

Cunningham beugte sich über den Tisch, um sich das Blatt genauer anzusehen. Maggie verließ ihren Posten am Fenster.

„Das ist es!" sagte sie, als sie die Blockschrift las: Kirche der geistigen Freiheit. „Das ist die gemeinnützige Organisation, der die Hütte gehört!"

„Sind Sie sicher?"

Sie nickte und blickte Ganza an, damit er es bestätigte. Alle standen auf und beugten sich zu Tully vor, um das Faltblatt zu sehen. Maggie betrachtete das Foto. Ein gut aussehender dunkelhaariger Mann in den Vierzigern mit dem gelackten Aussehen eines Filmstars. Dann las sie die Unterschrift und erschrak. Reverend Joseph Everett. Großer Gott! Der Mann, der ihre Mutter vor der Trunksucht bewahrt hatte, stand vielleicht im Zentrum einer Mordermittlung!

36. KAPITEL

Justin wollte seinen Augen nicht trauen. Verglichen mit dem übrigen Lager sah Vaters Cottage wie ein verdammter Palast aus. Regale voller Bücher, deren Besitz den Mitgliedern verboten war, mit Ausnahme einer persönlichen Ausgabe der Bibel. Die Wände waren mit gerahmter Kunst bedeckt, und an den Fenstern hingen Vorhänge. Auf einem handgeschnitzten Sofatisch stand eine Schale mit frischen Früchten, ein weiteres Gut mit Seltenheitswert. Neben der Schale stand eine Dose Cola. Scheiße! Alice hatte ihm eingeredet, das Zeug sei des Teufels oder irgendso 'n Scheiß.

Er saß in einem Ledersessel und wartete, wie von Vaters persönlicher Assistentin Cassie angewiesen. Dass er hergebeten, nein herbeizitiert worden war, machte ihn nervös. Vater zitiere ihn herbei, so hatte Darren sich ausgedrückt, als er ihn holte. Vater musste es so gesagt haben, denn ein Idiot wie Darren kam garantiert nicht auf diese Worte.

Er konnte Vaters Stimme aus dem Nebenzimmer, seinem Büro, hören. Eine zweite Stimme hörte er nicht, obwohl Vater sich mit jemandem unterhielt. Offenbar telefonierte er. Noch eine Überraschung. Er musste ein Handy haben, weil nicht mal eine dämliche Telefonleitung ins Lager führte.

„Das klingt aber gar nicht gut, Stephen", sagte Vater.

Klar, er war am Telefon, denn er hörte Stephen nicht antworten.

„Wie konnte das passieren?" fragte Vater ungeduldig, ohne auf eine Erwiderung zu warten. „Diesmal hat er einen Riesenfehler gemacht."

Justin fragte sich, wer da Scheiß gebaut hatte. Dann hörte er Vater sagen. „Nein, nein. Um Brandon kümmern wir uns. Machen Sie sich um ihn keine Gedanken. So einen Fehler macht er kein zweites Mal.“

Brandon? Also hatte der Goldjunge Mist gebaut. Justin lächelte zufrieden, beherrschte seine Freude jedoch, falls er von Kameras beobachtet wurde.

Er versuchte still zu sitzen, doch sein Blick wanderte immer wieder über die verblüffende Umgebung. Büro, Schlafzimmer, verdammt riesiger Wohnraum. Er wusste, dass Vater sogar sein eigenes Bad hatte, vielleicht auch noch einen beschissenen Whirlpool. Verdammt, daran hatte er noch gar nicht gedacht: Der Typ hatte wahrscheinlich auch Toilettenpapier und nicht bloß einfaches, sondern das weiche, weiße, watteartige. Und garantiert war seine Duschzeit auch nicht auf zwei Minuten begrenzt. Bei dem Gedanken fuhr er sich mit den Fingern durchs Haar. Wenigstens hatte er heute Morgen das ganze Shampoo auswaschen können, ehe sich das Wasser abschaltete. Vielleicht kriegte er den Bogen ja langsam raus. Aber Zähneputzen ohne Wasser, daran würde er sich nie gewöhnen. Der eklige Geschmack der blöden Paste blieb ihm den ganzen Tag erhalten.

„Justin.“ Vater betrat geräuschlos den Raum, ohne Vorwarnung durch Schritte. Er trug einen schwarzen hoch geschlossenen Pullover und eine dunkle, frisch gebügelte Hose.

Beim Klang der Stimme erschrak Justin, sprang unwillkürlich auf und fragte sich, ob er sich jetzt auf den Boden setzen sollte. Hatte Alice ihm nicht erzählt, Vaters Kopf müsste alle anderen stets überragen? Oder galt das nicht, wenn kein anderer dabei war? Scheiße! Er hätte erst mit Alice sprechen sollen, ehe er herkam.

„Setz dich“, sagte Vater und deutete auf den Sessel. „Ich

wollte schon seit Samstagnacht mit dir reden." Er setzte sich in den Ledersessel Justin gegenüber.

Der beobachtete sein Gesicht und suchte nach Anzeichen von Zorn. Justin rechnete mit jener strengen Miene, die Vater perfektioniert hatte, bei der Männer zu Stein und Frauen vermutlich steril wurden. Die Miene war jedoch ernst, aber ruhig und freundlich.

„Vermutlich bist du irritiert über das, was du glaubst Samstagnacht auf der Rückfahrt gesehen zu haben."

Ach du Schande! Der wollte das tatsächlich wieder aufrühren. Justin rückte sich unbehaglich zurecht, sodass das Leder unter ihm knirschte. „Ich war irgendwie halb eingeschlafen."

„Ja, das dachte ich mir schon. Deshalb glaube ich, dass du das Gesehene missdeutet hast." Vater lehnte sich zurück und legte den linken Knöchel auf das rechte Knie, völlig entspannt und Herr der Lage. „Weißt du, Justin, ich muss meine Anhänger ständig testen. Zeigt nur einer unter uns Schwäche, könnte das uns allen schaden."

Justin nickte, als verstünde er den Mist.

„Ich tue das nicht gern, und manchmal sehen meine Tests für Uneingeweihte wahrscheinlich seltsam aus. Aber ich darf niemanden von der Prüfung ausnehmen, nicht mal die liebe, süße Alice." Er faltete die Hände, als ringe er mit sich, ob er fortfahren sollte. „Da gibt es ein paar Dinge, die du nicht von ihr weißt – die niemand weiß."

Justin musste zugeben, dass er, was Alice und ihre Vergangenheit anbelangte, im Dunkeln tappte. Sie sprach nie darüber und erwähnte auch nie eine Familie, obwohl sie ihn ständig drängte, über seine zu reden. Erst nach tagelangem Bohren hatte sie ihm gestanden, dass sie zwanzig war, drei

Jahre älter als er. Genau genommen wusste er nicht mal, wo sie aufgewachsen war.

„Alice war ein sehr problematisches Mädchen, als sie zu uns kam. Ihre Eltern hatten sie hinausgeworfen. Sie konnte nirgendwohin. Ich habe mich ihrer besonders angenommen, weil ich wusste, dass viel Gutes in ihr steckte, das nur gefördert werden wollte. Aber es gab da Dinge in ihrer Vergangenheit ... nun ja, ich will nur so viel sagen, Justin, sie war es gewöhnt, sexuell zu Diensten zu sein, um zu bekommen, was sie haben wollte."

Justin zog sich der Magen zusammen. Vater sah ihm forschend in die Augen, um sicherzugehen, dass er verstanden hatte, was er ausdrücken wollte.

„Ich weiß, es ist schwer zu glauben." Er schien mit Justins Reaktion zufrieden zu sein und lehnte sich leicht kopfschüttelnd zurück, als könnte er Alices Vorleben selbst nicht fassen. „Wenn man jetzt sieht, welche Fortschritte sie gemacht hat, ist es nicht zu glauben, was für eine Schlampe sie war."

Justin hätte bei dem Wort fast eine Grimasse gezogen, blinzelte aber nur und schluckte heftig. Der Mund war ihm trocken geworden, und plötzlich war es ihm im Zimmer zu heiß. Er erinnerte sich an den engen rosa Pulli, den sie Samstag getragen hatte. Wie passend das gewesen war. Dann dachte er an ihr Kopfschütteln, als Vater die Hand in ihrem Schritt gehabt hatte. Hatte er sich ihre gequälte Miene und die Furcht in ihren Augen eingebildet? Hatte sie vielleicht nur Angst gehabt, Vaters Test nicht zu bestehen? Großer Gott!

„Du verstehst jetzt also, in welcher Weise ich Alice testen musste. Es ist sehr wichtig, sicherzugehen, dass sie ihren alten Lebensstil überwunden hat und nicht andere Kirchenmitglieder in Versuchung führt. Sie muss erkennen, dass sie viel mehr zu bieten hat als ihren Körper. Ich habe sie zur Rekrutierung eingeteilt, damit sie Erfolgserlebnisse aus ihren Fähigkeiten erzielt und nicht durch ihr Aussehen."

Justin wusste nicht, was er sagen sollte. Vater beobachtete ihn zwar abwartend, aber zum Teufel, was für eine Antwort erwartete er denn?

„Justin, du darfst mit niemandem darüber reden. Dieses Wissen darf diesen Raum nicht verlassen. Hast du verstanden?"

„Klar. Ich sag's nicht weiter."

„Nicht mal Alice. Sie wäre am Boden zerstört, wenn sie wüsste, dass jemand Bescheid weiß. Kann ich dir vertrauen, Justin?"

„Klar doch. Ich meine, ja, Sie können mir vertrauen."

„Gut." Er lächelte. Justin konnte sich nicht erinnern, dass Vater ihn je angelächelt hatte, aber es gab ihm ein ziemlich gutes Gefühl. „Ich wusste, dass du vertrauenswürdig bist. Du bist ein guter Mann, genau wie dein Bruder Eric." Er beugte sich mit ernster Miene wieder vor. „Dass du etwas Besonderes bist, Justin, wusste ich, als du meinen Test überlebt hast."

Justin sah ihn forschend an und suchte nach Anzeichen, ob Vater wusste, dass er ihn eigentlich ausgetrickst und seine Zeit bei Campern verbracht hatte. Doch Vaters Blick blieb warm und freundlich.

„Was ich dir jetzt sage, solltest du nicht mal gegenüber deinem Bruder erwähnen: Ich wusste seit deinem Auftauchen im Lager, dass du von Gott geschickt wurdest."

„Von Gott geschickt?"

„Ja. Du bist nicht wie die anderen. Du siehst und verstehst. Du lässt dich nicht leicht zum Narren halten."

Vielleicht konnte der Mann ja wirklich Gedanken lesen. Justin schluckte und nickte.

„Du wurdest von Gott geschickt, um integraler Teil unserer Mission zu sein. Gott hat mir mit dir einen Gefallen getan. Du bist ein Segen."

Justin wusste nicht, was er dazu sagen sollte, aber er ... ja, Teufel auch, er fühlte sich als etwas Besonderes. Er hatte nie gehört, dass Vater jemand anders ein solches Lob zollte.

„Deshalb möchte ich, dass du in die Reihen meiner Krieger eintrittst. Ich habe das Gefühl, dass du ein ganz besonderer Krieger sein wirst." Er beugte sich weiter vor und senkte die Stimme. „Ich brauche deine Hilfe, Justin. Es gibt Leute, die mich vernichten wollen, sogar hier in den eigenen Reihen. Willst du mir helfen?"

Justin wusste nicht viel über Vaters Krieger, außer dass sie eine besondere Behandlung genossen und Belohnungen bekamen. Eric war ein Krieger und ausgesprochen stolz auf diesen Titel. Justin konnte sich nicht erinnern, dass ihm mal jemand gesagt hatte, er brauche ihn. Gebraucht zu werden war ein gutes Gefühl, ein verdammt gutes sogar.

Vater wartete auf eine Antwort.

„Ja", erwiderte Justin, und es kam ihm leicht über die Lippen. „Ja, ich denke, ich kann Ihnen helfen."

„Gut. Ausgezeichnet." Lächelnd schlug er Justin aufs Knie und lehnte sich im Sessel zurück. „Brandon und ich bringen eine Gruppe zur Initiation nach Boston. Ich möchte, dass du mitkommst."

„Sicher, klar." Er hatte keine Ahnung, auf was er sich da einließ, aber vielleicht war es gut, eine Weile von Alice fortzukommen. Einfach nur, um alles zu überdenken, was Vater ihm erzählt hatte. Außerdem freute er sich irgendwie auf diese neue Sache. Eric würde mächtig stolz auf ihn sein. „Wegen Eric“, sagte er, „haben Sie eine Ahnung, wann er zurückkommt?“

„Könnte jeden Tag sein“, erwiderte Vater. Doch er blickte zum Fenster hinaus, als sei er mit den Gedanken bereits weit fort.

37. KAPITEL

John F. Kennedy-Gebäude,
Boston, Massachusetts

Als die Wache Eric Pratt mitteilte, er habe einen Besucher, wusste Eric, Vater hatte jemanden geschickt, um ihn zu töten. Er setzte sich an die dicke Glastrennwand, starrte auf die Tür und wartete, wer sein Scharfrichter werden sollte. Sein bester Freund Brandon kam herein, wartete, damit die Wache ihn abtastete, und winkte ihm zur Begrüßung zu. Er setzte sich auf den gelben Plastikstuhl und rutschte so nah wie gestattet an die Trennwand heran. Brandon war glatt rasiert, das wilde rote Haar war mit einer Art Gel gebändigt und an den Kopf geklatscht. Er lächelte Eric zu und nahm den Telefonhörer auf.

„Hallo, alter Knabe.“ Brandons Stimme war gedämpft, obwohl er ihm genau gegenüber saß. „Behandeln sie dich gut hier drin?“ Sein Blick wanderte überall hin, nur nicht zu Eric, und da wusste er es. Es war Brandon, der das Todesurteil überbringen würde.

Nach den Verhören der ersten Tage, bei denen er eisern geschwiegen hatte, war er in Einzelhaft gekommen. Denen war offenbar nicht klar, dass sie ihm genau das gaben, was er wollte: in Ruhe gelassen werden. Monatelang von Menschen umgeben, immer in Begleitung zu sein, egal, wohin man ging, da war die Einzelzelle keine Strafe, sondern Belohnung. Aber das würde er Brandon nicht sagen, sonst hätte der noch mehr Grund, ihm den Tod zu wünschen.

„Mir geht es gut“, erwiderte Eric, obwohl sein Tonfall seine Aussage nicht bekräftigte, aber das war ihm gleichgültig.

„Wie ich hörte, ist das Essen hier drin noch mieser als der Fraß, den wir jeden Tag draußen bekommen." Brandon lachte, doch es war gekünstelt.

Hatte der vergessen, dass er ihn durchschaute? Glaubte Brandon wirklich, ihn übertölpeln zu können, damit er ihn ins Vertrauen zog? Ja, Vater war gut. Natürlich würde er seinen besten Freund schicken, die Sache zu erledigen. Welch poetische Gerechtigkeit, als schickte man Judas, um Jesus zu verraten oder Kain, um Abel zu erschlagen.

„Das Essen ist okay."

Brandon sah sich um und lehnte sich nah an die Trennscheibe. Eric behielt seine Haltung bei, aufrecht auf dem harten Plastikstuhl sitzend. Er fragte sich, wie Brandon es anstellen wollte, ihn umzubringen?

„Was zum Teufel ist da draußen passiert, Eric? Warum hast du die Pille nicht genommen?" Seine Stimme war gedämpft, doch der Zorn war deutlich zu hören. Eric hatte nichts anderes erwartet. Auch wenn er aufrichtig antwortete, würde Brandon es nicht verstehen, denn der hätte niemals gezögert, das Gift zu schlucken. Brandon hätte Vater zuliebe zehn Zyanidkapseln genommen. Und er würde keine Sekunde zögern, seinen besten Freund zu töten, dessen einzige Sünde es war, leben zu wollen.

„Ich habe sie genommen", verteidigte Eric sich schwach.

Das war die Wahrheit, zumindest teilweise. Im Übrigen, predigte Vater nicht immer wieder, dass man lügen, betrügen und stehlen durfte, da der Zweck die Mittel heiligte? Nun, der Zweck war sein Überleben. Und plötzlich wurde ihm etwas klar. Wie dumm, dass er das nicht eher erkannt hatte. Weder Brandon noch Vater hatten eine Ahnung, was nach der Schießerei passiert war. Sie wussten nicht, was die Agenten ihn gefragt und was er geantwortet hatte. Wie sollten sie auch? Sie wussten nur, dass er lebte und in Feindeshand war.

Aber vielleicht war ihnen das alles gleichgültig. Er war ihnen zweifellos gleichgültig, andernfalls hätte Vater Brandon früher geschickt. Nein, die interessierten sich nicht für ihn, sondern für seine eventuelle Aussage, obwohl er ja gar nichts hätte sagen können. Was konnte er denen schon erzählen? Dass Vater sie hereingelegt hatte? Dass ihm Waffen und sein eigener Schutz wichtiger waren als seine Anhänger? Warum sollte das FBI sich dafür interessieren?

„Ich kapier das nicht!“ zischte Brandon. „Diese Kapseln hauen angeblich ein Pferd um.“

Eric sah seinem Freund in die Augen und merkte, dass der ihm nicht glaubte. Brandon presste die Kiefer zusammen. Mit einer Hand umklammerte er das Telefon, die andere lag als Faust auf dem kleinen Absatz.

„Vielleicht hatte meine Kapsel keine so hohe Dosis“, log Eric weiter. „Lowell füllt Dutzende davon ab. Vielleicht hat er in meine nicht genügend reingetan.“ Doch die eigene, emotionslose Stimme überzeugte nicht mal ihn selbst.

Brandon sah sich wieder um. Zwei Sitze weiter heulte eine dicke Frau mit fettigem Haar in lauten, feuchten Schluchzern. Er beugte sich noch weiter zum Glas vor, und diesmal machte er sich nicht die Mühe, seinen Zorn zu verbergen. „Scheißdreck!“ spie er leise, aber heftig aus.

Eric zuckte mit keiner Wimper und blieb stumm. Er konnte schweigen. Das hatte er zwei Tage lang bewiesen, während Ankläger und FBI-Agenten ihm ins Gesicht schrien. Er saß weiterhin ruhig und aufrecht da und verbot sich jede Regung, während das Herz ihm heftig gegen die Rippen schlug.

„Du weißt, was mit Verrätern passiert“, flüsterte Brandon heftig in den Hörer. Dieselben Augen, die eben noch nicht gewagt hatten, ihn anzusehen, starrten ihn nun hasserfüllt an. Der kalte Blick nagelte Eric geradezu an den Stuhl. Wann waren Brandons Augen so schwarz, so leer, so böse geworden? „Halte Ausschau nach den Zeichen des Endes“, riet Brandon. „Und denk dran, heute könnte der Tag sein.“

Dann warf Vaters Bote den Hörer auf die Gabel und schob den Stuhl zurück, dass die Metallbeine über den Boden quietschten. Brandon marschierte mit seinem gewohnt sicheren, kecken Schritt hinaus, und niemand bemerkte, dass er soeben Vaters Todesfluch überbracht hatte.

Eric hätte erleichtert sein müssen, dass er Brandons Besuch überlebt hatte, doch ihm war nur übel. Er wusste, zu was Vater fähig war. Er verfügte über ungeheure Macht. Es gab immer mal wieder Mitglieder, die die Kirche verließen – als Verräter. Niemand ging, ohne ein Verräter zu sein. Eric hatte viele Geschichten gehört, einige kannte er aus erster Hand.

In jüngster Zeit war Dara Hardy gegangen. Sie hatte sich entschuldigt, ihre Mutter sei an Krebs erkrankt, und sie wolle die letzten Tage mit ihr verbringen. Doch Vater hatte dagegen gehalten, falls die Geschichte stimme, hätte Dara sein großzügiges Angebot, die kranke Frau ins Lager zu holen, zweifellos angenommen. Dabei ließ er außer Acht, dass er keine Medikamente im Lager erlaubte. Außerdem predigte er, Ärzte seien selbstsüchtige Nieten, nur er allein könne heilen und für seine Mitglieder sorgen. Dara Hardy ging. Genau eine Woche später kam sie bei einem Autounfall ums Leben. Ihre Mutter starb, ohne Dara an ihrer Seite.

Eric fragte sich, welch sonderbaren Unfall man sich für

ihn ausgedacht hatte. Sollte ein Mitgefangener ihn versehentlich in der Dusche verbrühen? Würde Zyanid den Weg in sein Essen finden? Oder würde nachts ein Wächter in seine Zelle kommen und es so aussehen lassen, als hätte er sich erhängt? Eines wusste er mit Sicherheit: Sein Killer würde jemand sein, von dem er es nicht erwartete. So wie sein Todesbote sein bester Freund gewesen war. Wie sollte er in dieser Schlangengrube des Feindes überleben, wenn er sich dabei auch noch ständig über die Schulter sehen musste?

Merkwürdigerweise wollten nicht die Feinde seinen Tod, sondern der Mann, der noch während er ihn bedrohte für sich in Anspruch nahm, sein Seelenretter zu sein. Nein, das war falsch, er war nicht der Retter, sondern der Besitzer seiner Seele. Denn das war der Preis, den Vater von allen Schafen seiner Herde verlangte – ihre Seele.

Zum ersten Mal war Eric dankbar, dass Justin tot war, reduziert auf einen Karton unidentifizierbarer Knochen. Wenigstens konnte Vater sie beide nun nicht mehr auseinanderreißen und einen Keil zwischen sie treiben, wie er das bei so vielen anderen Familien getan hatte. Und vielleicht hatte er Justin mit etwas Glück nicht die Seele stehlen können. In dem Fall war Justin der Glücklichere von ihnen beiden.

38. KAPITEL

„Sie wissen nicht, ob es derselbe Joseph Everett ist", sagte Tully von der Tür und beobachtete, wie O'Dells Finger über die Computertastatur flogen.

„Ist aber ziemlich unwahrscheinlich, dass es im Gebiet von Virginia zwei Reverend Joseph Everett gibt", erwiderte sie, ohne ihn anzusehen, doch er hörte den Feuereifer im Unterton und dachte unwillkürlich: Jetzt geht's wieder los!

Jedes Mal, wenn O'Dell diesen Ton anschlug oder einen gewissen Ausdruck in den Augen hatte, schien sie auf Kriegspfad zu gehen, und er reagierte entsprechend nervös. Beim letzten Mal waren sie in einem brennenden Haus gelandet, und O'Dell hatte ihm das Leben gerettet – nachdem er sich eine Kugel im Schenkel eingefangen hatte.

Gleichzeitig war er jedoch froh, dass es in ihrem Fall endlich voranging und dass Emma den Morgen überstanden hatte. O'Dell hatte Recht: Emma war ein kluges, mutiges Mädchen. Und ehe Agentin LaPlatz sie zur Reston High School zurückfuhr, hatte er seine kluge, mutige Tochter mit einer Umarmung und dem Geständnis, wie stolz er auf sie war, in Verlegenheit gebracht.

Tully sah, wie O'Dell ein Dokument aufrief und durchlaufen ließ. Er warf einen Blick hinüber zu Dr. Patterson im gepolsterten Lounge Chair, den O'Dell noch in ihr kleines Büro gequetscht hatte. Etliche Male hatte er seine Partnerin nach anstrengenden Nachtschichten in dem Sessel zusammengerollt schlafend vorgefunden. Alle Büros in BSU waren klein, doch O'Dell war eine Meisterin im Organisieren. Sie nutzte jeden Zentimeter der deckenhohen Regale, um weder auf Sesseln noch auf dem Boden Unterlagen stapeln zu müssen. Damit sah ihr Büro gemütlich aus, ohne voll gestopft zu wirken. Im Gegensatz zu seinem Büro, das ihm oft genug wie ein überquellender Lagerraum mit Pfad zum Schreibtisch vorkam.

Dr. Patterson hatte sich die Pumps ausgezogen, und er beobachtete abwesend, wie sie die Beine unterschlug und es sich bequem machte. Dabei schob sich der Rock hoch. Sie hatte tolle Beine mit schlanken Fesseln und feste glatte Schenkel. Großer Gott, was war los, dass ihm das auffiel?

Gewöhnlich ging ihm Gwen Patterson gegen den Strich. Es schien nichts zu geben, worin sie einer Meinung waren. Als er das letzte Mal spät mit O'Dell gearbeitet hatte, waren sie anschließend zu ihrem großen Tudorhaus in Newburgh Heights gefahren, wo Dr. Patterson den Hund hütete. Sie hatten beschlossen, sich Essen zu bestellen. Wenn er sich recht entsann, stritt er mit Dr. Patterson darüber, ob lieber chinesisch oder Pizza und dann debattierten sie den Wert der jeweiligen Küche. Als so genannte Gourmet-Köchin war sie angeblich die Expertin. Er hatte sich schwarz geärgert. Aber deshalb konnte sie natürlich trotzdem tolle Beine haben. Dass er am Wochenende viel an Caroline gedacht hatte, hatte ihn vielleicht erinnert ...

„Da ist was", unterbrach O'Dell seine abschweifenden Gedanken. „Ein Gerichtsdokument. Alt. Von 1975. Das ist über fünfundzwanzig Jahre her. Everett müsste damals – schätzungsweise Anfang zwanzig gewesen sein?"

„Wir wissen noch nicht einmal, ob Everett etwas damit zu tun hat."

„Cunningham muss es annehmen, sonst würde er Sie und Gwen nicht nach Boston schicken, um den einzigen Überlebenden zu befragen. Und er zögerte auch nicht, als ich ihn darum bat, ein Treffen mit jemandem aus Everetts Organisation zu arrangieren. Vielleicht mit einem Exmitglied. Er versprach mir, mit Senator Brier zu sprechen, ob er irgendwelche Verbindungen habe."

O'Dell wandte ihm den Rücken zu, während sie las. Dr. Patterson ignorierte sie beide, rollte die Schultern und massierte sich langsam die Schläfen – offenbar eine bewährte Entspannungstechnik. Tully fand das ziemlich ablenkend, wandte sich schließlich ab und trat neben O'Dell, um zu sehen, was sie gefunden hatte.

„Die Reise nach Boston dürfte wenig bringen", sagte Tully. „Der Junge wollte uns schon an der Hütte nichts sagen, als er panische Angst hatte. Ich kann mir nicht vorstellen, dass er mitteilsamer geworden ist, nachdem er einen warmen Platz zum Schlafen und drei Mahlzeiten am Tag bekommen hat."

„Was bringt Sie zu der Überzeugung, Angst sei die einzige Motivation für einen Verdächtigen zu reden?" fragte Dr. Patterson, ohne die Schläfenmassage zu unterbrechen.

Da sie Tully nicht ansah, konnte er unbemerkt einen Blick auf ihr schimmerndes rotblondes Haar werfen. Die Frau war eindeutig attraktiv. Plötzlich drehte sie sich um und sah zu ihm auf.

„Nein, ernsthaft, wieso glauben Sie, Angst sei das einzige Druckmittel?"

„Angst funktioniert in dieser Altersgruppe gewöhnlich am besten", sagte er.

Diesmal sah O'Dell über die Schulter. „Hast du mir nicht neulich genau dasselbe erzählt, Gwen?"

„Nicht genau. Ich sagte, Angst lässt sie glauben, sie hätten keine Alternative, dabei ist es ihr natürlicher Instinkt, zu kämpfen. Doch soweit ich weiß, hat dieser Junge seine Zyanidkapsel ausgespuckt. Was mir sagt, dass Angst für ihn kein motivierender Faktor ist."

„Das muss nicht so sein", entgegnete Tully und merkte, dass er schon wieder in der Defensive war. Warum machte sie das mit ihm? Er war niemand, der sich ständig verteidigte, aber Patterson und O'Dell sahen ihn jetzt an und warteten auf eine Erklärung. „Sie glauben offenbar, das Ausspucken der Zyanidkapsel sei ein Zeichen gewesen, dass er am Leben bleiben wollte, um zu kämpfen. Aber vielleicht hatte er nur Angst vorm Sterben. Ist das nicht auch eine mögliche Erklärung?"

„Wer diese Jungen überzeugt hat, Zyanid zu nehmen, hat sie zweifellos auch überzeugt, dass sie gefoltert und getötet werden, sollte man sie lebend fangen." Dr. Patterson beendete ihre Entspannung, und auch die untergeschlagenen Beine kamen wieder zum Vorschein. „Dass dieser Junge es darauf ankommen ließ, sagt mir, dass er auf einen sicheren Zufluchtsort hofft und ihn sucht."

„Wirklich? All das können Sie sagen, ohne den Jungen zu kennen?"

„Okay, ihr zwei." O'Dell hob in spöttischer Kapitulation beide Hände. „Vielleicht sollte ich mit dir nach Boston fliegen, Gwen."

„Du musst mit deiner Mutter reden", erwiderte Gwen, den Blick auf Tully gerichtet, als plane sie den nächsten Angriff.

„Ihr zwei versprecht mir, euch nicht gegenseitig umzubringen." Maggie lächelte.

„Ich bin sicher, wir kommen miteinander klar", erwiderte Gwen und lächelte zurück. Maggie schien jedoch auf Bestätigung durch Tully zu warten.

„Wir kommen klar", wiederholte er, bemüht, das Thema zu wechseln. Obwohl Patterson ihn in die Defensive drängte, war ihr nicht aufgefallen, dass ihr Rock immer noch bis zum Schenkel hochgeschoben war. Er wandte sich wieder dem Computermonitor zu. „Was haben Sie gefunden?"

„Ich habe keine Ahnung, ob es derselbe Joseph Everett ist. Aber mit 22 Jahren und aus Arlington Virginia, könnte er es sehr wohl sein. Er wurde wegen Vergewaltigung angezeigt. Das Opfer war eine 19-jährige Journalistik-Studentin von der Universität in Virginia."

Das Telefon klingelte plötzlich, und Maggie griff nach dem Hörer. „O'Dell."

Tully tat, als lese er den Text auf dem Monitor, um nicht wieder zu Patterson zu sehen.

„Was veranlasst Sie zu der Annahme?" fragte Maggie und wartete. Wer immer das war, hatte keine langen Erklärungen abgegeben. Maggie zog die Stirn kraus, als sie sagte: „Okay, ich bin da." Sie legte auf. „Das war Racine", erklärte sie und drehte den Sessel wieder zum Computer. „Ich drucke es aus", sagte sie zu Tully, drückte auf das Druck-Icon, wartete, dass der Drucker stöhnend in Aktion trat, und schloss die Internetseite. „Sie glaubt da etwas zu haben, auf das ich einen Blick werfen sollte."

Die Betonung lag auf „sie glaubt", und es lag genügend Sarkasmus im Unterton, dass Tully erneut fragte: „Was ist das mit Ihnen und Racine?"

„Ich habe Ihnen schon gesagt, ich traue ihr nicht."

„Nein, Sie haben mir gesagt, Sie mögen Sie nicht."

„Ist dasselbe", erwiderte sie, griff zwei Kopien von der Ablage des Druckers, gab eine Tully und faltete die andere für sich zusammen. „Könnten Sie, ehe Sie gehen, überprüfen, ob das unser Joseph Everett ist?“

„Sicher. Wenn er eine Vorstrafe wegen Vergewaltigung hat, ist er schnell ausfindig zu machen.“

„Leider ist das alles, was wir haben.“ Sie hielt ihre Kopie hoch. „Andere Dokumente wird es nicht geben. Das Mädchen hat die Anzeige zurückgezogen.“ Sie zog ihre Jacke über, hielt inne und sah von Tully zu Gwen. „Everett muss es schon damals verstanden haben, anderen Angst zu machen.“

39. KAPITEL

Er wusste genau, dass er das Gebräu nicht zwischen zwei Tötungen nehmen sollte. Zu häufiger Gebrauch zur reinen Erholung verwässerte die Wirkung, aber er brauchte etwas zur Beruhigung, um gegen Zorn und Angst anzugehen. Nein, nicht gegen Angst. Die konnten ihm keine Angst machen. Die wollten ihn stoppen und von seiner Mission abhalten, aber er durfte sich nicht beirren lassen. Er war stärker als die. Er brauchte lediglich eine Bestätigung, dass er es war, nur darum ging es, um die Bestätigung.

Er lehnte sich zurück und wartete. Er wusste, dass er auf die besondere Wirkung dieser exotischen Mischung bauen konnte, auf ihre heilende Magie und die Förderung der Stärke. Er nahm bereits das Doppelte der ursprünglichen Dosis, aber das war ihm gleich. Er wollte nur ruhig dasitzen und die nie ausbleibende psychedelische Lichtshow genießen. Nach dem Adrenalinstoß und dem Gefühl, stark zu werden, kam die Lichtshow. Es blitzte hinter den Augen und machte benommen im Kopf. Die Blitze waren winzige, zu Sternen geformte Engel, die von einer Seite des Raumes zur anderen flitzten. Es war absolut wunderbar.

Er nahm das Buch und strich über das glatte Leder. Ohne dieses Buch hätte er all das gar nicht tun können. Es hatte ihn inspiriert und angestachelt, hatte Leidenschaft und Zorn heraufbeschworen und ihm die nötige Rechtfertigung gegeben. Dieses Buch lieferte ihm die Motivation.

Tief durchatmend schloss er die Augen und genoss, wie Wärme und Ruhe ihn durchströmten. Ja, jetzt war er zum nächsten Schritt bereit.

40. KAPITEL

Der Mond stieg über der Skyline der Stadt auf, als Maggie ihren Toyota in die leere Parkbucht lenkte. Sie sah das gelbe Absperrband vor dem Durchgang am Viadukt im Wind flattern. Mehrere Beamte gingen wartend umher, doch Racine sah sie nicht. Die Leute vom mobilen kriminaltechnischen Labor fuhren vorbei, während sie die letzten Bissen ihres Dinners verzehrte – einen Burger und Fritten. Sie stieg aus, wischte sich das überschüssige Salz vom Poloshirt und tauschte die Anzugjacke gegen die marineblaue FBI-Windjacke.

Sie duckte sich und holte unter dem Vordersitz ein paar Gummistiefeletten hervor, die sie über die Lederschuhe zog. Aus Gewohnheit wollte sie nach ihrer forensischen Ausrüstung greifen und hielt inne. Der Kombi des Gerichtsmediziners parkte an der Betonwand, neben der Öffnung des Viaduktes. Es hatte wenig Sinn, Stan noch mehr auf die Nerven zu gehen, als sie es ohnehin schon tat.

Auf dem Weg zum Tatort sah Maggie jedoch Wayne Prashard anstelle von Stan aus dem Viaduktdurchgang kommen, was sie nicht überraschte. Stan hatte wahrscheinlich nicht nur sein Maß an Überstunden für eine Woche voll, für eine Obdachlose würde er die Fahrt hierher nicht selbst machen.

Maggie wusste nicht genau, warum Racine glaubte, sie sei hier vonnöten. Hoffentlich war das nicht irgendeine abgekartete Sache. Racine traute sie einiges zu.

Prashard nickte Maggie zu, während er den hinteren Teil seines Kombi öffnete. „Die lässt mich nicht die kleinste Kleinigkeit anrühren, ehe Sie nicht einen Blick auf alles geworfen haben."

„Ich freue mich ebenfalls, Sie zu sehen, Wayne."

„Tut mir Leid." Er entschuldigte sich lächelnd, und sein Bulldoggengesicht legte sich in freundliche Falten. „Sie ist nur manchmal eine entsetzliche Nervensäge. Sie wissen, was ich meine."

Ja, sie wusste genau, was er meinte, lächelte jedoch kommentarlos.

Prashard war allerdings noch nicht fertig. „So hat sie sich noch nie aufgeführt."

„Wirklich nicht?" Maggie konnte sich nicht vorstellen, dass Racine sich jemals anders aufführte.

„Hauptsache, alle wissen, dass sie hier das Kommando hat. Darauf legt sie Wert. Ehe sie Detective wurde, war sie richtig nett", sagte er, während er einen Leichensack aus dem Wagen holte. „Vielleicht sogar ein bisschen zu nett, wenn Sie verstehen, was ich meine." Er zwinkerte Maggie zu.

Sie ignorierte seine Einladung, über Detective Racine herzuziehen. Auch wenn sie Racine nicht sonderlich mochte, hatte sie sich nie dazu hergegeben, über eine Kollegin zu tratschen. Und sie würde jetzt nicht damit anfangen. Es sah ganz danach aus, als hätte Prashard einige Geschichten auf Lager, die er ihr gerne mitteilen würde. Doch sie wandte sich zum Gehen. „Davon weiß ich nichts. Ich kenne Racine erst, seit sie Detective ist." Dabei ließ sie es bewenden.

Auf dem Weg zum Viaduktdurchgang betrachtete sie die Umgebung. Über ihr lärmte der Verkehr. Scheinwerfer blitzen zwischen knapp zwei Meter hohen Schutzgittern auf. Dieselgestank wehte vom Busbahnhof auf der anderen Seite des kleinen leeren Parkplatzes herüber, wo sich Mechaniker bei laufenden Motoren an den Greyhound-Bussen zu schaffen machten. Etwa ein halbes Dutzend defekter Gefährte war am Absperrgitter aufgereiht und behinderte die Sicht auf den Durchgang zum Viadukt.

Abgesehen von dem Bereich, in dem die Mechaniker arbeiteten, war der Platz schlecht beleuchtet. Es war dunkel, laut und einsam. Maggie fragte sich, warum jemand freiwillig hierher kam. Allerdings war der Betonbogen des Viaduktes mehr ein Tunnel als ein Durchgang, bot Schutz vor dem Wind und spendete vielleicht sogar Wärme. Somit war es ein verlockender Platz für einen Menschen, der sich ein Heim aus Kartons bauen wollte – und ein ebenso verlockender Platz für jemanden, der ein Opfer suchte.

„Gut, dass Sie da sind." Racine war aufgetaucht und hielt das gelbe Absperrbandes hoch, damit Maggie darunter hindurchgehen konnte.

Maggie roch die Leiche, sobald sie den Tunnel betraten. Racine ging voran und umrundete vorsichtig zwei Leute von der Spurensicherung. Einer kroch mit Taschenlampe, Bürste und Plastikbeuteln ein Raster ab, während der andere Scheinwerfer aufstellte.

In der anderen Öffnung saß, an die kalte Betonwand gelehnt, starr und grau im grellen Scheinwerferlicht, eine nackte Frau. Die Augen weit offen, in den Winkeln bereits weiße Büschel von Larven. Ihr Kopf baumelte zu einer Seite und zeigte mehrere Strangulationsstriemen im Nacken. Ihr schmutzig verschmiertes Gesicht war aufgedunsen, der Mund mit Klebeband verschlossen. Ihre Hände lagen im Schoß gefaltet, die Handgelenke wiesen nach vorn, wie um die Abrücke der Handschellen zu zeigen, mit denen sie gefesselt gewesen war. Maggie bemerkte, dass die Innenseiten der Ellbogen sauber waren, keine Einstichstellen von Spritzen. Demnach war sie nicht mit der Hoffnung auf Drogen hergelockt worden. Weder Kartons noch Einkaufswagen standen herum. Auch sonst gab es bis auf ihre sorgfältig gefalteten Lumpen in einiger Entfernung nichts, was ihr hätte gehören können.

„Was halten Sie davon?"

Während Maggie den Tatort untersuchte, vorsichtig auftrat und mit dem Blick Beweise sammelte, merkte sie, dass Racine sie abwartend beobachtete.

„Die Position der Leiche ist ähnlich."

„Die sieht verdammt identisch aus", korrigierte Racine sie. „Allerdings glaube ich kaum, dass wir einen Personalausweis in ihrer Kehle finden."

„Zweifellos passt sie nicht zur Viktimologie unseres Täters", sagte Maggie und ging vor dem Leichnam in die Hocke, um besser sehen zu können. Die Tote starrte ihr sozusagen in die Augen. Die Leichenstarre war bereits gewichen. Maggie prüfte das, indem sie sacht eine Hand nahm und vorsichtig zurückfallen ließ.

„Ich wünschte wirklich, Sie würden die Tote nicht anfassen", beschwerte sich Prashard vom Eingang, kam näher und hielt sich dicht an der Betonwand.

„Aber sie ist nicht mehr steif. Sie ist schon eine Weile tot. Haben Sie irgendwelche Schätzungen?" fragte Maggie, ohne aufzustehen.

„Ich vermute achtundvierzig Stunden, aber das ist grob geschätzt, da ich bisher nichts anrühren durfte." Er warf Racine einen vorwurfsvollen Blick zu, doch die beachtete ihn nicht, sondern ausschließlich Maggie.

„Sehen Sie sich das mal an", bat Racine und leuchtete mit der Stablampe auf den Boden.

Maggie stand auf und stellte sich neben sie. Etwa anderthalb Schritte vor der Leiche befand sich ein runder Abdruck im Erdreich. Ringsum war es jedoch aufgeraut, als hätte jemand versucht, diesen Abdruck und vielleicht andere zu verwischen.

„Die Signatur, von der Tully sprach", sagte Racine. „Ich weiß nicht, was das ist, aber doch hoffentlich nicht derselbe komische Abdruck, den wir am Monument gefunden haben."

Maggie schaute sich noch einmal um. „Das sieht alles zu ähnlich aus, um zufällig zu sein. Achtundvierzig Stunden, das hieße, die Todeszeit war Samstagnacht. Warum in aller Welt sollte er sich erst eine Senatorentochter schnappen und dann eine Obdachlose?"

„Vielleicht ist der Typ einfach durchgeknallt?" vermutete Racine.

„Nein. Dafür sehen beide Tatorte viel zu organisiert aus." Maggie sah Prashard an. „Wayne, würden Sie bitte im Mund des Opfers nachschauen?"

„Hier draußen?"

„Ja. Es wäre hilfreich und könnte die Ermittlungen beschleunigen, wenn wir wissen, ob etwas im Mund zurückgelassen wurde."

„Ich weiß nicht recht." Prashard zuckte mit den Schultern und kratzte sich am Kopf, als hätte Maggie ihn gebeten, die ganze Autopsie hier draußen zu machen. „Das ist sehr ungewöhnlich."

„Heilige Scheiße, Prashard!" schrie Racine ihn an. „Tun Sie es einfach!"

Zu Maggies Verblüffung holte Prashard Latexhandschuhe und eine Pinzette aus seiner Tasche. Dann beugte er sich über die Leiche, indem er steif in der Taille abknickte, anstatt auf die Knie zu gehen.

Maggie streifte Racine mit einem Blick. Die wirkte weder erfreut noch verärgert über den stellvertretenden Gerichtsmediziner, trat nur mit verschränkten Armen abwartend näher und hielt die Stablampe so, dass sie jederzeit in den Mund leuchten konnte. Plötzlich fiel gleich unterhalb des Betonbogens Mondlicht in den Tunnel und beleuchtete die Leiche der Frau, dass die Augen glitzerten.

„Großer Gott“, sagte Racine, „das ist ja unheimlich.“ Sie sah Maggie an, die sich zu erinnern versuchte, wann Vollmond war. Hatte die Mondstellung eine Bedeutung für den Fall?

„Was genau suchen wir?“ fragte Prashard. Er achtete weder auf Racine noch auf das Mondlicht, sondern zog vorsichtig Stück für Stück das graue Klebeband ab, um keine Haut abzureißen. Maggie nahm einen Beweisbeutel aus Prashards Tasche und hielt ihn auf, damit er das graue Band hineingeben konnte.

„Eventuell eine Kapsel“, erwiderte Racine. „Prüfen Sie die Innenseite der Wangen.“

„Sie meinen eine Giftkapsel?“

„Prüfen Sie es Prashard. Herrgott!“ Detective Racine wirkte nervös und ungeduldig.

Prashard öffnete der Frau schließlich den Mund, doch ehe er einen Finger hineinschieben konnte, fielen Vierteldollarmünzen heraus.

„Was ist das denn?“ Racine leuchtete mit der Stablampe, sodass Maggie, die hinter ihr stand und ihr über die Schulter schaute, alles deutlich sehen konnte. Der Mund der Frau erinnerte an die dunkle Ausgabeöffnung eines alten Spielautomaten, gefüllt mit schimmernden Münzen, als hätte sie soeben den Jackpot geknackt.

41. KAPITEL

Dienstag, 26. November,
Boston, Massachusetts

Aus seiner Ecksuite im Ritz Carlton konnte Ben Garrison den Bürgerpark Boston Common auf der einen Seite und den Charles River auf der anderen sehen. Die Luxussuite war ein längst überfälliges Geschenk an sich selbst und hoffentlich ein gutes Omen für eine bessere Zukunft. Nicht, dass er abergläubisch wäre, aber er fand schon, dass ein gewisser Lebensstil ein wirkungsvolles Instrument war. Ein paar Geschenke und Requisiten hier und da verbesserten die Stimmung und machten den ganzen Mist, mit dem er sich herumschlagen musste, erträglicher. Mist wie Drohanrufe und Kakerlaken. Kleinigkeiten verglichen mit dem, was er in der Vergangenheit durchgemacht hatte.

Vor einigen Jahren hatte er in einem undichten Einmannzelt in einem stinkenden, rattenverseuchten Lagerhaus in Kampala, Uganda, gelebt. Er hatte Monate gebraucht, um Suaheli zu lernen und das Vertrauen der Bevölkerung zu gewinnen. Doch es hatte sich ausgezahlt. In kurzer Zeit hatte er genügend aussagekräftige Bilder gehabt, um die Geschichte eines verrückten Wissenschaftlers zu untermauern, der für seine radikalen Experimente Obdachlose von den Straßen Kampalas auflas. Einige dieser Fotos hingen noch an den Wänden seiner Dunkelkammer. Um ihre Familie mit fünf Kindern zu ernähren, hatte eine Frau diesem so genannten Wissenschaftler erlaubt, ihr eine gesunde Brust zu amputieren, wobei der Arsch ihr eine Narbe beibrachte, als hätte er mit der Machete zugeschlagen. Ein alter Mann hatte sein rechtes Ohr gegen eine Stange Zigaretten hergegeben und war nun irreparabel entstellt.

Er hatte einen Schwarz-Weiß-Film benutzt, um die Strukturen und Details mit natürlichem Seitenlicht hervorzuheben. Beim Entwickeln der Abzüge hatte er kontrastreiches Papier genommen, um die dramatischen Effekte zu betonen, wobei das Schwarze dicht und seidig geworden war und das Weiße blendend hell. Durch diesen magischen Effekt hatte er die brutalen Narben in Kunst verwandelt.

Er war ein Genie darin, Hoffnungslosigkeit einzufangen, jenes Aufflackern von Verzweiflung, das sich stets im Blick seiner Objekte zeigte, wenn er nur lange genug wartete. Er brauchte nur Geduld. Er beherrschte es meisterlich, das ganze Spektrum an Emotionen von Terror über Eifersucht bis zu Angst und Bösartigkeit einzufangen. Schließlich waren die Augen das Fenster der Seele. Und er war sicher, eines Tages auch die Seele auf Film bannen zu können. Nur Geduld.

Seinerzeit hatten sowohl *Newsweek* wie *Time* die Geschichte des verrückten Wissenschaftlers recherchiert und gebracht. Aber die Fotos hatte er ihnen geliefert. Nachdem er seine Bilder für ein erkleckliches Sümmchen an sie losgeworden war, hatte er sich eine Belohnung gegönnt. Eine Woche auf einer Yacht mit einer Kellnerin, deren Namen er vergessen hatte. Allerdings erinnerte er sich an die niedliche Rosentätowierung auf ihrem festen kleinen Hintern. Er hatte sogar ein Foto davon an der Wand seiner Dunkelkammer – ein Foto der Tätowierung.

Damals hatten ihn Sexspielchen berauscht und für einige Zeit befriedigt. Aber nichts kam dem Rausch dieser letzten Wochen gleich.

Das Beste würde natürlich sein, das verschlagene Gesicht

dieses beschissenen Reverend Everett zu sehen, wenn das FBI ihm einen Besuch abstattete. Sicher würden sogar Racine und ihre Bande von vertrottelten Cops die Verbindung bald herstellen. Sollten die FBI-Fritzen allerdings versuchen, Everetts geheiligtes Lager zu stürmen, fanden sie vermutlich kaum noch jemanden vor, den sie in Gewahrsam nehmen könnten. Sobald Everett glaubte, verhaftet zu werden, würden seine blinden kleinen Schäfchen Massenselbstmord begehen, wie bei der Belagerung der Hütte am Neponset.

Er hatte von einem ATF-Agenten, der am Tatort war, von den Zyanidkapseln gehört. Noch ein paar Drinks mehr, und der Typ hätte vermutlich weitere Details ausgeplaudert. Das mit den Kapseln zu wissen hatte ihm jedoch genügt. Außerdem hatte er sie selbst gesehen, als er zwei Tage in Everetts Lager gewesen war, dieser Ansammlung von Betonbaracken, die mehr nach Gefängnis aussahen als nach Paradies.

Außerdem hatte er entdeckt, dass Everett über genügend Sprengstoff und Munition verfügte, um ein schönes großes Loch in die Appalachen zu sprengen. Das Verrückte war, der Typ hortete das Zeug nicht für einen terroristischen Angriff. Nicht ein komplexer, ausgetüftelter Plan zur Machtübernahme war das Ziel, sondern einzig und allein Everetts Schutz. Er wollte seine verdammte Bastion verteidigen, falls jemand kam und ihm seine Herde wegnahm. Das Lager flöge in einem riesigen Feuerball in die Luft. Was für einen Mist die FBI-Fritzen dann aufräumen müssten. Und was für Erklärungen die erst mal abzugeben hätten. Dagegen sähe das Fiasko von Waco harmlos aus.

Immer vorausgesetzt, das FBI kam überhaupt an das Lager heran und überwand alle von Everett aufgestellten Fallen. Der Arsch hatte den gesamten Wald in Vietcongmanier mit Überraschungen gespickt. Ben fragte sich unwillkürlich, ob das Militär Everett wegen seiner Neigung zum Basteln von Rohrbomben mit Nagelfüllung und Molotowcocktails hinausgeworfen hatte. Immerhin hatte der umsichtige Reverend im gesamten Gebiet abschreckend wirkende Warntafeln aufgestellt, die etwa lauteten: Überlebende werden angezeigt oder Weitergehen nur auf eigene Gefahr.

Wegen dieser Schilder hatte er sich seinerzeit entschlossen, sich als bemitleidenswerte verlorene Seele ins Lager einzuschleichen und nicht als aufmüpfiger Journalist durch die Wälder zu kommen.

Wochen bevor er sich unter Vorspiegelung falscher Tatsachen eingeschlichen hatte, war er jedoch auf Erkundungstour gegangen. Dazu hatte er sich getarnt, wie es ihm der „Drei Hügel Stamm“ in Mozambique beigebracht hatte, und den gesamten Körper mit einer zusammengemixten Lehmpaste bedeckt, deren Rezeptur er zu seiner Verwunderung noch kannte. So getarnt, hatte er sie ausgespäht. Nicht mal Everetts Leibwächter, die aussahen wie ehemalige Catcher, hatten ihn durch das hohe Gras schleichen und zwischen den dunklen Bäumen verschwinden sehen. Bei diesen Besuchen hatte er vor allem gelernt, dass niemand heimlich ins Lager kam oder es heimlich verlassen konnte, ohne sich Kopf oder Gliedmaßen wegzusprengen.

Ben sah auf seine Armbanduhr. Er hatte noch eine Menge Zeit. Nach allem, was er bei der Versammlung am Denkmal am Samstagabend aufgeschnappt hatte, würden Everetts Jungen erst in einigen Stunden so weit sein. Er würde den Zimmerservice anrufen. Vielleicht sogar den Whirlpool ausprobieren. Er würde es sich gut gehen lassen und ein bisschen belohnen, und danach machte er sich wieder an die Arbeit.

42. KAPITEL

John F. Kennedy-Gebäude,
Boston, Massachusetts

Gwen Patterson sah Agent Tully ihre Koffer aus dem Taxi wuchten, während der Fahrer daneben stand und ihn dirigierte. Das hatte der Mann schon gemacht, als sie am Flughafen in Boston in das Taxi stiegen. Mit erhobener knotiger rechter Hand hatte er sich dafür entschuldigt, dass er die Koffer nicht selbst trug. Tully schien das Tragen nichts auszumachen. Er bat nur um eine Quittung, während er in die Manteltasche griff und aus einem Packen Quittungen und Servietten mühsam einige Geldscheine herausschälte.

Gwen wartete voller Ungeduld und wollte schon die Handtasche öffnen und das Taxi selbst bezahlen, damit es schneller ging. Schlimm genug, dass sie zwei Tage vergeudete und dem FBI und Kyle Cunningham ihre freiwilligen Dienste zur Verfügung stellte. Wie kam es, dass ihre Kollegen nach dem Schreiben von Büchern Interviews mit Matt Laurer und Katie Couric ergatterten? Sie schrieb ein Buch, und was bekam sie? Ein Interview mit einem halbwüchsigen Killer.

Sie griff nach ihrem Übernachtungskoffer, doch Tully schnappte ihn ihr weg.

„Den trage ich“, beharrte er, stopfte ihn sich unter den Arm, schlang den Riemen ihrer Computertasche über die andere Schulter und nahm seine Reisetasche auf.

Anstatt zu streiten ging sie ihm voran die Eingangsstufen hinauf. Auf dem letzten Stück ließ sie ihm den Vortritt, da er trotz Gepäck die schwere Tür öffnen wollte. Sie fragte sich, ob er das aus Gründen der Überkompensation tat, da Maggie vermutet hatte, sie könnten diese Reise nicht machen, ohne sich an die Kehlen zu gehen. Was immer der Grund war, seit sie an Bord der Maschine nach Boston waren, war Tully die Ritterlichkeit selbst.

Maggie hatte ihr immer wieder versichert, Tully gehöre zu den Guten, er sei ein kluger, anständiger Agent, der das Richtige zu tun versuche. Dann fügte sie stets hinzu, er sei einfach nur ein bisschen grün, da er die meiste seiner kurzen Zeit beim FBI hinter einem Schreibtisch in Cleveland verbracht habe. Seine Instinkte und seine Motive seien jedoch echt. Trotzdem hatte der große, schlaksige Agent etwas an sich, das Gwen gegen den Strich ging. Die höfliche Art der Leute aus dem Mittleren Westen nervte sie. Vielleicht erschien ihr Tully auch nur als zu gut, um wahr zu sein. Zu ehrlich. Zu sehr Pfadfinder. Der Typ, der nie zu schnell fährt und nie einen über den Durst trinkt. Der Typ, der sich ein Bein ausrenkt, Frauen die Tür zu öffnen, aber nicht daran denkt, sein Geld in eine Brieftasche zu stecken oder sich die Schuhe zu polieren. Vielleicht konnte sie es deshalb nicht lassen, ihn zu triezen. Vielleicht wollte sie den ruhigen, höflichen, naiven Pfadfinder aus der Reserve locken und sehen, aus welchem Stoff er wirklich gemacht war. Hatten die vielen Dienstjahre als Psychologin sie zynisch gemacht?

„Dr. Patterson?“

Gwen und Tully blieben in der Eingangshalle stehen und sahen zu dem Mann empor, der sich über das Geländer der nächsten Etage beugte. Als er erkannte, dass sie es waren, kam er mit athletisch langen Schritten die Treppe herunter. Gwen wusste, ehe sie vorgestellt wurden, dass das Nick Morrelli sein musste, der Mann, bei dessen Namen Maggie errötete. Gwen verstand, warum. Er war noch attraktiver, als Maggie ihn beschrieben hatte, und entsprach geradezu einem Klischee: groß, dunkelhaarig, gut aussehend, mit einem kantigen Kinn, warmen blauen Augen und Grübchen, wenn er lächelte.

„Sie müssen Nick Morrelli sein", sagte sie und gab ihm die Hand, sobald er am Fuß der Treppe angelangt war. „Ich bin Gwen Patterson."

„Und ich bin Agent R. J. Tully." Er musste das Gepäck neu ordnen, um eine Hand freizubekommen, wobei er fast ihren Koffer fallen ließ.

„Lassen Sie mich das nehmen", sagte Nick und half Tully, sich den Laptopriemen von der Schulter zu streifen. „Bezirksstaatsanwalt Richardson ist noch im Gericht, also müssen Sie mit mir vorlieb nehmen. Ich begleite Sie hinauf. Da können wir Ihr Gepäck sicher unterbringen. Vielleicht sollten wir den Aufzug nehmen. Er führte sie durch die Lobby zu den Fahrstühlen und betätigte den Knopf für aufwärts. „Wie war Ihr Flug?"

„Eigentlich gut", erwiderte Gwen. Sie hasste Smalltalk. Aber bei Nick klang es so, als sei er aufrichtig interessiert, deshalb tat sie im den Gefallen. „Allerdings gab es kaum Bordservice, deshalb hoffe ich, dass Sie einen guten Kaffee für uns haben."

„Auf der anderen Straßenseite ist ein ‚Starbucks'. Ich schicke jemanden hinüber. Was hätten Sie gern?"

„Ein Mokka wäre schön." Sie lächelte Nick an, als er ihr die Fahrstuhltür aufhielt und sie sich an ihm vorbeiquetschte. Sie merkte, dass Tully sie stirnrunzelnd beobachtete, und wusste genau, was er dachte. Ihr schamloses Flirten widerte ihn offenbar an. Na wenn schon. Das Mindeste, was bei dieser Reise herausspringen sollte, war eine gute Tasse Kaffee.

„Wie steht's mit Ihnen, Agent Tully?"

„Normaler Kaffee reicht mir", sagte er, dass es fast wie ein Brummen klang.

Gwen sah, wie er sich in die entlegenste Ecke der Fahrstuhlkabine drückte, den Blick auf die Nummern über der Tür geheftet. Was war aus dem höflichen Pfadfinder geworden? Sie tat es ihm gleich und beobachtete, wie die Nummern pro Stockwerk aufleuchteten, da ihr die Spannung zwischen den Männern unbehaglich war und sie sich irgendwie dafür verantwortlich fühlte.

„Wie geht es Maggie?" fragte Morrelli, ohne den Blick von den Nummern über der Tür zu nehmen.

„Gut." Gwen wartete, dass er weiterfragte, doch das tat er nicht. Vielleicht war es ihm unangenehm, da Agent Tully schmollend daneben stand. Sie streifte Tully mit einem Seitenblick und fragte sich, ob er über Maggie und Nick im Bilde war. Andererseits, was gab es da großartig zu wissen, da Maggie selbst nicht zu wissen schien, was sie mit dem gut aussehenden stellvertretenden Bezirksstaatsanwalt anfangen sollte.

Da Nick in Boston lebte und Maggie in Newburgh Heights, Virginia, hatten die zwei kaum Gelegenheit, Zeit miteinander zu verbringen. Sie hatten sich seit Monaten nicht gesehen, und Maggie hatte ihn seit Monaten nicht erwähnt. Gwen wunderte sich, dass Maggie ihr keine Grüße oder eine Nachricht für ihn mitgegeben hatte, da sie doch wusste, dass sie ihn heute sehen würde.

Dass sich Maggies Scheidung von Greg hinzog und sie die Beziehung zu Nick so lange nicht weiterentwickeln wollte, oder wie sie es ausdrückte: „verhindern wollte, dass es kompliziert wurde“, war Gwen klar. Aber es steckte noch mehr dahinter. Maggie hatte Probleme mit Intimität, weigerte sich aber, das einzusehen. Sie nannte es professionelle Distanz und benutzte ihren Beruf als Vorwand, niemand an sich heranzulassen.

„Er hatte nur einen Besucher, seit er hier ist“, erklärte Nick ihnen. Gwen lenkte ihre Gedanken wieder auf den Zweck der Reise. „Er hat sich geweigert, mit seinem offiziellen Verteidiger zu reden, und hat nicht mal den ihm zustehenden Telefonanruf gemacht.“

„Wer war der Besucher?“ fragte Tully.

„Ich weiß nicht genau. Bezirksstaatsanwalt Richardson hat sich persönlich des Falles angenommen. Mich hat man erst jetzt hinzugezogen, ich kenne also noch nicht alle Details. Ich glaube, der Junge, der Besucher, gab sich als Collegefreund von Pratt aus.“

Die Fahrstuhltüren öffneten sich, und Nick hielt sie abermals auf, damit Gwen vorbeigehen konnte. Tully wartete noch einen Moment, in die Ecke der Kabine gelehnt, als brauche er niemandes Hilfe, und folgte ihnen dann mit Abstand, während Nick sie die belebten Korridore entlangführte. Gwen hasste das, wie Männer ihr Revier absteckten, besonders in Gegenwart einer Frau. Wäre sie nicht hier, würden sie sich über Football unterhalten und die besten Freunde sein.

„Woher wusste der Junge, dass Pratt hier ist?“ fragte Tully und schloss zu ihnen auf.

„Wie bitte?“

„Woher wusste der Collegefreund, dass Pratt hier ist, wenn Pratt nicht mal telefoniert hat?“

Nick verlangsamte das Tempo und sah Tully über die Schulter hinweg an. Seine Miene verriet Gwen, dass er bedauerte, den Fall nicht besser zu kennen. Sie ertappte sich bei dem Wunsch, ihn zu verteidigen, und fragte sich zugleich, ob Tully jemals Wert darauf legte, einen guten ersten Eindruck zu machen.

„Gute Frage. Ich kann das für Sie herausfinden", sagte Nick schließlich. „Da wären wir." Er deutete auf die Tür am Ende des Flures. Diesmal war Tully auf der rechten Seite und öffnete die Tür weit für Gwen und Nick. Am liebsten hätte sie bei dieser übertriebenen Geste die Augen verdreht, aber das hätte ihn noch mehr motiviert.

„Wir sind so weit, Sie könnten ihn gleich sehen, aber wenn Sie sich erst ein wenig ausruhen möchten ..."

„Nein", unterbrach Gwen ihn, „wir sollten sofort anfangen."

Er führte sie weiter zu einer Tür, vor der ein Uniformierter Wache stand.

„Agent Tully und ich werden von nebenan zusehen", sagte Nick und deutete auf eine andere Tür. „Burt hier bleibt draußen stehen. Falls Sie sich unbehaglich fühlen oder das Gespräch beenden wollen oder hinausmöchten, sagen Sie es nur, okay?"

„Danke, Nick." Sie lächelte ihn an und hoffte, ihm die Sorgen zu nehmen. „Ich weiß, wie es abläuft. Machen Sie sich keine Gedanken, ich komme klar."

Das war nicht nur so dahingesagt. Sie hatte mit zahllosen Kriminellen gesprochen, härteren, brutaleren Männern als diesem Jungen. Sie zog den Trenchcoat aus, nahm die Uhr vom Handgelenk, legte Ohrringe und Perlen ab und steckte sie in die Handtasche, die sie Nick zusammen mit ihrem

Mantel übergab. Sie blickte an ihrer Kostümjacke hinunter und nahm eine goldene Anstecknadel in Taubenform vom Aufschlag. Nick öffnete ihr die Handtasche, und sie legte die Nadel hinein.

Nachdem sie Rock, Schuhe und Knöpfe überprüft und sich vergewissert hatte, dass es nirgends scharfe Kanten gab, holte sie einen gelben Notizblock – geklebt, ohne Spirale – aus ihrem Koffer und einen Bleistift Nr. 2. Sie hatte aus Erfahrung gelernt, dass jeder Kuli in kurzer Zeit auseinandergenommen werden konnte. Die Miene war ein guter Dietrich, um Handschellen zu öffnen.

So vorbereitet, atmete sie tief durch und nickte Burt zu, die Tür zu öffnen. Ja, sie kannte sich aus. Keine Schwäche zeigen. Sofort klar machen, dass sie sich von seinen Anzüglichkeiten und frechen Blicken nicht einschüchtern ließ. Als der junge Mann am Ende des Tisches jedoch zu ihr aufsah, entdeckte sie etwas in seinem Blick, das sie mehr aus der Fassung brachte als obszöne Gesten und Wolfsgeheul. Was sie in Eric Pratts Blick las, war eindeutig panische Angst – vor ihr!

43. KAPITEL

FBI-Hauptquartier,
Washington, D.C.

Maggie breitete die Akten auf dem Tresen aus, den Keith Ganza für sie freiräumte, indem er Hightech-Mikroskope und Ampullenhalter beiseite schob, dass es klapperte.

„Sollten wir nicht auf Detective Racine warten?“ fragte Ganza und sah auf die Uhr.

„Sie weiß, um welche Zeit wir anfangen wollten.“ Maggie versuchte sich ihre Ungeduld nicht anmerken zu lassen. Immer wenn Racine gerade anfing, sie zu beeindrucken, tat sie etwas, das sie ärgerte. „Das Einzige, was ich in VICAP finden konnte“, begann Maggie, „ist eine im Falls Lake, nördlich von Raleigh, treibende Leiche. Man fand sie vor etwa zehn Tagen.“ Sie zog die gescannten Fotos hervor, die sie sich heruntergeladen hatte. „Es war eine 22-jährige Collegestudentin.“

„Eine Wasserleiche?“ Ganza sah ihr über die Schulter. „Wie lange war sie im Wasser?“

„Laut Bericht des Gerichtsmediziners mehrere Tage.“ Sie zeigte ihm eine gefaxte Kopie. „Aber Sie wissen so gut wie ich, dass es ziemlich schwierig ist, bei einer Wasserleiche die genaue Todeszeit festzustellen.“

„Das klingt nicht nach unserem Täter. Welche Übereinstimmungen hat VICAP gefunden?“

„Einige. Der Mund war mit Klebeband verschlossen, und in ihrer Kehle steckte ein Stück Papier. Abdrücke von Handschellen an den Gelenken und mehrere Ligaturspuren an der Kehle.“ Sie zog weitere gescannte Fotos heraus, Nahaufnahmen vom verletzten Hals und von geschwollenen Handgelenken.

„War der Schildknorpel eingedrückt?“

Maggie fuhr mit dem Zeigefinger über den Bericht des Gerichtsmediziners bis zu dem betreffenden Punkt. „Ja. Und sehen Sie sich das Foto an. Da sind mehr Quetschungen als nur von einer Kordel. Der Typ benutzt die Hände, wenn er endgültig tötet.“

Ganza hielt eine gescannte Ganzkörperaufnahme hoch. „Sieht nach Livor Mortis an der Rückseite aus. Sie saß vielleicht, als sie starb. Sie muss stundenlang gesessen haben, ehe er zurückkam und sie ins Wasser stieß. Aber warum ins Wasser? Unser Täter setzte seine Opfer doch mit Vorliebe in Pose.“

„Er hat sie vielleicht gar nicht ins Wasser gestoßen. Der Sheriff von Wake County erzählte mir, dass sie vor etwa zwei Wochen eine Überflutung in der Gegend hatten. Der See stieg über die Ufer.“

„Nun ja, sie ist ziemlich sauber gewaschen. Irgendwelche DNA-Proben? Unter den Nägeln vielleicht?“

„Nein, alles weggewaschen.“

„Ich habe die vorläufige DNA-Analyse vom Brier-Mädchen“, sagte Ganza, während er die Dokumente durchsah, die Maggie ausgelegt hatte.

„Und?“

„Fremde DNA unter den Fingernägeln, aber sie passt nicht zum Sperma.“ Ganza war genauso wenig überrascht wie Maggie. Ob es Senator Brier nun gefiel oder nicht, die Beweise deuteten auf einvernehmlichen Sex hin, wahrscheinlich früher am Abend. „Wir haben auch fremde Fingerabdrücke auf der Handtasche des Mädchens gefunden und prüfen sie über AFIS“, fügte Ganza hinzu. „Aber so wie ihr Mädels eure Sachen tauscht, führt uns das vielleicht nicht weit.“

„Das zeigt mal wieder, wie wenig Sie von uns Mädels wissen, Ganza. Ich habe meine Sachen nie mit jemandem getauscht, schon gar nicht etwas so Persönliches wie die Handtasche.“

„Okay, das gilt für Sie.“ Sie spürte ihre Wangen leicht warm werden, weil er ihre Haltung in diesen Dingen offenbar richtig eingeschätzt hatte. So ungern sie es zugab, sie war wohl weder ein typischer Teenager gewesen, noch war sie eine typische Frau. Und es war schon etwas peinlich, dass dieser verwitterte, forensische Zausel mehr über Frauen und ihre Accessoires wusste als sie.

„Noch etwas.“ Er ging zum Metallschrank in der Ecke und kam mit einem Beweisbeutel zurück. Darin entdeckte sie den Objektträger mit dem Stückchen transparentem Klebestreifen. Es war die Probe, die sie und Stan von den Rückständen in Ginny Briers Halswunde genommen hatten. „Halten Sie das einen Moment“, sagte er, ging zur Tür und griff nach dem Lichtschalter. „Und bedenken Sie, dass die Kordel, der Draht oder das Seil, das unser Täter benutzt hat, mit diesem Zeug bedeckt war.“

Er schaltete das Licht aus, und die glitzernde Substanz auf dem Objektträger begann in der Dunkelheit zu leuchten.

„Was ist das denn?“

„Wenn wir herausfinden, woher das Zeug stammt, verrät es uns vielleicht einiges über den Täter.“ Er schaltete das Licht wieder ein.

„Vielleicht braucht man so etwas für eine Zaubervorführung oder eine Theaterproduktion? Vielleicht erfahren wir das in einem Laden für Neuheiten oder Requisiten?“

„Könnte sein. Aber ich frage mich, benutzt er es als schickes Requisit oder weil er es ständig zur Hand hat?“

„Ich tippe auf schickes Requisit.“ Maggie hielt den Objektträger wieder hoch. „Unser Typ giert nach Aufmerksamkeit. Er macht gern eine Schau aus allem.“

Als sie zu Ganza sah, suchte der wieder etwas in den Unterlagen. Er deutete auf die Fax-Kopie des zerknüllten Papierstücks aus der Kehle der Wasserleiche. „Kein Ausweis, keine Zyanidkapsel, keine Münze. Was kann das sein?“

Trotz der Knicke und Falten sah es nach einer Art Terminplan aus, nach einer Liste von Daten und Städten. Maggie holte ein Blatt Papier aus ihrer Jackentasche.

„Erkennen Sie das?“ fragte sie und entfaltete die Broschüre der Kirche der geistigen Freiheit, die Tully nach Reverend Everetts samstäglicher Versammlung gefunden hatte. Auf der Innenseite waren die Daten und Städte für die herbstlichen Versammlungen der Organisation aufgeführt. „Schauen Sie mal auf den 1. November. In der Woche war die Versammlung im staatlichen Erholungsgebiet von Falls Lake, Raleigh, in North Carolina geplant. Sagen Sie mir nicht, das ist ein Zufall, denn Sie wissen ...“

„Ja, ja, ich weiß, Sie glauben nicht an Zufälle. Also, wie passt die Obdachlose in all das hinein? Es war keine Gebetsversammlung in der Nähe. Und wenn Prashards erste Einschätzung stimmt, wurde sie ebenfalls Samstagnacht getötet.“

„Das ist mir noch nicht klar.“

„Maggie, Sie wissen, was das bedeutet. Jemand will, dass wir eine Verbindung zu Everett herstellen. Der Mord an der Tochter von Senator Brier sieht nach einem Racheakt für den Tod der Jungen in der Hütte aus. Aber die anderen ... die

Wasserleiche, die Obdachlose ..." Ganza machte eine weitschweifige Geste über die Fotos, Berichte und Faxe. „All das soll uns nur auf Everett hinweisen, was nicht bedeutet, dass er etwas damit zu tun hat."

„Irgendwie hat er damit zu tun", erwiderte sie, selbst erstaunt über ihren zornigen Unterton. „Ich weiß nicht, wie und warum, aber mein Instinkt sagt mir, der gute Reverend Joseph Everett ist verantwortlich dafür, wenn auch vielleicht nicht direkt."

„Oder vielleicht doch", sagte Racine und erschien in der Tür. Ihr stacheliges Blondhaar war windzerzaust, das Gesicht leicht gerötet, und sie schien ein bisschen außer Atem. Sie kam mit einer Ausgabe des *National Enquirer* herein. Das Titelfoto zeigte Ginny Brier Händchen haltend mit Reverend Everett. Ohne auf die Zeitung zu schauen, las Racine die Schlagzeile laut vor: „‚Kurz vor ihrem Tod nimmt Senatorentochter an Gebetsversammlung teil'. Das Bild verdanken die unserem verdammten Fotografen Benjamin Garrison."

„Garrison?" Maggie war nicht erstaunt. Obwohl ihre Begegnung Sonntagmorgen am Monument nur kurz gewesen war, misstraute sie ihm gründlich. „Okay, also hat Everett Ginny Brier gekannt. Das ist kein belastender Beweis, und es ist kein Schaden entstanden. Wir wussten bereits, dass sie auf der Gebetsversammlung war. Warum so unter Dampf, Detective Racine?"

„Es kommt noch viel besser." Racine riss die Seiten praktisch auseinander, blätterte, knickte sie um und zeigte sie ihnen. Diesmal kamen Maggie und Ganza näher, um besser sehen zu können.

„Verdammter Mist!" knurrte Ganza.

„Ich hätte wissen müssen, dass ich dem Bastard nicht trauen darf!“ presste Racine hervor.

Maggie konnte es nicht glauben. Die Seite war voller Tatortfotos von Ginny Briers Leiche. Schwarze Balken verbargen die intimen Körperteile, doch nichts verbarg den schrecklichen, brutalen Rest, diese entsetzten, weit aufgerissenen, auf ewig erstarrten Augen.

44. KAPITEL

Eric Pratt hörte das Knicken und Splittern seiner Fingernägel, als er sie in die Vertiefungen seiner Handschellen presste. Das war eine neue Angewohnheit, die ihm nur insofern nützte, als sie ihn davon abhielt, sich die Nägel ins eigene Fleisch zu bohren.

Er musste dankbar sein, dass der Wachmann ihm die Hände zusammengefesselt und nicht einzeln an jeder Körperseite befestigt hatte. Offenbar missdeuteten seine Wächter sein höfliches Verhalten. Vielleicht hielten sie ihn sogar für harmlos. Vielleicht nicht ganz harmlos – er rüttelte an seinen Fußfesseln, merkte, dass sie da waren, und rückte sich auf dem Stuhl zurecht. Er musste aufhören, sich zu winden. Warum konnte er nicht still sitzen?

Beim Eintreten der Frau war ihm am ganzen Körper der kalte Schweiß ausgebrochen. Sie hatte sich als Doktor vorgestellt, doch er wusste es besser. Sie war zart, gut gekleidet, etwa im Alter seiner Mutter, aber sehr attraktiv. Sie hatte trotz der hochhackigen Schuhe eine selbstsichere, elegante Haltung. Er ertappte sich dabei, auf ihre Beine zu sehen, als sie sie übereinander schlug und es sich auf dem stählernen Klappstuhl bequem machte. Sie hatte glatte, feste Fesseln, und nach allem, was er von ihren Schenkeln sah, hatten die nichts von denen seiner Mutter.

Sie erklärte ihm, warum sie hier war. Er blickte flüchtig auf ihre Lippen, hörte aber nicht zu. Er wusste genau, warum sie hier war. Er hatte es in der Sekunde gewusst, als sie durch die Tür kam.

Sie war die Frau, die mit der Sonne bekleidet war. Ihr rötlich blondes Haar hatte sie verraten. Es rahmte ihr Gesicht wie Sonnenstrahlen. Dazu passend hatte sie warme grüne Augen, eine ruhige, einnehmende Art, eine höfliche, hypnotische Stimme und einen verführerischen Körper, der die Gedanken ablenkte. Vater Joseph hatte sich diesmal selbst übertroffen. Hatte er etwa geglaubt, er würde sie nicht erkennen?

Schweißtropfen kullerten ihm den Rücken hinab. Ihre Stimme summte ihm in den Ohren, die einzelnen Worte waren nicht mehr getrennt, sondern als Melodie miteinander verknüpft. Satans Todeslied, schön und fesselnd. Er wollte sich davon nicht einlullen lassen, um nicht wehrlos zu werden. Aber sie war gut. Sie war clever mit diesem freundlichen Lächeln und den attraktiven Beinen. Wäre er durch Brandons Besuch nicht vorgewarnt gewesen, wäre er ihr vielleicht ins Netz gegangen und eingewickelt worden, ehe er den wahren Grund ihres Besuches erkannt hätte.

Klick, klick – seine Fingernägel pickten an dem Metall herum. Einer blutete. Er konnte es fühlen, doch er ließ die Hände im Schoß. Er gab sich ruhig, aber die Angst überwältigte ihn fast, riss an seinen Magenwänden und versuchte ihm erstickend in die Kehle zu steigen.

Er sah der Frau in die Augen, sah ihr Lächeln und blickte rasch zur Seite. War das ihre Geheimwaffe? Benutzte sie ihre Augen, weil sie ihn mit der Stimme nicht hypnotisieren konnte? Er fragte sich, wie sie ihn töten wollte, sah an ihrem Körper entlang und suchte nach Ausbuchtungen in der Kleidung.

Die Wachen hätten ihr alles mitzunehmen gestattet. Die wollten nichts damit zu tun haben, selbst wenn sie sie hätten aufhalten können. Schließlich hatte Vater gepredigt, dass die mit der Sonne bekleidete Frau über besondere Macht verfügte, laut Evangelium des Johannes, Offenbarung 12,1-6. Sie war Licht und Schatten, gut und böse. Sie war eine Botin des Satans und konnte sich leicht tarnen.

Plötzlich erinnerte sich Eric an einen Zeitungsartikel, den Vater ihnen vor Monaten vorgelesen hatte. Kirchenmitgliedern war das Lesen von Zeitungen oder Magazinen nicht gestattet. Das war gut so, da Vater die Bürde auf sich nahm, jene Nachrichten an sie weiterzugeben, die wichtig waren und aus vertrauenswürdigen Quellen stammten.

Eric erinnerte sich an die Geschichte vom Besuch eines ausländischen Diplomaten irgendeines bösartigen Regimes. An den Namen des Landes konnte er sich nicht erinnern. Der Diplomat war jedenfalls in seinem Bett umgebracht worden. Laut Zeitungsberichten, als seine Mörderin rittlings beim Sex auf ihm gesessen und gewartet hatte, dass er kam. Dann schnitt sie ihm die Kehle durch. Für Vater Joseph war das ein Beispiel geübter Gerechtigkeit gewesen. War ihm durch diesen Vorfall die Idee gekommen, diese Frau zu schicken?

Eric bemerkte, wie sie mit dem Radiergummi des Bleistiftes auf den Notizblock trommelte, der zur Tarnung, ohne eine einzige Notiz auf dem Tisch lag. Der Bleistift war frisch angespitzt worden, die Mine war wie ein Dolch. Er konnte einige Worte aus ihrem Munde verstehen. Worte wie Hilfe und Kooperation. Doch er wusste es besser, er ließ sich nicht von ihren Codeworten einfangen. Genauso gut hätte sie töten und verstümmeln sagen können. Er kannte die wahre Bedeutung.

Tap, tap, tap – er beobachtete den Bleistift und versuchte nicht darauf zu achten, dass ihm die schiere Panik die Luft aus den Lungen quetschte.

Er zwang sich, der Frau in die Augen zu sehen. Schon einmal hatte er Satan überlistet. Konnte er das wieder schaffen?

45. KAPITEL

Gwen rückte sich auf ihrem Stuhl zurecht und schlug die Beine wieder übereinander. Pratt beobachtete sie und starrte ihr auf die Beine. Der aufgegeilte Flegel hatte ihr kein bisschen zugehört. Hatte sie seine anfängliche Reaktion, diesen panisch ängstlichen Blick bei ihrem Eintreten, fehlgedeutet? Wenn es nicht Angst gewesen war, was hatte der Blick dann ausgedrückt? Hatte sie sich geirrt? Wollte der Junge gar nicht überleben und eine sichere Zuflucht finden?

Er hatte ihr keine Frage beantwortet. Stattdessen sah er überall hin, nur nicht in ihre Augen, als wäre sie Medusa und ihr Anblick ließe ihn zu Stein erstarren. Oder hasste er Psychologen? Vielleicht hatte er Seelenklempner satt und misstraute Autoritätspersonen generell?

Ihr kam der Gedanke, ob der wahre Grund für seine Abwesenheit und sein Ausweichen nicht eher die Furcht war, sie könnte eine Macht ausüben, der er sich nicht gewachsen fühlte.

Wenn diese Theorie stimmte, dann wurde Eric Pratt schon seit geraumer Zeit von jemandem gedanklich manipuliert. Er war zur Marionette geworden, bereit zu töten und getötet zu werden. Dieser Jemand – vielleicht Reverend Joseph Everett – übte auch jetzt noch in der Haft starken Einfluss auf Eric aus. Immerhin hatte irgendwas den Jungen veranlasst, die Zyanidkapsel auszuspucken. Der Selbsterhaltungstrieb hatte gesiegt. Sie musste ihren Instinkten folgen und darauf bauen, dass sein Überlebenswille stärker war als die Angst vor Everett.

„Du bist ein Überlebenskünstler, Eric. Deshalb gibt es dich noch. Ich möchte dir helfen. Glaubst du, dass ich dir helfen kann?"

Sie wartete und trommelte ungeduldig mit dem Bleistift auf den Notizblock. Der Junge schien wie gebannt von der Bewegung. Sie versuchte sich an die toxikologischen Berichte zu erinnern. War Drogenmissbrauch festgestellt worden? Eric erinnerte sie an einen voll gedröhnten Koksschnupfer. Wenn er sie ansehen würde, könnte sie es an den geweiteten Pupillen erkennen. Wich er deshalb ihrem Blick aus?

„Du musst das nicht allein durchstehen, Eric. Du kannst mit mir reden." Sie hielt die Stimme tief und weich und achtete darauf, nicht so zu klingen, als spräche sie mit einem Kleinkind. Sie wollte ihn nicht beleidigen. Falls er Angst hatte, musste sie ihn überzeugen, dass er ihr vertrauen konnte. Im Augenblick schien da jedoch keine große Chance zu bestehen.

Sie bemerkte Schweißperlen auf seiner Stirn und Oberlippe. Nach einem kurzen Blick in seine Augen fragte sie sich, ob er gedanklich überhaupt hier bei ihr im Raum war. Von unterhalb des Tisches kam ein ärgerliches Klicken. Allmählich dämmerte ihr, dass dies eine vergeudete Reise war. Sie dachte wehmütig an all die einträglichen Sitzungen, die sie wegen dieser Sache abgesagt und verlegt hatte.

Dann ließ sie versehentlich den Bleistift fallen.

Sein Stuhl quietschte, als Eric zu Boden hechtete. Die Fußfessel klapperte, und der Körper flog so rasch dahin, dass Gwen lediglich einen Streifen vom orangeroten Overall sah. Dem eigenen Impuls folgend, bückte sie sich ebenfalls nach dem Bleistift, dass ihr Stuhl vornüber kippte. Sie krabbelte auf Händen und Knien und versuchte wieder auf die Beine zu kommen.

Doch gerade als sie Laufschritte und sich öffnende Schlösser hörte, wurde ihr Kopf nach hinten gerissen.

Eric lag ausgestreckt auf dem Boden, doch es war ihm gelungen, eine Hand voll ihrer Haare zu fassen, ehe sie sie wegziehen konnte. Er riss heftig daran und brachte sie aus dem Gleichgewicht. Er riss erneut, und sie fiel gegen seine Brust. Alles, was sie sehen konnte, waren drei Paar Schuhe, die schlitternd zum Stehen kamen. Da spürte sie den Bleistift an ihrer Kehle mit der Spitze in ihre Halsschlagader gepresst, dass sie Fleisch und Ader zu durchdringen drohte. Und trotz der Angst, die Gwen erfasste, war ihr erster Gedanke, wie dumm sie gewesen war, heute Morgen den Bleistift anzuspitzen.

46. KAPITEL

Tully zielte mit seiner Glock auf den Kopf des Jungen. Bei diesem Winkel würde es ein sauberer Schuss werden. Er konnte das schaffen, aber würden die zuckenden Muskeln des Mistkerls den Bleistift nicht doch in Dr. Pattersons Hals bohren?

„Eric, nun komm aber", versuchte Nick dem Jungen Vernunft einzureden. Am irren Ausdruck in Pratts Augen erkannte Tully, dass man ihm nichts ausreden konnte. Doch Nick Morrelli fuhr fort: „Du willst das nicht wirklich, Eric. Du hast schon genug Probleme. Wir können dir helfen, aber nicht ..."

„Hören Sie auf! Halten Sie verdammt nochmal die Klappe!" schrie der Junge, riss Dr. Pattersons Kopf zurück und legte ihre Kehle noch weiter frei. Seine gefesselten Hände erlaubten ihm nur, mit einer Hand die Haare und in der anderen den Bleistift zu halten, dessen scharfe Spitze ihr in die Haut drückte. Bisher konnte Tully kein Blut entdecken. Doch ein kräftiger Stoß, und es würde nur so sprudeln. Allmächtiger!

Tully versuchte die Position von Dr. Patterson zu klären, ohne den Blick von Pratt zu nehmen. Ein Bein lag verdreht unter ihrem Körper. Eine Hand war instinktiv nach oben gefahren, um den Arm ihres Angreifers zu packen, und die Finger hielten einen Ärmel des orangeroten Overalls fest. Pratt bemerkte das entweder nicht, oder es war ihm gleichgültig. Das war gut.

So hatte sie etwas Kontrolle, obwohl sie den Arm packte, der ihr Haar hielt, nicht den mit dem Bleistift. Tully sah ihr ins Gesicht. Sie wirkte ruhig und gelassen. Doch dann begegneten sich ihre Blicke, und er sah ihre Angst. Angst war gut, Panik nicht.

„Was sollen wir tun, Eric?“ versuchte Morrelli es erneut.

Es war offensichtlich, dass er dem Jungen mächtig auf die Nerven ging, aber wenigstens lenkte er ihn ab. Tully war beeindruckt von seiner Haltung. Beide Hände ruhig an den Seiten, obwohl er von zwei Männern mit gezückten Waffen flankiert wurde. Er redete auf den Jungen ein wie auf einen Selbstmörder auf einem Sims.

„Sprich mit uns, Eric. Sag uns einfach, was du brauchst.“

„Eric“, sagte Dr. Patterson ruhig, „du weißt, dass du mir gar nicht wehtun willst.“ Sie sprach langsam, und es war eine spürbare Anstrengung für sie, die Worte ohne Bewegung und ohne zu schlucken hervorzubringen, doch es gelang ihr, ohne den Anflug von Angst zu zeigen.

Tully fragte sich unwillkürlich, ob sie schon einmal in so einer Situation gewesen war.

„Nein, ich will Ihnen nicht wehtun“, antwortete Eric. Doch ehe sie sich entspannten, fügte er hinzu: „Ich muss Sie töten.“

Aus den Augenwinkeln bemerkte Tully Morrelli das Gewicht verlagern und hoffte inständig, dass er keine Dummheit vorhatte. Er sah wieder zu Dr. Patterson und bemühte sich, ihren Blick aufzufangen. Als es gelang, nickte er ihr leicht zu und hoffte, sie verstand. Sie beobachtete sein Gesicht und ließ den Blick dann langsam seinen Arm hinunter zum Finger am Abzug wandern.

„Eric“, Morrelli hatte sich entschlossen, es noch einmal zu versuchen, „bisher gibt es keine Anklage wegen Mordes gegen dich, sondern nur wegen Waffenbesitzes. Du willst das nicht tun. Dr. Patterson will dir nur helfen. Sie ist nicht hier, um dir zu schaden.“

Tully konzentrierte sich ruhig auf sein Ziel. Der Finger am Abzug wollte drücken. Er wartete und prüfte noch einmal Dr. Patersons Griff in den orangeroten Ärmel.

„Sie ist Satan!“ flüsterte Eric. „Sieht das denn keiner? Vater Joseph hat sie geschickt.“ Er fasste den Bleistift neu, durchstach die Haut, und ein Blutstropfen kam. „Sie ist hier, um mich zu töten. Ich muss sie zuerst töten.“

Tully hörte, dass Burt seine Waffe entsicherte. Scheiße! Er konnte dem Wachmann kein Zeichen geben, da Morrelli zwischen ihnen stand. Doch er hatte wieder Blickkontakt mit Dr. Patterson. Sie war bereits über Angst hinaus. Wieder nickte er ihr leicht zu.

„Ich muss sie töten“, wiederholte Eric, und etwas in seiner Stimme überzeugte Tully, dass er es ernst meinte. „Ich muss sie töten, bevor sie mich tötet. Ich muss, ich habe keine Wahl! Es heißt töten oder getötet werden! Und ich will nicht sterben!“

Tully sah, wie sie die Finger fester in den orangeroten Ärmel krallte. Gut. Sie fasste besser zu. Er beobachtete ihre Finger, während er, die Glock im Anschlag, weiter zielte. Plötzlich riss sie den Ärmel hart nach unten. Pratt ließ ihr Haar nicht los, doch durch die Armbewegung wurde ihr Kopf nach unten gezogen, fort vom Bleistift. Tully verlor keine Zeit. Er drückte ab und traf Pratts linke Schulter. Der Junge öffnete die Hand, der Bleistift fiel zu Boden. Dr. Patterson rammte ihm einen Ellbogen in die Brust, und er ließ auch ihr Haar los. Sie kroch auf Händen und Knien davon. In Sekunden war Burt auf Pratt und presste sein Gesicht zu Boden. Der zornige Wachmann drückte einen großen schwarzen Stiefel auf Pratts blutende Schulter und die Waffe an die Schläfe des Jungen.

„Immer langsam, Burt." Morrelli trat neben den Wachmann und rief ihn zur Ordnung.

Tully zögerte, ehe er zu Dr. Patterson ging. Sie war noch auf den Knien und saß auf ihren Hacken, als warte sie auf die Kraft, sich zu erheben. Er kniete sich vor sie, doch sie wich seinem Blick aus. Er berührte ihre Wange, nahm ihr Kinn in die Hand und hob es sacht an, um ihren Hals besser begutachten zu können. Sie gestattete ihm die Überprüfung, beobachtete seine Augen und umfasste seinen Arm, als wolle sie ihn nie mehr loslassen.

Er wischte die Blutstropfen ab. Die Spitze hatte nur gerade die Haut geritzt.

„Sie werden einen schönen blauen Fleck bekommen, Doc." Er sah ihr in die Augen und merkte, dass sie die überstandene Angst bereits verarbeitete oder es jedenfalls versuchte.

„Wir sollten Sie in die Notaufnahme bringen", sagte Morrelli von hinten.

„Mir geht es gut", versicherte sie ihm, während sie Tully ein rasches, angestrengtes Lächeln zuwarf, zurückwich und die Hand von seinem Arm nahm. Sie ließ sich jedoch beim Aufstehen helfen, bis sie auf den nackten Füßen stand. Irgendwann hatte sie bei dem Gerangel ihre Schuhe verloren.

„Sie ist Satan, sie ist der Antichrist! Vater Joseph hat sie geschickt, um mich zu töten!" schrie Eric Pratt immer wieder. „Warum seht ihr das denn nicht?"

„Schaffen Sie ihn hier raus", sagte Morrelli zu Burt, der den Jungen hochriss und vor sich herschob und noch ein wenig stieß, als der wieder etwas sagen wollte.

Tully hob den Klappstuhl auf und brachte ihn Dr. Patterson. Sie winkte ab, sah sich um und suchte ihre Schuhe. Tully entdeckte einen und kroch unter den Tisch. Als er wieder aufstand, war Morrelli auf ein Knie hinuntergegangen und zog der guten Dr. Patterson einen Schuh an, wobei er ihren Knöchel hielt und aussah wie ein Märchenprinz. Was Tully nur daran erinnerte, wie wenig er diesen Typ mochte oder Typen wie ihn. Morrelli wandte sich ihm zu, blieb auf dem Knie und machte eine Geste, ihm den anderen Schuh zu reichen. Tully tat es.

Als er zu Dr. Patterson sah, merkte er jedoch, dass sie ihn beobachtete und nicht Morrelli.

47. KAPITEL

West Potomac Park,
Washington, D.C.

Maggie blieb an der Trinkwasserfontäne stehen und nahm langsam ein paar kräftige Schlucke. Der Nachmittag war für November ungewöhnlich warm geworden. Sie war noch nicht weit gelaufen, als sie ihr Sweatshirt ausgezogen und um die Taille gebunden hatte.

Jetzt band sie es los und wischte sich damit den tropfenden Schweiß von der Stirn und das Wasser vom Kinn. Dabei sah sie sich um, schaute die Mall hinauf und hinab und suchte die Frau, mit der sie gesprochen hatte. Die hatte ihr zwar eine lange Liste mit Verhaltensregeln gegeben, aber keinen einzigen Hinweis darauf, wie sie selbst aussah.

Maggie fand die Holzbank auf dem Rasen mit Blick auf die Vietnamwand, wie die Frau es beschrieben hatte. Sie stellte den Fuß auf die Rückenlehne der Bank und begann ihre Beinmuskulatur zu strecken, was sie selten tat, weil es ihr immer an der nötigen Zeit dazu fehlte. Auch diese Übung gehörte zu den gegebenen Anweisungen, verbunden mit der strikten Aufforderung, nichts zu tragen, was sie als Polizistin ausweisen könnte: Kein FBI-T-Shirt, kein auftragendes Holster, keine Waffen, keine Abzeichen, kein Marineblau. Nicht mal eine Baseballkappe oder eine Sonnenbrille.

Maggie fragte sich mal wieder, was es für einen Sinn hatte, mit jemandem zu reden, der derart paranoid war. Wenn sie Pech hatte, bekam sie eine verschrobene Sichtweise aufgetischt, eine Verzerrung der Realität. Andererseits konnte sie von Glück sagen, dass Cunningham und Senator Brier jemanden aufgetan hatten, der zum Reden bereit war. Ein Assistent in Senator Briers Büro hatte die Frau ausfindig gemacht. Obwohl sie reden wollte, hatte sie auf Anonymität bestanden. Damit hatte Maggie kein Problem, solange die Frau, ein Exmitglied von Everetts Kirche, ihr einen deutlicheren Eindruck vom Reverend verschaffte, als sie ihn aus den FBI-Akten bekam. Ihre Mutter war leider auch keine glaubhafte Informationsquelle.

Viele Schüler wanderten die Stufen des Lincoln Memorials hinauf und schlängelten sich um die Bronzeskulpturen und Denkmäler für die Veteranen des Koreakrieges und die Frauen des Vietnamkrieges. Schulausflüge. War Emma Tully nicht auch deshalb hier gewesen? November war wohl Hauptsaison für Schulausflüge, obwohl ihr erzieherischer Wert den meisten Schülern offenbar entging. Touristen waren derzeit sogar in der Minderheit.

Dann entdeckte Maggie sie. Die Frau trug verwaschene, zu weite Jeans für ihre große schlanke Gestalt, ein langärmeliges Karohemd und eine dunkle Fliegerbrille. Ihr langes braunes Haar war zum Pferdeschwanz gebunden. Maggie sah, dass sie, wenn überhaupt, nur wenig geschminkt war. Sie hatte eine Kamera um den Hals hängen und einen Rucksack über einer Schulter, blieb stehen und pauste mit Papier und Bleistift etwas von der Wand ab.

Sie wirkte wie eine normale Touristin, die ihre Reise damit beendete, einem geliebten Angehörigen, einem gefallenen Soldaten ihren Respekt zu zollen. Die Frau pauste dreimal etwas ab, ehe sie herüberkam und sich auf die Bank neben Maggie setzte. Sie holte ein in Wachspapier eingewickeltes Sandwich aus ihrem Rucksack, einen Beutel Doritos und eine Flasche Wasser. Wortlos begann sie zu essen und blickte über den Park. Maggie fragte sich, ob sie sich geirrt hatte und dies doch nicht ihr geheimnisvoller Kontakt war, und schaute zu den Touristen an der Wand hinüber. Hatte die Frau ihre Meinung geändert und war gar nicht gekommen?

„Kannten Sie einen von denen, der auf der Wand steht?" fragte die Frau, ohne Maggie anzusehen, und trank ihr Wasser.

„Ja", bestätigte Maggie auf die verabredete Frage hin. „Mein Onkel, der Bruder meines Vaters."

„Wie hieß er?"

Der Wortwechsel war beiläufig wie eine zufällige Begegnung zweier Menschen auf einer Bank vor einem Denkmal, das jeden Amerikaner irgendwie berührte. Ein alltäglicher Wortwechsel und doch so schlau gemacht, dass Frage und Antwort eine eindeutige Identifizierung ermöglichten.

„Er hieß Patrick O'Dell."

Die Frau wirkte weder erfreut noch besonders interessiert und nahm ihr Sandwich wieder auf. „Und Sie sind also Maggie", sagte sie mit leichtem Nicken, nahm einen Bissen und blickte auf eine Rangelei, die zwischen einigen Teenagern ausgebrochen war.

„Wie soll ich Sie nennen?" fragte Maggie, da man ihr nur die Initialen der Frau genannt hatte.

„Nennen Sie mich ..." Sie zögerte, trank einen Schluck Wasser und sah auf die Flasche. „Nennen Sie mich Eve."

Maggie erhaschte einen Blick auf das Etikett der Flasche: Evian. Das war lächerlich. Aber Namen bedeuteten ihr nichts, solange man ihre Fragen beantwortete.

„Okay, Eve." Sie sah sich um. Niemand in Hörweite, außerdem zog die Rangelei Aufmerksamkeit auf sich. „Was können Sie mir über Everett und seine so genannte Kirche erzählen?"

„Nun ja." Sie kaute einige Chips und bot Maggie die Tüte an. Die bediente sich. „Die Kirche ist ein Vorwand, um Spenden zu bekommen und Geld und Waffen zu horten. Allerdings will Everett weder die Regierung stürzen noch die Herrschaft übernehmen. Er predigt das Wort Gottes zum eigenen Vorteil."

„Also, wenn er die Regierung weder übernehmen noch terrorisieren will, was will er dann?"

„Macht natürlich. Er will Macht über seine eigene kleine Welt ausüben."

„Demnach ist er nicht mal gläubig?"

„Gläubig ist er schon." Sie legte das Sandwich beiseite, holte eine zweite Flasche Evian Wasser aus dem Rucksack und reichte sie Maggie. „Er glaubt, er ist Gott." Sie nahm zögernd die eigene Wasserflasche auf und hielt sie mit beiden Händen, als brauche sie etwas zum Festhalten.

„Er findet seine Anhänger unter den Schwachen und Suchenden, die nicht wissen, wer sie sind oder wohin sie gehören. Er sagt ihnen, was sie essen und anziehen müssen, mit wem sie reden dürfen und mit wem nicht und was sie glauben sollen. Er schärft ihnen ein, dass niemand außerhalb der Kirche Verständnis für sie hat oder sie liebt. Wer nicht für uns ist, ist gegen uns und will uns vernichten, lautet sein Motto. Er predigt, dass man Familie und Freunden und allen weltlichen Gütern entsagen muss, um wahren Frieden zu finden und sich seiner Liebe würdig zu erweisen. Zu dem Zeitpunkt hat er die Leute dann bereits ihrer Individualität beraubt, sodass sie ohne ihn und seine Kirche absolut nichts mehr sind."

Maggie hörte ruhig zu. Das war ihr alles nicht neu. Es folgte demselben Muster wie bei alle anderen Sekten, von denen sie gelesen hatte, und bestätigte sie nur in ihrer Überzeugung, dass Everetts Kirche eine Schwindelorganisation war – eine Nebelwand, hinter der er seine Machtspielchen verbarg. Doch etwas verstand sie nicht, und ihrer Frage war eine gewisse Ungeduld anzuhören. „Warum in aller Welt macht jemand da mit?"

„Am Anfang", begann Eve ruhig und ließ sich Zeit, fühlte sich aber weder beleidigt noch eingeschüchtert durch die Frage, „willst du glauben, dass du endlich den Ort gefunden hast, an den du gehörst. An dem du Teil von etwas Größerem bist. Auf unterschiedliche Weise sind wir alle verlorene Seelen, auf der Suche nach etwas, das unserem Leben fehlt. Identität, Selbstbewusstsein, wie immer Sie es nennen wollen, ist ein höchst zerbrechliches Gut. Wenn du keine Vorstellung davon hast, wer du eigentlich bist, ist es leicht und verlockend, dich deiner Umgebung anzugleichen. Wenn man sich einsam und verlassen fühlt, ist man zu fast allem bereit, um irgendwo dazuzugehören. Manchmal gibt man dafür seine Seele auf."

Maggie wurde nervös. Die betont ruhige Art der Frau machte sie argwöhnisch. Das wirkte, wie zu gut geprobt. War dieses Treffen eine Scharade, vielleicht sogar von Everett selbst inszeniert, um sie zu überzeugen, seine Organisation, so verrückt sie sein mochte, sei ungefährlich? Immerhin suchte sie einen Mörder, doch nach Aussage dieser Frau bestand Everetts einziges Vergehen darin, Seelen zu fangen.

„Das klingt gar nicht so übel", sagte sie zu Eve, trank einen Schluck Wasser und beobachtete sie aus den Augenwinkeln. „Everett passt auf alle auf, gibt Nahrung und Kleidung, nimmt alle Entscheidungen ab und gewährt freie Unterkunft. Und als Gegenleistung verlangt er, dass man seine Allmachtsfantasien stützt. Nein, klingt gar nicht so übel. Und ehrlich gesagt kann einem niemand die Seele stehlen, wenn man es nicht will, oder?"

Sie wartete schweigend ab und bediente sich aus der Chipstüte, die zwischen ihnen auf der Bank stand. Schließlich sah die Frau sie an, schob sich die Sonnenbrille auf den Kopf hinauf und betrachtete Maggie, als suche sie nach etwas Verborgenem in ihr. Aus der Nähe wirkte sie älter, als Maggie geschätzt hatte. Ohne Brille sah man die Fältchen um die Augen, und sie hatte Linien um den Mund. Sie lächelte schwach und verzog nur die Mundwinkel. Offenbar war diese Frau es gewöhnt, Ausdruck und Emotionen zu beherrschen. Nicht mal in ihren Augen spiegelten sich Gefühle, obwohl sie nicht kalt waren, nur leer.

Eve wandte plötzlich den Blick ab, als hätte sie bereits zu viel preisgegeben, und setzte die dunkle Brille wieder auf.

„Du siehst ihr sehr ähnlich", sagte sie in demselben, gleichmütigen Ton.

„Wie bitte?"

„Kathleen. Sie ist deine Mutter, oder?"

„Sie kennen meine Mutter?"

„Sie kam zu uns, kurz bevor ich geflüchtet bin."

Bei dem Wort geflüchtet zuckte Maggie zusammen, obwohl Eve es so beiläufig sagte, als spräche sie vom Heimgehen nach der Arbeit.

„Glauben Sie ja nicht", fuhr sie fort, öffnete die Manschetten und begann die Ärmel aufzurollen, als sei ihr plötzlich zu warm, „dass Everett harmlos ist. Er rettet dich, er baut dich auf, er sagt dir, dass er dich liebt und dir vertraut, dass du etwas Besonderes bist und Gott ihm mit dir einen Gefallen tut. Und dann wendete er sich gegen dich und reißt dich in Stücke. Er entdeckt deine Schwächen und Ängste und nutzt sie aus, dich zu demütigen und zerstört auch dein letztes bisschen Selbstachtung."

Die Ärmel hochgerollt, hielt sie Maggie zur Betrachtung die Handgelenke hin.

„Er nennt das: zum Brunnen schicken", erklärte sie in dieser ärgerlich ruhigen, gleichmäßigen Stimmlage. Rote Schwellungen umgaben beide Gelenke, wo die Haut aufgesprungen war und geblutet hatte, weil Seile oder Handschellen hineingeschnitten hatten. Die Wunden wirkten relativ frisch. Eve sah sich rasch um, zog die Ärmel herunter, wickelte ihr Sandwich wieder aus und aß weiter, als hätte es keine Unterbrechung gegeben.

Maggie wartete schweigend, diesmal aus Respekt. Sie folgte Eves Beispiel, aß knabbernd Chips weiter und trank aus ihrer Wasserflasche.

„Es ist ein richtiger Brunnen", erzählte Eve. „Obwohl ich bezweifle, dass er ihn für etwas anderes nutzt als zur Bestrafung. Er wusste, dass ich vor Dunkelheit und engen Räumen Angst habe, also war es die ideale Strafe."

Ihr Blick war auf die Teenager am Hügel gerichtet, doch Maggie ahnte, dass vor ihrem inneren Augen andere Bilder abliefen. Die Stimme blieb ruhig, klang aber, als gehöre sie nicht mehr ihr. „Ich wurde an den Händen gefesselt und in den Brunnen hinabgelassen. Als ich trat, mich festkrallte und hinauszuklettern versuchte, ließ er eimerweise Spinnen über mir ausschütten. Jedenfalls glaube ich, dass es Spinnen waren. Es war so dunkel, ich konnte nichts sehen. Aber ich konnte sie fühlen, am ganzen Körper. Haare, Gesicht, Haut, alles kribbelte. Ich konnte nicht mal mehr schreien, weil ich Angst hatte, sie kriechen mir in den Mund. Ich schloss die Augen und versuchte still zu halten, damit sie mich nicht bissen. Stundenlang habe ich mich in mich selbst zurückgezogen. Ich erinnere mich, dass ich im Stillen immer wieder ein Gedicht von Emily Dickinson aufgesagt habe. Das hat mich wahrscheinlich davor bewahrt, den Verstand zu verlieren. ‚Ich bin Niemand! Und du'?"

„Noch ein – Niemand – dazu?" antwortete Maggie mit der nächsten Gedichtzeile.

„Dann sind wir ein Paar?" fuhr Eve fort. „Pst! Sonst ruft man uns – öffentlich aus!"

„Die Fantasie kann einem wirkungsvoll helfen", bestätigte Maggie und dachte daran, wie oft sie sich in der Kindheit in Fantasien geflüchtet und weit fortgegangen war.

„Everett hat mir alles genommen, bis auf meinen Verstand." Eve sah sie an und betonte entschieden: „Lassen Sie sich von niemandem einreden, Everett sei harmlos. Er redet den Leuten ein, dass er nur für sie sorgen will. Dabei lässt er sich ihre Häuser, ihren Besitz, ihre Sozialversicherung, die Pension und das Kindergeld überschreiben und belohnt sie mit Angst. Angst vor der realen Welt. Angst, gejagt und zur Strecke gebracht zu werden, wenn sie ihn hintergehen. Angst vorm FBI. Die Angst ist so groß, dass sie eher seinem Selbstmorddrill folgen, als sich lebend fangen zu lassen."

„Selbstmorddrill?" Trotz Eves Geschichte fand Maggie, dass das nicht nach dem Mann klang, der ihre Mutter vom Trinken abgebracht hatte. Alle Veränderungen, die sie an ihrer Mutter festgestellt hatte, waren sehr positiv. „Meine Mutter wirkt nicht verängstigt", wandte sie ein.

„Vielleicht sucht er noch nach Möglichkeiten, sie zu benutzen. Lebt sie schon im Lager?“

„Nein. Sie hat eine Wohnung in Richmond und hat auch wohl nicht vor, sie aufzugeben.“ Sie sagte das mit großer Erleichterung. Vielleicht war ihre Mutter doch noch nicht zu sehr mit der Sekte verbunden und auch nicht so gefährdet, wie diese Frau es gewesen war. „Sie liebt ihre Wohnung, und ich bezweifle sehr, dass sie in ein Lager umziehen würde.“

Die Frau schüttelte den Kopf, und da war wieder dieses merkwürdige Lächeln. „Sie nützt ihm mehr, wenn sie draußen lebt“, sagte sie, ohne Maggie anzusehen. „Er hofft, einen Weg zu finden, Sie zu benutzen.“

„Mich?“

„Glauben Sie mir, er weiß, dass Kathleen eine Tochter hat, die FBI-Agentin ist. Er weiß alles über Sie. Er weiß immer alles. Wahrscheinlich ist er deshalb so gut zu ihr. Sollte er feststellen, dass Sie ihm keinen Nutzen oder sogar Schaden bringt ... nun ja, seien Sie vorsichtig. Um Ihrer Mutter willen.“

„Ich muss meine Mutter nur überzeugen, dass sie sich von ihm fern hält.“

„Und natürlich hört sie auf Sie, weil Sie sich so nahe stehen.“

Eves Sarkasmus traf Maggie trotz des freundlichen Tons.

„Ich muss gehen“, sagte die Frau, packte ihre Sachen zusammen und stand auf.

„Warten Sie. Sie müssen mir doch etwas erzählen können, das mir hilft, Everett dingfest zu machen.“

„Ihn dingfest machen?“

„Ja, genau.“

„Den kriegen Sie nie. Das meiste, was er tut, ist legal.

Und das, was nicht legal ist ... nun, Sie sehen ja, dass wir nicht gerade Schlange stehen, ihn zu verklagen."

„Nur, weil Sie immer noch Angst vor ihm haben. Warum lassen Sie zu, dass er Ihr Leben bestimmt. Wir können Sie schützen."

„Wir? Sie meinen die Regierung?" Eve lachte, und es klang aufrichtig erheitert. Dann schlang sie sich die Riemen ihres Rucksacks über eine Schulter. „Sie können mich nicht beschützen, solange Everett frei ist. Und sie kriegen ihn nie. Sobald Sie es versuchen, wird er es wissen. Dann lässt er seine Getreuen zur Ausgabe der Zyanidkapseln antreten, und die sind tot, ehe Sie einen Fuß in das Lager gesetzt haben." Sie sah sich vorsichtig um, als erwarte sie, dass Everett hinter einem Denkmal oder Baum auftauche.

„Was haben Sie getan?" fragte Maggie.

„Wie bitte?"

„Was haben Sie angestellt, um den Brunnen zu verdienen?"

„Ich wollte nicht aufhören, mich um meine Mutter zu kümmern. Sie war der einzige Grund, weshalb ich dort war. Und sie war krank. Ich habe ihr immer mein Essen zugeschoben. Die Straftat war, dass ich etwas von ihrer Herzmedizin gestohlen habe, um sie ihr zu geben. Man hatte ihr Medikament konfisziert, weil natürlich Vaters Liebe die einzige erlaubte Medizin ist."

„Wo ist Ihre Mom jetzt?"

Maggie beobachtete, wie Eve abschaltete und über die Köpfe hinwegsah.

„Sie starb an dem Tag, nachdem er mich in den Brunnen steckte. Ich glaube, sie fühlte sich so schuldig, dass sie einen Herzanfall bekam. Ich werde es nie genau wissen." Sie sah

Maggie durch ihre dunklen Gläser an, in denen sich die Wand des Denkmals spiegelte. „Everett ist am Ende immer der Gewinner. Seien Sie einfach vorsichtig, zu Ihrem Schutz und zum Schutz Ihrer Mutter."

Damit wandte sie sich ab und ging.

48. KAPITEL

Boston, Massachusetts

Maria Leonetti nahm eine Abkürzung durch den Boston Common und hätte gern ein paar Laufschuhe angehabt. Andererseits trug sie die äußerst ungern zu ihren teuren Kostümen und fand, ihre Kolleginnen in der Maklerfirma gaben ein Stück ihrer Glaubwürdigkeit auf, wenn sie am Ende des Arbeitstages ihre Nikes oder Reeboks anzogen. Schließlich wechselte keiner der männlichen Makler für den Heimweg die Schuhe. Warum konnten Frauen kein bequemes Schuhwerk kaufen? Und warum entwarfen Designer nicht etwas, das sowohl schick als auch bequem war?

Sie entdecke eine Menschentraube am Brunnen und fragte sich, was für eine Feier dort am Dienstagnachmittag stattfand. Der Tag war ungewöhnlich warm, sodass sich Skater, Jogger, aber auch jede Menge Gesindel im Park tummelten. Diese Gruppe rowdyhafter junger Burschen sah nach einer Studentenverbindung aus. Vielleicht hatten schon einige wegen Thanksgiving frei. Sie hätte wahrscheinlich besser einen anderen Weg genommen, aber sie war erschöpft, und ihr taten die Füße weh. Sie wollte nur nach Haus, mit Izzy, ihrer getigerten Katze kuscheln und entspannen. Vielleicht würde sie sich einen alten Cary Grant-Film ansehen und Popcorn machen. Mehr Party brauchte sie nicht.

Plötzlich spürte sie, wie jemand sie am Ellbogen packte.

„He!“ schrie sie und riss ihn weg. Ehe sie sich umdrehen konnte, waren zwei junge Männer an ihrer Seite, jeder schnappte sich einen Arm. Einer riss ihr die Tasche herunter und warf sie zu Boden. Allmächtiger, die wollten sie nicht nur ausrauben! Panik erfasste sie.

„He, seht, was wir gefunden haben!" rief einer den anderen zu.

„Nimm deine dreckigen Hände von mir!" schrie Maria und riss und strampelte, während man sie in die Menge zerrte.

Arme, Hände und Gesichter kamen aus allen Richtungen auf sie zu. Die Typen stießen einander lachend an und grölten: „Schlampe, Schlampe!"

Sie schrie und trat, verlor einen Schuh und traf einen Unterleib. Das machte die Bande nur wütender, und man hielt sie an Armen und Füßen fest. Jemand besprühte sie mit Bier, dass Gesicht und Bluse nass waren. Dann hörte sie das Zerreißen ihrer Kleidung, und sie schrie noch lauter. Niemand nahm Notiz davon, oder es war über dem lauten Lachen und Brüllen nicht zu hören. Hände quetschten ihre Brüste, Finger liefen ihre Schenkel hinauf, suchten und zerrten an ihrer Unterwäsche, die ihr weggerissen wurde. Sie sah das Aufblitzen einer Kameralinse, dann den Fotografen, der sich zwischen Schultern hindurchzwängte, um besser sehen zu können.

Lieber Gott, die würden sie umbringen! Erst würden man sie vergewaltigen und dann umbringen. Und das alles wurde zur späteren Unterhaltung auf Film gebannt!

Sie zerkratzte ihnen die Gesichter und wurde so kräftig geschlagen, dass ihr Blut aus dem Mund lief. Es gelang ihr, eine Hand freizubekommen, und sie hielt ihren BH fest, als ihr die Bluse weggerissen wurde. Die zerrissene Strumpfhose um ihre Knöchel geschlungen, hielt man sie nieder. Die übten so viel Druck aus, dass sie bereits die Blutergüsse und Hautabschürfungen spürte.

„He, da kommt noch ne Schlampe!"

Einer nach dem anderen ließ von ihr ab, so plötzlich, wie man sie angegriffen hatte. Die Bande erhob sich und stürmte davon. Sie blieb auf dem Rasen liegen in BH und seitlich aufgerissenem Rock, der nur noch vom Taillenband gehalten wurde. Ihr Slip war fort, der ganze Körper tat ihr weh, und sie konnte vor Tränen nichts sehen. Sie wollte sich zusammenrollen und sterben. Als sie die andere Frau schreien hörte, war ihr klar, dass die Bande ein weiteres Opfer gefunden hatte. Ihr Magen verkrampfte sich, und ihr wurde schwindelig. Aber sie musste hier weg, ehe die es sich anders überlegten und zurückkamen.

Sie versuchte aufzustehen, doch die Knie knickten ihr weg, und es drehte sich alles. Eine Hand ergriff ihren Arm. Sie riss ihn zurück und fiel wieder aufs Gras.

„Nein, warten Sie. Ich will Ihnen helfen."

Sie blickte zu dem jungen Mann auf, konnte ihn aufgrund des Schwindels jedoch nicht deutlich erkennen. Sie sah nur eine blaue Baseballkappe, Jeans und ein T-Shirt, das nach Bier roch. Großer Gott, der gehörte zu denen! Sie versuchte wegzukriechen, doch er packte ihren Arm und zog sie hoch.

„Wir müssen hier weg." Er stützte sie und wickelte sie in sein kratziges Jackett.

Sie hatte keine Energie mehr, sich zu wehren. Sie ging, so gut sie konnte, während er sie einen Weg entlangführte, fort von der Menge und den ständigen Hilferufen, die ihr Übelkeit verursachten. Sie hatten kaum den Rand des Parks erreicht, als sie sich losriss, würgte und sich hinter einem Busch erbrach. Als sie sich umdrehte, war er fort.

Maria setzte sich hinter einen Baum, gut verborgen, und

versuchte ihren Magen zu beruhigen und zu Atem zu kommen. Der nahe Verkehrslärm tröstete sie. Er war ein Zeichen, dass die Zivilisation nah und sie nicht vom Rand der Erde gefallen war.

Der Wind kühlte ihren feuchten Körper aus, und sie roch das abgestandene Bier, mit dem man sie bespritzt hatte. Ihr wurde wieder übel, doch sie konnte den Brechreiz unterdrücken. Mit geschlossenen Augen lauschte sie dem Hupkonzert der Autos und dem Quietschen der hydraulischen Bremsen. Sie horchte auf alles, was ihr half, das Gelächter, das Gegröle: „Schlampe, Schlampe!" und die unterdrückten Schreie der Frau zu übertönen. Warum hörte das niemand? Warum wurden die nicht aufgehalten? War die ganze Welt plötzlich verrückt geworden?

Sie schob die Arme in die Ärmel des Jacketts, dem die meisten Knöpfe fehlten. Trotzdem war es besser als nichts. Es roch nach Pfefferminz. Sie griff in die Taschen und fand zwei Vierteldollarstücke, eine Papierserviette und eine Rolle „Peppermint Life Savers". Die Hände zitterten ihr noch so sehr, dass es anstrengend wurde, ein Mint auszuwickeln und sich in den Mund zu schieben. Hoffentlich beruhigte sich ihr Magen. Sobald ihre Knie wieder stabil waren, würde sie den Park verlassen, auf die Straße laufen und den nächsten Polizisten ansprechen. Wo zum Teufel waren überhaupt die Cops? Es wurde langsam dunkel. Gewöhnlich war am Abend mindestens einer in der Gegend.

Plötzlich legte sich etwas von hinten über ihren Kopf und um den Hals. Maria griff danach. Es grub sich in die Haut ihrer Kehle. Sie rang nach Luft, trat um sich und drehte den Körper. Mit den Fingern versuchte sie die Kordel zu greifen. Sie war zu fest. Sie war bereits so tief in ihren Hals eingedrungen, dass sie mit den Nägeln die eigene Haut kratzte, wenn sie sie herauszuholen versuchte.

Sie konnte nicht atmen, sich nicht entziehen. Oh Gott, er war so stark! Und jetzt zerrte er sie weiter zwischen die Bäume, dass die Füße über den Boden schleiften. Sie hatte keine Kraft mehr.

Luft! Sie brauchte Luft! Sie konnte weder atmen noch klar sehen. Sie drehte wieder den Kopf. Bäume, Gras und Himmel verschwammen. Sie spürte, wie ihr das Bewusstsein entglitt. Sie hörte das Grölen nicht mehr, ebenso wenig wie das Gelächter oder die Schreie der Frau. Wo war der Verkehrslärm? Warum klang alles so dumpf? So weit weg? Die Kordel zog sich fester, und bald hörte Maria nichts mehr.

49. KAPITEL

Justin zitterten noch die Hände, als er zum Bus zurückging. Er hatte nicht auf die anderen gewartet und konnte immer noch nicht fassen, dass Vater das hier unter einer „Initiationsreise" verstand. Mit einer Art Überlebenstest hatte er gerechnet wie seine Woche allein in den Wäldern. Oder mit einer Marathon-Vorlesungsreihe, wie ihre Wochenend-Erweckungstreffen. Aber so etwas, oh Gott, das hatte er sich nicht vorgestellt.

Ihm wurde übel, wenn er an die arme Frau dachte, die sich übergeben musste. Er riss sich die Kappe herunter und wischte sich mit dem Arm den Schweiß von der Stirn. Der Bus war leer. Gott sei Dank. Allerdings sah er Dave, ihren Fahrer, bei McDonald's sitzen – von wo aus er alles im Auge behielt – und einen unerlaubten Big Mac verschlingen.

Justin ließ sich in einen Sitz fallen, verschränkte die Arme vor der Brust und versuchte sein Zittern zu unterdrücken. Er schwitzte wie verrückt, also warum zitterte er, als sei ihm kalt. Scheiße! Er bekam diese Schreie nicht aus dem Kopf. Die armen Frauen. So hatte Großvater ihm nicht beigebracht, mit Frauen umzugehen. Sogar sein Dad, der manchmal ein Arsch sein konnte, war gut zu Mom. Keine Frau verdiente eine solche Behandlung. Es interessierte ihn einen Scheiß, wie Vaters Anweisungen lauteten.

Beim Austeilen von Viertelpfündern und Bier hatte Brandon ihnen gesagt, dass sie eine wichtige Lektion lernen würden. Ihm war nur wichtig gewesen, dass er endlich etwas Anständiges zu essen bekam. Es war gar nicht so übel, ein Krieger zu sein. Er hatte kaum auf Brandon gehört, drei Viertelpfünder verdrückt und vier, fünf Bier dazu getrunken.

Angenehm benebelt hatte er sich gefühlt, als Brandon sie in den Park führte, wo er seine Lektion fortsetzte, wie wichtig es sei, alle Schlampen auf ihre Plätze zu verweisen und ihnen klar zu machen, dass Männer immer noch die Macht besaßen. Er behauptete, Frauen seien schuld, dass es in der Welt drunter und drüber ging. Sie glaubten, sie brauchten keine Männer, lebten als Lesben, bekamen Kinder ohne Vater, nahmen Familienvätern gute Jobs weg und jammerten der Regierung dann vor, man solle sie beschützen. Schlampen und Huren waren verantwortlich für die Verbreitung von AIDS. Sie mussten bestraft werden. Man musste ihnen eine Lektion erteilen.

Die erste Frau, die vorbeikam, besprühten sie mit Bier, und Justin erinnerte sich, gelacht zu haben. An der dritten grabschten, fummelten und rissen sie herum. Ihre Schreie erschütterten ihn und rüttelten ihn auf, als erwache er aus einem bösen Traum. Er konnte nicht glauben, was er da tat.

Er musste an Alice denken. Was, wenn sie diese Frau wäre? Was, wenn die anderen von ihrer Vergangenheit erführen, würden sie dann wie ein Wolfsrudel über sie herfallen?

Niemand hatte ihn hinter den Bäumen verschwinden und alle kostbaren Hamburger wieder auswürgen sehen. Er war dort geblieben. Als sie mit der dritten Frau fertig waren und sich auf die vierte stürzten, hatte er dem dritten Opfer geholfen und versucht, seine Rolle in dieser Barbarei wieder gutzumachen. Sobald er die Frau in Sicherheit wusste, war er zum Bus geschlichen, das Gelächter und die Schreie noch in den Ohren.

Er wollte nicht mehr daran denken, zog die Knie an und schlang die Arme darum. Er musste sich irgendwie ablenken.

Er war nur einmal zuvor in Boston gewesen, als Eric noch hier studiert hatte. Das war einer ihrer letzten gemeinsamen Familienausflüge gewesen. Sie hatten im Radisson gewohnt, er mit Eric sogar in einem eigenen Zimmer. Dad hatte sie etwas beim Zimmerservice bestellen lassen, was sie glatt umgehauen hatte, weil er mit Geld immer so knauserte.

Sie waren bei einem Spiel der Red Sox gewesen und dann ihrer Mom zuliebe ins Metropolitan Museum gegangen. Nicht mal darüber hatten sie genörgelt. Es war einfach eine schöne Zeit gewesen. Einer der wenigen Ausflüge, die nicht irgendwie in einem Riesenkrach geendet hatten. Seither war Boston für ihn mit angenehmen Erinnerungen verbunden gewesen, die jetzt von Hilfeschreien und dem Gestank von warmem Bier überlagert wurden.

Er sprang in den Mittelgang, riss sich das T-Shirt herunter, rollte es zusammen und stieß es unter einen Sitz. Dann pellte er sich aus dem Rest seiner Kleidung, bis er nur noch in Jockeyshorts dastand. Da entdeckte er Brandon in der Bustür, der ihn anstarrte. Doch anstatt zornig zu werden begann Brandon zu lachen.

„Ich wusste es“, sagte er schließlich, als Justin wieder in die Jeans sprang. „Ich wusste, dass du nicht den Magen dafür hast. Du bist ein Feigling, genau wie dein beschissener Bruder Eric. Ich muss zurück und die Sache beenden wie ein richtiger Mann.“

Er wandte sich ab und ging Richtung Park.

Ruhe. Er musste ruhig bleiben und die Substanz durch seine Adern kreisen lassen. Sollte sie ihren Zauber bewirken. Er spürte schon ihre Macht und die Zunahme seiner Stärke.

Nicht, dass er viel Körperkraft brauchte. Die Frau war zierlich und leicht zu ziehen. Und bei dem Lärm und der Aufregung dort drüben würde niemand das Rascheln der Blätter und das Knacken von Zweigen bemerken.

Aber er musste sich beeilen und ein abgelegeneres Gebiet finden. Die Sonne sank bereits hinter den Gebäuden. Ihm blieb nicht viel Zeit, alles aufzustellen und vorzubereiten. Heute würde es anders sein, er konnte es spüren. Heute war die Nacht. Irgendwie wusste er es.

Er hielt inne, drehte sich um und wartete, während er auf den halb nackten Körper der Frau starrte. Blätter und Zweige wurden zwischen ihren Beinen mitgeschleift. Lächelnd sah er endlich die entblößte Brust sich ganz leicht heben. Flache Atmung, kaum spürbar. Gut, sie lebte noch. Er zog sie weiter. Ja, heute Nacht würde es passieren, da war er ganz sicher. Heute Nacht würde er es endlich sehen.

51. KAPITEL

Maggie fuhr mit heruntergelassenem Fenster und hoffte, die frische Luft löse die innere Anspannung. Während der Fahrt dachte sie noch einmal über alles nach, was sie von der Frau namens Eve über Reverend Joseph Everett erfahren hatte. Sie wollte vorbereitet sein, ehe sie ihre Mutter mit dem Thema Everett konfrontierte. Und sie musste sich mit Fakten wappnen, falls Kathleen anfing, den Mann zu verteidigen, was sie zweifellos tun würde.

Sie ließ Eves erschreckende Erfahrungen und ihre Warnungen vor Everett zunächst außer Acht und konzentrierte sich auf harte Tatsachen. Das meiste davon waren biografische Daten. Als junger Mann war Everett aus der Army geflogen: ehrenhafte Entlassung ohne weitere Erklärung. Er war bei der Polizei nicht aktenkundig, mit Ausnahme der Anzeige wegen Vergewaltigung, die von der Journalistik-Studentin selbst später zurückgezogen worden war. Mit fünfunddreißig ließ er sich für den Senat von Virginia aufstellen und verlor. Drei Jahre später gründete er dann die Kirche der geistigen Freiheit, eine gemeinnützige Organisation, die es ihm erlaubte, Berge von steuerfreien Schenkungen anzunehmen. Everett fand schließlich seine Berufung, doch es gab nirgends einen Hinweis, wann und wo er tatsächlich als Prediger ordiniert worden war.

In weniger als zehn Jahren hatte die Kirche angeblich über fünfhundert Mitglieder gewonnen, von denen gut zweihundert in einem Lager in Virginias Shenandoah Valley lebten. Ironischerweise lag das Gebiet nur wenige Meilen von dem Ort entfernt, an dem die Journalistik-Studentin vor 27 Jahre vergewaltigt worden war. Entweder Everett war unschuldig und hatte nichts zu verbergen, oder aber – und das vermutete sie eher – er war abergläubisch und glaubte nicht, dass der Blitz zweimal am selben Ort einschlug.

Falls ihre Vermutung zutraf, konnte er sich in seinem Glauben bestätigt fühlen. In den letzten zehn Jahren hatten er und seine Kirche keinerlei Ärger mit dem Gesetz gehabt – keine Anhörungen bei der Steuerbehörde, kein Vergehen gegen Waffengesetze, keine Vergehen gegen Bauvorschriften und keine Gebietsstreitigkeiten. Das illegale Waffenlager in der Hütte in Massachusetts war die erste Gesetzesübertretung, und die konnte auch nur lose mit Everetts Kirche in Verbindung gebracht werden. Tatsächlich schien alles ziemlich glatt zu laufen für den guten Reverend. Er hatte sogar ein paar mächtige Freunde im Congress, die ihm erlaubt hatten, in Colorado eine Parzelle Regierungsland zu einem skandalös niedrigen Preis zu kaufen. Wenn alles so gut lief, warum wollte er dann hier dicht machen und nach Colorado umziehen?

Maggie war sich nicht sicher, wie eng ihre Mutter mit Everett und seiner so genannten Kirche verquickt war. Von einem war sie jedoch überzeugt: Der Mann war eine Zeitbombe. Und obwohl es nur Indizienbeweise gab, wusste sie, dass er irgendwie mit Ginny Briers Tod und der Wasserleiche in North Carolina zu tun hatte. Es war ein zu großer Zufall, dass diese Frauen starben, während Everetts Versammlungen in unmittelbarer Nähe stattfanden. Was die namenlose Obdachlose anging, nun ja, die blieb ihr ein Rätsel.

Die kalte Herbstluft kühlte sie aus, doch sie hielt das Fenster offen, atmete tief durch und füllte die Lungen mit Pinienduft und den Verkehrsabgasen der I-95. Sie brauchte absolut wache Sinne für ihr Gespräch. Auch ohne Streit war es schwierig genug, mit ihrer Mutter in einem Raum zu sein. Es gab zu viele unangenehme Erinnerungen. Zu viel Vergangenheit stand zwischen ihnen, aber Maggie war es recht so.

Vor über einem Jahr war sie das letzte Mal in der Wohnung ihrer Mutter gewesen. Obwohl sie bezweifelte, dass Kathleen sich daran erinnerte. Wie sollte sie auch? Die meiste Zeit war sie sinnlos betrunken gewesen. Maggie überlegte, wie sie ihren Besuch erklären sollte. Sie konnte ja nicht gut sagen: „Hallo, Mom, ich kam gerade vorbei und wollte sehen, wie es dir geht. Und ach übrigens, wusstest du, dass dein hoch gepriesener Reverend Everett vielleicht ein gefährlicher Irrer ist?" Nein, so konnte sie nicht vorgehen.

Sie verdrängte für einen Moment, was sie aus den FBI-Akten und von Eve über Everett wusste, und versuchte sich zu erinnern, was ihre Mutter ihr über den Reverend erzählt hatte. Zu ihrer Schande musste sie gestehen, dass sie nie richtig zugehört hatte. Anfänglich war sie nur erleichtert gewesen, dass sich jemand um Kathleen kümmerte. Nach Monaten ohne Selbstmordversuch hatte sie gehofft, Kathleen habe endlich eine weniger destruktive Sucht entdeckt oder einen Weg gefunden, die Aufmerksamkeit, nach der sie lechzte, ohne Einlieferung in die Notaufnahme zu erlangen.

Als sie später merkte, dass ihre Mutter mit dem Trinken aufgehört hatte, war sie zunächst skeptisch geblieben. Das wäre zu schön gewesen, um wahr zu sein. Die Sache musste einen Haken haben. Die plötzliche Nüchternheit hatte vielleicht Kathleens Gewohnheiten verändert, aber nicht ihre Persönlichkeit. Sie war immer noch so egoistisch, bedürftig und engstirnig wie immer, jedoch konnte sie ihr Gebaren nun nicht mehr mit Trunksucht entschuldigen.

Dass Kathleen plötzlich zu Gott gefunden hatte, war ihr

hochgradig suspekt. Die wenigen Male, die sie zur Messe gegangen waren, konnte Maggie an den Fingern einer Hand abzählen. Sie erinnerte sich nicht, dass ihre Mutter jemals Bemerkungen gemacht hatte, die man auch nur entfernt für religiös hätte halten können.

Von Religion hatte Kathleen immer nur gesprochen, wenn sie betrunken war. Dann hatte sie sich gerne als genesende Katholikin bezeichnet. Gegen Katholizismus gebe es nämlich keine Kur. Woraufhin sie geprustet hatte vor Lachen und jedem, der es hören wollte, sagte, ein bisschen katholisch sein, das sei so wie ein bisschen schwanger sein.

Der katholische Glaube war etwas, an dem Kathleen O'Dell aus rein opportunistischen Gründen festhielt. Was Maggie überzeugte, dass Everetts Bibelpauken an sie verschwendet war. Da ihre Mutter in den letzten Monaten nicht plötzlich angefangen hatte, Psalmen und Evangelien herunterzubeten, gab es wohl keine wundersame religiöse Wandlung. Zumindest keine, die Maggie sehen konnte.

Sie sah nur dieselbe zwanghafte, vorurteilsbeladene und suchtgefährdete Frau, die endlich jemanden oder etwas gefunden hatte, dem sie die Schuld an den Härten ihres Daseins und ihrem Unglück geben konnte. Reverend Everett versorgte sie mit einem bösen Übeltäter in Form der Regierung der Vereinigten Staaten, einem gesichtsloses Wesen, und somit einem willigen Prügelknaben, solange Kathleen O'Dell sich einreden konnte, ihre Tochter habe nichts mit dieser Regierung zu tun.

Genauer betrachtet, fand sie es gar nicht so seltsam, dass ihre Mutter sich von Everetts Art Religion und seiner Version der Realität angezogen fühlte. Hatte Kathleen O'Dell nicht jahrelang am Altar von BCD, Beam, Cuervo und Daniels, gebetet? Es hatte Zeiten gegeben, da diese Frau für eine Flasche Jack Daniels ihre Seele verkauft hätte. Dass sie nicht mehr trank, bedeutete nicht notwendigerweise, dass ihre Seele nicht mehr käuflich war. Kathleen hatte lediglich eine verzerrte Sichtweise gegen eine andere getauscht, eine alte Droge gegen eine neue.

Maggie verstand, wie groß die Verlockung für jemand war, der seine Version der aktuellen Nachrichten dem *National Enquirer* oder der Sendung *Hard Copy* entnahm. Wie berauschend musste es für Kathleen sein, sich einzubilden, sie besitze nun Insiderkenntnisse in nationalen Fragen und jemand mit dem Charisma und Charme des guten Reverend respektiere sie und vertraue ihr. Sie glaubte, endlich leichte Antworten auf schwierige Fragen zu bekommen, die sich andere ein Leben lang stellten.

Maggie hatte einige solcher Antworten gehört, die Männer vom Schlage eines Everett verbreiteten: paranoide Fantastereien. Diese Typen bekamen Macht durch ihren Hass. Die Beherrschung ihrer Anhänger durch Angst war eine der erfolgreichsten Strategien. Sie wunderte sich jetzt, dass sie schulterzuckend über die Bemerkungen ihrer Mutter wegen Chemie im Trinkwasser, verborgenen Regierungskameras in Bankautomaten und über ihre Hysterie, nicht mehr mit Handy telefonieren zu wollen, weil „die Möglichkeiten hätten, solche Gespräche abzuhören", hinweggegangen war.

Warum hatte sie die verräterischen Signale nicht schon vor einiger Zeit bemerkt? Oder war sie so froh darüber gewesen, nicht mehr das chaotische Leben ihrer Mutter regeln zu müssen, dass es ihr gleichgültig gewesen war?

Irgendwo hatte sie mal gelesen, dass Alkohol lediglich Eigenschaften in der Persönlichkeitsstruktur des Trinkers hervorhob, die ohnehin vorhanden waren. In Bezug auf ihre Mutter ergab das Sinn. Der Alkohol verstärkte ihre Sucht nach Aufmerksamkeit. Falls die These stimmte, erkannte sie allerdings die Ironie in den eigenen Trinkgewohnheiten. Sie trank gewöhnlich, um die innere Leere zu vergessen und sich nicht so einsam zu fühlen. Wenn der Alkohol genau diese Leere verstärkte, war es kein Wunder, dass sie sich so ausgelaugt fühlte.

Wie die Mutter, so die Tochter.

Maggie versuchte, die Erinnerung nicht hochkommen zu lassen.

Ihr zwei könntet Schwestern sein. Ich hab's noch nie mit der Mutter und ihrer Tochter getrieben.

Diese verdammten einstürzenden inneren Barrieren. Sie griff nach der Coladose im Halter und trank den warmen, schalen Rest. Warum konnte sie sich nicht mehr an die Stimme ihres Vaters erinnern, spürte aber den Atem dieses Fremden auf ihrem Gesicht? Mühelos erinnerte sie sich an den säuerlichen Whiskeygestank und das Kratzen seiner Bartstoppeln, als er ihren kleinen Körper gegen die Wand gedrückt und versucht hatte, sie zu küssen. Sie spürte noch, wie er mit den Händen ihre gerade reifenden Brüste gestreichelt und ihr lachend erzählt hatte, er wette, sie würde dieselben großen Titten kriegen wie ihre Mama.

Und die ganze Zeit hatte ihre Mutter mit einem Glas Jack Daniels in der Hand dabeigestanden, hatte ihn zwar ermahnt, aufzuhören, war jedoch nicht eingeschritten. Warum nicht?

Maggie wusste noch, dass sie irgendwie geflüchtet war, aber nicht mehr, wie. Seit dem Vorfall war ihre Mutter mit den Männern stets in ein Hotel gegangen. Nächtelang, manchmal tagelang hatte sie ihre Tochter allein gelassen. Alleinsein war gut. Ein wenig unheimlich, aber weniger schmerzlich. Sie hatte früh gelernt zu überleben. Alleinsein war einfach der Preis fürs Überleben.

Während sie sich Richmond näherte, achtete sie wieder mehr auf den Verkehr, um ihre Abfahrt nicht zu versäumen. Sie versuchte die zunehmende Anspannung in der Magengegend zu ignorieren und ärgerte sich, dass sie überhaupt entstand. Was war bloß los mit ihr? Als Lebensunterhalt jagte sie Killer, studierte ihr grausames Werk und reiste in die Welt des Bösen. Was war so schwierig an einem einzigen Besuch bei ihrer Mutter?

52. KAPITEL

Richmond, Virginia

Kathleen O'Dell packte die letzte Porzellanfigur ihrer Großmutter ein. Der Mann von „Al and Franks Antiquitäten und Schätze aus zweiter Hand" würde sie am Morgen zusammen mit den anderen Sachen abholen. Sie wusste nicht mehr, ob er Al oder Frank war, obwohl er ihr beim Abschätzen der Stücke gesagt hatte, dass er einer der beiden Eigentümer war.

Es bedrückte sie und machte sie traurig, die hübschen Sachen aufgeben zu müssen. Sie wusste noch, wie sie als Kind von der Großmutter die Erlaubnis bekommen hatte, die Figürchen vorsichtig in die Hände zu nehmen, um sie zu drehen und zu bewundern. Etliche davon hatte die Großmutter zusammen mit ihren wenigen Habseligkeiten in einem alten Koffer aus Irland mitgebracht. Sie waren Teil des Familienerbes, und es erschien ihr falsch, sie für etwas so Bedeutungsloses wie Geld herzugeben. Aber Reverend Everett predigte immer, dass sie sich vom Materialismus dieser Welt lösen mussten, um wirklich frei zu sein. Dass es Sünde war, an materiellen Dingen zu hängen, auch wenn sie sentimentalen Wert hatten.

Wichtiger war jedoch, dass sie ihre Sachen keinesfalls mitnehmen konnte, wenn sie zu ihrem neuen Paradies in Colorado aufbrachen. Außerdem brauchte sie sie nicht. Reverend Everett hatte versprochen, dass in jeder Weise für sie gesorgt sein würde und man ihnen jeden Wunsch erfüllte. Hoffentlich bedeutete das, dass ihr Paradies wesentlich sauberer und luxuriöser war als ihr Lager. Da roch es die meiste

Zeit ganz fürchterlich. Und bei ihrem letzten Besuch hatte sie garantiert eine Ratte neben der Versammlungshalle gesehen. Sie hasste Ratten.

Sie ließ die Kisten stehen und ging durch den Raum, um sich zu vergewissern, dass sie nichts von dem übersehen hatte, was sie Al oder Frank – oder wie immer er hieß – verkaufen wollte.

Diese Wohnung würde ihr fehlen, obwohl sie nicht sehr lange hier gelebt hatte. Doch sie hatte sie selbst eingerichtet und zu einem Heim gemacht. Hier war einer der wenigen Orte gewesen, an denen sie sich nicht gefangen und einsam gefühlt hatte. Obwohl ihr an manchen Abenden trotzdem die Decke auf den Kopf gefallen war.

Es wäre schön, in einer Gemeinschaft zu leben, wo ihre neuen Freunde gegenüber am Flur wohnten. Aber hoffentlich nicht Emily. Großer Gott, Emilys ständiges Jammern würde sie verrückt machen, wenn sie mit ihr auf einer Etage leben müsste.

Es wäre schön, Menschen zum Reden zu haben, anstatt die Abende damit zu verbringen, Regis Philbins Millionen-Dollar-Fragen zu beantworten. Ja, sie hatte es satt, allein zu sein, und sie wollte bestimmt nicht allein alt werden. Wenn der Preis dafür ein paar seltene, von der Großmutter geerbte Porzellanfiguren waren, dann musste es eben sein. Schließlich hatten diese albernen Figuren ihr in letzter Zeit ja auch nichts genützt.

Es klopfte an die Tür, und einen Moment fragte sie sich, ob sie das Datum verwechselt hatte. Kam der Mann von Al und Franks schon heute und nicht morgen? Sie würde ihm einfach sagen, dass sie ihre Meinung geändert hatte. Sie konnte ihm die Sachen heute noch nicht verkaufen. Sie brauchte noch Zeit, um sich an die Vorstellung zu gewöhnen.

Sie öffnete die Tür, um genau das zu sagen, und sah sich erstaunt ihrer Tochter gegenüber.

„Maggie? Was in aller Welt tust du denn hier?"

„Entschuldige, dass ich nicht vorher angerufen habe."

„Was ist los? Ist was passiert? Ist mit Greg alles okay?"

Sie sah Maggie zusammenzucken. Sie hatte etwas Falsches gesagt. Warum gab Maggie ihr ständig das Gefühl, das Falsche zu sagen?

„Es ist nichts passiert, aber ich muss mit dir reden. Darf ich hereinkommen?"

„Selbstverständlich." Sie öffnete die Tür weiter und winkte Maggie durch. „Die Wohnung ist ein Chaos."

„Ziehst du um?" Maggie ging zu den gestapelten Kisten.

Gottlob waren sie noch nicht etikettiert. Ihre Tochter würde das mit dem Trennen vom Materialismus und nicht an Dingen hängen, um frei zu sein, oder wie immer das hieß – war ja auch egal –, niemals verstehen. Außerdem sollte keiner außerhalb der Kirche das von Colorado erfahren.

„Ich sortiere nur ein paar alte Sachen aus."

„Ach so."

Maggie beendete die Fragerei, stellte sich ans Fenster und blickte auf den Parkplatz hinunter. Kathleen fragte sich, ob ihre Tochter am liebsten schon wieder flüchten würde. Na ja, für sie war es auch nicht gerade ein Spaß. Jedenfalls erwartete sie nichts von Maggie. Nicht mehr.

„Möchtest du etwas Eistee?"

„Nur wenn es keine Mühe ist."

„Ich habe gerade welchen zubereitet. Himbeere. Ist das okay?" Ohne eine Antwort abzuwarten, zog sie sich in die kleine Küche zurück und hoffte, deren gemütliche Wärme würde sie etwas beruhigen.

Als sie nach den großen Eisteegläsern griff, entdeckte sie im hinteren Teil des Schrankes eine Flasche. Die hatte sie ganz vergessen. Sie war für Notfälle. Zögernd griff sie danach. Heute schien ein Notfall zu sein. Zuerst die Trennung von den Figürchen der Großmutter und nun ein unerwarteter Besuch ihrer Tochter.

Sie schenkte ein Glas zu einem Viertel voll, schloss die Augen und trank. Sie genoss das Brennen, das langsam die Kehle hinab in den Magen glitt. Was für ein wunderbar warmes Gefühl. Sie genehmigte sich ein zweites Glas und schenkte das dritte zur Hälfte voll und füllte es mit Eistee auf. Dann stellte sie die Flasche an ihren Platz zurück. Ihr Tee hatte fast dieselbe Farbe wie der in Maggies Glas.

Sie nahm beide Gläser und prägte sich ein, dass ihres in der rechten Hand war. Sie sah sich noch einmal in der kleinen Küche um. Ja, auch die würde ihr fehlen: die Willkommen-Matte am Spülbecken und die gelben Vorhänge mit den weißen Gänseblümchen. Sie erinnerte sich noch an den Tag, als sie die Gardinen bei einem Trödel unten an der Straße entdeckt hatte. Wie konnte man von ihr erwarten, diese Wohnung ohne eine Art Aufmunterung zu verlassen?

Bei ihrer Rückkehr ins Wohnzimmer hatte Maggie eine der Figuren entdeckt, die sie halb eingewickelt auf der Fensterbank zurückgelassen hatte.

„An die erinnere ich mich." Maggie hielt das Figürchen vorsichtig, wie die Großmutter es ihr gezeigt und sie es an Maggie weitergegeben hatte.

Sie hatte vergessen, dass sie Maggie die Figuren einmal gezeigt hatte. Als sie sie nun in ihrer Hand sah, kam die Erinnerung jedoch zurück, als sei es gestern gewesen. Sie war ein hübsches kleines Mädchen gewesen, so neugierig und vorsichtig. Und nun war sie eine schöne junge Frau und immer noch neugierig und vorsichtig.

„Du willst sie doch nicht loswerden, oder?"

„Ich hatte sie eingelagert. Ich habe sie herausgeholt, um sie mir anzusehen und ... um zu entscheiden, was ich mit ihnen machen soll." Das entsprach fast der Wahrheit. Niemand konnte von ihr verlangen, sich von all den Dingen zu trennen, ihr hübsches kleines Apartment aufzugeben und dann auch noch die Wahrheit zu sagen. Das war einfach zu viel.

Sie sah zu, wie vorsichtig Maggie die Figurine auf die Fensterbank zurückstellte und das Teeglas annahm, das sie ihr mit der Linken reichte. Ja, links war Maggies Tee, sie konnte es nicht verwechseln.

Maggie trank und sah sich im Raum um. Kathleen nahm gierige Schlucke. Eigentlich wollte sie nicht, dass Maggie ihre Sachen begutachtete und noch mehr alte Erinnerungen aufwühlte. Die Vergangenheit gehörte in die Vergangenheit. Sagte Reverend Everett das nicht immer? Er sagte so vieles. Da konnte man sich nicht alles merken. Sie hatte ihren Tee fast ausgetrunken. Vielleicht brauchte sie noch mehr.

„Über was wolltest du reden, das nicht bis Donnerstag warten kann?" fragte sie Maggie.

„Donnerstag?"

„Erntedank. Du hast es doch nicht vergessen, oder?"

Maggie wand sich.

„Mein Gott, Mom, ich bin nicht sicher, ob ich das schaffe."

„Aber du musst! Ich habe schon den Truthahn gekauft.

Er ist im Eisschrank und füllt das ganze verdammte Ding aus." Ach herrje, sie durfte nicht fluchen. Sie musste auf ihre Ausdrucksweise achten, sonst wurde Reverend Everett ungehalten. „Ich dachte mir, dass wir das Dinner um fünf Uhr machen. Aber du kannst früher kommen, wenn du möchtest."

Sie rief sich in Erinnerung, dass sie noch Preiselbeeren und dieses Brotzeug kaufen musste. Wo hatte sie ihre Liste gelassen? Sie begann auf den Tischen zu suchen.

„Mom, was tust du da?"

„Ach nichts, Süßes. Mir sind nur gerade ein paar Sachen für Donnerstag eingefallen. Ich wollte sie ... ach, da ist sie ja." Sie fand die Liste auf dem Lampentisch, setzte sich und notierte Preiselbeeren und Brotzeug. „Weißt du, wie man dieses Brotzeug nennt, mit dem man die Füllung macht?"

„Was?"

„Das Brot? Du weißt schon, diese kleinen trockenen Brotstücke für die Füllung." Maggie starrte sie verständnislos an. „Ach, macht nichts, ich werd's schon finden."

Natürlich hatte Maggie keine Ahnung, sie war ja selbst keine besonders gute Köchin. Kathleen erinnerte sich, wie Maggie einmal beim Weihnachtsplätzchenbacken nur ein paar steinharte Dinger zustande gebracht hatte und untröstlich war, als jemand vorschlug, sie sollte sie anmalen und als Untersetzer benutzen. Armes Mädchen. Sie hatte nie viel Sinn für Humor gehabt. Sie war immer sehr sensibel gewesen und hatte sich vieles zu Herzen genommen.

Als Kathleen endlich von ihrer Liste aufblickte, sah Maggie sie angesäuert an.

„Was sollen wir sonst noch für unser Thanksgiving-Dinner kaufen?"

„Mom, ich bin heute nicht gekommen, um über Thanksgiving zu reden."

„Okay, worüber willst du dann reden?"

„Ich muss dir einige Fragen über Reverend Everett stellen."

„Was für Fragen?" Vater hatte sie bereits gewarnt, dass Familienmitglieder versuchen würden, sie gegen ihn einzunehmen.

„Nur ein paar allgemeine Sachen über die Kirche."

„Nun ja, ich habe einen Termin, den ich einhalten muss", log sie, sah auf den Arm und fand keine Uhr. „Wirklich Maggiemaus, es wäre mir lieber gewesen, du hättest angerufen. Warum besprechen wir das alles nicht am Donnerstag?"

Sie ging zur Tür, um Maggie hinauszugeleiten, doch die blieb stehen und sah sie streng an. Nein, nicht streng, besorgt und zornig. Nein, nicht zornig. Nun ja, doch zornig, aber auch traurig. Manchmal hatte sie ganz traurige braune Augen. Genau wie ihr Vater, genau wie Thomas. Ja, sie kannte diesen Blick. Und sie wusste genau, was ihre Tochter dachte, ehe sie es sagte.

„Ich fasse es nicht! Du bist betrunken!"

53. KAPITEL

Maggie hatte es gewusst, sobald ihre Mutter sie Maggiemaus nannte. Den Kosenamen hatte ihr der Vater gegeben, und ihre Mutter benutzte ihn nur, wenn sie betrunken war. Aus dem Kosenamen war eine Warnung geworden, ein Signal, ein Sägen an den Nerven wie das Kratzen von Fingernägeln über eine Schiefertafel.

Sie sah ihre Mutter durchdringend an, doch die wich nicht zurück, ihre Hand blieb fest auf dem Türknauf. Allmächtiger! Sie hatte vergessen, wie gut ihre Mutter in diesem Spiel war. Und wie schlecht sie selbst, weil sie sich von ihren Emotionen hinreißen ließ, die immer noch die einer Zwölfjährigen waren. Sie begann in dem kleinen Wohnraum auf und ab zu gehen.

„Wie habe ich nur so dumm sein können, dir zu glauben?" fragte Maggie und ärgerte sich, dass ihre Lippen bebten. Ein rascher Blick zeigte keine Veränderung im Mienenspiel der Mutter, das eine perfekte Kombination von Verblüffung und Unschuld war, als habe sie keine Ahnung, worüber ihre Tochter sich eigentlich aufrege.

„Ich habe eine Verabredung, Maggiemaus ... und noch viel zu packen." Nicht mal ihr Tonfall hatte sich verändert: immer noch diese vom Alkohol beflügelte süßliche Fröhlichkeit.

„Wie habe ich dir nur glauben können?" Maggie versuchte, ihren Ärger zu unterdrücken. Warum nahm sie es jedes Mal so persönlich? Warum erschien ihr jeder Rückfall wie Verrat? „Ich dachte, du hättest aufgehört."

„Ja, natürlich habe ich aufgehört. Ich habe aufgehört zu packen, um mit dir zu reden." Sie blieb an der Tür, Hand auf dem Griff. Vielleicht hoffte sie, selbst flüchten zu können, falls Maggie nicht ging. Sie beobachtete, wie Maggie vom einen Ende des Raumes zum anderen marschierte.

„Der Tee!“ sagte Maggie und schlug sich mit der Hand vor die Stirn wie ein Kind, dem beim Ratespiel endlich die richtige Antwort einfällt. Sie nahm das Glas ihrer Mutter und schnupperte daran. „Natürlich.“

„Nur eine Kleinigkeit, um es mir leichter zu machen.“ Kathleen O'Dell winkte ab, eine Geste, die Maggie wie eine Absolution für Alkoholiker vorkam.

„Um es dir leichter zu machen? Was denn? Musst du es dir leichter machen, einen verdammten Besuch deiner Tochter zu überstehen?“

„Einen Überraschungsbesuch. Du hättest wirklich vorher anrufen sollen, Maggiemaus. Und bitte fluche nicht.“ Und auch dieser übertrieben betuliche Ton zerrte an Maggies Nerven. „Warum bist du hier?“ fragte ihre Mutter. „Willst du mich kontrollieren?“

Maggie versuchte sich zu beruhigen und auf ihr Anliegen zu konzentrieren. Ja, warum, war sie eigentlich gekommen? Sie wischte sich mit einer Hand übers Gesicht, verdrossen über ihr leichtes Zittern.

Leider reagierte sie auf die Situation immer noch wie das gekränkte kleine Mädchen, da die erwachsene Frau bisher keinen adäquaten Weg gefunden hatte, anders damit umzugehen.

„Maggie, warum bist du hier?“

Ihre Mutter war ins Zimmer zurückgekommen und wartete auf eine Antwort.

„Ich muss ...“ Sie musste endlich an ihre Ermittlung denken. Schließlich war sie ein Profi und brauchte Informationen, die Kathleen ihre geben konnte. Konzentriere dich! „Ich habe mir Sorgen um dich gemacht."

Nun war es Kathleen, die fassungslos aussah. Maggie hätte fast gelächelt. Nun ja, sie konnten beide ihre Spielchen treiben. Wenn Kathleen so tat, als sei ihr Trinken kein Rückfall, dann konnte sie so tun, als sei sie lediglich um ihre Sicherheit besorgt und nicht auf der Suche nach Informationen über Everett. Das war doch der eigentliche Grund für ihr Kommen, oder? Klar, die Ermittlung. Natürlich.

„Sorgen?" wiederholte ihre Mutter schließlich, als habe sie bis jetzt gebraucht, eine Definition des Wortes zu finden. „Warum in aller Welt machst du dir Sorgen um mich?"

„Es gibt einige Fakten über Reverend Everett, die du wahrscheinlich nicht kennst."

„Wirklich?"

Maggie sah ihr eine Mischung aus Argwohn und Verwunderung an. Vorsicht, sonst geriet die Mutter unter Rechtfertigungsdruck. „Reverend Everett ist nicht der, für den er sich ausgibt."

„Woher weißt du das? Du hast ihn nie kennen gelernt."

„Nein, aber ich habe Nachforschungen angestellt und ..."

„Ah, Nachforschungen", fiel Kathleen ihr ins Wort. „Du hast sein Leben durchforstet."

„Ja", bestätigte sie gelassen. Der Profi kam wieder durch.

„Das FBI hat ihn immer gehasst und ihn zu ruinieren versucht."

„Ich will ihn nicht ruinieren."

„Ich habe nicht dich gemeint."

„Mom, ich bin das FBI. Bitte hör mir einfach eine Minute zu." Doch Kathleen machte sich an den Vorhängen zu schaffen, ging von Fenster zu Fenster, zog sie zu und ließ sich dabei Zeit. „Ich habe mit Leuten gesprochen, die mir sagten ..."

„Leuten, die die Kirche verlassen haben." Wieder eine Unterbrechung, doch sie sprach immer noch mit dieser ärgerlichen, zerstreuten Fröhlichkeit.

„Ja."

„Exmitglieder."

„Ja."

„Also, denen kannst du wirklich kein Wort glauben. Das musst du doch wissen." Sie sah Maggie an, eine ungewohnte Ungeduld im Blick. „Aber du willst ihnen glauben, nicht wahr?"

Maggie erkannte, dass Kathleens Meinung bereits feststand. Und nichts, was sie sagte, würde sie umstimmen. Das war keine Überraschung. Was hatte sie überhaupt herauszufinden gehofft? Warum war sie hier? Kathleen hatte garantiert keine belastenden Erkenntnisse über Everett. Hatte sie ihre Mutter wirklich nur warnen wollen? Warum glaubte sie, Kathleen würde plötzlich auf irgendetwas hören, das sie sagte oder riet. Sie hätte nicht kommen sollen.

„Ich hätte nicht kommen sollen", wiederholte sie laut ihre Gedanken und wandte sich zum Gehen.

„Du glaubst lieber Fremden, die du überhaupt nicht kennst." Kathleen sprach nicht mehr fröhlich, sondern in dem herausfordernd sarkastischen Ton, den Maggie nur zu gut kannte. „Nicht, dass du mir jemals glauben würdest – mir, deiner eigenen Mutter."

„Das wollte ich damit nicht andeuten", erwiderte Maggie ruhig und versuchte Kathleens veränderten Tonfall und auch ihr nervöses Streichen durch die Haare nicht auf sich wirken zu lassen. Kathleen schaute sich suchend nach einem Glas oder einer Flasche um und entdeckte das Teeglas. Sie schnappte es sich und kippte den restlichen Inhalt zufrieden in einem Zug hinunter, ohne zu bemerken, dass sie versehentlich Maggies Glas erwischt hatte.

„Du hast nie an mich geglaubt."

Maggie sah sie verblüfft an. Durch die leichte Veränderung der Wortwahl bekam der Satz eine völlig neue Bedeutung. „Das habe ich nie gesagt."

Kathleen schien sie nicht zu hören, ging durch den Raum und zog alle Vorhänge wieder auf. „Es ging immer nur um ihn, nur um ihn!"

Sie salbaderte, und Maggie wusste, für eine auch nur annähernd normale Unterhaltung war es zu spät. Allerdings war ihr nicht klar, wen sie mit „ihn" meinte. Dieses neue Phrasendreschen war ihr noch nicht geläufig.

„Vielleicht sollte ich gehen", sagte sie, blieb jedoch stehen und wollte Kathleens Aufmerksamkeit auf sich lenken. Aber ihre Mutter hörte nicht mehr zu.

„Immer ging es nur um ihn." Sie baute sich vorwurfsvoll vor Maggie auf. „Du hast ihn so sehr geliebt, dass du für andere keine Gefühle mehr übrig hast. Nicht für mich, nicht für Greg und vermutlich nicht mal für deinen Cowboy."

„Okay, jetzt reicht's." Maggie wollte sich das nicht anhören. Es war lächerlich. Die Frau wusste nicht, was sie redete.

„Er war kein Heiliger, weißt du?"

„Wen meinst du?"

„Deinen Vater."

Maggie bekam Magenschmerzen.

„Deinen viel gepriesenen Vater", fügte Kathleen zur Klärung hinzu. „Du hast ihn immer mehr geliebt als mich. So sehr, dass für uns andere nichts mehr blieb. Und du hast deine Liebe mit ihm begraben."

„Das ist nicht wahr!"

„Aber er war kein Heiliger, weißt du?"

„Wag es nicht!" drohte Maggie, ärgerlich über das Beben ihrer Lippen.

„Soll ich nicht wagen, dir die Wahrheit zu sagen?"

Kathleen lächelte grausam. Warum nur? „Ich muss gehen." Maggie wandte sich zur Tür.

„In der Nacht des Feuers war er nicht zu Hause, sondern vögelte seine Freundin!"

Maggie war, als stieße man ihr einen Dolch in den Rücken, sie verharrte kurz und fuhr zur Mutter herum.

„Ich musste ihn bei ihr informieren, nachdem der Einsatzleiter angerufen hatte und ihn suchte", fuhr Kathleen fort. „Alle glaubten, er schliefe bei mir, aber er war in ihrem Bett und machte mit ihr rum."

„Hör auf!" forderte Maggie, doch es war kaum mehr als ein Flüstern, denn die Atemluft schien aus den Lungen gewichen zu sein.

„Ich habe es dir nie gesagt. Ich habe es niemandem gesagt. Wie hätte ich, nachdem er in jener Nacht in das brennende Gebäude rannte und als verdammter Held starb?"

„Du erfindest das."

„Er hat sie geschwängert. Sie hat einen Sohn. Seinen Sohn. Der Sohn, den ich ihm nicht geben konnte."

„Warum tust du das? Warum erfindest du so etwas?" fragte Maggie und versuchte zu verhindern, dass die gekränkte Zwölfjährige in ihr erneut die Oberhand gewann, obwohl ihre Stimme schon wieder kindlich klang. „Du lügst!"

„Ich dachte, ich müsste dich schützen. Deshalb habe ich damals gelogen, aber nicht jetzt. Warum sollte ich jetzt lügen?“

„Um mir wehzutun.“

„Dir wehzutun?“ Ihre Mutter verdrehte die Augen, ihr Sarkasmus überlagerte jetzt alle anderen Emotionen. „Ich habe jahrelang versucht, dich vor der Wahrheit zu schützen.“

„Mich schützen?“ Jetzt kam Maggie in Rage. „Mit mir durchs halbe Land zu ziehen, das nennst du schützen? Fremde Männer mit heimzubringen, damit sie mich begrapschen, nennst du schützen?“

„Ich habe getan, was ich konnte.“ Kathleens Blick wanderte schon wieder durch den Raum, und Maggie wusste, dass ihre Mutter nach einem Rückzugs- oder Fluchtweg suchte, nachdem sie gesagt hatte, was sie sagen wollte.

„Du hast in jener Nacht nur einen Ehemann verloren, aber ich habe beide Eltern verloren!“

„Das ist lächerlich.“

„Ich habe meinen Vater und meine Mutter verloren. Und was bekam ich an ihrer Stelle? Eine betrunkene Invalidin, um die ich mich kümmern musste! Eine betrunkene Schlampe anstelle einer Mutter!“

Der Schlag kam so schnell, dass Maggie keine Zeit blieb, auszuweichen. Sie rieb sich die brennende Wange und ärgerte sich über die Tränen, die ihr bereits über die Wangen liefen.

„Mein Gott, Maggie!“ Kathleen streckte die Hand nach ihr aus, doch Maggie wich zurück. „Tut mir Leid. Ich wollte nicht ...“

„Nein, lass.“ Sie hob abwehrend die Hand, straffte sich

und wich dem Blick der Mutter aus. „Entschuldige dich nicht.“ Sie wischte sich noch einmal die Tränen ab. „Das war eine für dich typische Reaktion. Ich habe nichts anderes erwartet.“

Sie wandte sich ab und ging, schaffte es zum Wagen und fuhr mit tränenverschleiertem Blick zur I-95. Dort parkte sie auf dem Randstreifen, schaltete bei laufendem Motor die Scheinwerfer aus und das Warnlicht ein, drehte das Radio auf und ließ ihren Schluchzern freien Lauf. Sie kapitulierte endlich und ließ die brüchigen inneren Barrieren einstürzen.

54. KAPITEL

Gwen wusste, sie sollte langsamer trinken, leerte ihr Weinglas aber dennoch auf einen Zug. Sie spürte, dass Tully sie über den kleinen runden Tisch hinweg höflich besorgt beobachtete, während er mit Spaghetti und Fleischbällchen kämpfte.

Er hatte ein hübsches italienisches Restaurant ausgewählt: frische weiße Tischtücher, Kerzen in allen Fenstern und eine große Schar Bedienungspersonal, das sie ausgesucht höflich und freundlich behandelte, sich aber gegenseitig in Italienisch anbrüllte, sobald sie die Schwingtüren zur Küche hinter sich hatten.

Gwen hatte die Fettucine Alfredo mit frischer Sahnesauce und Pilzen kaum angerührt. Das Gericht roch wunderbar, doch im Moment sehnte sie sich nur nach der betäubenden Wirkung des Weines. Sie brauchte etwas, um die Erinnerung an das Gefühl des Bleistiftes an ihrem Hals loszuwerden und den Wunsch zu dämpfen, sich für ihre Dummheit zu treten. Allmählich verstand sie, warum Maggie sich so oft zum Scotch flüchtete. Sie musste eine weitaus längere Liste von grausamen Erinnerungen tilgen.

„Tut mir Leid", sagte sie schließlich. „Sie hätten mich besser in meinem Hotelzimmer gelassen. Ich fürchte, ich bin heute keine gute Gesellschaft."

„Ehrlich gesagt, bin ich an Frauen gewöhnt, die bei Tisch nicht mit mir reden."

Mit dieser Antwort hatte sie nun gar nicht gerechnet und musste lachen. Er lächelte, und ihr wurde erst jetzt bewusst, wie schrecklich dieser Nachmittag auch für ihn gewesen sein musste.

„Danke“, sagte sie, „das Lachen hat mit gut getan.“

„Freut mich, dass ich Ihnen helfen konnte.“

„Ich habe unseren Auftrag hier versaubeutelt. Wir sind nicht weitergekommen.“

„Das würde ich so nicht sagen. Pratt dachte, Vater Joseph hätte Sie geschickt, ihn zu töten. Das hat er gesagt. Das ist eine neue Erkenntnis für uns, die das Geschehen in der Hütte stärker mit Reverend Joseph Everett in Verbindung bringt. Vergeudet ist diese Reise allerdings, wenn Sie nicht wenigstens etwas essen.“ Er lächelte sie an, und sie fragte sich, ob er diesen Nachmittag auch so gern vergessen würde wie sie. Er sah sie erwartungsvoll an und fügte hinzu: „Wenn Sie möchten, können wir gern woanders hingehen, wenn das hier nicht Ihrem Geschmack entspricht.“

„O nein, es ist schön hier, und das Essen riecht wunderbar. Ich warte nur auf meinen Appetit.“

Sie erzählte nicht, dass sie sich während des Umziehens zum Dinner ein Glas Champagner gegönnt hatte. Das Hotel hatte ihr versehentlich einen Präsentkorb für frisch Vermählte geschickt. Als sie am Empfang angerufen und den Irrtum gemeldet hatte, war es dem Empfangschef so peinlich gewesen, dass er darauf bestanden hatte, sie solle den Korb behalten und den Inhalt genießen, man würde dem jungen Paar einen neuen schicken. Nun ja, sie konnte nicht alles genießen, der Korb enthielt auch Massageöle und ein Sortiment Kondome. Aber sie begnügte sich mit Champagner und Konfekt.

Sie sah Tully mit seinen Spaghetti kämpfen und sie schließlich in kleine Stücke schneiden, anstatt sie um die Gabel zu wickeln. Es war schmerzlich mit anzusehen. „Stört es Sie, wenn ich Ihnen zeige, wie man das macht?“ fragte sie.

Er sah sie kurz an und merkte leicht verlegen, was sie meinte. Ehe er antworten konnte, war sie bereits mit ihrem Stuhl an seine rechte Seite gerückt. Ohne viel Aufhebens legte sie ihre Hand über seine, wobei ihre kleine Hand seine große kaum bedeckte, und zeigte ihm, wie man die Gabel hielt. „Das Geheimnis“, begann sie, griff über seinen Schoß und nahm seine andere Hand, „ist der Löffel.“ Mit einem Nicken forderte sie ihn auf, den Löffel in die Linke zu nehmen. „Sie ziehen mit der Gabel wenige Spaghetti aus dem Haufen und wickeln sie mit langsamen, ruhigen Bewegungen gegen die Vertiefung des Löffels.“

Sie spürte seinen Atem im Haar und nahm den schwachen Duft seines Aftershaves wahr. Seine Hände gehorchten ihren Befehlen und fühlten sich überraschend angenehm an. Sobald die Lektion beendet war, lehnte sie sich auf ihrem Stuhl zurück und rückte wieder auf die andere Tischseite, wobei sie seinem Blick auswich. „Lektion beendet.“ Sie deutete auf die perfekt gewickelten Spaghetti auf seiner Gabel. „Sie lernen schnell.“

Er zögerte und führte die Gabel zum Mund. Während er kaute, versuchte er es erneut mit der neuen Technik und hob die Gabel, um Gwen den Erfolg zu zeigen. Diesmal begegneten sich ihre Blicke, und keiner von beiden sah fort, bis sie von der Bedienung gestört wurden, die Wein nachschenken wollte, was Gwen gern annahm. Zweifellos war es gut, die unerwartete leidenschaftliche Regung zu betäuben, die sie plötzlich spürte.

Zu diesem Glas Wein konnte sie endlich etwas von ihren Fettucine essen und später sogar eine Hälfte des Desserts. Während des Kaffees und auf der langen Taxifahrt nach Haus erzählte sie Tully von ihrer Praxis und dem alten

Stadthaus, das sie restaurierte, während er von Emma und den Erziehungsproblemen mit einer Fünfzehnjährigen berichtete. Gwen hatte nicht gewusst, dass er das Sorgerecht für seine Tochter hatte. Dass er ein hingebungsvoller, allein erziehender Vater war, komplettierte auf ärgerliche Weise das Bild des perfekten Pfadfinders, das sie von ihm hatte.

Vor ihrem Hotelzimmer lud sie ihn auf ein Glas des geschenkten Champagners ein, überzeugt, der Pfadfinder würde ablehnen und sie wäre in Sicherheit. Der Pfadfinder nahm an. Ehe sie den Champagner einschenkte, wandte sie sich an Tully und sagte endlich, was ihr schon den ganzen Abend auf der Seele lag.

„Ich muss mich bei Ihnen bedanken." Sie sah ihm in die Augen und hielt seinen Blick fest, damit er nicht mit einem Scherz über ihren Dank hinwegging. „Sie haben mir heute das Leben gerettet, Tully."

„Ohne Ihre Hilfe wäre mir das nicht gelungen. Sie haben wirklich gute Instinkte, Doc." Er lächelte sie an, und es fiel ihm offenbar nicht leicht, den Dank anzunehmen. Okay, er wollte das also schwierig machen.

„Können Sie meinen Dank nicht einfach akzeptieren?"

„Tue ich."

Sie ging zu ihm, stellte sich auf die Zehenspitzen und musste seinen Kopf trotzdem am Krawattenknoten zu sich herabziehen, um ihm die Wange zu küssen. Während sie das tat, merkte sie, dass seine Miene ernst wurde. Ehe sie zurückweichen konnte, gab er ihr einen sanften, aber innigen Kuss auf den Mund, der nichts mit Dankbarkeit zu tun hatte.

Ein wenig außer Atem verlagerte sie das Gewicht zurück auf die Hacken und sah ihn verblüfft an. „Das war unerwartet", gestand sie, erstaunt, dass sie sich leicht benommen fühlte. Das musste am Wein liegen.

„Tut mir Leid", erwiderte er und rückte sogleich das Bild des perfekten Pfadfinders wieder zurecht. „Ich hätte das nicht ..."

„Nein, entschuldigen Sie sich nicht. Es war ... es war recht nett."

„Nett?" Er sah gekränkt aus. Sie musste lächeln, er blieb ernst. „Ich denke, das kann ich besser."

Er kam näher und küsste sie erneut, doch diesmal begnügte er sich nicht mit ihren Lippen. Gwen lehnte sich gegen die Sofalehne, und ihre Hände glitten auf der Suche nach festem Halt über den Stoff, während Tully sie überzeugte, dass er es in der Tat besser konnte.

55. KAPITEL

Ben Garrison kam erst spät ins Ritz Carlton zurück. Er fand den rückwärtigen Lieferanteneingang und nahm den Lastenaufzug hinauf in die 14. Etage. Heute Morgen hatte er mit dem Portier darum gerungen, in ein anderes Stockwerk umzuziehen. Gleichgültig, wie man sie bezeichnete, die 14. Etage war im Grunde die 13. Sicher gab es eine andere verfügbare Ecksuite. Aber inzwischen schien das unwichtig zu sein. Sein Glück war zurückgekehrt. Sobald diese Fotos am Zeitungsstand erschienen, war er wieder King dieser Scheißwelt.

In seinem Zimmer warf er die Tasche aufs Bett, zog seine Kleidung aus, stopfte sie in einen Plastikwäschesack des Hotels und warf ihn zu dem anderen Abfall, den er am Morgen entsorgen wollte. Die Stiefel stellte er in die Whirlpoolwanne, um sie später zu säubern, und schlüpfte in den Frotteebademantel, den das Personal frisch und sauber an die Badezimmertür gehängt hatte.

Er hatte das Entwicklerbad und genügend Chemikalien zur Filmentwicklung eingepackt. Er konnte Kontaktabzüge machen und ausreichend Kopien von denen, die er verkaufen wollte. Selbst zu entwickeln hatte den Vorteil, dass er die Filme nicht vierundzwanzig Stunden in einem Fotoladen abgeben musste und ein pickeliger Lehrjunge bei dem, was er zu sehen bekam, vielleicht ausflippte.

Während er alles Notwendige herausholte, rief er den Zimmerservice an, bestellte gebratene Ente mit Himbeeren, Schoko-Käsekuchen und die teuerste Flasche Sangiovese auf der Weinkarte. Dann wählte er seine eigene Nummer, um die eingegangenen Mitteilungen abzuhören. Seitdem der

National Enquirer an den Zeitungsständen lag, erwartete er die Anrufe einiger Nachrichtenredakteure, von denen er seit Jahren nichts gehört hatte, die aber plötzlich so tun würden, als wären sie seine besten Freunde.

Er hatte Recht. Es gab fünfzehn Mitteilungen. Seine verdammte Maschine konnte nur achtzehn speichern. Er schnappte sich den Notizblock mit dem eingeprägten Logo des Hotels und begann die Liste durchzugehen. Dabei konnte er sich ein Lächeln nicht verkneifen und lachte schließlich über die zwei Botschaften von Curtis laut auf. In der ersten fragte er, warum er die Exklusivfotos nicht zu ihm gebracht habe. In der zweiten wollte er alle Preise überbieten für alles, was Ben anzubieten hatte. O ja, das Leben war wieder schön. Sehr schön sogar.

Eine Nachricht stammte von seiner alten Freundin, Detective Julia Racine. Er hatte gehofft, von ihr zu hören. Im Gegensatz zu den anderen Anrufern vergeudete Racine keine Zeit mit Süßholzraspeln und Schleimerei. Stattdessen drohte sie ihm mit Festnahme und Anklage wegen Behinderung polizeilicher Ermittlungen. Junge, Junge, die Frau törnte ihn schon mit dem Klang ihrer Stimme an, besonders, wenn sie dreckig daherredete. Als er hörte, wie sie ihn einen „Knieficker“ schimpfte, bekam er eine heftige Erektion. Um das Gefühl zu genießen, spielte er die Nachricht noch einmal ab und beschloss, sie nicht zu löschen, sondern für zukünftige Nutzung aufzubewahren.

Er blätterte sein kleines schwarzes Buch durch, und ihm kam der Gedanke, dass er es bei Detective Racine vielleicht wieder gutmachen konnte. So sehr er ihre Beschimpfungen auch genoss, ihm war danach, eine ihrer Gegenleistungen einzufordern, für die sie so berühmt war. Wie es klang, war die Ärmste wahrscheinlich seit einiger Zeit nicht flachgelegt worden – weder von Männer noch von Frauen. Und er musste zugeben, dass er heute Abend in der richtigen Stimmung war. Garantiert fiel ihm etwas ein, das für Racine so interessant war wie für ihn.

Schließlich fand er die gesuchte Telefonnummer und wählte Britt Harwood beim *Boston Globe* an. Es war spät, aber er würde eine Nachricht hinterlassen. Er würde dem Jungen von der Heimatfront die erste Option auf die Exklusivfotos einräumen. Lächelnd stellte er sich Harwoods Gesicht vor, wenn er ihm die Kontaktabzüge zeigte, auf denen ein Dutzend guter kleiner Christenjungen mitten im Boston Common Frauen überfielen und ihnen die Kleider vom Leib rissen.

56. KAPITEL

Tully konnte es immer noch nicht glauben. Wenn es keine Handys gäbe, wäre er wahrscheinlich jetzt mit Gwen im Hotel, und sie würden sich gemeinsam durch den Präsentkorb mit Champagner und Kondomen arbeiten. Waren sie nahe daran gewesen, einen Riesenfehler zu begehen? Trotzdem wäre er lieber wieder im Hotel, anstatt unter einem mondhellen Himmel bis zu den Knöcheln im Matsch zu stehen und einem kettenrauchenden Detective beim Verhunzen der englischen Sprache zu lauschen, während sie auf den Gerichtsmediziner warteten.

Zuerst hätte er Morrelli wegen des Anrufs am liebsten erwürgt – auch wenn es einen Mord gab, der dem vom FDR-Memorial glich. Er ertappte sich bei der Frage, ob Morrelli das absichtlich getan hatte, was natürlich Blödsinn war. Schließlich konnte Morrelli nicht ahnen, was er unterbrach. Er selbst hatte ja auch nicht geahnt, was sich da entwickelte. Tatsache war, er konnte immer noch nicht fassen, dass er Dr. Gwen Patterson geküsst hatte, geschweige denn ... Woran dachte er da überhaupt? Vielleicht war es gut, dass sie gestört worden waren. Sonst ... sonst wäre es ... na ja, es wäre etwas ziemlich Unglaubliches passiert.

„Hier sind die Abdrücke, von denen Sie gesprochen haben." Detective Kubat beleuchtete mit der Taschenlampe einen Bereich, etwa zwei Schritte von der Leiche entfernt.

Tully beugte sich herunter und prüfte die runden Abdrücke. Einer war deutlich im Matsch zu erkennen, ein möglicher zweiter war offenbar verwischt worden. Sie sahen wirklich aus wie die am FDR-Memorial. Welche Bedeutung hatten sie bloß?

„Hat jemand davon ein Foto gemacht?“

„He, Marshall!“ schrie Kubat. „Schieb deinen Hintern her und mach ‘n paar Polaroids von den Dingern da.“

„Was ist mit der Kleidung?“

„Alles ordentlich zusammengelegt und hier drüben gestapelt.“ Er schwenkte den Lichtstrahl zu der betreffenden Stelle, doch die Kleidung war schon von der Spurensicherung eingesackt und fortgebracht worden. „Komisch war, dass alles total zerrissen war.“

Tully erhob sich und sah sich um. Sie befanden sich in einem abgelegenen Teil des Parks. Auf einer Seite Bäume, auf der anderen eine Steinmauer. Die Leiche der jungen Frau war gegen einen Baum gelehnt, den Blick auf eine Holzbank mit Laternen gerichtet. Tatsächlich sah es so aus, als würde sie direkt auf die Bank starren und für einen dort sitzenden Bewunderer posieren.

„Was ist mit Seilen oder Kordeln. Etwas gefunden?“

„Nee, nix. Aber ’ne Ladung hiervon.“

Er führte Tully näher an die vom Polizeischeinwerfer beleuchtete Leiche. Das grelle Licht verwandelte sie in eine weißgesichtige Marionette. Sie wies deutlich schlimmere Prellungen auf als das Brier-Mädchen. Ein Auge war schwarz, und eine Prellung sah nach einem linken Haken zum Kinn aus. Ihr Kopf war zur linken Seite geneigt und zeigte drei oder vier Streifen von Würgemalen. Ohne ein weiteres Wort beugte Kubat sich hinunter und schaltete den Scheinwerfer aus. Zuerst war Tully nicht klar, wozu das gut sein sollte, doch dann sah er es. Die Streifen am Hals der jungen Frau leuchteten in der Dunkelheit.

„Was ist das denn?“

„Richtig beschissen unheimlich, was?“ sagte Kubat und

schaltete das Licht wieder ein. „Gab's so was an Ihrer Leiche auch?"

„Wir fanden irgendein Glitzerzeug am Hals. Mir war nicht klar, dass es in der Dunkelheit leuchtet."

„O hallo, da ist Doc Samuel", sagte Detective Kubat und winkte der großen, distinguiert wirkenden Frau in Trenchcoat und schwarzen Gummistiefeletten zu. Sie schien die Einzige zu sein, die vorbereitet war. „Doc, das hier ist der FBI-Typ, J. R. Scully."

„Eigentlich R. J. Tully."

„Wirklich? Sind Sie sicher?" Kubat sah ihn an, als hätte Tully seinen eigenen Namen verwechselt. „Ich dachte, das ist derselbe Name wie von der Akte X-Tussi. Heißt die nicht Scully?"

„Ich weiß nicht."

„Klar doch, die heißt Scully."

„Agent Tully", grüßte Dr. Samuel, Detective Kubat ignorierend, und gab ihm die Hand. „Man sagte mir, Sie wüssten vielleicht einiges über den Killer."

„Möglicherweise. Es sieht nach demselben Täter aus, mit dem wir es schon zu tun hatten."

„Demnach könnte der Ausweis des Opfers in ihrem Hals stecken?"

„'tschuldigung, Doc", warf Kubat ein, „aber wenn's stimmt, kommen wir schneller mit der Ermittlung voran."

„Solange wir etwas herausholen können, ohne andere Beweisspuren dabei zu zerstören", erwiderte die Gerichtsmedizinerin streng in schulmeisterlichem Ton. „Würde es Ihnen etwas ausmachen, Ihre Zigarette zu löschen, Detective?"

„Nee, natürlich nicht, Doc." Er drückte den Stummel an

einem Baumstamm aus, kniff die Asche ab und steckte sich den unbenutzten Rest hinters Ohr.

Dr. Samuel fand einen trockenen Stein, der groß genug war, dass sie ihren Koffer darauf abstellen konnte. Sie holte Latexhandschuhe, Pinzette und Plastikbeutel heraus und reichte Tully ein Paar Handschuhe.

„Helfen Sie mir? Ich brauche vielleicht ein zweites Paar Hände."

Er nahm die Handschuhe und verdrängte das mulmige Gefühl in der Magengegend. Diesen Teil seiner Arbeit verabscheute er. In solchen Momenten vermisste er die Zeit, als er in seinem Büro Analysen auf Grund von Fotos und digital gescannten Bildern vorgenommen hatte. Warum hatte er bloß sein Handy nicht abgeschaltet? Nach der Spaghettiwickel-Lektion hatte er es ernsthaft erwogen, sich dann aber geschämt, überhaupt an so etwas zu denken.

Trotzdem hätte er es vermutlich abgestellt, wenn er sich nicht dauernd wegen Emmas Reise nach Cleveland Sorgen machen würde. Dabei hatte sie angerufen und ihm mitgeteilt, dass sie am frühen Nachmittag sicher bei ihrer Mutter in Cleveland angekommen war. Warum machte er sich dann immer noch Sorgen?

Dr. Samuel war bereit. Er folgte ihren Anweisungen, prüfte sorgfältig, wohin er sich kniete, und vermied es, ihr das Licht zu nehmen. Er bemühte sich, den leichten Verwesungsgeruch zu ignorieren und nicht auf die Augen der Frau zu achten, die ihn anzustarren schienen. Summende Fliegen sammelten sich bereits, obwohl es eine kühle Nacht war. Sie waren offenbar so etwas wie die Insektenversion von Geiern. Die verdammten Biester rochen den Tod und ließen sich innerhalb von Stunden, manchmal Minuten häuslich nieder.

Kubat trat beiseite und übergab Tully seine Taschenlampe. „Vielleicht brauchen Sie die, wenn Sie ihr in den Mund leuchten."

Die Gerichtsmedizinerin zog mit der Pinzette vorsichtig das Klebeband vom Mund und tat es in einen Beweisbeutel. Sie musste die Finger benutzen, den Mund zu öffnen. Dann nickte sie Tully zu, er solle hineinleuchten, und er hielt die Stablampe entsprechend.

„Warten Sie mal", sagte er. „Hat sich da was bewegt?"

Die Gerichtsmedizinerin beugte sich mit leicht geneigtem Kopf vor, um besser sehen zu können, während Tully leuchtete. Ruckartig wich sie zurück. „Großer Gott!" Sie sprang auf. „Holen Sie ein paar Beutel, Detective!"

Tully blieb verblüfft und reglos an seinem Platz, hielt die Lampe und lauschte Kubat und Dr. Samuel, die umherliefen und irgendetwas suchten, womit sie die großen Kakerlaken einfangen konnten, die aus dem Mund der Toten krochen.

57. KAPITEL

Maggie wusste, dass sie aufstehen und zur Abwechslung mal zum Schlafen ins Bett gehen sollte. Doch dazu müsste sie Harvey stören, der schnarchend mit dem großen Kopf in ihrem Schoß lag. Also blieb sie, wo sie war. Der alte La-Z-Boy-Liegestuhl war eine Art Heiligtum geworden. Er stand in ihrem Wintergarten, zu den deckenhohen Fenstern mit Blick in den Garten ausgerichtet. Allerdings gab es dort im Dunkeln nichts zu sehen. Das Mondlicht schuf tanzende Schatten, und skelettartige Arme winkten ihr zu, doch zum Glück gab es heute keine geisterhaften Nebelschwaden.

Sie bedauerte, die Erinnerung an den Besuch bei Kathleen nicht tilgen zu können, so wie man einen schlechten Geschmack aus dem Mund spülte. Doch der Scotch wirkte heute nicht. Die Erinnerung blieb wie das Gefühl der Leere. Und aus irgendeinem Grund hörte sie Kathleen immer wieder sagen: *Dein Vater war kein Heiliger!*

Warum nur hatte ihre Mutter diese Lüge erfunden? Warum versuchte sie ihr wehzutun?

Bilder der Vergangenheit zogen an ihrem inneren Augen vorbei, einige in Zeitlupe, andere in raschen Blitzen, viele schmerzlich. Ihre Mutter war mit vielen Männern zusammen gewesen, Versagern und Mistkerlen. Warum versuchte sie, ihren toten Mann in dieselbe Kategorie einzuordnen? Was für ein grausamer Scherz sollte das sein? Hatte Everett sie dazu angestiftet?

Maggie nippte an ihrem Scotch, ließ ihn im Munde verweilen und dann langsam die Kehle hinabgleiten. Mit geschlossenen Augen genoss sie das brennende Gefühl und wartete, dass es sie innerlich wärmte, die Spannungen löste und die innere Leere. Doch dazu müsste die Wärme wohl bis ins Herz ziehen. Heute Nacht machte der Alkohol sie nur leicht benommen, rastlos und ... ja, sie musste es zugeben, einsam. Sie war allein mit diesen verdammten Erinnerungen, die an ihrer Seele nagten.

Warum wollte Kathleen ihr die einzige Kindheitserinnerung nehmen, die ihr heute noch lieb und teuer war – die an die Liebe ihres Vaters? Wie konnte sie nur? Warum versuchte sie es überhaupt? Ihr Problem, dass sie nur schwer lieben und vertrauen konnte, aber schnell misstraute, hatte nichts mit ihrem Vater zu tun, aber alles mit einer Mutter, die ihre Tochter für Jack Daniels im Stich gelassen hatte.

Sie hatte, um zu überleben, das Einzige getan, was ein Kind tun konnte, und sich stark gemacht. Dazu hatte sie auch lernen müssen, sich zu distanzieren. Das war eben so und gehörte zu den Dingen ihres Lebens, die sie nicht ändern konnte. Wenn die Menschen, denen sie etwas bedeutete, das nicht verstanden, war das eher deren Problem als ihres.

Sie griff nach der Flasche und hielt in der Bewegung inne, als der Flaschenhals gegen ihr Glas stieß. Sie wartete, ob das Geräusch Harvey geweckt hatte. Ein Ohr zuckte, doch sein Kopf blieb auf ihrem Schoß.

Maggie erinnerte sich, dass Kathleen ihr nach dem Tod des Vaters erzählt hatte, Daddy sei immer bei ihr und würde auf sie Acht geben.

So ein Mist. Warum sagt man so etwas?

Die Vorstellung hätte sie trösten sollen. Doch schon als Kind hatte sie sich gefragt, warum ihre Mutter sich dann so benahm, wenn es stimmte, dass Daddy ihnen zusah? Warum brachte sie Nacht für Nacht fremde Männer mit nach Hause? Bis sie dann ihre nächtliche Entspannung in Hotelzimmer verlegt hatte. Rückblickend wusste Maggie nicht, was schlimmer gewesen war, durch die papierdünnen Wände ihrer Wohnung zu hören, wie ein Fremder mit ihrer betrunkenen Mutter schlief oder als Zwölfjährige die Nächte allein zu verbringen?

Was uns nicht umbringt, macht uns stark.

Also war sie jetzt eine starke FBI-Agentin, die regelmäßig dem Bösen den Kampf ansagte. Warum war es dann so schwierig, Frieden mit ihrer Kindheit zu schließen? Warum machte die Erinnerung an Kathleens Trunksucht und ihre Selbstmordversuche sie immer noch so fertig, dass sie glaubte, sie nur mit Blick auf den Boden eines Scotchglases zu ertragen? Warum brachten Gedanken an die Zwölfjährige, die Hände voll Erde auf den glänzenden Sarg des Vaters warf, automatisch Gefühle von Trostlosigkeit und innerer Leere mit sich?

Sie war einem Irrtum erlegen, ihre Vergangenheit längst bewältigt zu haben, vielmehr beeinträchtigte sie ihre Gegenwart. Warum sonst hätte die Lüge der Mutter sie derart aus der Fassung gebracht?

Verdammter Mist!

Maggie wusste, dass etwas in ihr zerbrochen war, auch wenn sie das niemandem eingestand. Irgendwo gab es eine blutende Wunde, die sie nicht stillen, sondern nur verbergen konnte.

Sie kannte sich aus mit den Symptomen der unvermeidlichen psychischen Narben von Kindern, die mit einem alkoholkranken Elternteil aufwuchsen. Ihnen fehlte oft das Urvertrauen, da Glück für sie so flüchtig war wie die Versprechen der Eltern, die gemacht, aber gleich wieder gebrochen wurden. Das Kind lernte nicht zu vertrauen, weil seine Welt jederzeit aus den Fugen geraten konnte. Und dann die Lügen. Allmächtiger, wurde da gelogen, wie ihre Mutter soeben bewiesen hatte. Natürlich hatte sie gelogen.

Maggie nippte an ihrem Scotch und beobachtete, wie das Mondlicht im Garten die Schatten zum Leben erweckte, während weitere Erinnerungen auftauchten.

Wie die Mutter so die Tochter.

Nein, sie war nicht wie ihre Mutter. Kein Stück.

In diesem Moment begann das Handy in ihrer Jackentasche zu piepsen. Erst da fiel ihr ein, dass sie das normale Telefon ausgestöpselt hatte, falls ihre Mutter den Drang verspüren sollte, sie anzurufen. Maggie reckte sich, um die Jacke von einem nahen Ständer zu nehmen, ohne Harvey zu stören, der bei geöffneten Augen den Kopf schwer auf ihrem Schoß liegen ließ.

„Maggie O'Dell."

„Maggie, hier ist Julia Racine. Tut mir Leid, Sie so spät zu stören."

Maggie schloss die Augen und atmete tief durch. Racine war die Letzte, mit der sie jetzt reden wollte.

„Ich muss mit Ihnen sprechen", sagte die ungewöhnlich kleinlaut. „Haben Sie ein paar Minuten? Ich habe Sie doch nicht geweckt, oder?"

„Nein, ist schon okay." Sie tätschelte Harvey, der die Augen wieder schloss. „Ich habe es noch nicht bis ins Bett geschafft, vor allem weil der riesige Kopf meines Hundes auf meinem Schoß liegt."

„Glücklicher Bursche."

„Mein Gott, Racine!"

„Entschuldigung."

„Wenn diese Unterhaltung darauf hinausläuft ...“

„Nein, wirklich nicht, tut mir Leid.“ Racine zögerte, als hätte sie zu dem Thema noch mehr zu sagen, fuhr dann aber fort: „Der Chief hat das Messer auf mich geschliffen. Senator Brier will mich wegen der Fotos, die Garrison an den *Enquirer* verkauft hat, offiziell tadeln lassen.“

„Die Sache beruhigt sich bestimmt wieder, sobald wir wissen, wer für den Tod seiner Tochter verantwortlich ist.“

„Ich wünschte, es wäre so einfach“, erwiderte Racine, und diesmal klang etwas anderes in ihrer Stimme an als Zorn oder Frustration, eher ein wenig Angst. „Chief Henderson ist ernsthaft auf der Palme. Ich verliere vielleicht meine Dienstmarke.“

Maggie wusste nicht, was sie sagen sollte. So wenig sie Racine mochte und so sehr sie oft ihre Kompetenz in Frage stellte, eine solche Bestrafung wäre zu hart.

„Um alles noch schlimmer zu machen, hat mich dieses Arschloch Garrison angerufen.“ Jetzt war sie wieder ganz die Alte und auf Hundert. „Er sagte, er wolle mir einige Fotos zeigen, die mir in dem Fall weiterhelfen.“

„Warum will er uns plötzlich helfen?“

Schweigen. Maggie ahnte, dass etwas für Garrison dabei rausspringen sollte. Aber was?

„Er will eine Gegenleistung von mir“, gestand Racine hörbar verlegen.

„Zum Beispiel? Tut mir Leid, Racine, aber so leicht kommen Sie mir nicht davon. Was will er von Ihnen?“

„Fotos.“

„Was will er denn für Fotos von Ihnen?“

„Nun, er will bestimmte pikante Fotos von mir machen!“ erklärte Racine voller Zorn.

„Mein Gott!“ Maggie konnte es nicht glauben. Kein Wunder, dass Racine so genervt war. „Und warum glaubt er, Sie würden darauf eingehen?“

„Tun Sie nicht so, O'Dell. Sie wissen ganz genau, warum er das glaubt.“

Dann stimmten die Gerüchte also. Dass Racine Gegenleistungen erbrachte, war nicht bloß bösartiges Gequatsche.

„Ist ihm klar, dass wir ihn bereits wegen Behinderung polizeilicher Ermittlungen belangen können?“

„Das habe ich ihm gesagt.“

„Und?“

„Er hat gelacht.“

„Dann tun wir es doch.“

„Soll das ein Witz sein?“

„Nein. Ich rede mit Cunningham, Sie reden mit Chief Henderson. Holen wir uns den Kerl.“

„Ich stecke schon genug in Schwierigkeiten, O'Dell, wenn Garrison nur blufft ...“

„Wenn Garrison so arrogant ist, wie ich glaube, und wenn er etwas für uns hat, werden wir ihn überzeugen, dass es in seinem Interesse liegt, uns die Bilder freiwillig zu geben.“

„Und wie wollen wir ihn überzeugen?“

„Ich rede mit Cunningham, Sie sprechen mit Henderson, und dann informieren Sie mich. Holen wir uns den Mistkerl.“

Maggie beendete das Gespräch, schob den Scotch beiseite und hatte wieder Energie. Vorsichtig weckte sie Harvey und war plötzlich dankbar für Bastarde wie Garrison.

58. KAPITEL

Mittwoch, 27. November,
Washington, D.C.

Ben Garrison gab sich cool, während er mit Handschellen an einen Stuhl gefesselt mitten im 12. Revier saß und wartete. Officer schoben sich an ihm vorbei und ignorierten ihn. Eine voll gedröhnte, zahnlose Nutte grinste ihn von der anderen Seite des Raumes an. Sie zwinkerte ihm sogar zu, spreizte die Beine und gewährte ihm einen Anblick ihrer Ware. Er war nicht beeindruckt.

Seine Gelenke juckten unter den zu engen Handschellen. Die wackeligen Stuhlbeine machten ihn verrückt, und er schob den Stuhl gegen die Wand, was ihm böse Blicke von den beiden Beamten eintrug, die ihn hergebracht hatten. Er konnte immer noch nicht glauben, dass Racine so etwas tat. Wer hätte gedacht, dass sie zu solcher Gemeinheit fähig war? Komischerweise machte ihn das noch schärfer auf sie.

Er war aus Boston zurückgekehrt und von zwei Polizisten vor seiner Apartmenttür abgefangen worden. Zuerst hatte er geglaubt, Mrs. Fowler ließe ihn vor die Tür setzen, weil sie das Ausräucherungszeugs für die Kakerlaken gerochen hatte. Falls die kleinen Biester in das übrige Gebäude entwichen waren, bekam die arme alte Frau wahrscheinlich einen Herzkasper.

Aber nein, nicht Mrs. Fowler war hinter ihm her, sondern Racine. Was für eine Überraschung. Die kleine Schlampe hatte ihren eigenen Spielplan und zu dem gehörte offenbar, ihn warten zu lassen.

Er würde sich seine Glückssträhne jedenfalls von ihr

nicht kaputtmachen lassen. Zumal er den Morgen damit verbracht hatte, Britt Harwood mit weiteren Garrison-Exklusivfotos umzuhauen. Ben lächelte. Racine konnte nicht viel dagegen tun, dass seine Fotos heute Abend im *Boston Globe* erschienen.

Er war wie geplant mit seinen Fotos verfahren, jetzt konnte er sie ruhig mit Racine teilen. Das hatte er ohnehin vorgehabt. Sie konnte ihm nicht verübeln, dass er eine kleine Gegenleistung dafür erwartete.

„Die haben jetzt Zeit für Sie, Garrison", sagte einer der stiernackigen Neandertaler in Blau, als er eine Handschelle aufschloss, sie vom Stuhl löste und ihm schnell wieder um das Handgelenk legte. Als Ben sich erhob, packte der Typ ihn am Ellbogen und führte ihn den Flur entlang.

Der Raum war klein und fensterlos, mit Pockennarben in den Wänden, einige klein genug, um von Projektilen zu stammen. Ein paar größere sahen aus, als hätte jemand mit der Faust oder dem Kopf versucht, durch den Gips zu gehen. Der Raum roch nach einer Mischung aus verbranntem Toast und schweißnassen Turnsocken. Der Officer setzte ihn auf einen Stuhl am Tisch. Dann verband er wieder die Handschelle mit dem stählernen Klappstuhl.

Ben hätte gern darauf hingewiesen, dass er, falls er wirklich fliehen wollte, einfach den Stuhl zusammenklappen, mitnehmen und unterwegs auch noch als Schlagwaffe benutzen könnte. Vermutlich war dies jedoch nicht der geeignete Zeitpunkt für Klugscheißerei. Deshalb blieb er still sitzen und richtete sich auf weiteres Warten ein.

Racine kam nach wenigen Minuten und blieb bei dem Neandertaler an der Tür stehen, ehe sie Bens Gegenwart überhaupt zur Kenntnis nahm. Ihr folgte eine attraktive dunkelhaarige Frau in einem offiziell wirkenden marineblauen Anzug.

Er glaubte, sie zu erkennen. Klar, das war die vom Monument. Was für eine Behandlung! Gleich zwei Polizeimiezen.

Racine sah auch ziemlich gut aus. Wenn sie hart wirken wollte, musste sie allerdings noch ein bisschen üben. Ihr stacheliges blondes Haar sah aus, als wäre sie gerade aus der Dusche gekommen, und sie hatte keinen Sinn für Mode. Heute trug sie zur Jeans einen Pullover, der seiner Ansicht nach hätte enger sein dürfen. Aber ohne Jackett – gottlob – wirkte sie mit dem Lederholster trotzdem antörnend, zumal sich der Knauf ihrer Glock fest unter ihre linke Brust schmiegte. Ja, er konnte die Wirkung schon spüren. Arme Racine. Sie bildete sich vermutlich ein, ihn herschleifen zu lassen sei eine Strafe für ihn.

Ben sah, dass der Neandertaler seinen Matchbeutel hereinbrachte und auf den Tisch stellte. Dann ging er und schloss die Tür hinter sich. Racine zog sich einen Stuhl heran, stellte einen Fuß darauf und versuchte hart auszusehen. Die andere Frau lehnte sich gegen die Wand, verschränkte die Arme vor der Brust und begann ihn zu mustern.

„Also, Garrison, ich freue mich, dass wir endlich das kleine Treffen vereinbaren konnten, an dem Ihnen so lag", begann Racine. „Das hier ist Spezialagentin Maggie O'Dell vom FBI. Ich dachte, Sie hätten nichts dagegen, wenn wir einen Dreier daraus machen."

„Tut mir Leid, Racine. Wenn Sie glauben, mich auf diese Weise einschüchtern zu können, muss ich Sie enttäuschen. Ich krieg nur'n Steifen."

Sie errötete nicht mal andeutungsweise. Vielleicht war

Detective Racine doch um einiges abgebrühter als Officer Racine.

„Dieser Fall ist eine Ermittlung der Bundesbehörde, Garrison. Das könnte bedeuten ...“

„Hören Sie auf mit dem Scheiß!“ unterbrach er sie und blickte zu O'Dell, die an ihrem Platz blieb, offiziell aussah und sich weiterhin nur an die Wand lehnte. Er wusste, wer hier die wirkliche Macht hatte, und als er wieder sprach, wandte er sich an O'Dell. „Ich weiß, Sie wollen die Fotos haben. Ich hatte immer vor, sie Ihnen zu geben.“

„Wirklich?“ erwiderte Maggie zweifelnd.

„Ja, wirklich. Ich habe keine Ahnung, was Racine missverstanden hat. Liegt vermutlich an der sexuellen Anspannung, nicht zu wissen, wen oder was sie diese Woche bumsen soll.“

„Ich bin sicher, wenn wir mit ihnen fertig sind, fühlen Sie sich wie gebumst“, entgegnete Racine, ohne mit der Wimper zu zucken und übernahm die Rolle der bösen Polizistin.

O'Dell blieb cool und ungerührt. „Sie haben die Fotos bei sich?“ fragte sie mit Blick auf seinen Matchbeutel.

„Klar. Und ich zeige sie Ihnen auf der Stelle.“ Dabei hob er die Hände, und die Handschellen schlugen gegen den Stahlstuhl. „Zum Teufel, natürlich gebe ich sie Ihnen. Nachdem alle Anklagepunkte fallen gelassen wurden natürlich.“

„Anklagepunkte?“ Racine blickte kurz zu O'Dell, ehe sie wieder ihn ansah. „Haben die Jungs Ihnen den Eindruck vermittelt, Sie wären verhaftet? Das haben Sie sicher missverstanden, Garrison.“

Er hätte ihr am liebsten gesagt, sie solle sich ins Knie ficken, stattdessen hielt er nur lächelnd die Handschellen hoch, damit sie gelöst wurden.

O'Dell klopfte an die Tür, und der stiernackige Cop kam herein und schloss die Handschellen auf. Dann ging er wortlos wieder hinaus.

Ben rieb sich die Gelenke und ließ sich Zeit, ehe er den Beutel heranzog und seine Ausrüstung durchwühlte. Er wollte nicht, dass die seine Sachen durcheinander brachten. Er legte Kamera, Linsen und zusammenklappbares Stativ auf den Tisch. Dann folgten einige T-Shirts, Trainingshosen und ein Handtuch, ehe am Boden mehrere Umschläge zum Vorschein kamen. Er öffnete einen und kippte den Inhalt auf den Tisch: Negative und Abzüge sowie Bilder, die Harwoods Leute entwickelt und ihm in Kopie gegeben hatten. Er legte fünf mittelgroße Aufnahmen in chronologischer Folge auf den Tisch, um den vollen Effekt zu erzielen.

„Großer Gott!" entfuhr es Racine. „Wo und wann war das?"

„Gestern, am späten Nachmittag in Boston."

Aus einem anderen Umschlag zog er einige Aufnahmen vom Tatort des Brier-Mädchens und etwa ein Dutzend Fotos von Everetts Versammlung. Eines zeigte Everett mit einem blonden jungen Mädchen und Ginny Brier neben zwei der Jungen, die auch auf den Bostoner Fotos zu sehen waren. Er schob sie über den Tisch.

„Diese guten Christenjungen sind ziemlich leicht zu erkennen", sagte er. „Auf der Versammlung Samstag hörte ich sie von einer Art Initiation im Boston Common am kommenden Dienstag sprechen. Ich folgte meiner Ahnung, dass es interessant werden könnte."

„Merkwürdig, dass Sie das mir gegenüber nicht erwähnt haben. Auch nicht, dass Sie auf der Versammlung waren", erwiderte Racine.

„Das schien mir zu dem Zeitpunkt nicht wichtig."

„Obwohl Sie wussten, dass Sie Fotos von der Toten hatten, die auf der Versammlung war?"

„Ich habe an dem Wochenende viele Fotos geschossen. Vielleicht wusste ich nicht mehr genau, von wem oder was."

„Genauso wie Sie vergessen hatten, alle Filme zu übergeben, die Sie am Tatort verknipst hatten?"

Er lächelte wieder und zuckte mit den Schultern.

„War Everett in Boston?" fragte O'Dell, nahm jedes Foto auf, betrachtete es gründlich und ging zum nächsten über.

„Ich habe ihn nicht gesehen. Aber die Jungs redeten, als wäre er dabei." Er deutete auf Brandon, der auf mehreren Fotos aus Boston und Washington D.C. zu erkennen war. „Der hier schien das Kommando zu haben. Die waren alle betrunken. Auf einem Bild sieht man ihre Bierdosen und wie sie die Frauen mit Bier bespritzt haben."

„Unglaublich", sagte Racine. „Wo waren die Cops?"

„Es war ein Dienstagnachmittag. Wer weiß? Ich habe keinen gesehen."

„Und Sie haben einfach zugeschaut?" O'Dell sah ihn an, als versuche sie ihn einzuschätzen.

„Nein, ich habe Fotos gemacht. Das ist mein Beruf."

„Die Bande hat diese Frauen angegriffen, und Sie haben nur dagestanden und Aufnahmen gemacht?"

„Sobald ich hinter der Kamera bin, bin ich nicht mehr Teil des Geschehens. Ich bin dort, um aufzuzeichnen und einzufangen, was geschieht."

„Wie konnten Sie sich da raushalten?" O'Dell ließ nicht locker, er hörte ihre Verärgerung.

„Begreifen Sie denn nicht? Wenn ich die Kamera abgelegt hätte, hätten Sie diese verdammten Fotos nicht und könnten diese Scheißkerle nicht anklagen."

„Wenn Sie die Kamera abgelegt und eingegriffen hätten, bräuchten wir vielleicht gar keine Fotos. Diese Frauen hätten das gar nicht durchmachen müssen."

„Na klar, jetzt ist es meine Schuld. Lassen Sie sich gesagt sein, dass es verdammt viel Arbeit und Planung erfordert, Nachrichten zu machen, Miss FBI-Agentin. Ich zeichne Bilder auf. Ich fange Emotionen ein. Ich bin nicht Teil des Geschehens, ich bin Teil des Apparates. Hinter der Kamera bin ich praktisch unsichtbar. Also, Sie haben Ihre Fotos, und ich bin schon draußen."

Er schnappte sich seinen Beutel, stopfte Kamera und Linsen hinein, um zu gehen, und erwartete, aufgehalten zu werden. Beide Frauen beachteten ihn jedoch nicht mehr, prüften aufmerksam die Fotos, und Racine machte sich bereits Notizen.

Scheißweiber! Wenn die es nicht kapierten, konnte er ihnen auch nicht helfen. Er ging und war ein wenig enttäuscht, dass nicht mal der Neandertaler da war, um ihn zu schubsen oder ein wenig auszuflippen. Diese Runde ging wohl an Racine.

59. KAPITEL

„Glauben Sie das?“ fragte Racine über die Fotos gebeugt und schüttelte den Kopf, als könnte sie wirklich nicht fassen, was sie da sah. „Glauben Sie, das ist allen so ergangen?“

Auch ohne weitere Erklärung wusste Maggie, dass Racine die ermordeten Frauen meinte: Ginny Brier, die Obdachlose vom Viadukt und die Wasserleiche in Raleigh. Und nach einem Gespräch mit Tully mussten sie die arme Frau, die die Bostoner Polizei soeben als Aktienmaklerin Maria Leonetti identifiziert hatte, ihrer Liste auch hinzufügen.

„Ist das möglich?“ fragte Racine, als Maggie nicht antwortete. „Könnten alle Frauen Opfer einer wilden Initiation geworden sein, eines Einführungsritus für die jungen männlichen Mitglieder von Everetts Kirche?“

„Ich weiß es nicht“, erwiderte Maggie. „Ich hoffe fast, dass es nicht so ist.“

„Aber das würde uns viele Fragen beantworten. Zum Beispiel, warum sie nicht gleich getötet wurden. Die treiben irgendein verrücktes Spiel mit denen. Und es ergibt Sinn, dass es immer gleichzeitig mit den Versammlungen passiert.“

„Aber in Boston war keine Versammlung“, gab Maggie zu bedenken.

Die beiden schwiegen wieder und betrachteten nebeneinander stehend die auf dem Tisch verteilten Fotos, ohne sie anzurühren.

„Warum hoffen Sie, dass es nicht so ist?“ brach Racine schließlich das Schweigen.

„Was?“

„Sie sagten, Sie hoffen fast, dass die Morde nicht auf diese Weise passiert sind.“

„Weil ich nicht wahrhaben möchte, dass ein Mann eine Gruppe Jungen zu so etwas anstiften kann, sie sozusagen auf Knopfdruck dazu bringt, Frauen brutal zu überfallen, zu vergewaltigen und zu ermorden.“

„Wäre nicht das erste Mal in der Geschichte, dass Männer sich als echte Scheißkerle erweisen“, bemerkte Racine mit zornigem Unterton.

Maggie warf ihr einen flüchtigen Blick zu. Racines Zorn schien auf persönlichen Erfahrungen zu beruhen. Vielleicht war er auch eine Folge ihrer jahrelangen Tätigkeit in der Abteilung für Sexualdelikte. Was auch der Grund war, da schien viel Persönliches im Spiel zu sein, von dem Maggie nichts wissen wollte.

„Das hieße, Everett ist weitaus gefährlicher, als wir bisher angenommen haben.“ Halblaut fügte Maggie hinzu: „Eve hatte Recht.“

„Wer ist Eve?“

„Ein Exmitglied der Kirche, mit dem ich gesprochen habe. Cunningham und Senator Brier haben das Treffen arrangiert. Ich hielt ihr paranoides Gehabe eigentlich für albern.“

„Und was machen wir jetzt?“

Maggie sah den Stapel Sachen durch, die Garrison nach dem Leeren des Matchbeutels zurückgelassen hatte. Er war so in Eile gewesen, dass er nur Kamera und Linsen mitgenommen hatte. Sie schob das seltsame Metallgestell und die stinkenden T-Shirts und Trainingshosen beiseite und griff nach einem weiteren braunen Umschlag. Sie öffnete ihn und kippte den Inhalt – weitere Fotos – auf den Tisch, neben die

Aufnahmen von Boston. Es waren Bilder vom Ginny Brier-Tatort. Sie mussten von dem Film stammen, den er für sich behalten hatte – die restlichen Aufnahmen, die er nicht an den *Enquirer* verkaufen konnte.

„Ich kann immer noch nicht glauben, dass ich so dumm war", sagte Racine, sobald sie sah, was das für Fotos waren. „Chief Henderson ist stinksauer."

„Sie haben einen Fehler gemacht. Das passiert uns allen mal", beschwichtigte Maggie und spürte, dass Racine sie verwundert ansah.

„Warum sind Sie so verständnisvoll? Ich dachte, Sie wären auch noch sauer auf mich."

„Ich bin sauer auf Garrison, nicht auf Sie", erwiderte Maggie, ohne sie anzusehen, und ging immer noch die Fotos von Ginny Brier durch. Irgendetwas an den Nahaufnahmen machte sie stutzig, aber was?

„Ich meinte den DeLong-Fall."

Maggie verharrte bei einer Nahaufnahme von Ginny Briers Gesicht und spürte Racines Blick. Der DeLong-Fall beunruhigte sie also auch noch.

„Sie waren ziemlich wütend auf mich. Und Sie sind es immer noch." Racine ließ nicht locker. Vielleicht hoffte sie auf Absolution. „Wegen meines Fehlers sind Beweise durchgesickert. Sind Sie deshalb immer noch so schlecht auf mich zu sprechen?"

Diesmal sah Maggie kurz zu ihr hin. „Das hätte uns beinah die Verurteilung gekostet." Sie widmete sich wieder dem Foto von Ginny Briers Gesicht. Die Augen schienen sie anzustarren. Verglichen mit anderen Aufnahmen war jedoch etwas anders an den Augen, aber was?

„Aber er wurde verurteilt", beharrte Racine. „Es ging alles gut aus." Sie war noch nicht fertig. „Ich frage mich, ob das der wirkliche Grund für Ihre Aversion ist."

Diesmal sah Maggie sie an und wartete, dass Racine loswurde, was ihr anscheinend auf der Seele lag. Obwohl sie eine ziemlich genaue Vorstellung davon hatte, was es war. „Wovon genau reden Sie eigentlich?"

„Sind Sie sauer wegen des beruflichen Fehlers, oder weil ich versucht habe, Sie anzumachen?"

„Beides war unprofessionell", erwiderte Maggie emotionslos und ohne Zögern. „Und ich habe wenig Geduld mit Kollegen, die sich unprofessionell verhalten." Sie widmete sich wieder den Fotos, spürte jedoch, dass Racine sie abwartend beobachtete. „Das war's, Racine. Mehr ist an der Sache wirklich nicht dran. Können wir jetzt mit unserem Fall weitermachen?" Sie reichte ihr das Foto. „Was ist anders daran?"

Racine veränderte ihre Haltung, doch Maggie merkte, dass sie nur ungern einfach weitermachte. „Inwiefern anders?" fragte sie.

„Das weiß ich eben nicht." Maggie rieb sich die Augen und spürte die Folgen von zu viel Scotch am Vorabend. „Vielleicht muss ich mir die anderen Tatortfotos nochmal ansehen. Haben wir die zur Hand?"

Racine traf keine Anstalten zu suchen. „Halten Sie mich immer noch für unprofessionell? Ich meine bei diesem Fall?"

Maggie drehte sich zu ihr um. Da sie fast gleich groß waren, standen sie sich Auge in Auge gegenüber. Die gewöhnlich kesse Racine wartete nervös auf die Antwort, eine Hand auf die Hüfte gestemmt, die Finger der anderen trommelten auf das Foto. Sie hielt Maggies Blick mit jener Hartnäckigkeit fest, die sie glaubte, perfektioniert zu haben. Doch sie verriet Schwäche, als sie blinzelnd kurz zur Seite sah, ehe sie den Blick wieder auf Maggie richtete, als müsste sie sich dazu zwingen.

„Ich habe keine Klagen“, sagte Maggie schließlich und fügte lächelnd hinzu: „Noch nicht.“

Racine verdrehte die Augen, doch Maggie sah ihr die Erleichterung an.

„Sagen Sie mir, was Sie über Garrison wissen“, bat Maggie trotz des nagenden Gefühls, dass mit Ginny Briers Augen auf Garrisons illegalen Fotos etwas nicht stimmte.

„Sie meinen, abgesehen davon, dass er ein arroganter, lügender Scheißkerl ist?“

„Es klang so, als hätten Sie schon früher mit ihm gearbeitet.“

„Vor Jahren. Er hat manchmal nachts die zweite Schicht als Tatortfotograf gemacht, als ich noch bei der Sitte war. Er war immer ein arroganter Bastard. Noch bevor er ein berühmter Fotojournalist wurde.“

„Kann ich irgendwo berühmte Bilder von ihm gesehen haben?“

„Klar. Sicher kennen Sie dieses schreckliche Foto von Prinzessin Diana, das Unscharfe, durch die zerborstene Scheibe aufgenommen. Garrison war zufällig in Frankreich. Und eines seiner Bilder vom Bombenattentat in Oklahoma City war auf der Titelseite der *Time*. Der Tote, der aus dem Ruinenberg herausragt. Man erkennt den Körper gar nicht, bis man genau hinsieht, und dann starren einen die Augen direkt an.“

„Klingt, als fasziniere ihn das Fotografieren des Todes.“ Maggie nahm ein weiteres Foto von Ginny Brier auf und studierte die entsetzt blickenden Augen. „Wissen Sie etwas über sein Privatleben?"

Racine warf ihr einen argwöhnischen, angewiderten Blick zu, der Maggie sagte, dass es die falsche Frage gewesen war. Trotzdem antwortete sie: „Wir sind uns mehrfach über den Weg gelaufen, aber außerhalb des Beruflichen weiß ich nur, was ich gehört habe."

„Und was haben Sie gehört?"

„Er war wohl nie verheiratet. Er ist in der Gegend hier aufgewachsen, irgendwo in Virginia. Ach ja, und jemand sagte, seine Mom sei kürzlich gestorben."

„Was meinen Sie mit: Jemand sagte. Woher wusste es dieser Jemand?"

„Keine Ahnung." Racine verengte die Augen und versuchte sich zu erinnern. „Warten Sie eine Minute. Ich glaube, Wenhoff hat das gesagt. Als wir am FDR-Tatort auf Sie gewartet haben und Garrison gerade gegangen war. Keine Ahnung, woher Wenhoff das wusste. Vielleicht irgendwie durch das Büro des Gerichtsmediziners. Ich erinnere mich nur an seine Bemerkung, man könne kaum glauben, dass jemand wie Garrison überhaupt eine Mutter gehabt habe und dass sie vor kurzem gestorben sei. Warum fragen Sie? Halten Sie das für wichtig? Glauben Sie, dass er deshalb plötzlich so rücksichtslos und begierig ist, wieder berühmt zu werden?"

„Ich habe keine Ahnung." Doch Maggie dachte unwillkürlich an ihre eigene Mutter. In welcher Gefahr schwebte sie allein auf Grund der Tatsache, dass sie zu Everetts Gruppe gehörte? Und wie konnte sie Kathleen von einer möglichen Gefahr überzeugen? „Stehen Sie Ihrer Mutter nahe, Racine?"

Racine sah sie an, als sei das eine Fangfrage. Erst da erkannte Maggie, dass sie weder fair noch professionell gewesen war. „Tut mir Leid, ich wollte nicht persönlich werden“, entschuldigte sie sich, ehe Racine antworten konnte. „Ich denke nur in letzter Zeit viel an meine Mutter.“

„Die Frage stört mich nicht“, erwiderte Racine und wirkte entspannt und gelassen bei dem Thema, auch als sie hinzufügte: „Meine Mutter starb, als ich noch ein Kind war.“

„Tut mir Leid, Racine.“

„Ist schon okay. Das Schlimme ist nur, dass ich wenig Erinnerung an sie habe.“ Sie blätterte die Tatortfotos durch, und Maggie fragte sich, ob ihr das Thema doch nicht so angenehm war, wie sie tat. Hände und Augen schienen sich mit irgendetwas beschäftigen zu müssen. Trotzdem fügte sie hinzu: „Mein Dad erzählt mir dauernd Geschichten von ihr. Ich sehe wohl genauso aus wie sie in meinem Alter. Ich werde diese Geschichten in Erinnerung behalten müssen, denn Dad beginnt einiges zu vergessen.“ Maggie wartete, da Racine noch nicht fertig zu sein schien. Racine blickte auf und fügte hinzu: „Er vergisst in letzter Zeit viel.“

„Alzheimer?“

„Im Frühstadium, ja.“ Sie wandte wieder den Blick ab, doch Maggie hatte die Verwundbarkeit im Mienenspiel des zähen Detectives mit der kessen Lippe entdeckt. Dann sortierte sie weiter Garrisons Bilder und fragte: „Was machen wir mit Everett und seiner Jungenbande?“

„Reichen die Fotos für einen Haftbefehl?“

„Für diesen Brandon allemal. Wir haben die Fotos und eine Augenzeugin, die ihn und Ginny Brier Stunden vor dem Mord zusammen gesehen hat.“

„Wenn wir DNA-Proben nehmen, wette ich, sie stimmen mit denen des Spermas überein."

„Wir müssen den Haftbefehl im Lager aushändigen", sagte Racine. „Und wir wissen nicht, in was wir da hineingeraten."

„Rufen Sie Cunningham an. Er weiß, was zu tun ist. Wir brauchen wahrscheinlich das HRT, das Geiselrettungsteam." Bei den Worten dachte Maggie an Delaney. „Hoffentlich wird die Sache nicht blutig. Was glauben Sie, wie lange es dauert, einen Haftbefehl zu bekommen?"

„Für den Verdächtigen im Mordfall der Senatorentochter?" Racine lächelte. „Ich denke, den haben wir vor Ende des Tages."

„Ich muss rasch nach Richmond fahren, aber ich bin bald zurück."

„Ganza will dringend mit Ihnen reden. Er hat vorhin eine Nachricht hinterlassen."

„Haben Sie eine Ahnung, worum es geht?" Maggie war schon auf dem Weg zur Tür.

„Nicht genau. Irgendwas wegen eines alten Polizeiberichtes und einer möglichen DNA-Probe."

Maggie schüttelte den Kopf, sie hatte keine Zeit. Außerdem ging es vielleicht um einen anderen Fall. „Ich rufe ihn von unterwegs an."

„Warten Sie eine Minute", hielt Racine sie auf. „Wohin wollen Sie so eilig?"

„Ich muss versuchen, einer eigensinnigen Frau Vernunft einzureden."

60. KAPITEL

Gwen glitt auf den Fenstersitz, während Tully ihr Gepäck in die Ablage über ihren Köpfen schob. Auf der Taxifahrt zum Logan International Airport hatten sie das beklemmende Schweigen mit Artigkeiten über das Wetter und Details der Tatorte gefüllt. Bisher hatten sie es vermieden, über die letzte Nacht und das, was Nick Morrellis Anruf unterbrochen hatte, zu reden. Gwen ertappte sich bei dem Gedanken, dass es das Beste wäre, so zu tun, als wäre nichts geschehen. Dann wurde ihr bewusst, wie dumm dieser Gedanke gerade für eine Psychologin war. Na ja, es gelang ihr eben nicht, selbst zu beherzigen, was sie predigte.

Tully setzte sich neben sie, hantierte mit dem Gurt und beobachtete, wie die anderen Passagiere das Flugzeug betraten. Offenbar würde die Maschine nicht ganz voll werden. Da niemand auf dem Sitz am Gang Platz nahm, hatten sie noch mehr Gelegenheit, miteinander zu reden. Na, wunderbar!

Tully hatte erwähnt, dass er erst im Morgengrauen ins Hotel zurückgekehrt war. Wenn sie Glück hatte, musste er Schlaf nachholen. Sie wollte jedenfalls nicht über gestern Abend sprechen.

Natürlich war es nichts Ungewöhnliches, dass zwei Menschen, die gemeinsam eine Krise überstanden hatten, sich entgegen sonstiger Gewohnheit zueinander hingezogen fühlten. Das und nichts anderes war mit ihnen geschehen. Und den gestrigen Angriff auf ihr Leben konnte man nun wahrhaftig als Krise bezeichnen.

Die Flugbegleiter begannen mit den Vorbereitungen und Notfallerklärungen, und Tully lauschte gebannt, als wäre ihm das alles neu. Ein sicheres Zeichen, dass auch ihm unbehaglich war. Gwen bedauerte, kein Taschenbuch im Flughafen gekauft zu haben. Wie die Dinge lagen, würde der einstündige Flug quälend lang werden.

Sobald sie in der Luft waren, holte Tully seine Aktentasche unter dem Sitz hervor und öffnete sie. Mit ihr auf dem Schoß schien er sich wohler zu fühlen – ein Schutzschild, das besagte: Dies ist alles rein geschäftlich.

„Ich habe mit O'Dell gesprochen", erklärte er, sah einen Wust Papiere durch und schob Schreibstifte, Tagesplaner und ein paar Büroklammern beiseite.

Gwen fragte sich sofort, ob er den Tagesplaner überhaupt benutzte. Was Maggie wohl dachte, wenn sie erfuhr, dass sie gestern Abend ihre goldene Regel gebrochen hatte, sich nie mit einem Mann einzulassen, mit dem sie arbeitete. Aber es war ja nichts geschehen. Sie hatten keine Zeit gehabt, „sich einzulassen".

Tully holte einige Tatortfotos heraus und deutete auf Ähnlichkeiten. „O'Dell erzählte, Garrison, der Fotograf, der die Tatortfotos an den *Enquirer* verkauft hat, hat Fotos von Everetts Jungen gemacht, als sie gestern im Boston Common Frauen überfallen haben."

„Soll das ein Witz sein? Gestern?" Jetzt hatte er ihre Aufmerksamkeit. „Wieso war der Fotograf gestern in Boston?"

„Angeblich hörte er zufällig etwas über einen Initiationsritus, als er die Fotos von der Gebetsversammlung machte. O'Dell sagte, die Tote hier in Boston sei eine der überfallenen Frauen, und es müsste leicht sein, die Jungen zu identifizieren. Etliche von denen sind auch auf Fotos mit Everett bei der Gebetsversammlung zu sehen. Da haben wir die Verbindung."

„Irgendwie klingt mir das zu einfach. Falls Everetts Jungen etwas mit dem Mord zu tun haben, warum erlaubt Everett dann, dass sie fotografiert werden?“

„Vielleicht wusste er nichts davon?“

„Wie ist es Maggie gelungen, die Fotos von Garrison zu bekommen?“

Tully schüttelte den Kopf, und Gwen entdeckte ein schwaches Lächeln. „Da bin ich mir nicht sicher, und ich will es auch gar nicht wissen.“

Gwen lachte. „Wie ich sehe, kennen Sie meine beste Freundin schon ziemlich gut.“

„Sagen wir einfach, sie ist eher bereit als ich, sich über das korrekte Verfahren hinwegzusetzen.“

„Sie sind der Typ, der sich an die Regeln hält?“

„Ja, ich versuche es. Gibt es daran etwas auszusetzen?“

„Das habe ich nicht gesagt.“

Er sah sie an, als erwarte er weitere Erklärungen, und fügte hinzu: „Das klang, als wollten Sie ein Aber hinzufügen.“

„Nein, keineswegs. Ich frage mich nur, wie der gestrige Abend in Ihre Regeltreue passt?“

Er errötete tatsächlich ein wenig und wandte rasch den Blick ab. Gwen folgte seinem Beispiel und sah in die andere Richtung aus dem Fenster. Toller Schachzug, Patterson! schalt sie sich. Und so was hatte nun einen Doktortitel in Psychologie.

„Ich denke, wir sollten über gestern Abend reden“, sagte er schließlich.

„Wir müssen nicht“, erwiderte sie, obwohl sie die ganze Zeit dachte, ja, wir müssen. Was war bloß los mit ihr? „Ich möchte einfach nicht, dass diese Sache unsere Zusammenarbeit stört.“ Großer Gott, wie pathetisch! Woher hatte sie denn diesen Blödsinn? Sie sollte den Mund halten, und doch hörte sie sich erklären: „Das war einfach die Krise.“ Er sah sie stutzend an. Musste sie es ihm tatsächlich erläutern? „Eine Krise veranlasst Menschen oft zu Handlungen, die ihnen normalerweise fremd sind.“

„Wir steckten nicht gerade mitten in einer Krise.“

„Nein, natürlich nicht. So etwas muss nicht während einer Krise geschehen. Es ist die Wirkung der Krise.“

Er widmete sich wieder seinem Laptop und drückte einige Tasten, um die Akte zu schließen, die er soeben geöffnet hatte. Ohne aufzusehen, sagte er: „Das klingt, als würden Sie lieber so tun, als wäre nichts gewesen.“

Sie warf ihm einen Blick zu und suchte nach Anzeichen, was er wollte. Doch mit dem Computermonitor als Ablenkung richtete er den Blick geradeaus und sah jetzt der Flugbegleiterin, die mit ihrem Servierwagen den Mittelgang entlangkam, so sehnsüchtig entgegen, als könnte er es nicht erwarten, etwas zu trinken und seine Tüte mit Brezeln zu bekommen.

„Schauen Sie, Tully, ich muss zugeben ...“ Sie hielt inne, da ihr plötzlich etwas auffiel. „Soll ich Sie R. J. nennen? Für was steht R. J. überhaupt?“

Er verzog das Gesicht. Sie hatte schon wieder etwas Falsches gesagt. Das schien sie ja bestens zu können.

„Alle meine Freunde nennen mich Tully.“

Sie wartete, erkannte aber, dass es keine weitere Erklärung gab. So viel zum Thema Intimität. Gestern Abend war es ihm eindeutig nur um Sex gegangen. Um was auch sonst? Warum überraschte sie das? War das bei ihr etwa anders gewesen? Dem Himmel sei Dank für Morrellis Anruf.

„Was wollten Sie zugeben?“ fragte er und sah zu ihr hin. „Sie sagten, dass Sie etwas zugeben wollten.“

„Ich wollte nur zugeben, dass ich nicht genau weiß, wie ich Sie nennen soll, mehr nicht.“ Und eine innere Stimme bestätigte ihr, was für eine prima Lügnerin sie war.

Aber wie hätte sie zugeben können, dass die überraschende Umarmung gestern Abend unglaublich schön gewesen war, um dann zu sagen: Also vergessen wir das Ganze, okay? Es gelang ihr seit Jahren, ihr Leben unkompliziert zu halten. Es wäre eine Schande, das für eine überraschend angenehme Umarmung aufzugeben.

„Also haken wir es als Ergebnis der Krise ab“, sagte Tully mit lässigem Schulterzucken, konnte jedoch einen Anflug von – ja, von was? Enttäuschung? Sarkasmus? – nicht verhehlen.

„Ja, das halte ich für das Beste.“

Freud kannte garantiert das treffende Wort für ihre Art, sich zu verhalten, zu reden und die Situation zu bewältigen. Obwohl sie sich irgendwie nicht vorstellen konnte, dass Freud das Wort „beschissen!“ laut ausgesprochen hätte.

61. KAPITEL

Diesmal dachte Maggie daran, von der I-95 abzufahren, ehe sie zur Hauptstraße kam. Sie landete auf dem Jefferson Davis Highway, und als sie den James River überquerte, merkte sie, dass sie etwas zurückfahren musste, um zu ihrer Mutter zu kommen. Zwei Fahrten in zwei Tagen, dass hätte sie ohne Umweg bewältigen müssen. Schließlich hatte sie ihre Jugend hier verbracht, bis sie wegging, um die Universität von Virginia in Charlottesville zu besuchen. Und doch war ihr diese Stadt nie eine Heimat geworden. Damals wäre ihr kein Ort auf der Welt zur Heimat geworden, da ihr der Vater fehlte.

Sie hatte nicht verstanden, dass die Mutter nach seinem Tod unbedingt von Green Bay nach Richmond umziehen wollte. Warum konnten sie nicht in der gewohnten Umgebung bleiben, bei Menschen, die sie kannten und mochten, getröstet von Erinnerungen? Es sei denn, es hatte da wirklich eine Affäre gegeben, und es wurde getratscht. Nein, das musste eine Lüge gewesen sein. Sie wollte den Gedanken nicht ...

Aber warum waren sie umgezogen? Ihre Mutter hatte ihr nie einen schlüssigen Grund genannt. Kathleen hatte immer nur von einem Neubeginn gesprochen. Einer nach jedem misslungenen Selbstmordversuch. Es waren so viele gewesen, dass sie aufgehört hatte zu zählen.

Und jedes Mal war sie zur Stelle gewesen, Kathleen zu retten. Sie hielt vor dem Apartmenthaus ihrer Mutter an und umfuhr den großen LKW, der mehrere normale Parkplätze einnahm. Mehrere Männer luden Möbel ein, während ein kleiner grauhaariger Mann die Sicherheitstür des Gebäudes aufdrückte. So viel zum Thema Sicherheit.

Erst als sie auf dem Bürgersteig an dem LKW vorbeiging, erkannte Maggie den geblümten Zweisitzer, den die Männer auf die Ladefläche schoben. Sofort blickte sie zur Wohnung ihrer Mutter in der ersten Etage hinauf und sah, dass alle Gardinen abgenommen waren. Wie sehr sie in Panik geriet, traf sie unvorbereitet.

„Verzeihen Sie." Sie hielt den kleinen grauhaarigen Mann an, der den Umzug zu überwachen schien. „Ich erkenne einige dieser Stücke. Was geht hier vor?"

„Mrs. O'Dell verkauft ihre Sachen."

„Sie meinen, sie zieht um?"

„Sicher zieht sie irgendwohin. Aber nein, ich meine, sie verkauft ihre Sachen."

Die Verwirrung stand ihr wohl ins Gesicht geschrieben, denn er erklärte: „Ich bin Frank Bartle." Er holte eine Geschäftskarte aus seiner Jacketttasche. „Al und Franks Antiquitäten und Schätze aus zweiter Hand. Wir sind unten in Kirby. Wenn Sie hier etwas finden, das Ihnen gefällt, können Sie es etwa nächste Woche bei uns kaufen."

„Aber ich verstehe nicht, warum sie alles verkauft? Ich gehe wohl besser nach oben und frage sie selbst, anstatt Sie zu belästigen."

„Ich fürchte, das geht nicht."

„Ich verspreche, ich stehe Ihren Männern nicht im Weg." Lächelnd ging sie zur Tür.

„Nein, ich meinte nur, sie ist gar nicht da."

Maggie brach ein leichter Angstschweiß aus. „Wo ist sie?"

„Ich weiß nicht. Ich wollte ihr ein paar Antiquitäten abkaufen. Sie wissen schon, ein paar Klunker, ein paar Figurinen, solche Sachen. Dann rief sie mich heute Morgen an und fragte, ob ich den ganzen Haushalt haben wolle."

Maggie lehnte sich gegen den Türgriff. „Wohin ist sie?“

„Ich weiß es nicht.“

„Aber sie muss Ihnen doch eine Nachsendeadresse gegeben haben.“

„Nein.“

„Was ist mit der Bezahlung?“

„Ich war heute Morgen schon hier, habe alles geschätzt und ihr einen Scheck gegeben. Sie gab mir die Schlüssel. Ich soll ihn der Vermieterin dalassen, wenn wir fertig sind.“

Wie konnte das alles innerhalb eines Tages passieren? Und was war geschehen, dass ihre Mutter so schnell flüchtete? Oder hatte sie es geplant und ihr nur verschwiegen? Gestern hatte sie schon einige Kisten gepackt und gestapelt. Aber warum die Einladung zu Thanksgiving, wenn sie gar nicht vorhatte, hier zu sein. Was zum Teufel ging da vor?

„Ich habe eine Quittung, falls Sie mir nicht glauben.“ Frank Bartle griff wieder in seine Jackentasche.

„Nein, ist schon okay.“ Maggie lehnte mit einer abwinkenden Geste ab. „Ich glaube Ihnen. Es ist nur alles sehr merkwürdig. Ich habe sie gestern noch besucht.“

„Tut mir Leid, aber mehr weiß ich nicht“, sagte er, doch seine Aufmerksamkeit galt einem Möbelpacker, der aus dem Haus kam. „Vorsicht damit, Emile. Stell es irgendwo ab, wo es sicher ist.“

Auf der Seite des Kartons, den der Mann trug, erkannte Maggie die schwarze Aufschrift „Figurinen“. Die Figuren der Großmutter, das einzig Wertvolle, das ihre Mutter besessen hatte. Maggie war elend zu Mute. Wohin ihre Mutter auch gegangen war, sie hatte nicht vor, zurückzukommen.

62. KAPITEL

Ben Garrison stieß die unverschlossene Tür mit dem Fuß auf. Am liebsten hätte er Mrs. Fowler erwürgt. Was fiel ihr ein, in sein Apartment zu gehen, ohne es ihm zu sagen? Bisher hatte sich die alte Lady um sich selbst und ihre Schar von Handwerkern gekümmert, fast schon zwanghaft. Vielleicht hatte sie im Alter ein paar Schrauben locker.

Er stellte seinen Matchbeutel auf dem Küchentresen ab und sah sie aus den Augenwinkeln. Langsam griff er nach dem nächsten Gegenstand, den er finden konnte, holte aus und warf den alten Tennisschuh nach der Reihe schwarzer Krabbeltiere an der Wohnzimmerwand.

Scheiße! Er hatte diese Viecher satt! Wurde er die denn niemals wieder los? War Mrs. Fowler deshalb hereingekommen? Die einfachste Lösung war vielleicht, in ein neues Apartment zu ziehen. Da seine Glückssträhne anhielt, konnte er es sich zweifellos leisten. Er musste abwarten und dann entscheiden. Im Moment hatte er gerade genügend Zeit zu duschen, neue Filme zu laden und zum Flughafen zu fahren.

Er öffnete den Matchbeutel, ging seinen Inhalt durch, warf ein paar leere Filmdosen heraus und machte eine kurze Inventur. Er war immer noch sauer, dass er die ganzen Bostoner Aufnahmen bei Racine gelassen hatte. Aber er konnte es sich nicht leisten, sie gegen sich aufzubringen. Nicht jetzt, wo für ihn alles so gut lief.

Plötzlich merkte er, dass er das zusammenklappbare Stativ auf der Polizeistation vergessen hatte. Verdammt! Wie hatte er nur so sorglos sein können? So etwas passierte jedes Mal, wenn er ein bisschen zu arrogant wurde. Er fragte sich, was er sonst noch zurückgelassen hatte. Auf T-Shirts und Trainingshosen konnte er verzichten, auf das Stativ nicht. Er musste sich irgendwo ein neues besorgen. Auf die Polizeistation ging er keinesfalls zurück.

Er hörte seine Mitteilungen ab und notierte Namen und Telefonnummern von Redakteuren, von denen er noch nie gehört hatte. Plötzlich wollten alle Exklusivfotos von Garrison. Bald konnte er wieder fotografieren, was er wollte. Das war fantastisch, aber nicht annähernd so berauschend wie sein kleines Projekt. Vielleicht fand er eine Galerie, die seine unveröffentlichten Fotos ausstellte. Die waren schließlich sein echtes Kunstwerk.

Fünfmal hatte jemand angerufen und wieder aufgelegt. Wahrscheinlich überprüften ihn Everetts kleine Krieger. Aber warum legten die auf, anstatt ihm wieder miese Drohbotschaften zu schicken? Hatten die keine Einschüchterungsmunition mehr?

Armer Everett. Er bekam endlich, was er verdiente. Vielleicht waren Racine und die FBI-Mieze schlau genug, das Puzzle zusammenzusetzen. Hoffentlich nicht vor Cleveland. Er brauchte diese letzte Reise und eine letzte Versammlung.

Auf dem Weg zum Bad zog er sich aus und hinterließ eine Kleiderspur, ungeachtet der Kakerlaken, die sich in seiner alten vergammelten Jeans einnisteten. Vielleicht verbrannte er sie, wenn er zurückkam. Ja, er würde sie in einen Plastikbeutel packen, damit er die Viecher sich winden sah, wenn er sie anzündete. Er fragte sich, ob Kakerlaken Geräusche machten. Schrien die etwa?

Als er sein Bad betrat, merkte er sofort, dass die Milchglastür zur Dusche geschlossen war. Er schloss sie nie, damit die Feuchtigkeit entweichen konnte und sich kein Schimmelteppich bildete. Hinter dem Milchglas konnte er nichts erkennen. Zweifellos würde er einen Schatten oder eine Silhouette sehen, falls sich jemand in der Dusche verbarg. Vielleicht hatten sich Mrs. Fowlers Handwerker an der Leitung zu schaffen gemacht. Ja, das musste es sein.

Er zog ein Handtuch vom Halter und schüttelte es aus, um sicherzugehen, dass es kakerlakenfrei war. Er öffnete die Tür und griff in die Dusche, um das Wasser aufzudrehen. Ein Blick in die Duschwanne ließ ihn heftig zurückspringen, dabei verhakte er sich mit dem Fuß und fiel zu Boden. Blitzschnell rappelte er sich auf und warf die Duschtür zu, nachdem er sich mit einem letzte Blick vergewissert hatte, dass er nicht träumte.

Diesmal waren sie verdammt zu weit gegangen.

Zusammengerollt in der Dusche lag eine Schlange, so groß, als könnte sie ihn ganz verschlingen.

63. KAPITEL

Das Lager

Kathleen O'Dell saß auf dem Boden neben Reverend Everett in seinem Lehnsessel, während sie darauf warteten, dass sich die Versammlungshalle füllte. Stephen saß auf der anderen Seite mit Emily. Beide hatten kaum etwas zu ihr gesagt, seit sie sie aufgelesen hatten. Kein Wort der Erklärung während der gesamten Fahrt zum Lager, nur kurze, fast schroffe nichts sagende Erwiderungen auf ihre Fragen. Kathleen war nicht sicher, ob sie das als Zorn oder als Ausdruck von Eile deuten sollte. Sie konnte sich das Verhalten der beiden nicht erklären und warf einen Seitenblick auf Reverend Everett. Auch der schien nicht zornig zu sein, doch vorhin hatte sie etwas in seinem Tonfall und seinem Verhalten entdeckt, das Panik hätte sein können.

Nein, unmöglich. Sie war paranoid. Es gab keinen Grund für Panik. Und doch hatte der Anruf heute früh so eindringlich geklungen, dass sie nervös geworden war. Den ganzen Morgen, während sie auf die Leute von Al und Frank und dann auf Stephen und Emily gewartet hatte, bereute sie, die Flasche aus dem Schrank geleert zu haben.

Reverend Everett hatte nicht großartig erklärt, warum sie so schnell abreisen mussten. Bei der Ankunft im Lager waren alle emsig herumgelaufen und hatten sich auf eine weitere Reihe von Gebetsversammlungen vorbereitet. Die nächste sollte am folgenden Abend in Cleveland stattfinden. Man traf einfach nur Vorbereitungen. Aber warum nannte Reverend Everett dieses Treffen dann Notversammlung? Und warum sah Emilys Gesicht vor Anspannung ganz spitz aus?

Kathleen überlegte, dass sie eigentlich gar nicht hier sein und auch nicht mit zur Versammlung nach Cleveland fahren sollte. Schließlich hatte Everett ihr geraten, den Feiertag mit Maggie zu verbringen. Sie hatte noch gar keine Gelegenheit gehabt, mit ihm über Maggie zu reden. Vielleicht war es besser, sie überhaupt nicht zu erwähnen. Irgendwie schien sich alles geändert zu haben. Irgendwas musste passiert sein, das ausgereicht hatte, Emily sprachlos zu machen und Stephen der Fähigkeit zu berauben, ihr in die Augen zu sehen.

Kathleen kam sich vor wie im Nebel, wo nichts wirklich klar zu erkennen war. Sie konnte immer noch nicht glauben, dass sie nichts mehr besaß: keine Wohnung mit freundlichen gelben Gardinen und keine Figurinen der Großmutter. Das war alles zu viel für einen Tag. Vielleicht schmerzte ihr deshalb der Kopf. Reverend Everett würde sicher Verständnis haben. Sobald sie Cleveland erreichten, würde er gewiss wieder ruhiger und zugänglicher werden und erkennen, dass alles wieder in Ordnung kam.

Als er sich erhob, wurde es still im Raum, trotz der nervösen Anspannung aller Versammelten, die im Schneidersitz abwartend auf dem Boden saßen.

„Meine Kinder“, begann er. „Bevor diejenigen von uns, die zur Mission nach Ohio fahren, abreisen, habe ich leider beunruhigende Nachrichten zu verkünden. Ich habe oft davor gewarnt, dass es Verräter gibt, die uns schaden wollen. Sie hassen uns, weil wir diesen Lebensstil gewählt haben. Ich muss euch sagen, dass wir von einem von uns hintergangen wurden. Dieser Jemand wurde zum Verräter und hat uns den Medienmonstern ausgeliefert. Und ihr wisst, wie die Medien lügen.“

Er wartete auf eine angemessene Reaktion und nickte ermutigend bei den wenigen Missfallensbekundungen, die daraufhin lauter wurden. Kathleen sah sich um und hoffte, es gab nicht wieder eine Strafaktion mit Schlange. Sie war nicht sicher, ob ihre Nerven das aushielten.

„Ich fürchte, diese Sache ist viel zu persönlich und schmerzlich für mich, sodass ich Stephen bitten möchte, jetzt fortzufahren.“ Reverend Everett setzte sich wieder und sah Stephen an, der nach dieser Aufforderung überrascht und sogar ein wenig verlegen wirkte. Offenbar war das nicht geplant gewesen. Armer, schüchterner Stephen. Kathleen wusste, wie sehr er es verabscheute, im Mittelpunkt zu stehen. Das Unbehagen stand ihm ins Gesicht geschrieben.

Er erhob sich langsam und zögerlich. „Es ist wahr.“ Die Stimme brach ihm, und er räusperte sich. „Es gibt einen Verräter unter uns.“

Er blickte zu Reverend Everett, der ihn mit einer winkenden Geste aufforderte, weiterzumachen, er kenne ja die Prozedur. Kathleen sah sich in der Menge um, die schweigend abwartete. Sie alle kannten die Prozedur. Der Verräter musste entlarvt werden und eine Lektion bekommen. Aber sie war heute Abend so erschöpft, dass sie nur wünschte, es wäre schon vorüber.

„Der Verräter hat wertvolle Informationen an das FBI und den *Boston Globe* weitergegeben“, fuhr Stephen fort. „Informationen, die sie veranlassten, mit Exmitgliedern zu sprechen. Informationen, die dem Ruf der Kirche schaden und von unserer Mission ablenken könnten. Deshalb ist die Versammlung in Ohio jetzt umso wichtiger. Wir dürfen uns nicht einschüchtern lassen.“

Er blickte auf Zustimmung hoffend zu Reverend Everett. Dann wurde Stephens Stimme kräftiger und tiefer.

„Aber Verräter müssen bestraft werden. Ich fordere die schuldige Person auf, sich zu erheben. Du weißt, dass du es bist.“ Wieder ein Blick zu Everett. „Stell dich vor uns hin, und empfange deine Strafe!“

Alle blieben stumm sitzen. Niemand wagte sich umzusehen, aus Angst, selbst gemeint zu sein. Niemand bewegte sich. Dann drehte Stephen sich um und deutete mit dem ausgestreckten Finger.

„Steh sofort auf und empfange deine Strafe!“ forderte er.

Kathleen glaubte, ein Beben in seiner Stimme zu hören, als er mit dem Finger auf sie zeigte. Nein. Das musste ein Irrtum sein. Sie blickte zu Reverend Everett, doch der starrte geradeaus und würdigte sie als Einziger keines Blickes.

„Kathleen, komm her und empfange deine Strafe, weil du uns verraten hast!“ Stephen gelang ein zorniger, strenger Ton.

„Aber das muss ein Irrtum sein“, widersprach sie. „Ich habe nicht ...“

„Schweig!“ schrie Stephen sie an. „Arme an die Seiten, aufrecht stehen, Augen geradeaus!“ Da sie ihn nur anstarrte, packte er sie bei den Armen und schob sie zur Stirnseite des Raumes, wo sich einige Kirchenmitglieder, einschließlich Emily, versammelt hatten. „Dein Egoismus hätte uns zerstören können!“ schrie er ihr ins Gesicht und sah auffordernd in die Runde.

„Du hast uns verraten!“ keifte eine alte Frau, die Kathleen noch nie gesehen hatte.

„Wie konntest du nur?“ schrie Emily ihr ebenfalls ins Gesicht.

„Du solltest dich schämen!“ kam es von einer anderen.

„Verräterin!“

„Wieso hältst du dich für was Besonderes?“
„Undankbares Luder!“
„Wieso glaubst du, besser zu sein als wir?“
„Schande!“
Einer nach dem anderen umkreiste sie, beschimpfte sie, schrie sie an und schubste sie.
„Wie kannst du es wagen?“
„Verräterin!“
Als sie zum ersten Mal bespuckt wurde, brannten ihre Augen bereits vor Tränen, und sie konnte kaum noch klar sehen. Dann spuckte ein zweiter und ein dritter. Sie versuchte sich das Gesicht zu wischen, doch Stephen schlug ihr auf die Arme.
„Du kennst die Regeln! Arme an die Seiten!“ brüllte er, aber das war nicht mehr Stephen. Das waren nicht mehr Stephens Augen, das war irgendeine Kreatur, ein hässliches Wesen, das Besitz von seinem Körper ergriffen hatte.
Sie stand da, die Augen gegen den Speichel geschlossen, und versuchte sich innerlich vor den Beschimpfungen abzuschotten. Starr nahm sie die Schläge und Stöße hin, die sie erinnern sollten, aufrecht zu stehen. Es nahm kein Ende, bis ihr die Augen brannten, die Ohren klingelten, die Füße schmerzten und die Prellungen sichtbar wurden. Dann hörte es plötzlich auf, und alles war still. Die anderen verließen in geordneten Reihen den Raum, als wären sie zum Dinner gekommen und nun fertig. Plötzlich stand Kathleen allein in der leeren Versammlungshalle.
Sie hatte Angst, sich zu bewegen, weil sie fürchtete, ihre Knie gäben nach. Sie lauschte auf Geräusche von draußen – gewöhnliche Geräusche der Reisevorbereitungen. Es war, als wäre nichts geschehen. Dabei war soeben ihre größte

Angst vor Zeugen zur Realität geworden: die Angst, vor Menschen, die sie vermeintlich respektierten, gedemütigt zu werden. Noch schlimmer war, dass man sie gestraft hatte, als sei das nichts Ungewöhnliches, als sei es normal, ihr praktisch das Herz herauszureißen.

Da entdeckte sie den jungen Mann im Schatten beim Hintereingang. Als er merkte, dass er gesehen worden war, kam er langsam auf sie zu, Kopf leicht gesenkt, eine Hand in der Tasche, mit der anderen hielt er ihr ein Handtuch hin.

Ein Handtuch. Sie hätte fast gelacht. Was sie wirklich brauchte, war eine Flasche vom verdammten Jack Daniel's. Zum Teufel, sogar Waschbenzin hätte ihr genügt. Doch sie nahm das Handtuch und begann sich langsam abzuwischen – Gesicht, Arme und Körper. Dabei versuchte sie, nicht auf die vielen blauen Flecke zu achten, und tat, als wäre nichts weiter. Sie schaffte das, sie war gleich wieder okay. Sie musste sich nur stabilisieren. Drehte sich der Raum, oder bildete sie sich das ein?

Er half ihr, sich hinzusetzen. Dann sagte er etwas, nahm das Handtuch und ging. War er weg? Hielt er sie für einen aussichtslosen Fall? Hatte er sie verlassen wie alle anderen? Plötzlich war er jedoch wieder neben ihr. Doppelt sogar. Er reichte ihr das Handtuch, das jetzt feucht war.

Sie betupfte sich Stirn, Nacken und die Innenseiten der Handgelenke und fühlte sich schon besser. Als sie diesmal aufsah, war er nicht mehr doppelt, und der Raum kam auch zum Stehen. Der junge Mann sah gedankenverloren auf ihre Handgelenke, vielmehr auf die bösartigen horizontalen Narben, die sie beim Hochschieben der Strickjackenärmel bloßgelegt hatte.

„Glaube mir“, sagte sie ihm, „das nächste Mal mache ich es richtig.“

64. KAPITEL

Justin hätte der Frau gern gesagt, dass er sie verstand. Er hatte so oft daran gedacht hatte, Schluss zu machen, dass er die Methoden in Kategorien eingeteilt hatte. Allerdings kannte er keine ältere Lady, die ihn an seine Mutter erinnerte – und das tat sie wirklich –, die es tatsächlich versucht hatte.

„Ma'am, sind Sie jetzt okay?" fragte er. „Denn ich müsste wirklich beim Verladen der Sachen helfen."

„Ich komme klar." Sie lächelte ihn an und schob die Ärmel herunter. „Ich heiße Kathleen. Du musst mich nicht Ma'am nennen. Aber nach dem heutigen Abend solltest du meinen Namen eigentlich kennen."

„Ich bin Justin."

„Also, danke für deine Hilfe, Justin."

Er nickte ihr zu. „Ich weiß, dass Sie nichts Falsches getan haben."

Damit wandte er sich ab und ging durch den Hinterausgang. Er musste in die Küche zurück, zu den Kisten mit Dosen von Bohnen, Suppen und genügend Reis, um eine kleine Nation zum Würgen zu bringen. Vielleicht bemühte er sich zu sehr, hilfreich zu sein, aber er wusste, dass er die Sache in Boston versaut hatte. Seit ihrer Rückkehr erwartete er fast, mit der Boaschlange um den Hals zu enden. Er ahnte, dass beinah er vor versammelter Mannschaft die Strafe bekommen hätte. Vielleicht war es ihm deshalb ein Bedürfnis gewesen, dieser Frau, dieser Kathleen zu helfen. Und natürlich auch, weil sie ihn an seine Mom erinnerte. Bis heute Abend hatte er gar nicht gemerkt, dass ihm seine Mom fehlte. Und Eric fehlte ihm. Inzwischen fragte er sich, ob er überhaupt jemals zurückkam.

Er hatte eigentlich nicht erwartet, dass er zur nächsten Gebetsversammlung in Cleveland mitgenommen wurde. Das wäre okay gewesen. Er wollte sowieso das Lager verlassen, während die anderen fort waren. Er war ziemlich sicher, den Weg in den Shenandoah National Park zu finden. Das letzte Mal hatte er es geschafft, ohne es richtig zu versuchen. Dann hatte Alice ihm aber gesagt, er sei auf der Liste – der verdammten Liste der Gesalbten, die gehen mussten.

Er fand die alte Lady namens Mavis und half ihr, Kartons in den Laderäumen der Busse zu verstauen. Viele Kisten waren schon untergebracht. In beiden Bussen waren die Gepäcknetze bereits zum Bersten voll. Eine Frau aus der Wäscherei wies ihn an, alle Kisten, die sie auf einem Handkarren brachte, unter den Sitzen zu verstauen.

„Die müssen da reinpassen. Quetsch sie rein“, sagte sie ihm und ging.

Die Kisten waren mit: „Hemden“, „Unterwäsche“, „Handtücher“ beschriftet. Warum brauchten sie den ganzen Mist für eine Reise von zwei Tagen? Er schob die letzte unter den Fahrersitz, als Alice mit einem Arm voller Decken die Busstufen heraufkam. Er half ihr, Platz für die Decken zu finden, wich aber ihrem Blick aus und vermied jeden Kontakt.

Seit der Unterredung mit Vater war er nicht mehr mit ihr allein gewesen. Er konnte nicht glauben, was für ein falscher Fuffziger sie war. Sie tat immer so, als wäre sie unschuldig und gut und so. Unglaublich, dass sie ihn wegen seiner schlechten Manieren getadelt hatte. Er war wenigstens keine beschissene Hure.

Scheiße! Er hatte sich geschworen, nie so zu denken. Besonders, nachdem er diese armen schreienden, strampelnden jungen Frauen gestern gesehen hatte. Er kriegte die Bilder einfach nicht aus dem Kopf.

„Du bist seit der Rückkehr aus Boston auffallend still“, bemerkte Alice mit diesem besorgten Blick, den er immer für echt gehalten hatte. Jetzt wusste er nicht mehr, was er denken sollte. Niemand schien zu sein, was er zu sein vorgab. Er selbst eingeschlossen. „Bist du okay?“

„Ja, mir geht es gut. Ich bin nur müde.“ Er tat, als inspiziere er die Kisten unter den Sitzen, ob sie auch sicher verstaut waren.

„Na ja, wenn wir erst mal unterwegs sind, kannst du Schlaf nachholen“, sagte sie mitfühlend. Aber woher sollte er wissen, ob das aufrichtig war?

Da er sie immer noch nicht ansah, legte sie ihm die Hand auf den Arm und unterbrach seine angebliche Inspektion. „Justin, habe ich etwas getan, dass du böse auf mich bist?“

„Nein, warum?“

„Warum siehst du mich dann nicht an?“

Scheiße! Er hatte vergessen, dass sie ihm in die Seele schauen konnte. Er sah ihr in die Augen, um ihr zu beweisen, dass er es konnte. Das war ein Fehler. Sie sah, dass etwas nicht in Ordnung war, und wurde traurig.

„Bitte sag’s mir, wenn ich etwas falsch gemacht habe. Ich ertrage es nicht, wenn du böse auf mich bist.“

Er hatte immer geglaubt, sie sei die einzig Ehrliche, die einzig Vertrauenswürdige hier. Jetzt kannte er sich nicht mehr aus. Mist! Er war müde, und ihm war schlecht. Er hatte nichts gegessen, seit er den Viertelpfünder und das Bier ausgespuckt hatte.

„Ich bin dir nicht böse“, erwiderte er schließlich. „Ich

habe dir schon gesagt, ich bin nur müde.“ Er sah, dass er sie nicht überzeugt hatte, doch er drängte sich an ihr vorbei. „Bis später.“ Er flüchtete und entfernte sich in langen raschen Schritten vom Bus, damit sie ihm nicht folgte.

Als er am Verwaltungsgebäude vorbeikam, sah er das Büropersonal Papiere schreddern und Computerfestplatten auseinander nehmen. Hinter dem Gebäude hatten drei Frauen ein kleines Feuer gemacht und warfen Aktenordner und stapelweise Unterlagen hinein. Justin sah das Licht einer Taschenlampe und die breitschultrige Silhouette von Vaters Leibwächtern. Er konnte nicht erkennen, was sie taten, aber es sah fast so aus, als legten sie Kabel. Hier ging etwas Eigenartiges vor. Das sah nicht nach gewöhnlichen Reisevorbereitungen aus.

Justin blieb stehen und schaute verblüfft zum Bauplatz. Alles fortgeräumt. Keine Stapel Bauholz mehr, keine Kisten, keine Sägeböcke. Sogar der alte Traktor war weg. Er ging hin, um sich das genauer anzusehen. Wie zum Teufel waren sie das alles losgeworden? Wie konnten die das in so kurzer Zeit wegschaffen?

Dann entdeckte er das Licht hinter dem Abfallhaufen. Zwei Männer gruben, während einer die Taschenlampe hielt. Justin lehnte sich an ein altes Toilettenhäuschen, in dessen Schatten er verborgen blieb. Er sah die Männer vier Metallkisten aus dem Boden holen. Drei Männer waren nötig, um eine Kiste zu tragen. Mit langsamen, schweren Schritten hievten sie sie um die Ecke, die Straße hinunter zum geparkten Bus.

Während er sie beobachtete, ging ihm endlich ein Licht auf. Die machten sich nicht diese Mühe, um sich auf eine Gebetsversammlung vorzubereiten. Er konnte nicht fassen, dass er so begriffsstutzig gewesen war. Die machten den ganzen Aufstand, weil sie nicht zurückkommen würden!

65. KAPITEL

Auf der Rückfahrt von Richmond klingelte Maggies Handy.

„Hallo?"

„O'Dell?" sagte Racine so eindringlich, dass Maggie noch nervöser wurde, als sie es ohnehin schon war. „Wo zum Teufel stecken Sie?"

„Ich bin auf der I-95, auf dem Rückweg in die Stadt."

„Wir treffen uns alle in Quantico."

„Okay, dann bin ich nur noch zehn Minuten entfernt."

„Gut." Racine klang erleichtert. „Sie haben Ganza nicht angerufen!"

„Verdammt! Das habe ich vergessen. Ist er da?"

„Er ist hier irgendwo, ich weiß nicht genau, wo."

Maggie hörte Hintergrundgeräusche, offenbar ging Racine hin und her. Ein nervöser Tick, den sie schnell erkannte.

„Was ist, Racine? Haben Sie den Haftbefehl bekommen?"

„Dank Ganza sogar mehrere. Tully hat einen alten Fall ausgegraben. Es ging um diese Geschichte, dass Everett eine Journalistik-Studentin vergewaltigt hat ... Verzeihung, angeblich vergewaltigt hat."

„Das war vor über zwanzig Jahren, und die Anklage wurde fallen gelassen."

„Nun ja, aber in Rappahannock County behält man Beweismittel in den Akten. Vermutlich kennt Ganza ein paar Jungs aus dem dortigen Büro des Sheriffs, und die haben ihm per Express ein paar DNA-Muster geschickt."

„Ich kann nicht glauben, dass er Zeit für diesen alten Fall opfert. Wir können Everett nicht wegen Vergewaltigung belangen, gleichgültig, was Ganza gefunden hat. Die Anklage wurde fallen gelassen, und die Akte ist geschlossen. Außerdem ist die Verjährung für Vergewaltigung ...“

„Das Muster war alt“, unterbrach Racine sie, als hätte sie nicht zugehört. „Es gab Degenerationen, deshalb konnte er keine exakte Übereinstimmung herstellen. Aber er sagt, es waren auffallend viele.“

„Wovon reden Sie überhaupt?“

„Von den DNA-Mustern, die Ganza von den alten Proben gemacht hat. Die DNA stimmt fast mit derjenigen der fremden Haut unter Ginny Briers Fingernägeln überein. Wissen Sie noch? Die meiste Haut stammte von ihr selbst, doch sie hat dem Täter auch einige Kratzer beigebracht. Na ja, da war ein Stück fremder Haut, und Ganza könnte schwören, es stammt von Everett.“

Maggie verlangsamte das Tempo und fuhr auf den Randstreifen der Interstate, was ihr ein Hupkonzert bescherte, bis sie sicher stand. Sie konnte es nicht fassen. Sollte Everett tatsächlich ihr Täter sein? „Warten Sie eine Minute. Was ist mit dieser Jungenbande?“

„Allmählich ergibt alles Sinn, O’Dell. Vielleicht steckt ein abartiger Initiationsritus hinter unseren Morden. Das würde auch erklären, warum das Sperma, das bei dem Brier-Mädchen gefunden wurde, nicht von demselben Mann stammt wie die Haut unter ihren Fingernägeln. Einer von Everetts Jungen übernahm vielleicht die erste Aufgabe, während Everett sich um den Rest kümmerte.“

„Ich kann das nicht glauben“, wiederholte Maggie angespannt. Warum empfand sie keine Erleichterung, dass Everett und seine Jungs als Täter identifiziert waren? Etwas störte sie daran. Alles schien zu einfach. Sie konnte sich durchaus vorstellen, dass Everett so eine Sache plante. Unwahrscheinlich erschien ihr jedoch, dass er sich selbst die Finger schmutzig machte und Ginny so nahe kam, dass seine Haut unter ihre Fingernägel geriet.

„Cunningham ist sauer, dass Sie noch nicht hier sind. Er hat Sie schon gesucht.“ Dann flüsterte Racine plötzlich, als sie hinzufügte: „Eigentlich sieht er eher besorgt aus als sauer. Wo, haben Sie gesagt, sind Sie jetzt?“

„In der Nähe der 148.“

„Gut. Ein Geiselrettungsteam und einige Agenten sind auf dem Weg zu Everetts Lager draußen. Sie treffen sich dort mit den Offiziellen von Rappahannock County. Vielleicht sind sie sogar schon dort.“

„Allmächtiger! Die sind schon auf dem Weg zum Lager?“ Jetzt war ihr die Panik anzuhören. „Racine, meine Mom gehört zu Everetts Organisation!“ Maggies Kehle war wie zugeschnürt. „Sie ist vielleicht draußen im Lager!“

66. KAPITEL

Quantico, Virginia

Tully beugte sich über den Tisch und sah das Durcheinander an Fotos, Dokumenten, Polizeiberichten und Computerausdrucken durch. Garrisons T-Shirts und Trainingshosen begannen zu stinken. Warum zum Teufel brachte Racine dieses Zeugs hierher? Er schob es zum Ende des Tisches, neben das seltsame Metallgestell.

„Wo sind die alle?“ Maggie stürzte in den Konferenzraum, atemlos, das Haar wild, das Gesicht erhitzt und die FBI-Windjacke schief auf der Schulter.

Er sah auf seine Armbanduhr. „Ganza ist zum Essen. Racine ist hier irgendwo. Cunningham ist unten in seinem Büro. Er hat Sie gesucht. Wo zum Kuckuck haben Sie gesteckt. Sie sehen aufgelöst aus.“

„Was ist mit dem Geiselrettungsteam? Sind die schon am Lager angekommen?“

„Ich habe noch nichts gehört.“

Sie ging zum Fenster und sah in die Dunkelheit, als könnte sie die Einheit von hier aus sehen.

„Die werden vorsichtig sein“, beruhigte er sie, und sie blickte ihn über die Schulter hinweg an. „Warum haben Sie nicht eher erwähnt, dass Ihre Mom zu Everetts Kirche gehört?“

Sie kam vom Fenster zurück und stellte sich ihm gegenüber auf die andere Seite des Tisches. „Ich wollte es wohl selbst nicht glauben. Und dann dachte ich, ich könnte sie zur Vernunft bringen und sie warnen. Ziemlich dumm von mir.“

„Nein, überhaupt nicht. Wir glauben alle, irgendwie Einfluss auf unsere Familien zu haben. Manchmal denke ich, dass einzig Verbindende an Blutsverwandten ist die ähnliche DNA."

Sie lächelte schwach, und er freute sich, sie aufheitern zu können. Seine Bemühungen reichten jedoch offenbar nicht aus, denn sie fragte: „Ist Gwen da?"

Natürlich wollte sie mit ihrer besten Freundin sprechen.

„Nein, ich glaube, Cunningham hat sie nicht einbestellt. Nach der Rückkehr aus Boston ist sie gleich in ihr Büro gefahren. Vielleicht ist sie noch dort." Er tat gleichgültig, fragte sich aber, ob Gwen noch arbeitete oder in ihrem gemütlichen Stadthaus eine Gourmetmahlzeit zauberte. Vielleicht Spaghetti? Er lächelte und sah flüchtig zu O'Dell, ob sie es bemerkte. Die betrachtete jedoch das Durcheinander auf dem Tisch und hatte ihn nicht ertappt.

Außerdem, Gwen wollte, dass sie so taten, als wäre nichts gewesen. Vielleicht war es das Beste.

Er blätterte eines der vielen Dokumente auf dem Tisch durch, ohne zu erfassen, was er las. Wahrscheinlich sollte er nach Haus fahren. Selbst wenn sie Everett und diesen Jungen, diesen Brandon, festnahmen, konnten sie heute Nacht nichts mehr tun. Aber er wollte nicht nach Haus. Da Emma in Cleveland bei Caroline war, war es im Haus zu still. Ohne Ablenkung würde er nur an Gwen und Boston denken, und das wäre nicht gut. Er musste das vergessen.

O'Dell ging am Tisch auf und ab und ließ den Blick über das Durcheinander gleiten. Er beobachtete, wie sie die Tatortfotos ansah, aber anstatt dabei stehen zu bleiben, warf sie im Vorübergehen immer mal wieder einen Blick darauf. Wäre sie nicht so um ihre Mutter besorgt gewesen, würde sie das Chaos richten, organisieren, sortieren und alles in saubere kleine Stapel aufteilen. Er wünschte, sie täte es. Ihre Zerstreutheit machte ihn nervös.

Plötzlich fiel ihr etwas auf, und sie blieb stehen. Sie nahm zwei Tatortfotos von Ginny Brier und schaute von einem zum anderen.

„Was ist?“

„Ich bin mir nicht sicher.“ Sie legte die Fotos hin und ging wieder auf und ab.

„Haben Sie eine Ahnung, wessen Zeug das ist, und was das hier soll?“ Tully deutete auf die Sachen am Ende des Tisches und wollte vor allem ihre Aufmerksamkeit auf sich lenken. Sie begann ihm unheimlich zu werden mit ihren abschweifenden Gedanken.

„Garrison hat die Sachen zurückgelassen. Er war wohl in Eile heute Morgen.“

„Und wir behalten sie, warum ...?

Sie blieb stehen, nahm das leichte Metallgestell auf und drehte es in der Hand. Beim Hantieren löste sie zufällig einen Sicherheitsriegel, und das Ding sprang auf.

„Das ist ein dreibeiniges Stativ.“ Sie stellte es auf den Tisch.

Tully erkannte jetzt den kleinen Teller, auf dem eine Kamera befestigt wurde, und den Hebel zum Drehen und Kippen. Plötzlich trat er neben sie und starrte das Dreibein geradezu an. Dann eilte er um den Tisch, suchte in den Fotos und nahm eines von jedem Tatort. Wortlos kam er wieder zu Maggie und legte die Aufnahmen neben das Dreibein. Es waren die Fotos der seltsamen runden Abdrücke im Boden. Auf dem Foto vom Tatort am FDR-Memorial sah man zwei, vielleicht drei Abdrücke in genau gleichem Abstand, sodass die Verbindungslinien ein Dreieck ergeben hätten.

„Ist das möglich?“ fragte er, hielt das Stativ in Händen und prüfte die Füße und die Abstände zwischen den drei Beinen. Warum hatte er nicht eher daran gedacht? Die Füße des Stativs hinterließen Abdrücke im Boden. Während er das Ding umdrehte, schnappte Maggie sich plötzlich die beiden Fotos von Ginny Brier und warf sie vor Tully auf den Tisch.

„Sehen Sie sich die Fotos an“, sagte sie. „Erkennen Sie einen Unterschied?“

Er legte das Stativ beiseite und nahm die Fotos auf, um sie zu prüfen. Sie waren fast identisch, dieselbe Pose, derselbe Aufnahmewinkel. Da war ein Lichtblitz am Boden eines Fotos, dort, wo es endete, gleich oberhalb von Ginny Briers Händen, fast genau an den Gelenken. Er fragte sich, ob das beim Entwickeln passiert sein konnte? Leider kannte er sich mit dem chemischen Prozess nicht besonders gut aus.

„Sie meinen diese helle Stelle hier am Boden? Auf dem einen Foto ist sie, auf dem anderen nicht.“

„Für was halten Sie das?“

„Keine Ahnung. Könnte vielleicht beim Entwickeln passiert sein, oder?“

„Sieht das nicht eher so aus, als würde der Blitz von etwas reflektiert?“

Er sah es sich wieder an. „Ja, könnte sein. Schwer zu sagen. Reflektiert wodurch?“

„Wie wäre es mit Handschellen?“

Er sah das Foto an und erinnerte sich. „Sie trug keine Handschellen, als wir sie fanden.“

„Genau“, bestätigte sie eifrig, schnappte sich zwei weitere Fotos und legte sie ebenfalls auf den Tisch. „Jetzt sehen Sie sich diese beiden an.“ Es waren Nahaufnahmen vom Gesicht des Mädchens. Die toten, weit offenen Augen starrten den Betrachter an. Auch diese Fotos sahen fast gleich aus. „Ich kann Ihnen nicht folgen, O'Dell."

„Eines ist von der Filmrolle, die Garrison behalten hat. Der Film, von dem er Aufnahmen an den *Enquirer* verkauft hat."

„Okay, woher wissen Sie das? Die Fotos sehen identisch aus. Selber Winkel, selbe Entfernung. Offenbar hat er sich viel Mühe gegeben, dass die Aufnahmen, die er für sich und für uns gemacht hat, fast gleich sind."

„Die Aufnahmen sind fast identisch, aber zu unterschiedlichen Zeiten gemacht", erklärte O'Dell und zügelte ihre Aufregung, als löse sie das Rätsel, während sie sprach.

„Was meinen Sie?"

„Die Augen. Sehen Sie sich die Augen genau an."

Als sie auf die Augenwinkel in jedem Foto deutete, entdeckte Tully endlich, was sie meinte. Auf einem Foto waren kleine Ansammlungen weißlich gelber Eier in den Augenwinkeln zu erkennen. Tully war kein Experte, aber er wusste, dass Schmeißfliegen innerhalb von Minuten oder Stunden nach Eintritt des Todes ihre Eier ablegten. Auf dem Foto, das Garrison für sich behalten hatte, waren die Augen des Mädchens aber noch völlig klar. Nicht mal die Andeutung von Besiedelung.

„Das ist unmöglich", sagte er und sah O'Dell an. „Dieses Foto muss sofort nach ihrem Tod gemacht worden sein."

„Genau."

Tully nahm das Stativ auf, überzeugt, dass die Abdrücke an allen drei Tatorten davon stammten. „Was bedeutet, dass er vor den Cops am Tatort war. Was zum Geier hat Ben Garrison vor?"

„Noch wichtiger ist die Frage: Woher weiß er vor uns, vor der Polizei von den Morden?“

„O’Dell, Sie sind zurück?“ unterbrach Cunningham sie und trank im Gehen aus seinem Kaffeebecher, als hätte er weder Zeit noch Geduld, nur eine Sache zu tun.

„Gibt es schon Nachricht, ob die Agenten am Lager sind?“ fragte sie.

„Warum setzen Sie sich nicht?“ erwiderte er und deutete auf einen Stuhl.

Tully spannte sich unwillkürlich an, als er sah, wie O’Dell den Rücken straffte.

„Es gibt wieder eine Belagerung, nicht wahr?“ vermutete sie.

„Eigentlich nicht.“

„Eve sagte mir, dass Everett sich niemals lebend fangen lassen würde. Er hat seine Leute auf Selbstmord gedrillt. Genau wie die Jungen in der Hütte.“ Sie sprach mit ruhiger Stimm, doch Tully sah, wie sie mit einer Hand den Saum ihrer Windjacke knautschte. „Er weigert sich aufzugeben, nicht wahr?“

„Eigentlich ...“ Cunningham nahm die Brille ab und rieb sich die Augen. Tully wusste, dass ihr Boss nicht der Typ war, Zeit zu schinden, aber in letzter Zeit war der Mann nicht mehr berechenbar. „Everett ist nicht da. Er ist weg. Wir glauben, dass er vielleicht schon auf dem Weg nach Ohio oder Colorado ist.“

Maggie wirkte erleichtert, bis Cunningham ihr eine Hand auf die Schulter legte und sagte: „Das ist nicht alles, Maggie. Es waren noch Leute im Lager. In der kurzen Zeit, zwischen der Ankündigung des Geiselrettungsteams, dass sie dort sind, bis zum Eindringen ins Lager muss es eine Panik gegeben haben. Sie haben Recht mit dem Selbstmorddrill. Wir haben noch keine Zahlen, aber es gab Tote.“

67. KAPITEL

Er schloss die Augen und lehnte den Kopf zurück, doch die Übelkeit blieb. Wie zum Teufel konnte er reisekrank werden? Das war unmöglich. Es musste etwas anderes sein. Vielleicht nur die Aufregung, die Erwartung des unvermeidlichen Höhepunktes.

Die Motoren brummten weiter. Er hatte sie nicht gern so nah, versuchte aber trotzdem, sich von dem Klang entspannen zu lassen, und konzentrierte sich auf den nächsten, den letzten Schritt. Er musste sich nur aufrecht halten. Von seiner hausgemachten Mixtur hatte er fast nichts mehr. Er konnte es sich nicht leisten, etwas davon zu nehmen, wenn es nicht absolut nötig war. Er musste warten. Er konnte das, er war geduldig. Geduld war eine Tugend. Seine Mutter hatte das irgendwo in ihrem Tagebuch notiert. Viel Geduld war Weisheit.

Dann merkte er, dass er das Buch nicht hatte. Verdammt! Wie hatte er es vergessen können?

68. KAPITEL

Kathleen O'Dell legte den Kopf gegen die Sitzlehne und hoffte, das gleichmäßige Rumpeln des Busses dämpfe das Pochen in ihren Schläfen. Sie wusste genau, womit diese Schmerzen in den Griff zu bekommen waren, aber unglücklicherweise war weit und breit kein Tropfen Alkohol zu bekommen. Sie hatte sogar in der Hoffnung auf Hustenmedizin den Medizinschrank in der Cafeteria durchforstet. Leider hatte sie nur einen Plastikbeutel voller rot-weißer Kopfschmerzkapseln gefunden. Sie bedauerte jetzt, nicht ein paar davon geschluckt zu haben, um dieses ständige Hämmern im Schädel loszuwerden.

Das Mädchen Alice saß ruhig neben ihr im Sitz am Gang und sah immer wieder kurz zu dem jungen Mann hinüber, der ihr vorhin geholfen hatte. Sie konnte sich nicht gleich an seinen Namen erinnern. Warum hatte sie solche Probleme, sich Namen einzuprägen? Oder lag es nur daran, dass einfach zu viel passiert war? Ihre Augen brannten immer noch, und die Ohren klingelten ihr von den gehörten Beleidigungen. Die eingesteckten Schläge waren auch nicht vergessen. Sie spürte die Prellungen, wollte aber nicht mehr daran denken. Sie wollte schlafen und so tun, als sei alles okay. Vielleicht wurde ja alles wieder gut, sobald sie in Colorado waren.

Sie merkte, dass Alice immer kühner und länger zu ihm hinüberschaute, da die Beleuchtung im Bus bis auf die grünen Bodenlämpchen ausgeschaltet war. „Du magst ihn, nicht wahr?" flüsterte sie Alice zu.

„Was?"

„Den Jungen auf der anderen Seite vom Gang, den du ständig ansiehst. Justin." Der Name fiel ihr wieder ein.

Sogar in der matten Beleuchtung sah Kathleen Alice erröten, was ihre Sommersprossen deutlicher hervortreten ließ. „Wir sind nur Freunde“, erwiderte sie. „Sie wissen, Vater erlaubt nicht mehr. Wir müssen keusch bleiben und unsere Körper rein halten“, fügte sie hinzu, als lese sie es von einer Broschüre ab.

„Ich finde ihn sehr nett.“ Kathleen ignorierte den Spruch und deutete mit einem Nicken in Justins Richtung. „Und er sieht gut aus.“

Ein weiteres Erröten, diesmal von einem Lächeln begleitet. „Ich glaube, er ist böse auf mich, aber ich weiß nicht, warum.“

„Hast du ihn gefragt?“

„Ja.“

„Und was hat er gesagt?“

„Er sei nur müde, und alles sei in Ordnung.“

Kathleen beugte sich zu dem Mädchen hinüber. „Nach meiner Erfahrung mit Männern sind die genauso konfus wie wir. Wenn er sagt, er ist müde, ist das wahrscheinlich auch so.“

„Meinen Sie wirklich?“

„Sicher.“

Das Mädchen schien erleichtert und entspannte sich in seinem Sitz. „Ich war besorgt, weil ich wirklich nicht viel Erfahrung mit Jungen habe.“

„Tatsächlich nicht? Ein hübsches Mädchen wie du?“

„Meine Eltern waren immer sehr streng. Sie ließen mich nie ausgehen.“

„Wo sind deine Eltern jetzt?“

Alice wurde sehr still, und Kathleen bedauerte ihre Frage.

„Sie starben vor zwei Jahren bei einem Autounfall. Einen Monat später ging ich zu einer von Vaters Gebetsversammlungen. Mir war, als könnte er sehen, wie verloren und einsam ich mich fühlte. Ich weiß nicht, was ich getan hätte, wenn ich nicht seiner Kirche beigetreten wäre. Ich habe sonst keine Familie." Sie schwieg eine Weile, sah dann Kathleen an und fragte: „Warum sind Sie der Kirche beigetreten?"

Gute Frage. Eine, die sie sich in den letzten Stunden dauernd selbst stellte. Es bereitete ihr Mühe, sich an das Positive zu erinnern, das ihr der Beitritt gebracht hatte. Immerhin hatte sie Selbstachtung und Würde zurückgewonnen, die ihr der Alkohol genommen hatte. Doch nach der Demütigung heute Abend konnte sie auch das nicht mehr positiv bewerten und wollte eigentlich nur noch schlafen.

„Tut mir Leid", sagte Alice. „Nach der Zusammenkunft heute Abend sind Sie vielleicht nicht in der Stimmung, über so etwas zu reden."

„Nein, ist schon okay." Sie hätte dem Mädchen gern gesagt, dass sie die Kirche nicht verraten und Maggie nichts erzählt hatte und gar nicht wusste, wie Stephen auf die Idee kam. Aber Alice und die anderen interessierte das vermutlich nicht. Die meisten waren nur erleichtert, dass nicht sie die Strafe getroffen hatte. „Ich glaube, ich war auf eine andere Art verloren", sagte sie schließlich.

„Sie haben auch keine Familie, was?"

„Ich habe eine Tochter. Eine schöne, kluge junge Frau."

„Ich wette, sie sieht Ihnen ähnlich. Sie sind sehr hübsch."

„Vielen Dank, Alice. Es ist schon lange her, seit mir das jemand gesagt hat." Heute Abend fühlte sie sich alles andere als hübsch.

„Warum sind Sie dann nicht bei Ihrer Tochter?"

„Wir haben ein ... gespanntes Verhältnis. Sie ist seit vielen, vielen Jahren böse auf mich."

„Böse? Warum sollte sie Ihnen böse sein?"

„Dafür gibt es viele Gründe. Aber der wichtigste ist wohl, dass ich nicht ihr Vater bin."

„Wie bitte?"

Sie sah Alice die Verwirrung an und lächelte. „Das ist eine lange, langweilige Geschichte, fürchte ich." Sie tätschelte ihr die Hand. „Warum versuchst du nicht etwas zu schlafen?"

Sie selbst legte den Kopf wieder gegen die Lehne, doch ihre Gedanken kreisten um Maggie und um Thomas. Sie hatte seit Jahren nicht an ihn gedacht. Jedenfalls nicht ohne Zorn. Maggie vergötterte ihn – immer noch. Deshalb hatte sie sich vor Jahren geschworen, ihr nie die Wahrheit über ihren Vater zu sagen. Warum jetzt, nach all der Zeit?

Sie erinnerte sich an Maggies ungläubige, gekränkte Miene und an ihre Verblüffung über die Ohrfeige. Wie traurig ihre braunen Augen geschaut hatten. Das waren die Augen einer Zwölfjährigen gewesen, die ihren Daddy immer noch sehr liebte. Was war nur in sie gefahren, dieses Gefühl zu zerstören? Warum hatte sie den Drang dazu verspürt? Was war los mit ihr? Kein Wunder, dass die eigene Tochter sie nicht liebte. Vielleicht verdiente sie ihre Liebe nicht. Aber Thomas verdiente sie auch nicht.

Kathleen erinnerte sich noch gut an den Anruf der Feuerwehr in jener Nacht. Der Einsatzleiter hatte für den Großalarm alle verfügbaren Männer einberufen müssen. Sie hatte gelogen, Thomas sei oben und schlafe. Und dann hatte sie ihn benachrichtigen müssen. Wie sie es verabscheut hatte, zu wissen, wo er war. Noch schlimmer war gewesen, dass sie ihn im Apartment dieser Frau anrufen musste. Aber sie hatte keine Wahl gehabt und die Mitteilung an ihn weitergegeben.

Sie hatte sich vorgestellt, wie sie ihn bei der Liebe störte, bei den leidenschaftlichen Orgien, zu denen sie laut Thomas nicht fähig war. Vielleicht hatte sie deshalb die letzten zwanzig Jahre versucht, das Gegenteil zu beweisen, und mit jedem Mann geschlafen, der sie wollte. Und im Gegensatz zu Thomas hatten viele Männer sie gewollt. Doch damals, an jenem Tag hatte sie sich geschworen, dass es genug war, dass sie Maggie nehmen und gehen würde. Und dann kam dieser Scheißkerl einfach um. Nicht nur das, er wurde auch noch zum Helden.

Sie hatte sich oft gefragt, was Maggie von ihrem hoch gelobten, heldenhaften Vater halten würde, wenn sie die Wahrheit erführe. Betrunken war sie oft nah daran gewesen, ihr alles zu sagen. Doch irgendwie hatte sie sich immer wieder zurückgehalten.

Nach Thomas' Tod war sie mit Maggie so weit fort gezogen, wie sie nur konnte. Das gehörte zu dem Pakt, den sie mit dem Teufel – mit der Schlampe – geschlossen hatte, die Thomas' Kind trug. Um Maggies Bild ihres Vater nicht zu zerstören, musste sie verhindern, dass sie von seiner Affäre erfuhr oder ihren Halbbruder kennen lernte. In eine andere Stadt zu ziehen schien damals ein kleiner Preis dafür zu sein. Sie hatte geglaubt, das Richtige zu tun, heute war sie da nicht mehr so sicher.

Da sie Maggie so unvorbereitet mit der Wahrheit über Thomas konfrontiert hatte, war die nur zornig geworden. Wahrscheinlich würde sie auch nicht wahrhaben wollen, dass sie einen Halbbruder hatte. Vielleicht war sie nur zu wütend, es zu akzeptieren.

Die Frau hatte den Jungen sogar Patrick getauft, nach Thomas' Bruder, der in Vietnam gefallen war. Kathleen fragte sich, ob er Thomas ähnlich sah? Er müsste jetzt ein junger Mann sein, einundzwanzig. So alt war Thomas gewesen, als sie ihn kennen gelernt hatte.

Kathleen spürte, dass ihr jemand auf die Schulter tippte. Sie sah auf. Reverend Everett stand im Mittelgang neben ihr. Er lächelte Alice an und sagte zu Kathleen: „Wir müssen einiges besprechen, Kathleen. Vielleicht können wir das in meinem Abteil machen."

Sie schlängelte sich an Alice vorbei und folgte ihm in das kleine Abteil im hinteren Teil des Busses. Ihre Knie fühlten sich weich an, und ihr Magen war angespannt. Seit der Strafzeremonie hatte der Reverend kein Wort mehr mit ihr gewechselt. War er immer noch wütend?

Das Abteil war klein, mit einem Bett, das den meisten Platz einnahm, und einem winzigen Duschbad in der Ecke neben einem Schreibtisch. Everett schloss die Tür hinter ihnen, und Kathleen hörte ihn den Schlüssel umdrehen.

„Ich weiß, wie schmerzlich das heute Abend für dich war, Kathleen", sagte er sanft und leise, was sie augenblicklich erleichterte. „Ich wäre eingeschritten, aber das hätte so ausgesehen, als würde ich jemanden bevorzugen, und das hätte es für dich nur schwieriger gemacht."

Er deutete ihr mit einer Geste an, sich aufs Bett zu setzen und es sich bequem zu machen. Trotz der leisen, sanften Stimme sah sie eine beängstigende, nie gekannte Kälte in seinem Blick. Sie setzte sich trotzdem, um ihn nicht zu verärgern, zumal er ihr wohl einen besonderen Gefallen erweisen wollte. Er war immer sehr freundlich zu ihr gewesen.

„Es tut mir Leid“, sagte sie, ohne zu wissen, welche Erklärung er von ihr erwartete. Sie wusste, dass er es nicht mochte, wenn seine Anhänger Ausflüchte machten. Gleichgültig, was sie sagte, es konnte ihr als Ausflucht ausgelegt werden.

„Nun ja, das ist Vergangenheit. Mit meiner besonderen Gnade ausgestattet, wirst du uns sicher nicht mehr verraten.“

„Natürlich“, sagte sie.

Mit kaltem Ausdruck in den Augen begann er den Reißverschluss der Hose zu öffnen und erklärte: „Ich tue das zu deinem Besten, Kathleen. Zieh dich aus. Leg jetzt deine gesamte Kleidung ab.“

69. KAPITEL

Gwen fand Maggie in dem Polstersessel in ihrem Büro zusammengerollt, Augen geschlossen, die Beine über der Armlehne baumelnd, ein Stapel Akten auf der Brust. Wortlos ließ sie die Leine los und gab Harvey mit einem Klaps aufs Hinterteil zu verstehen, dass er zu seinem Frauchen laufen sollte. Er zögerte nicht, stellte sich mit den großen Pfoten auf den Sessel und begann Maggie das Gesicht abzulecken.

„He, du!“ Sie packte den großen Kopf und umarmte den Hund. Der sprang zurück, als sich die Aktenordner öffneten und ihr Inhalt zu Boden fiel. „Ist schon okay, mein Großer“, beruhigte Maggie ihn. Sie hatte ihre bequeme Haltung bereits aufgegeben und war aufgestanden, als auch Gwen herbeieilte und ihr beim Einsammeln der Tatortfotos und Laborberichte half.

„Danke, dass du ihn mir gebracht hast“, sagte Maggie, wartete, dass Gwen sie ansah, und fügte hinzu: „Und danke fürs Kommen.“

„Eigentlich war ich froh, dass du angerufen hast.“ In Wahrheit war sie überrascht gewesen, nicht über den Anruf, sondern über die Bitte. Harvey zu bringen, war ein Vorwand gewesen. Sie hatte gehört, dass Maggie litt, noch ehe sie ihr gestand: „Ich brauche dich hier, Gwen. Kannst du bitte kommen?“

Ohne Zögern hatte sie die Linguine in einem Sieb in der Spüle gelassen, und die selbst gemachte Alfredosauce gelierte wahrscheinlich im Topf auf dem kalten Herd. Sie war schon aus der Tür und auf dem Weg nach Quantico gewesen, als Maggie ihr die wenigen verfügbaren Details durchgegeben hatte.

„Wie sieht nun der Plan aus?“ fragte sie. „Oder weißt du das nicht?“

„Du meinst, weil ich nicht am Einsatz teilnehme.“

Gwen sah sie forschend an. Kein Zorn im Blick zu entdecken, das war gut. „Du weißt, dass es besser ist, wenn du nicht dabei bist, oder?“

„Sicher.“ Maggie beobachtete, wie Harvey die Ecken ihres Büros beschnüffelte, und tat, als ließe sie sich durch seine Neugier ablenken. „Cunningham sagt, die Regierung hat einen Informanten. Jemand, der sich erst kürzlich enttarnt hat. Er arbeitet in Senator Briers Büro und ist Mitglied in Everetts Kirche. Er heißt Stephen Caldwell.“

Gwen nahm sich eine Diät-Cola aus dem Minikühlschrank in der Ecke des Büros, sah zu Maggie und fragte: „Kein Scotch?“ Maggie streckte lächelnd eine Hand aus, und Gwen gab ihr eine zweite Dose. „Dieser Informant“, fuhr Gwen fort, „woher wissen wir, dass er kein Doppelagent ist? Können wir ihm wirklich vertrauen?“

„Ich bin mir überhaupt nicht sicher. Es könnte Caldwell gewesen sein, der seine Position benutzt hat, um an diese eingelagerten Waffen zu kommen, die wir in der Hütte gefunden haben. Andererseits erzählt mir Cunningham, es war Caldwell, der mein geheimes Treffen mit Eve arrangiert hat.“ Sie sah Gwen die Frage an, ehe sie sie stellte. „Eve ist ein Exmitglied. Ich habe mit ihr gesprochen, als du mit Tully in Boston warst.

„Ach ja, Boston.“ Gwen fühlte sich bei der Erwähnung der Reise sehr unbehaglich, doch Maggie schien es nicht zu bemerken. Soweit Gwen wusste, hatte Maggie noch nicht mal von Eric Pratts Angriff auf sie gehört. Es war sinnlos, es ihr jetzt zu erzählen. „Falls Caldwell Waffen gestohlen und vielleicht geheime Informationen an Everett weitergegeben hat, warum ist er plötzlich bereit, der Regierung zu helfen?"

„Offenbar ist er Senator Brier und dessen Familie sehr zugetan." Maggie rang Harvey einen Tennisschuh ab. „Ginnys Ermordung hat Caldwells Loyalitäten verändert. Er hat Everett angeblich überredet, dass sie nach Cleveland fahren müssen. Everett weiß offenbar nichts von den Haftbefehlen, nur von der negativen Berichterstattung in den Medien. Caldwell meint, dass wir Everett und Brandon in Cleveland während der Gebetsversammlung öffentlich, ohne Widerstand und ohne Blutvergießen verhaften können. Er würde völlig überrascht sein."

„Warte mal", unterbrach Gwen sie. „Wenn Everett nichts von einem Haftbefehl weiß, wie erklären sich dann die Toten, die das Geiselrettungsteam im Lager gefunden hat?"

„Cunningham sagte, das Team habe sich angekündigt. Es gab zu viele Fallen rings um das Lager, sie konnten sich nicht heimlich anschleichen. Die Zurückgebliebenen bekamen wohl Angst und taten das, wozu sie gedrillt waren, falls das FBI an ihre Tür klopft."

„Mein Gott! Hatten die bestimmt keinen Kontakt zu Everett?"

„Das wissen wir nicht genau. Aber es blieb nicht viel Zeit. Es geschah alles sehr schnell."

„Und was ist mit Caldwell?"

„Er wurde über die Haftbefehle informiert. Vom Anrücken der Einheit wusste er nichts. Das sollte eine Überraschung sein, damit niemand verletzt würde."

Maggie wich wieder Gwens Blick aus. Sie merkte, dass Harvey unter den Schreibtisch kroch, und langte hinab, um den zweiten Tennisschuh zu retten. Sie stellte das Paar auf das Bücherregal außerhalb seiner Reichweite. Der große Hund setzte sich und sah sie an, als erwarte er eine Entschädigung.

Gwen sah sie ebenfalls abwartend an, damit sie fortfuhr. Sie durchschaute, dass Maggie bewusst ablenkte, ihr alle möglichen Details nannte, es aber vermied, von ihrer Mutter zu sprechen. Sie erinnerte sich an die vielen Male, da Maggie die neuen Freunde ihrer Mutter – Emily und Stephen – erwähnt hatte. Dabei handelte es sich offenbar um Stephen Caldwell.

„Und wie beeinträchtigen Caldwells geänderte Loyalitäten nun die Sicherheit deiner Mutter?“ fragte Gwen geradeheraus.

„Das weiß ich eben nicht. Soweit uns bekannt ist, ist Caldwell noch bei Everett. Und meine Mutter auch.“ Maggie setzte sich wieder in den Sessel. Harvey trottete zu ihr und legte ihr den Kopf auf den Schoß. Maggie tätschelte ihn abwesend und lehnte den eigenen Kopf gegen das Polster. „Ich habe versucht, mit ihr über Everett zu reden. Es endete ... es war einfach schrecklich.“

Gwen wusste, wann sie schweigen sollte. Maggie hatte nur wenig über ihre Kindheit gesprochen. Was Gwen über die Beziehung zwischen Maggie und ihrer Mutter wusste, stammte aus Andeutungen, persönlichen Beobachtungen und zufälligen Geständnissen Maggies im Laufe der Zeit. Sie wusste von Kathleens Alkoholmissbrauch und von den Selbstmordversuchen, doch davon hatte sie erst erfahren, als ihre Freundschaft bereits einige Jahre alt war. Maggie hatte ihre Mutter und die Beziehung zu ihr zum Tabuthema erklärt.

Gwen nahm das hin, ob richtig oder falsch, und hoffte darauf, dass Maggie von sich aus eines Tages über diesen Konflikt mit ihr sprach. Selbst heute Abend und unter dem Druck der Umstände erwartete Gwen keine Offenbarung. Für alle Fälle lehnte sie sich jedoch abwartend gegen die Kante von Maggies Schreibtisch.

„Sie verletzt mit Worten, das macht sie immer so“, erklärte Maggie ruhig, hob den Kopf, wich aber Gwens Blick aus. „Damit trifft sie nicht nur mich, sondern auch sich selbst. Es ist fast so, als hätte sie ein Leben lang versucht, mich zu strafen.“

„Warum sollte sie dich denn strafen wollen, Maggie?“

„Weil ich meinen Vater mehr geliebt habe als sie.“

„Vielleicht will sie nicht dich strafen.“

Maggie blickte mit feucht glitzernden Augen auf. „Wie meinst du das?“

„Hast du mal darüber nachgedacht, dass sie all die Jahre nicht dich, sondern sich selbst strafen wollte?“

70. KAPITEL

Donnerstag,
28. November, Erntedanktag,
Cleveland, Ohio

Kathleen blickte über den Eriesee, und zum ersten Mal seit Jahren hatte sie Heimweh nach Green Bay, Wisconsin. Eine ungewöhnlich laue Brise verwehte ihr das Haar. Sie wünschte sich, das Erlebte zu vergessen und hinter sich zu lassen als einen weiteren dunklen Punkt ihrer Vergangenheit. Sie hätte sich gern die Schuhe ausgezogen und wäre zum Strand gelaufen, um für den Rest ihres Lebens ziellos durch den Sand zu marschieren, nur um ihn zwischen den Zehen zu spüren.

„Cassie wird mit er Leitung der Gebetsversammlung beginnen", erläuterte Reverend Everett hinter ihr.

Sie sah über die Schulter, ohne sich von ihrem Platz an der offenen Terrassentür fortzubewegen. Reverend Everett hatte sich in ein First Class Hotel eingemietet, um zu duschen, sich zu rasieren und ein Telefon für die endgültige Bestätigung ihrer Termine zu haben. Als sie vorhin das Bad benutzt hatte, war sie überrascht gewesen von dem wunderbaren Luxus: parfümierte Seifen, Körperlotion, weiche Handtücher, ein richtiges Rasiermesser mit einer echten anstelle einer Einwegklinge, eine Duschhaube und sogar eine Dose mit Wattestäbchen.

Während Emily und Stephen sich Notizen machten und auf alles lauschten, was Reverend Everett ihnen dreien sagte, stand Kathleen nur da und genoss Sonnenschein und Wind.

Ihr war, als müsste sie nach dem demütigenden Ritual gestern Abend und der Fahrt in dem engen Bus neu atmen lernen. Sie hoffte, frische Luft und Sonnenschein halfen ihr, die Erinnerung an Everetts heißen Atem und das Stöhnen und Grunzen, während er immer wieder in sie hineingestoßen war, zu tilgen. Als er fertig gewesen war, hatte er auf ihre Kleidung gedeutet und mit einer nie gehörten Kälte in der Stimme befohlen, sie solle sich anziehen. Er hatte ihr gesagt, dieses Reinigungsritual sei nötig gewesen, damit er ihr wieder vertrauen könne.

Wortlos hatte sie ihre Sachen über den klebrigen Körper gezogen, und der aufdringliche Geruch seines Aftershaves hätte sie fast zum Würgen gebracht. Beim Verlassen seines Abteils hatte sie denken müssen, dass er sie soeben auch vom letzten Rest Selbstachtung gereinigt hatte.

„Das FBI wird wahrscheinlich den Park umstellen", sagte Stephen. „Vater, Sie können nicht ernsthaft erwägen, sich auf der Gebetsversammlung zu zeigen."

„Um welche Zeit wird das Frachtflugzeug bereitstehen?"

„Es soll um sieben starten. Wir müssen früh dort sein, um an Bord zu gehen."

„Wie können wir sicher sein, dass das FBI nicht am Flughafen wartet?"

„Weil ich denen gesagt habe, Sie wären auf der Gebetsversammlung und würden an einem so öffentlichen Ort keine Festnahme erwarten. Selbst wenn die etwas vermuten, warten sie wahrscheinlich am internationalen Flughafen. Die kämen nicht auf die Idee, eine Regierungsmaschine mit Hilfsgütern zu überprüfen, die vom Bezirks-Flughafen Cuyahoga startet."

Reverend Everett belohnte Stephen mit einem Lächeln. „Sehr gut. Du bist ein guter Mann, Stephen. Du wirst gerecht entlohnt werden, wenn wir in Südamerika sind. Das verspreche ich dir."

Everett setzte sich, um weiterzuessen, was er sich beim Zimmerservice bestellt hatte: eine Platte mit verschiedenen Käsesorten, frischen Früchten, Shrimpscocktail und Baguette.

Er bot den anderen nichts davon an. Kathleen glaubte vielmehr, dass es ihm Freude bereitete, zu beobachten, wie sie ihm zusahen. Vor dem Essen hatte er bereits beim Service eine neue Bestellung aufgegeben.

Keiner von ihnen hatte seit dem Lunch gestern etwas zu sich genommen, und es war fast Dinnerzeit. War das eine weitere Lektion, ein weiteres wichtiges Opfer, das sie bereitwillig zu erbringen hatten?

Sie wandte sich wieder dem ruhigen Anblick des Wassers zu, das Einzige, was sie derzeit nicht um den Verstand zu bringen drohte.

„Sie haben wirklich nicht vor, zu der Gebetsversammlung zu gehen?" vergewisserte Stephen sich.

„Ich denke, ich kann hier bleiben, bis es Zeit zum Aufbruch ist." Er winkte ab, als begnüge er sich mit der gegenwärtigen Umgebung. „Aber ihr drei müsst bei der Versammlung meine Augen und Ohren sein. Ihr müsst diejenigen, die auf der Liste stehen, um euch versammeln, wenn die Zeit reif ist. Cassie wird die Gebetsversammlung weiterführen, um den Eindruck zu vermitteln, dass alles wie geplant läuft."

Kathleen drehte sich verblüfft um. „Cassie soll uns nicht begleiten?" So lange sie denken konnte, war die junge

Frau jedem seiner Wünsche und vermutlich auch seiner Begehrlichkeiten nachgekommen.

„Sie ist eine schöne Frau, Kathleen. Aber ich bin ziemlich sicher, dass es genügend schöne, dunkelhäutige Frauen in Südamerika gibt, die alles dafür geben werden, meine persönliche Assistentin zu sein."

Sie wandte sich wieder dem Sonnenschein zu und fragte sich, ob er sich anders verhalten würde, wenn sie nach Colorado gingen. War er immer so gewesen, oder war sie es, die sich veränderte und ihn plötzlich nüchterner sah?

„Ihr müsst jetzt gehen", sagte er, immer noch kauend, und trank einen Schluck Wein. Dann biss er in eine saftige Erdbeere, dass ihm der Saft übers Kinn rann. Den Mund wieder voll, drängte er: „Geht jetzt. Die Versammlung fängt bald an. Niemand wird argwöhnisch werden, wenn mein treuer Berater dort ist und auf mich wartet."

Stephen und Emily zögerten nicht und warteten an der Tür auf Kathleen.

„Ach, Kathleen", hielt Reverend Everett sie auf. „Such Alice, und schick sie zu mir. Ich muss vor der Abreise einiges mit ihr besprechen."

Kathleen sah ihn skeptisch an. Musste er wirklich etwas besprechen, oder schwebte ihm ein weiteres „Reinigungsritual" vor. Konnte sie es wagen, zu widersprechen? Konnte sie es sich leisten, ihn wieder zornig zu machen? Und machte ihr das überhaupt noch etwas aus? Sie würde bequemerweise einfach vergessen, Alice zu informieren. Trotzdem nickte sie und folgte Stephen und Emily hinaus.

Sie schob eine Hand in die Tasche ihrer Strickjacke und umfasste das Rasiermesser, das sie im Bad gestohlen hatte. Es zu haben war erleichternd, beruhigend und tröstlich. Ja, dieses schlichte Rasiermesser mit Metallklinge tröstete wie ein alter Freund.

Diesmal würde sie es endlich richtig machen.

71. KAPITEL

„Herein!“ rief Everett, ohne zu prüfen, wen er in sein Hotelzimmer ließ.

Einfacher konnte es kaum sein.

Lächelnd rollte er den Wagen des Zimmerservice herein und wartete. Aufregung und Vorfreude waren fast besser als die Wirkung der selbst gemachten Mixtur des Zulustammes. Schließlich war dies der Moment, auf den er so lange gewartet hatte. Und so blieb er geduldig stehen, als erwarte er ein Trinkgeld.

Endlich drehte Everett sich um, die Hand bereit, ihn fortzuwinken, als sein Blick über das Gesicht glitt und dann noch einmal.

„Sie? Was zum Teufel machen Sie denn hier?“

„Ich dachte mir, ich bringe Ihnen ein Geschenk, eine Überraschung vor der letzten Gebetsversammlung.“

„Und ich habe vermutet, dass Sie unten schon wieder auf der Suche nach einem jungen Mädchen sind, einem weiteren Opfer, das Sie mir anhängen können.“

„Mir gebührt nicht alles Lob.“

Everett schüttelte abfällig den Kopf, furchtlos, als hätte er es mit einem seiner Anhänger zu tun. „Hauen Sie ab“, sagte er. „Gehen Sie, und lassen Sie mich in Frieden. Ich habe Ihre Tricksereien satt. Verschwinden Sie endlich. Sie haben Glück, dass Sie nur mit Warnungen davongekommen sind.“

„Richtig. Nur mit Warnungen. Weil du deinem eigenen Sohn nichts antun willst? Ist das der Grund, warum ich solches Glück hatte?“

Everett starrte ihn an, aber ohne Überraschung zu zeigen. Hatte er es etwa die ganze Zeit gewusst? Nein. Das war unmöglich.

„Wie hast du es herausgefunden?“ fragte er ruhig und gefasst.

Allmächtiger! Er hatte es gewusst. Machte das sein Vorhaben schwieriger? Nein, eher leichter. Der Bastard hatte es gewusst! Die ganzen Jahre hindurch.

„Sie hat es dir gesagt, ehe sie starb“, sagte Everett, als wisse er alles darüber und teile seine Trauer. Dazu hatte er kein Recht! Dennoch fuhr er fort: „Ich habe von ihrem Tod gelesen. Ich denke, es war in der *New York Times* oder vielleicht in den *Dailey News*. Weißt du, du hast mir etwas bedeutet. Hat sie dir das erzählt?“

Er wollte nicht zuhören, das war alles gelogen. „Nein, das hat sie mir nicht erzählt. Diesen Teil hat sie ihrem Tagebuch nicht anvertraut.“ Er musste seinen Zorn beherrschen, doch die Zulu-Mixtur ging ihm schon in den Kreislauf über, und Everetts Worte wirkten wie glühende Lava, die ihm das Hirn versengte und seine Erinnerungen kontaminierte. „Aber sie erwähnte, was du ihr angetan hast. Seitenweise erzählte sie davon, was für ein Dreckschwein du wirklich bist.“

Er spürte, wie sich seine Hände zu Fäusten ballten. Ja, sein Zorn sollte ihn anfeuern. Der Zorn und die kostbaren Worte seiner Mutter, die er sich aus dem Tagebuch wie ein Mantra eingeprägt hatte. Ihre Worte hatten ihm Kraft gegeben auf seiner Mission. Sie würden auch jetzt ihre Wirkung nicht verfehlen.

„Ich habe mich schon gefragt, wann du es herausfindest.“ Everett sprach immer noch zu ruhig, nicht die Spur von Angst war seiner Stimme anzuhören. „Ich wusste, dass es nur eine Frage der Zeit war. Und ich war fast sicher, dass es dir bei diesen Mädchen um mich ging. Du hast versucht, es mir heimzuzahlen."

„Ja."

„Du wolltest mir schaden." Everett lächelte, als er durch ein Nicken die Bestätigung bekam. Er nahm es hin, als hätte er von seinem Sohn nichts anderes erwartet. „Vielleicht wolltest du mich sogar strafen."

„Ja."

„Meinen Ruf zerstören."

„Dich zerstören."

Das Lächeln schwand.

„Jetzt bleibt nur noch eines zu tun." Ben nahm das Tablett von dem Servierwagen, hielt es Everett hin und hob mit einer Hand die Isolierhaube. Das Tablett war leer bis auf eine kleine rot-weiße Kapsel auf einer perfekt gefalteten Stoffserviette.

Justin sah sich nach Vater oder seinen Handlangern um. Der Pavillon war bereits gerammelt voll mit kichernden Teenagern, die sich unter die anderen gemischt hatten. Eine merkwürdige Ansammlung von Leuten mit wenig Gemeinsamkeiten, außer dass alle irgendwie verloren wirkten. Eine beschissene, Mitleid erregende Bagage war das, und sonst nichts. Aber eines musste er Vater lassen, einige sahen nach idealen Rekruten und bereitwilligen Spendern aus.

Die nächtliche Busfahrt hatte er dazu genutzt, sich eine Strategie zurechtzulegen. Und am Nachmittag hatte er versucht, so viel wie möglich von Cleveland zu sehen. Jemand hatte ihm erzählt, Edgewater Park läge auf Clevelands Westseite. Angrenzend an den oberen Teil des Parks gab es einen runden Platz. Von dort konnte man auf die Innenstadt sehen. Trotzdem hatte er keine Ahnung, wohin er gehen sollte. Ihm war nur klar, dass er flüchten musste, während die Gebetsversammlung noch lief. Er musste sich verdrücken, ohne dass Alice oder Brandon es merkten. Wohin, schien im Moment unwichtig.

Er schob die Hände in die Jeanstaschen und vergewisserte sich, dass die Banknotenbündel noch da waren. Dann zog er den Saum seines Sweatshirts herunter, damit niemand die ausgebeulte Hose sah. Er wusste nicht mal genau, wie viel er genommen hatte.

Während die Männer die ausgegrabenen Metallboxen einzeln zum Bus getragen hatten, hatte er sich bedient. In aller Eile hatte er die Deckel geöffnet und sich die Taschen voll gestopft. Später hatte er die Mottenkugeln herausgefischt und die Scheine zu ordentlichen Bündeln sortiert. Danach hatte er den Frauen beim Feuer geholfen und sich bewusst in den Rauch gestellt, um den Mottenkugelgeruch zu übertönen.

Was nützte ihm jedoch das Geld, wenn er nicht wusste, wohin er gehen sollte. Er sah Cassie in ihrer langen purpurnen Chorrobe auf die Bühne gehen. Sie winkte der Menge zu, und die begann zu klatschen. Bald würden alle singen. Das war vielleicht ein guter Zeitpunkt zur Flucht.

Justin blickte zum Fahrradweg und dem dahinter liegenden Strand. Neben dem Pavillon standen eine Statue und Spielplatzgeräte. Die gaben nicht viel Deckung. Die Bäume lagen weiter zurück. Aber er hatte das schon geprüft, jenseits der Bäume war ein zwei Meter hoher Zaun, eine Sackgasse.

Unten am Strand entdeckte er einen Anglerpier und etwa zehn Bootsrampen, alle leer um diese Jahreszeit. Er überlegte, wie schwierig es war, unbemerkt ein Boot zu nehmen. Aber auf der Busfahrt zum Park hatte er nicht weit von hier eine Station der Wasserschutzpolizei entdeckt. Scheiße! Das wurde nicht leicht.

„He, Justin!“ Alice winkte, während sie sich durch die Menge schlängelte und auf ihn zukam.

Scheiße! Das wurde immer schwieriger.

„Ich habe dich gesucht.“ Sie lächelte ihn an.

Warum war sie nur so verdammt hübsch? Und sie hatte wieder einen engen Pulli an, diesmal in Blau. Er bemerkte unwillkürlich, wie schön ihre blauen Augen waren.

„Warum hast du mich gesucht? Brauchst du was?“ Er musste das totale Arschloch spielen, oder er konnte diese Sache nicht durchziehen.

Der gekränkte Blick aus diesen blauen Augen zerriss ihm fast das Herz.

„Nein, ich brauche nichts. Ich wollte nur ... ich wollte nur bei dir sein. Ist das okay?"

Scheiße! Und nochmal Scheiße! Er konnte das einfach nicht!

„Klar, denke schon", erwiderte er mit dem Gefühl, soeben seinen Plan weggeworfen zu haben.

„Hallo, Alice, Justin!" Die Frau namens Kathleen zwängte sich zwischen den anderen hindurch und kam auf sie zu. Justin wunderte sich, dass sie seinen Namen wusste. Als sie sich gestern vorgestellt hatten, war sie in keiner guten Verfassung gewesen. „Ich bin froh, euch zusammen zu sehen." Sie lächelte Alice an, und Justin glaubte, Alice erröte. Kathleen wurde plötzlich ernst und drückte Alice fest die Schultern, als sie sagte: „Ihr zwei passt aufeinander auf, okay? Gleichgültig, was geschieht."

Dann ging sie – allerdings in die falsche Richtung, zum Ausgang. Vielleicht musste sie zu den Toiletten, die er dort gesehen hatte.

„Sie ist eine wirklich nette Frau. Wir haben gestern Abend über allerlei geredet", erklärte Alice mit ihrer sanften Stimme. „Sie hat mir geholfen, einiges zu erkennen."

„Was zum Beispiel?" Doch sein Blick schweifte schon wieder suchend und auf ein Wunder hoffend über die Umgebung.

„Zum Beispiel, wie viel du mir bedeutest, und dass ich dich nicht verlieren will."

Er sah sie verblüfft an. Sie ergriff seine Hand und verschränkte die Finger mit seinen.

„Du bedeutest mir etwas, Justin. Sag mir, was ich tun kann, damit sich unsere Beziehung wieder einrenkt."

Ihre Hand fühlte sich angenehm an, so vertraut, als gehöre sie in seine. War Alice aufrichtig zu ihm, oder war das wieder einer von Vaters Tests? Ehe Justin etwas sagen konnte, tauchte Brandon aus dem Nichts auf.

„Alice“, begann er und blickte so finster auf ihre verschränkten Finger, dass Alice ihre Hand zurückzog. „Vater will dich vor der Gebetsversammlung noch sprechen. Du musst mit mir kommen.“

Sie sah Justin entschuldigend, fast gequält an. Er fragte sich sofort, ob Vater ihr wieder eine Lektion erteilen wollte. Nein, dafür blieb nicht genügend Zeit, Cassie hatte die Menge schon in Fahrt gebracht.

Er sah Brandon Alice wegführen und eine seltsame Abkürzung durch das Wäldchen nehmen. Was machte Vater denn da oben? Vermutlich zog er wieder irgendein komisches Ritual ab, um sich vorzubereiten.

Justin ließ den Blick über die Menge gleiten. Wie viel Zeit blieb ihm, ehe Brandon, Vater und Alice zurückkamen? Konnten die ihn von da oben sehen? Scheiße!

Und dann entdeckte er beim Umdrehen eine große Blondine am Rand des Fahrradweges, die ihm zuwinkte. Er brauchte eine Minute, um sie zu erkennen. Wenn sie mit ihrem kleineren blonden Gegenstück da gewesen wäre, hätte er sie sofort erkannt. Er winkte lächelnd zurück und bemerkte, dass sie abseits der Bühne mit einer älteren Frau zusammen stand, die ihr so ähnlich sah, dass sie ihre Mutter sein musste. Vielleicht bedeutete das, sie waren mit dem Auto gekommen.

Er ging auf sie zu, leicht aufgeregt, und glaubte tatsächlich wieder an Wunder.

73. KAPITEL

Tully versuchte sich unter die Menge zu mischen. Er brauchte einen Moment, die im Park verteilten Agenten in Zivil vom Büro in Cleveland ausfindig zu machen. Falls Everett eine Horde von Männern in Schwarz erwartete, würde er Mühe haben, sie zu erkennen. Alle waren auf Position und bereit. Tully kannte zwar die meisten, doch in ihrer gewöhnlichen Alltagskleidung waren sie auch für ihn nicht leicht auszumachen. Vor seinem Wechsel nach Washington D.C. hatte er mit dieser Gruppe an vielen Fällen zusammengearbeitet. Es war ein schönes Gefühl, wieder zu Hause zu sein.

Er sah sich nach Racine um und entdeckte sie in der Nähe der Toiletten am hinteren Ausgang des Parks. Er musste zugeben, dass sie in der abgetragenen Jeans, dem geborgten Cleveland Indians T-Shirt und der ledernen Bomberjacke völlig unauffällig war. Eine junge Frau, die sich für die Auftritte im Pavillon interessierte. Vermutlich bemerkte niemand, dass sie in ihr Jackenrevers murmelte oder die Jacke am hinteren Hosenbund eine Wölbung verbarg. Gleichgültig, welche Vorbehalte O'Dell gegen sie hatte, Racine machte ihren Job verteufelt gut. Vielleicht auch nur aufgrund der drohenden Suspendierung. Chief Henderson verlangte immer noch eine disziplinarische Überprüfung der Vorgänge. Vielleicht versuchte Racine, frühere Fehler auszubügeln. Ihm war es egal, Hauptsache sie versaute diesen Einsatz nicht.

Die Gebetsversammlung hatte ohne Reverend Everett begonnen. Aber laut Stephen Caldwell würde der gute Reverend jeden Moment erscheinen. Obwohl keiner von ihnen bisher Everett oder auch Caldwell gesehen hatte. Zwischenzeitlich brachte eine schöne junge Farbige in purpurner Chorrobe die Menge zum Trampeln, Klatschen und Singen aus voller Kehle. Tully konnte kaum hören, wie sich die anderen Agenten meldeten. Er pochte auf seinen Ohrempfänger, um sich zu vergewissern, dass er richtig funktionierte.

„Tully“, hörte er Racine in sein rechtes Ohr flüstern, „irgendeine Spur von ihm?“

„Nein, noch nicht.“ Er sah sich um, ob jemand merkte, dass er mit sich selbst sprach. „Aber es ist noch früh. Keine Spur von Garrison?“

Ein Brummen, dann: „Ich dachte, ich hätte ihn gesehen, als wir ankamen. Ich bin mir aber nicht sicher.“

„Halten Sie Ausschau nach ihm. Er führt uns wahrscheinlich dorthin, wo was los ist.“

In dem Moment entdeckte er den Jungen, den großen Rotschopf, der auf der anderen Seite den Hügel hinaufging. Er hatte ein Mädchen mit langen blonden Haaren bei sich, und sofort wurde Tully an Emma erinnert.

„Es geht los“, sprach er in das Mikro in seiner Manschette. „Südöstliches Ende des Pavillons, er geht auf die Bäume am Hügel zu. Ich folge ihm, warte auf Unterstützung.“

Er blickte zu Racine, die abgelenkt schien und in die entgegengesetzte Richtung zu den Toiletten schaute.

„Jeder auf seinem Posten?“ flüsterte Tully ins Mikro, meinte aber vor allem Racine.

Sie meldete sich als Einzige nicht zurück. Und jetzt konnte er sie nicht mehr sehen. Verdammt! Was hatte sie vor? Er hatte keine Zeit, sie zu zügeln. Der Junge, dieser Brandon, führte sein nächstes Opfer in ein Wäldchen. Tully drängte sich durch die Menge, ohne das Paar aus den Augen zu lassen. Er war so konzentriert, dass er eine attraktive blonde Frau anrempelte. Erst als sie ihn am Ellbogen festhielt, drehte er sich um.

„R. J.! Was in aller Welt tust du denn hier?"

„Caroline?"

Dann sah er Emma, und vor Sorge verkrampfte sich sein Magen.

„Was machst du in Cleveland?" wollte seine Ex-Frau wissen.

„Ich bin beruflich hier", erwiderte er ruhig, um kein Aufsehen zu erregen. Carolines Gesicht zeigte bereits Zornesfalten, doch er dachte nur daran, seine Tochter so schnell wie möglich aus der Gefahrenzone zu bringen.

„Ich kann einfach nicht glauben, dass du zu solchen Tricks greifst", beschwerte sich Caroline, sah jedoch Emma an und nicht ihn. „Ist das der Grund, warum du unbedingt heute Abend hierher wolltest? Wusstest du, dass dein Vater hier ist?"

Tully sah Emma an, und die wurde rot. Vielleicht war er ja manchmal schwer von Begriff, aber offenbar durchschaute er seine Tochter besser, als ihre Mutter das konnte. Er wusste, dass Emma wegen des athletischen jungen Mannes neben ihr hier war. Der Junge, dessen Blick umhergeschweift war, als wäre er äußerst ungern hier.

„Bitte, Caroline", versuchte er es wieder und nahm sie am Ellbogen, um sie von der Menge wegzuführen.

„Ihr zwei haltet das wohl für lustig!"

„Nein, keineswegs." Er sprach so ruhig er konnte, musste aber wegen des Lärms ringsum die Stimme erheben. „Können wir später darüber reden?"

„Ja, Mom. Du bringst mich in Verlegenheit."

Tully sah sich um, ob sie beobachtet wurden. Doch die Anwesenden schienen auf die Bühne fixiert zu sein. Er ließ den Blick suchend schweifen und sah Brandon und das Mädchen nicht mehr. Allmächtiger! Jetzt war es passiert!

Er konnte sein Mikro nicht benutzen, oder Caroline ließ seine Tarnung wirklich auffliegen. Stattdessen wandte er sich an Emma und den jungen Mann, den er eindringlich ansah und drängte: „Bitte, geht jetzt hier weg!"

Daraufhin entfernte er sich und überhörte die Beschimpfungen, die Caroline ihm vor ihrer Tochter nachrief. Er schob sich durch die Menge, teilte den anderen flüsternd mit, was er tat, und versuchte herauszufinden, was zum Teufel Racine machte.

Wieder war sie die Einzige, die nicht antwortete.

74. KAPITEL

Kathleen prüfte alle Toilettenkabinen. Gut. Keine besetzt. Sie bedauerte, die Eingangstür nicht abschließen zu können. Aber von innen gab es kein Schloss. Und einen Stuhl, den sie unter den Griff schieben konnte, hatte sie auch nicht. Vielleicht war das gar nicht nötig. Sie hörte, dass die Gebetsversammlung begonnen hatte. Hoffentlich wurde sie nicht gestört.

Sie ließ ein Waschbecken mit warmem Wasser voll laufen, doch der Strahl verebbte nach wenigen Augenblicken. Wassersparhähne! Auch das noch. Wenn das so weiterging, brauchte sie ewig. Sie drückte wieder das „On“-Zeichen auf dem Hahn und legte Papiertücher aus. Albern, warum brauchte sie Papiertücher?

Sie griff in die Tasche und holte das Rasiermesser aus Reverend Everetts Bad heraus. Mit zitternden Händen versuchte sie die Klinge aus dem Messer zu ziehen. Sie brauchte mehrere Versuche. Warum gelang es ihr nicht, die Finger still zu halten? Das war lächerlich. Sie machte das doch nicht zum ersten Mal.

Endlich.

Sie legte die Klinge vorsichtig, fast ehrfürchtig auf ein Papiertuch. Der blöde Wasserhahn hatte sich schon wieder abgestellt. Sie drückte erneut. So bekam sie das Spülbecken nie voll, aber vielleicht brauchte sie es gar nicht. Vielleicht war es ihr egal, ob es wehtat oder nicht. Vielleicht war ihr überhaupt alles egal.

Sie sah sich um und stutzte, als sie ihr Spiegelbild entdeckte. Es machte ihr Angst, genauer hinzusehen. Sie wollte in ihrem Gesicht nicht die Spuren von Verrat, Versagen,

Selbstvorwürfen und Schuldgefühlen lesen. Denn diesmal hatte sie wirklich versucht, das Ruder herumzuwerfen. Sie hatte mit dem Trinken aufgehört und geglaubt, ihr Leben in die richtigen Bahnen zu lenken und ihre Selbstachtung wiederzufinden. Sie hatte sich geirrt. Sie hatte sogar versucht, Maggie die Wahrheit zu sagen. Zugegeben, eine schmerzliche Wahrheit, die Maggies Hass auf sie nur verstärkt hatte. Sie konnte nicht mehr.

Sie hielt die Klinge zwischen Daumen und Zeigefinger, als die Eingangstür aufging.

Die junge Frau blieb stehen, sobald sie Kathleen sah, und ließ die Tür hinter sich zufallen. Sie trug eine Baseballkappe über kurzem blonden Haar und eine lederne Bomberjacke zu Jeans sowie alte, ausgelatschte Stiefel. Sie stand wie angewurzelt, sah Kathleen an und erkannte den Gegenstand in ihrer Hand. Allerdings wirkte sie weder überrascht noch besorgt. Stattdessen sagte sie lächelnd: „Sie sind Kathleen O'Dell, nicht wahr?"

Kathleens Herz schlug schneller, doch sie regte sich nicht und versuchte die junge Frau einzuordnen. Ein Mitglied der Kirche war sie nicht.

„Tut mir Leid", sagte die junge Frau und trat einen Schritt vor, verharrte jedoch sofort, als Kathleen eine Bewegung machte. „Wir sind uns nie begegnet." Sie sprach mit freundlicher, ruhiger Stimme, doch ihr Blick wanderte immer wieder zur Rasierklinge in Kathleens Hand. „Ich bin Julia Racine. Ich kenne Ihre Tochter, Maggie. Ich sehe die Ähnlichkeit." Sie lächelte wieder. „Maggie hat Ihre Augen."

Kathleen fürchtete, ihr drehe sich vor Schreck der Magen um. Verdammt, warum konnte man sie nicht einfach in Ruhe lassen? Sie hielt die Klinge fester und drückte sie gegen ihr Handgelenk. Die scharfe Kante versprach Wärme und Stille und ein Ende des pochenden Schmerzes im Kopf und der Leere im Herzen.

„Ist Maggie hier?“ fragte sie mit kurzem Blick zur Tür, als erwarte sie, dass ihre Tochter hereinplatzte und sie wieder einmal rettete. Stets war sie ihr Retter gewesen und hatte sie der Dunkelheit entrissen, nach der sie sich so sehr sehnte.

„Nein, Maggie ist nicht hier.“ Diese Julia wirkte verunsichert, als bedaure sie, die Wahrheit gesagt zu haben, da doch eine Lüge genügt hätte. „Wissen Sie, ich hatte nie Gelegenheit, meine Mutter richtig kennen zu lernen“, wechselte sie rasch das Thema, aber mit einer solchen Ruhe und Freundlichkeit, dass es Kathleen nicht störte. Allerdings war sie nicht dumm und durchschaute genau, was die Frau vorhatte. Und sie war darin besser als die meisten. Sie schien Erfahrung damit zu haben, Selbstmörder durch gutes Zureden von ihrem Vorhaben abzubringen.

Umstimmen konnte man jedoch nur jemand, der sich umstimmen lassen wollte. Kathleen blickte auf ihr Handgelenk und sah Blut tropfen, da sie begonnen hatte, sich zu schneiden. Sie hatte es nicht einmal gemerkt, und es erstaunte sie, dass sie keinen Schmerz spürte. War das ein gutes Zeichen? Als sie wieder aufsah, entdeckte sie, dass auch Julia das Blut bemerkt hatte. Und ehe sie zu ihrer professionellen Ruhe zurückfand, fiel Kathleen ein Anflug von Angst und Zweifeln in Julias Blick auf. Demnach war sie doch nicht so cool, wie sie sich gab.

„Meine Mom starb, als ich noch ein kleines Mädchen war. Ich erinnere mich an einiges, aber es sind nur Bruchstücke. Zum Beispiel an Lavendelduft. Ich glaube, das war ihr Lieblingsparfum. Ach ja, und an das Summen. Manchmal höre ich, wie sie mir etwas vorsummt. Ich erkenne die Melodie nicht, aber es ist beruhigend. Wie ein Wiegenlied."

Sie plapperte drauflos, blieb jedoch ruhig. Das lenkte ab und gehörte zum Spiel, wie Kathleen wusste. Es war schließlich ein Spiel, oder?

„Wissen Sie, Maggie macht sich wirklich Sorgen um Sie, Kathleen." Ihre blauen Augen blickten ernst. Jetzt spielte sie nicht mehr, oder sie war eine sehr gute Lügnerin.

„Sie ist furchtbar zornig auf mich", erwiderte Kathleen unbeabsichtigt.

„Wenn wir uns über geliebte Menschen ärgern, heißt das doch nicht, dass wir uns ihren Tod wünschen."

„Sie liebt mich nicht", widersprach Kathleen fast lachend, als wolle sie Racine mitteilen, dass sie ihre Strategie durchschaute.

„Sie sind ihre Mutter. Warum sollte sie Sie nicht lieben?"

„Ich habe ihr das sehr leicht gemacht. Glauben Sie mir."

„Okay, sie ist also zornig auf Sie."

„Es ist mehr als das."

„Okay, manchmal mag sie Sie nicht besonders, richtig?"

Jetzt lachte Kathleen wirklich und nickte.

Julia Racine blieb ernst. „Das bedeutet trotzdem nicht, dass sie sich Ihren Tod wünscht."

Als das sentimentale Zeug nicht funktionierte, fügte die junge Frau lächelnd hinzu: „Schauen Sie, Mrs. O'Dell, ich stecke bei Ihrer Tochter schon bis zur Halskrause in der Scheiße. Wie wär's, wenn Sie mir einfach einen Gefallen täten?"

75. KAPITEL

Tully stolperte fast über das Jackett.

Grundgütiger Himmel! Es war schon passiert!

Die Dunkelheit war hereingebrochen, und hier oben zwischen den Bäumen konnte man kaum noch etwas erkennen. Er wartete, dass sich sein Herzschlag beruhigte. Seine Augen mussten sich an das Dunkel gewöhnen. Der Mond warf etwas Licht, gab allen Schatten jedoch eine unheimliche blaue Tönung.

Tully hielt den Atem an und ging auf die Knie hinunter. Bei dem Lärm von unten konnte er nichts hören. Hieß das, dass auch er hier oben nicht gehört wurde? Er konnte kein Risiko eingehen. Die anderen Agenten meldeten sich flüsternd bei ihm und gaben ihre Positionen durch. Er konnte ihnen nicht antworten. Aber die wussten das und nahmen trotzdem ihre Positionen ein. Es war verdächtig ruhig. Und wenn er nun schon zu spät kam?

Er zog seine Waffe und kroch auf Händen und Knien weiter. Dann sah er sie nur einige Schritte entfernt. Sie rangen am Boden miteinander. Der Junge war oben, sie wehrte sich erbittert.

Es sah aus, als wären sie allein. Tully schaute sich vorsichtig um. Es schien wirklich niemand sonst da zu sein. Kein zweiter junger Mann, der Schmiere stand. Kein Reverend Everett. Oder kam der später? Wartete der gute Reverend ab, bis der Kampf zu Ende war? Tully überlegte, ob er noch abwarten durfte. Der Kerl zerriss ihr die Kleidung. Ein Schlag, ein Wimmern und noch mehr Gerangel. Sollte er warten, bis Everett kam? Konnte er das riskieren?

Er glaubte zu hören, wie eine Gürtelschnalle geöffnet

wurde, dann ein Reißverschluss. Wieder ein Wimmern. Tully dachte an Emma. Das Mädchen dort war nicht viel älter als sie. Er blickte suchend zwischen die Bäume. Bewegung zur Rechten. Einer seiner Agenten kam näher, aber kein Everett.

Verdammt!

Er sah keine glühende Wäscheleine und keine Handschellen. Vielleicht war das alles Everetts Aufgabe. Und wenn er jetzt eingriff?

„Halt dein Scheißmaul und halt still!" herrschte der Junge sie an.

Ohne Zögern sprang Tully auf. Nach wenigen eiligen Schritten presste er Brandon den Lauf seiner Glock an den Kopf, ehe der auch nur zusammenzucken konnte.

„Nein, du hältst dein Scheißmaul, du Mistkerl!" brüllte Tully ihm ins Ohr, damit er kein Wort überhörte. „Das Spiel ist aus!"

76. KAPITEL

Washington, D.C.

Maggie fuhr etliche unbekannte Straßen entlang, fand das alte Gebäude jedoch mit Leichtigkeit. Es war ein zweifelhaftes Viertel, in dem sie sich vielleicht Sorgen um ihren kleinen roten Toyota machen musste. Drei Jungen im Teenageralter beobachteten sie unablässig, während sie ihren Wagen parkte und zur Haustür ging. Sie hatte gute Lust, ihnen ihre Smith and Wesson unter der Jacke zu zeigen. Stattdessen tat sie das Zweitbeste und ignorierte sie.

Sie wusste nicht genau, warum sie hier war, außer dass sie es satt hatte zu warten. Sie musste etwas tun. Irgendetwas. Sie war es leid, dass die quälenden Erinnerungen ihr Schuldgefühle einflößten, als sei sie wieder einmal schuld an den Schwierigkeiten ihrer Mutter. Sie wusste, sie war nicht verantwortlich dafür. Natürlich nicht. Doch Wissen und Fühlen waren zweierlei.

Das Innere des alten Gebäudes verblüffte Maggie. Es war sauber, picobello sauber sogar, mit einem Duft nach Murphys Öl. Während sie die Holztreppe hinaufstieg, bemerkte sie, dass die Wände frisch gestrichen waren. Und der Teppich auf dem Flur der ersten Etage war zwar fadenscheinig, aber makellos sauber. Auf der zweiten Etage roch sie jedoch so etwas wie ein Desinfektionsmittel. Der Geruch wurde stärker, je weiter sie den Flur hinunterging. Er schien aus Nummer fünf zu kommen, Ben Garrisons Apartment.

Sie klopfte und wartete, nahm jedoch nicht an, dass Garrison zu Hause war. Er würde noch in Cleveland sein und diesmal hoffentlich nicht früher am Tatort erscheinen als die

Polizei. Tully und Racine hatten Everett und seinen Komplizen Brandon vermutlich schon verhaftet. Sie hatten DNA-Proben, um Everetts Schuld zu beweisen. Sie hatten Augenzeugen und Fotos, die Brandon mit zwei Opfern kurz vor deren Tod zeigte. Fall abgeschlossen. Also, was störte sie an der Geschichte? Vielleicht ärgerte es sie nur, dass Garrison, der unsichtbare Kameramann, damit durchkam, Tatorte manipuliert zu haben. Vielleicht war sie neugierig wegen seines Voyeurismus und seiner offenkundigen Besessenheit vom Tod. Und vielleicht wollte sie auch einfach nur ihren Verstand beschäftigen.

Sie sah den Flur entlang und klopfte wieder. Diesmal hörte sie ein Schlurfen auf der Treppe. Eine kleine grauhaarige Frau erschien auf dem Treppenabsatz und betrachtete sie durch dicke Brillengläser.

„Ich glaube, er ist nicht in der Stadt", sagte sie zu Maggie, doch ehe die antworten konnte, fragte sie: „Sind Sie von der Gesundheitsbehörde? Ich habe nix mit den Kakerlaken zu tun. Ich möchte, dass Sie das wissen. Das war seine Schuld."

In ihrem Anzug musste sie wohl offiziell aussehen, denn obwohl Maggie nichts erwiderte, eilte die kleine Frau herbei, ihr Garrisons Wohnungstür aufzuschließen.

„Ich versuche das Haus sauber zu halten. Aber einige Mieter ... also, man kann heutzutage keinem mehr trauen." Sie öffnete die Tür und ging abwinkend wieder zur Treppe. „Ziehen Sie nur die Tür zu, wenn Sie fertig sind."

Maggie zögerte. Konnte es schaden, wenn sie einen Blick in seine Wohnung warf?

Als Erstes fielen ihr die afrikanischen Totenmasken auf. Drei davon zierten die Wand über dem Sofa mit dem gebrochenen Vinylbezug. Sie waren aus Holz geschnitzt mit farbig aufgetragenen Stammessymbolen auf Stirn, Wangen und unter den Augenhöhlen. An der gegenüberliegenden Wand hingen einige Aufnahmen – Porträts mit Titeln: Zulu, Drei Hügel Stamm, Aborigine, Basuto, Andamanese. Garrison schien besessen von seinen Sujets: Augen. Manchmal waren Stirn und Kinn abgeschnitten, um den Blick auf die Augen zu lenken. Eins der unteren Fotos trug den Titel: Tepehuane und zeigte die Rückansicht eines Kopfes, vielleicht eine Trotz- oder Verweigerungshaltung. Jedenfalls war es bedeutungsvoll genug, dass Garrison es aufbewahrt hatte.

Maggie schüttelte leicht den Kopf. Sie hatte weder Zeit noch Lust, Garrison zu analysieren. Irgendwas war seltsam an dem Mann, den alte Völker und Kulturen faszinierten, der jedoch tatenlos zusehen konnte, wie junge Frauen in einem öffentlichen Park überfallen wurden. Oder waren Menschen für ihn generell nur fotografische Objekte?

Beim Verhör auf der Polizeistation über den Vorfall im Boston Common hatte er eine sonderbare Bemerkung gemacht: dass es verdammt viel Planung und Arbeit erfordere, Nachrichten zu machen. Genau das war es. Durch seine Fotos waren die Kirche der geistigen Freiheit und ihre Mitglieder mit dem Mord an der Senatorentochter und dem Bostoner Mord in Verbindung gebracht worden. Doch es ging noch weiter. Durch seine Fotos war Everett überhaupt erst in Verdacht geraten. In gewisser Weise hatten Garrisons Fotos sie zu Everett geführt. Garrison hatte Nachrichten gemacht.

Hinter ihr krabbelte etwas über den Boden. Sie fuhr herum, und drei große Kakerlaken flüchteten in einen Spalt unter dem Küchenschrank.

Verdammt!

Sie bezwang ihren Ekel. Kakerlaken. Irgendwie überraschte es sie nicht, dass Garrison von ihnen umgeben war.

Die Vermieterin hatte Recht, Garrisons Apartment passte nicht zum sauberen Flur und dem adretten übrigen Haus. Abgelegte Kleidung zog eine Spur vom Schlafzimmer zum Bad. Verkrustetes Geschirr und leere Bierdosen standen auf dem Küchentresen. Stapel von Magazinen und Zeitungen in fast jeder Zimmerecke waren die reinsten Kakerlakenhotels. Nein, überrascht war sie nicht, dass Garrison solche Mitbewohner hatte.

Sie wanderte durch die Räume, fand jedoch nichts Interessantes in dem Chaos. Plötzlich trat sie mitten im Raum auf ein Buch, das offenbar versehentlich fallen gelassen worden war. Der Ledereinband war glatt und weich. So etwas warf man nicht achtlos zu Boden. Bei genauerem Hinsehen erkannte sie, dass es ein Tagebuch war, gefüllt mit schöner, schräger Handschrift, die manchmal etwas Eindringliches bekam, leicht erkennbar an den dramatischen Veränderungen der Linien und Kurven.

Sie hielt es und öffnete es an der Stelle, wo ein Lesezeichen lag – ein altes, unbenutztes Flugticket mit krummen, knitterigen Ecken. Zielort war Uganda in Afrika, doch es war längst abgelaufen. Die Seite, die es markierte, hatte ein Eselsohr, das Einzige, das die goldgefassten Seiten verunzierte.

„Lieber Sohn", begann die Eintragung, „hier kommt etwas, das ich dir nie erzählen konnte. Wenn du es jetzt liest, bin ich tot, und ich muss mich entschuldigen, dass ich diese Form gewählt habe, dir die Geschichte mitzuteilen. Das ist der Ausweg eines Feiglings, der zweifellos jeden Zulustamm in Verlegenheit gebracht hätte. Bitte verzeih mir. Aber wie hätte ich in deine traurigen und schon zornigen Augen blicken und dir sagen können, dass dein Vater mich brutal vergewaltigt hat. Ja, es stimmt. Er hat mich vergewaltigt. Ich war erst neunzehn. Es war mein erstes Jahr im College, und ich bereitete mich auf eine brillante berufliche Laufbahn vor."

Maggie hielt inne, blätterte zum Anfang des Tagebuchs und suchte vergeblich einen Namen oder einen anderen Hinweis auf die Eigentümerin. Allerdings brauchte sie keinen Namen. Sie wusste bereits, wessen Tagebuch das war. Das konnte kein Zufall sein. Aber wie war Garrison daran gekommen? Wo hatte er das gefunden? Unter Everetts Sachen? Würde der Reverend das Tagebuch einer Frau aufbewahren, die er vor mehr als 25 Jahren vergewaltigt hatte? Und wie war er daran gelangt?

Sie ließ das Buch in ihre Jackentasche gleiten. Wenn Garrison es gestohlen hatte, konnte er nichts dagegen haben, wenn sie es sich ausborgte. Sie wollte schon gehen, als sie einen kleinen Raum neben der Küche entdeckte. Er wäre ihr nicht weiter aufgefallen, wenn drinnen nicht eine kleine rote Lampe geleuchtet hätte. Natürlich, Garrison hatte seine eigene Dunkelkammer.

Nein, Irrtum, dachte sie, sobald sie die Tür öffnete. Das hier ist eine Goldgrube.

Auf einer quer durch den kleinen Raum gespannten Wäscheleine hingen Abzüge zum Trocknen. In Plastikschalen neben einem übergroßen Spülbecken standen Chemikalienreste. Flaschen, Kanister und Entwicklungsbäder füllten die Regale. Bilder überall. Manchmal einander überlappend, bedeckten sie Wände und Arbeitsflächen.

Etliche zeigten afrikanische Stämme bei zeremoniellen

Tänzen oder Afrikaner mit brutalen Narben. Sie fand auch Bilder von mutierten Fröschen, denen Beine aus dem Kopf wuchsen.

Und dann entdeckte sie die Fotos der toten Frauen.

Es mussten etwa ein Dutzend sein. Nackte Frauen, gegen Bäume gelehnt, die Münder mit Klebeband verschlossen, die Hände mit Handschellen gefesselt. Maggie erkannte Ginny Brier, die Obdachlose vom Viadukt, die Wasserleiche aus dem See außerhalb von Raleigh und Maria Leonetti. Aber da waren noch andere, mindestens ein halbes Dutzend. Alle in derselben Pose.

Alle mit weit geöffneten, direkt in die Kamera blickenden Augen.

Allmächtiger! Wie lange ging das schon so? Wie lange folgte Garrison schon Everett und seinen Jungen?

Sie tastete blindlings nach dem Lichtschalter, ohne ihn zu finden. Sie konnte den Blick nicht von den Augen der Toten reißen.

Hier musste es doch außer der roten Sicherheitslampe eine Beleuchtung geben. Sie fand mehrere Schalter und betätigte einen. Sofort wurde der Raum ganz dunkel. Doch ehe sie den nächsten Schalter betätigen konnte, stand sie ungläubig, wie gelähmt da. Die quer durch den Raum gespannte Wäscheleine glühte in der Dunkelheit.

Sie lehnte sich gegen die Arbeitsfläche. Die Knie wurden ihr weich, und ihr Magen wollte rebellieren. Die Wäscheleine glühte im Dunkeln. Natürlich! Eine ideale Erfindung für eine Dunkelkammer. Und eine ideale Waffe für einen Killer.

Wie hatte sie nur so dumm sein können. Garrison fotografierte nicht bloß tote Frauen. Er tötete selbst, und ihn interessierten vor allem die Augen. Sie waren angeblich die

Fenster zur Seele. Warum hatte sie nicht eher daran gedacht? Er versuchte das Entfliehen der Seele im Moment des Todes einzufangen!

Sie schaltete das Rotlicht wieder ein und sah sich die Fotos genauer an, besonders die Strangulationsspuren an den Hälsen. Er musste sie immer wieder ins Bewusstsein zurückgeholt und richtig positioniert haben, während die Kamera geduldig auf dem dreibeinigen Stativ in der Nähe wartete, um den Augenblick zu erhaschen, wenn die Seele den Körper verließ.

Garrison! Garrison war ihr Täter, und sein Motiv war die Besessenheit vom Augenblick des Todes!

Maggie hörte das Knarren von Dielen im Wohnraum und zog die Waffe. Was da draußen ging, war keine Kakerlake. War die Vermieterin zurückgekommen? Vielleicht war der echte Gesundheitsinspektor aufgetaucht? Garrison konnte es nicht sein, der war in Cleveland. Sie schob sich an der Arbeitsplatte entlang zur Tür der Dunkelkammer. Ein weiteres Knarren, lauter diesmal, genau jenseits der Tür. Sie hielt die Waffe mit beiden Händen und zielte. Obwohl ihr die Knie leicht zitterten, trat sie mit einer einzigen raschen Bewegung die Tür der Dunkelkammer auf, sprang hinaus und schrie mit gezückter Waffe: „Stehen bleiben!"

Es war Garrison.

Er stand mitten im Raum über der kleinen Vermieterin, hatte ihr ein Stück Wäscheleine um den Hals geschlungen und zog sie daran wie einen Hund hinter sich her. Die alte Frau lag auf ihren schmalen knochigen Knien und schnappte nach Luft. Sie hatte die Brille verloren, und ihre Augen bekamen einen glasigen Blick, während sie mit den Armen schlug und sich gegen die Strangulation wehrte. Garrison sah völlig unbeeindruckt zu Maggie. Er schien nicht mal zu bemerken, dass ihre Waffe auf seine Brust zielte. Stattdessen streckte er ihr die freie Hand entgegen und forderte: „Wenn sie es nicht hat, müssen Sie es haben. Geben Sie mir das Tagebuch meiner Mutter!“

77. KAPITEL

Tully hatte ein ungutes Gefühl bei dieser Sache. Ja, sie hatten einen Vergewaltiger gefasst, aber hatten sie damit auch den Mörder? Dieser Bursche Brandon, der harte Typ, der Frauen zusammenschlug und vergewaltigte, war zusammengebrochen und hatte geheult wie ein Schlosshund, als sie ihn wegen der Morde an Ginny Brier und Maria Leonetti festnahmen. Aber als Tully nun mit anderen Agenten Stephen Caldwell in das Hotel folgte, in dem Everett sich angeblich aufhielt, bezweifelte er, dass der Fall gelöst war.

Der Portier hatte ihnen sofort eine Schlüsselkarte gegeben, nachdem er ihre Marken gesehen hatte. Caldwell tat, als wisse er nicht, warum Everett nicht in den Park gekommen war. Aber etwas im Verhalten des höflichen Schwarzen sagte Tully, er log das Blaue vom Himmel herunter. Als sie Caldwell endlich hinter dem Pavillon aufgestöbert hatten, war der von einer Schar umringt gewesen, die es höchst eilig hatte, irgendwohin zu gelangen. Höchst verdächtig.

Tully hatte entschieden das Gefühl, dieser Caldwell war ein Arsch von einem Lockspitzel und verfolgte ganz eigene Pläne. Er fragte sich, ob sie hier Zeit vergeudeten. Wenn Caldwell sein eigenes Süppchen kochte, war das hier vielleicht ein Ablenkungsmanöver, und Everett befand sich bereits auf dem Weg zu einem Flugplatz.

Die Lifttür öffnete sich im 15. Stock, und Caldwell zögerte. Die Agenten Rizzo und Markham gaben ihm einen Schubs, ohne auf Tullys Aufforderung zu warten. Die waren sauer. Keiner musste ein Wort sagen, um zu wissen, dass hier etwas nicht stimmte.

An der Zimmertür zögerte Caldwell wieder. Tully bemerkte, dass ihm die Hände zitterten. Er verfehlte den Schlitz für die Schlüsselkarte zweimal, ehe die Tür aufging.

Rizzo und Markham hatten die Waffen gezogen, behielten sie aber an den Seiten. Tully versetzte Caldwell einen erneuten Schubs, damit er vor ihm herging. Er bemerkte die Schweißperlen auf Caldwells Stirn, als der die Tür öffnete und hineinging.

Dann blieb er plötzlich stehen, und Tully sah, dass er ebenso erstaunt war wie sie alle. Mitten im Raum saß Reverend Everett auf einem Stuhl, die Handgelenke mit Handschellen gefesselt, der Mund mit Klebeband verschlossen, und die toten Augen sahen sie direkt an. Diesmal brauchte Tully keinen Gerichtsmediziner für die Diagnose. Er erkannte die rosa Tönung der Haut. Todesursache war eine Zyanidvergiftung.

78. KAPITEL

„Lassen Sie die Frau los!“ Maggie hielt die Waffe ruhig auf Garrisons Kopf gerichtet.

„Sie haben das verdammte Buch, nicht wahr?“ Er sah ihr in die Augen, während er mit einer Hand die Schlinge um den Hals der Frau enger zog. Maggie hörte sie röcheln. Aus den Augenwinkeln sah sie die alten verknöcherten Finger an der Wäscheleine und damit am eigenen Hals kratzen.

„Ja, ich habe es.“ Sie würde sich nicht bewegen, nicht mal, um ihm das Buch zu geben. „Lassen Sie sie los, und ich gebe es Ihnen.

„Na klar!“ Er lachte, aber es war ein nervöses, zorniges Lachen. „Ich lasse sie los, Sie geben mir das Buch, und wir ziehen unserer Wege. Was bilden Sie sich ein? Dass ich ein Vollidiot bin?“

„Natürlich nicht.“ Noch wenige Minuten, und ihre Bemühungen waren ohnehin sinnlos. Die alte Frau röchelte, krallte verzweifelt die Finger an die Leine. Maggie überlegte, dass sie Garrison mit einem Kopfschuss niederstrecken konnte. Sie musste genau zielen. Aber dann bekämen sie keine Informationen mehr von ihm.

„Jetzt ergibt es Sinn“, sagte sie und hoffte ihn abzulenken. „Everett ist Ihr Vater. Deshalb wollten Sie ihn belasten und ruinieren.“

„Nicht mein Vater, nur mein Erzeuger.“ Plötzlich riss er die Frau vor sich hoch, als würde ihm gerade klar, dass er einen Schutzschild brauchte, damit Maggie ihm nicht in den Kopf schoss. „An der biologischen Vaterschaft kann ich nichts ändern, aber ich wollte sicher sein, dass der Arsch für das, was er meiner Mutter angetan hat, bezahlt.“

„Und alle diese jungen Frauen?“ erwiderte Maggie ruhig. „Warum mussten die bezahlen? Warum mussten die sterben?“

„Ach die.“ Er lachte wieder und drehte die Wäscheleine fester. „Das war nur eine Studie. Ein Experiment, wenn Sie so wollen, im Dienste einer höheren Sache.“

„Wie der Vater so der Sohn?“

„Wovon zum Henker reden Sie?“

„Everett hat verlorene Seelen eingefangen. Sie wollten entweichende Seelen einfangen, auf Film.“

„Wir haben nichts gemeinsam“, widersprach er. Röte überzog sein Gesicht und strafte seine Ruhe Lügen. Sie hatte einen empfindlichen Nerv getroffen.

„Sie sind sich ähnlicher, als Sie glauben.“ Maggie beobachtete ihn genau, während er ihr lauschte und dabei nicht mehr auf seine Finger achtete. „Ihre DNA ist ähnlich genug, um uns in die Irre zu führen. Wir dachten, Everett hätte die Mädchen umgebracht.“

Er lächelte erfreut. „Ich habe wirklich alle zum Narren gehalten, was?“

„Ja“, bestätigte sie und bediente seine Eitelkeit. „Das haben Sie wirklich.“

„Und ich habe Fotos von seinem unglücklichen Ableben. Ich bin gerade mit Exklusivfotos aus Cleveland zurückgekommen.“ Er deutete mit der freien Hand zum Matchbeutel auf dem Tresen zwischen Küche und Wohnraum.

Er zerrte die alte Frau mit sich hinüber. Sie atmete jetzt gleichmäßiger. Garrison schien die lose Schlinge nicht zu bemerken, während er seine kostbaren Filme suchte. „Ich habe mich noch nicht entschieden, wem ich die Fotos gebe. Sieht so aus, als könnte es eine ganz große Story werden. Besonders jetzt, da Sie hier sind und sich alles verändert hat.“

Er schien darüber nicht zornig zu sein, sondern wirkte eher resigniert. Vielleicht war er froh, gefasst zu werden, damit er – gleichgültig um welchen Preis – endlich alle schrecklichen illegalen Fotos zeigen konnte und den Ruhm dafür einheimste, um sein übergroßes Ego zu streicheln. Ein solches Verhalten war nicht ungewöhnlich. Maggie hatte andere Serientäter gekannt, die sich absichtlich fangen ließen, nur um dann ihr Werk zu zeigen, damit sie bekannt wurden.

Sie lockerte die Spannung im Arm, hielt die Waffe auf ihn gerichtet, löste jedoch den Finger ein wenig vom Abzug. Garrison war abgelenkt. Seine Sorge galt jetzt seinem Film und seinem Ruhm.

„Drei verdammte Rollen“, sagte er, griff in den Matchbeutel, um sie ihr zu zeigen, und zerrte die alte Frau mit.

Maggie erwartete, die schwarzen Filmkapseln zu sehen, doch er hatte eine Pistole in der Hand und feuerte, ehe sie sich ducken konnte. Die Kugel ging ihr durch die Schulter und schleuderte sie gegen die Wand. Sie versuchte, ihr Gleichgewicht zu halten, spürte jedoch, wie sie an der Wand hinabglitt. Sie konnte ihren Arm nicht bewegen und versuchte die Waffe zu heben, doch Arm und Waffe regten sich nicht.

Garrison war erfreut.

„Ja, sieht ganz so aus, als würde ich sehr berühmt werden“, sagte er lächelnd. Dann schob er die Frau beiseite und hob gleichzeitig seine Waffe.

„Nein!“ schrie Maggie auf.

Mit einer knappen, lässigen Bewegung erschoss er die alte Frau. Ihr kleiner Körper flog mit einem schrecklichen Krachen von Knochen an die Wand und sackte zusammen.

Maggie versuchte wieder, ihre Waffe zu heben. Verdammt! Sie spürte ihre Finger nicht. Sie konnte nicht mal die Waffe spüren. Die lag zwar noch in ihrer Hand, doch sie konnte sie nicht fühlen, geschweige denn bewegen. Die Kugel hatte ihren Arm von der Schulter bis zu den Fingern gelähmt.

Garrison kam auf sie zu. Seine Waffe zielte auf ihre Brust. Sie musste ihre verdammte Waffe heben! Sie musste zielen und abdrücken! Doch der Arm gehorchte nicht. Als sie die Waffe mit der Linken greifen wollte, stand Garrison neben ihr. Mit einem schwarzen Stiefel trat er nach ihren nutzlosen Fingern, und die Waffe schlitterte über den Boden.

Sie spürte einen stechenden Schmerz in der rechten Halsseite, hatte aber immer noch kein Gefühl im rechten Arm. Sie spürte Blut ihren Ärmel hinabrinnen und sah mehrere Flecken auf dem Boden. Die verdammte Hand blieb unbeweglich.

„Wo ist das Buch?" fragte er, entdeckte es in ihrer Jackentasche und deutete darauf.

„Sie müssen es sich selbst holen", erwiderte sie. „Ich kann mich ehrlich nicht bewegen." Sie würde ihn dazu bringen, dass er es sich holte. Eine einsatzfähige Hand hatte sie noch, um ihn zu packen und zu entwaffnen.

Doch er kam nicht näher. Plötzlich schien ihm das kostbare Buch nicht mehr wichtig zu sein. Er warf einen Blick auf die alte Frau und sah sich in seinem Apartment um, als versuche er den Schaden einzuschätzen und zu entscheiden, was er als Nächstes tun sollte.

„Sie behalten es", entschied er zu ihrer Überraschung, ging zum Küchentresen und suchte etwas in seinem Matchbeutel. „Denken Sie dran, es geht um die Fotos." Er holte mehrere schwarze Filmdosen heraus und legte sie auf den Tresen. „Die hier müssen mindestens Exklusivfotos auf den Titelseiten werden mit Fortsetzungen im Innern der Zeitungen."

Dann holte er die restlichen Sachen aus dem Beutel, und Maggie verkrampfte sich die Eingeweide. Handschellen, Klebeband, noch mehr Wäscheleine, eine Kamera und ein weiteres zusammenklappbares dreibeiniges Stativ. Sie versuchte auf die Beine zu kommen. Was, um Himmels willen, hatte der vor? Sie stabilisierte sich und schob sich an der Wand hoch, indem sie den guten Arm benutzte, das Gleichgewicht zu halten. Garrison fuhr zu ihr herum, die Waffe auf sie gerichtet, und stoppte sie auf halbem Weg.

„Es ist besser, Sie bleiben, wo Sie sind." Er nahm die Handschellen. „Runter!" Er wies zum Boden, stellte sich vor sie und wartete, bis ihr Körper wieder an der Wand hinabgeglitten war.

Er ließ die Handschellen zuschnappen und zwickte dabei das Gelenk ihrer ohnehin verletzten Hand. Doch sie fühlte nichts. Er schob ihr die Schultern gegen die Wand, korrigierte ihre Haltung und legte ihr vorsichtig die Hände in den Schoß. Das war die gestellte Pose der Opfer. Er bereitete sie für ihr Todesfoto vor!

Mit einem längeren Stück Wäscheleine band er ihr die Füße zusammen und zog ihre Beine nach vorn, damit sie in sicherem Abstand zu den Händen waren. Dann ließ er drei Filmdosen in ihre Jackentasche gleiten. Somit hatte sie jetzt die Filme in der einen und das Tagebuch seiner Mutter in der anderen Tasche.

„Jede Minute taucht meine Unterstützung hier auf, Garrison", sagte sie und versuchte sich verzweifelt zu erinnern, ob sie irgendwem erzählt hatte, dass sie zu seinem Apartment wollte. Nein, sie hatte es niemandem gesagt. Nicht mal Gwen. Die alte Frau hatte als Einzige gewusst, dass sie hier war.

„Warum brauchen Sie Unterstützung?" Er war nicht mal besorgt, eher amüsiert von der Vorstellung. „Sie haben selbst gesagt, alle sind überzeugt, dass Everett der Mörder ist. Er und sein Komplize Brandon. Armer Junge. Seine Achillesferse ist, dass er nicht weiß, wie man Frauen vögelt."

Garrison war wieder am Tresen. Er sprach ohne jeden Anflug von Hektik oder Panik. Stattdessen legte er die Waffe beiseite und begann mit sorgfältigen Bewegungen das dreibeinige Stativ aufzubauen. „Es ist nicht das, was mir vorgeschwebt hat", erzählte er abwesend wie im Selbstgespräch. „Aber gibt es einen besseren Abgang als mit einem letzten großen Knall?"

Sie musste etwas unternehmen. Er stellte das Stativ wenige Schritte vor ihr auf, genau wie bei den anderen Opfern.

„Ja, Sie haben uns wirklich alle hereingelegt", bestätigte sie ihm und hoffte mit Schmeichelei seine Aufmerksamkeit abzulenken. Dabei schaute sie sich um. Ihre Waffe lag etwa drei Schritte entfernt. Zu weit weg. Mit den Händen vor dem Körper – nun ja, wenigstens mit einer brauchbaren Hand – könnte sie etwas greifen und es als Waffe benutzen. Sie blickte suchend umher. Eine Lampe zur Linken. Im Kleiderberg ein Gürtel mit Schnalle. Auf dem Couchtisch afrikanische Tonarbeiten.

Garrison legte eine neue Filmrolle in die Kamera. Maggie blieb nicht viel Zeit. Sie versuchte sich zu konzentrieren. Sie musste nachdenken und den pochenden Arm und das im Ärmel hinabrinnende Blut ignorieren. Die Kamera war geladen. Er begann sie auf dem Stativ zu befestigen, wickelte ein Kabel ab und stöpselte das Ende in den Apparat. Das war ein Auslösekabel, damit er das Foto aus einiger Entfernung machen konnte. Er musste nicht hinter der Kamera stehen und sie nicht mal berühren. Maggie war klar, dass er sie bis zur Bewusstlosigkeit würgen und dabei Bilder schießen konnte.

Sie schob sich mit dem Rücken näher zur Wand. Wie lange würde sie brauchen, die Knie anzuwinkeln und sich gegen die Wand gestemmt hochzuschieben? Das schaffte sie trotz der Fesseln. Aber wie lange würde es dauern?

Er prüfte den Blickwinkel und neigte die Plattform des Stativs ein wenig, um die Perspektive zu verbessern. Maggie versuchte sich von den rituellen Vorbereitungen und der kalkulierten Ruhe seiner knappen, zielgerichteten Bewegungen nicht nervös machen oder ängstigen zu lassen. Ihre Gedanken rasten, der Blick schweifte umher. Der verdammte Arm pochte so heftig wie ihr Herz. In den Ohren war ein ständiges Dröhnen, das sie beim Denken störte.

„Ich gehe sicher in die Geschichte ein“, murmelte Garrison, stellte die Sekunden ein, prüfte abschätzend und drehte die Kameralinse. Er stellte die Schärfe ein und veränderte sie wieder, überprüfte noch einmal alles und setzte die Vorbereitungen fort.

Maggie zog leise und langsam die Knie zum Kinn. Garrison war zu beschäftigt, es zu bemerken, drehte ihr manchmal den Rücken zu und nahm ihr den Blick auf die Kamera. Völlig in die Vorbereitungen versunken, wurde er rasch zum unsichtbaren Kameramann.

„Das hat noch keiner probiert. Ein Selbstporträt und die entfliehende Seele auf Film ... alles exakt im Timing“, fuhr er fort, und die Worte wurden zum aufmunternden Mantra. „Und der Winkel. Entscheidend sind Winkel und Timing. O ja, ich werde berühmt, das ist sicher. Das übertrifft meine kühnsten Erwartungen und die Träume meiner Mutter." Er war so in seine Sache vertieft, dass er sein Opfer vergaß oder es vielmehr zu einem weiteren bloßen Objekt degradierte – das hoffnungslos wartete, um Teil seiner bizarren Vorführung zu werden.

Doch Maggie wartete nicht nur. Sie zog die Füße heran, leise und so nah wie möglich. Noch ein bisschen mehr. Das war genug. Jetzt konnte sie die Wäscheleine greifen. Aber nicht den Knoten. Sie verlagerte das Gewicht, und Schmerz schoss ihr durch den Arm. Sie hielt inne und wäre fast in Tränen ausgebrochen. Verdammt!

Sie sah prüfend zu Garrison. Der wickelte auf dem Weg zum Tresen das Kabel ab und entwirrte es immer wieder. Großer Gott, er war beinah fertig. Sie versuchte wieder, den Knoten zu erreichen, streckte die Finger, und ihre Gelenke rieben gegen das Metall der Handschellen. Wenn sie die Füße freibekam, konnte sie sich vielleicht wehren, wenn er auf sie losging, um sie zu erdrosseln. Mit diesem pochenden Schmerz im Arm würde es schwierig sein, das Bewusstsein zu behalten. Sie durfte es nicht zu einer Ohnmacht kommen lassen, oder sie war verloren.

Er stand am Tresen, den Fernauslöser in der Hand. Maggie sah ihn mit der anderen Hand die Waffe aufnehmen und erstarrte geradezu. Er wollte gar nicht die Wäscheleine benutzen. Nahm er diesmal wirklich die Waffe?

Er drehte sich zu ihr um. Sie hatte die Knie bis zur Brust angezogen. Ihre Finger verharrten an der Leine. Dass er es sah, machte nichts mehr aus. Es war zu spät. Er war bereit.

Plötzlich war ihr Körper – und sogar ihr Verstand – gelähmt wie der rechter Arm.

Wortlos kam Garrison auf sie zu und zog das Kabel hinter sich her. Er stand genau vor ihr, weniger als einen halben Schritt entfernt, sah zurück auf die Kamera und überprüfte den Winkel. Er legte sich das Kabel in der Hand zurecht und nahm den kleinen Plastikballon zwischen Daumen und Zeigefinger, der mit einem raschen Druck die Kamera auslösen würde.

Er war so weit.

„Denken Sie dran", sagte er ihr, ohne den Blick von der Kameralinse zu nehmen. „Titelseite, exklusiv."

Bevor sie sich bewegen oder reagieren konnte, hielt Garrison sich den Lauf seiner Waffe an die rechte Schläfe. Beide Hände drückten und lösten Waffe und Kamera in morbidem Einklang aus.

Maggie schloss die Augen gegen den Sprühnebel aus Blut und Hirnmasse, der ihr ins Gesicht und gegen die Wand spritzte. Das Klicken der Linse ging im Explosionsknall der Waffe unter. Der Geruch des Mündungsqualms erfüllte den Raum.

Als sie die Augen öffnete, sah sie Garrisons Körper gerade noch vor sich zu Boden fallen, die Augen offen, der Blick bereits leer.

Unwillkürlich dachte sie, dass Ben Garrisons Seele schon lange vor seinem Tod entflohen war.

EPILOG

Montag, 2. Dezember,
Washington, D.C.

Maggie saß wartend vor dem Konferenzraum des Polizeichefs und lehnte den Kopf an die Wand. Ihr Nacken schmerzte, sogar mehr als der Arm, den sie in einer Schlinge trug. Tully saß ruhig neben ihr und starrte auf die Tür, als wolle er sie mit dem Blick öffnen, und beachtete die Zeitung nicht, die er auf dem Schoß ausgebreitet hatte. Die Schlagzeile der *Washington Times* berichtete von neuer, verbesserter Flughafensicherheit. Irgendwo im unteren Teil war ein kleiner Artikel über den Selbstmord eines Fotojournalisten.

Tully sah, dass Maggie auf die Zeitung schielte. „Der *Cleveland Plain Dealer* brachte den Selbstmord auch nur in einer kleinen Mitteilung", erklärte er, als lese er ihre Gedanken. „Wäre vielleicht eine Topstory geworden, wenn es Fotos dazu gegeben hätte."

„Ja." Maggie nickte. „Ein Jammer, dass es keine Fotos gab."

Er schenkte ihr einen seiner skeptischen Blicke mit gefurchter Stirn und hochgezogenen Brauen. „Aber es gab Fotos."

„Leider wurden sie als Beweismittel eingestuft. Wir können schließlich keine Fotos veröffentlichen, die Beweismittel sind, oder? Sie ermahnen mich doch ständig, mich an die Regeln zu halten."

Daraufhin lächelte er. „Diese Beweismittel sind also an einem sicheren Ort verwahrt?"

Sie nickte nur, lehnte sich zurück und richtete ihre

Schlinge. Das war ihre persönliche Version geübter Gerechtigkeit. Ben Garrisons entsetzliche Bilder sollten ihm nicht den Ruhm verschaffen, nach dem er gegiert hatte. Ein Ruhm, von dem er so besessen gewesen war, dass er sich selbst zum entsetzlichen Bild gemacht hatte.

„Haben Sie von Emma gehört?“ fragte Maggie in dem durchsichtigen Versuch, Tully von den Beweisfotos und den Filmrollen abzulenken, die sicher in ihrem Aktenschrank in Quantico lagerten.

„Sie bleibt noch eine Woche bei ihrer Mom“, erwiderte er, ging bereitwillig auf das Thema ein und legte die Zeitung auf den Tisch neben sich, auf einen Stapel alter *Newsweek*. „Sie hat Alice eingeladen, bei ihnen zu wohnen. Sie wollte auch Justin Pratt einladen.“

„Wirklich? Und was sagte Caroline dazu?“

„Ich glaube kaum, dass es Caroline etwas ausgemacht hätte. Das Haus ist riesig. Aber ich habe mein Veto eingelegt. Jungen sind nicht erlaubt.“ Er lächelte, als sei er froh über sein Mitspracherecht. „Allerdings war mein Einwand überflüssig. Sobald Justin von Eric hörte, wollte er nach Boston.“

„Dann gibt es ja doch ein paar Happy Ends in dieser Geschichte.“

Während sie das sagte, sah Maggie ihre Mutter den Flur entlangkommen. In ihrem konservativen braunen Kostüm und den hochhackigen Pumps zog sie ein paar Blicke von Polizisten auf sich. Kathleen sah gut und selbstsicher aus, ganz und gar nicht wie eine verlorene Seele. Und doch spürte Maggie, wie sich ihre Muskeln anspannten und der Magen sich zusammenziehen wollte.

„Hallo, Mrs. O'Dell“, grüßte Tully und stand auf. Er bot

ihr seinen Stuhl an. Sie setzte sich mit einem kurzen Nicken zu Maggie und einem Danke an ihn.

„Ich hole mir einen Kaffee", sagte Tully. „Kann ich jemandem eine Tasse mitbringen?"

„Ja, bitte", erwiderte Kathleen lächelnd. „Mit Sahne.

Er wartete. „Maggie? Wie wär's mit einer Diät-Cola?"

Sie blickte auf und schüttelte den Kopf, dankte ihm aber mit einem Blick in die Augen für die Geste. Er nickte nur und ging den Flur hinunter.

„Ich weiß nicht genau, warum du hier bist", sagte Maggie, den Blick genau wie ihre Mutter geradeaus gerichtet.

„Ich bin gekommen, um ein gutes Wort für Racine einzulegen." Als fiele ihr plötzlich etwas ein, öffnete Kathleen ihre Tasche und nahm einen Umschlag heraus. Unschlüssig schlug sie ihn sich gegen eine Hand und stellte die Tasche auf den Boden. Sie schlug ihn erneut gegen die Hand und übergab ihn Maggie, ohne sie anzusehen.

„Was ist das?"

„Etwas für den Moment, wenn du bereit dazu bist", erklärte Kathleen so leise und sanft, dass Maggie sie verwundert ansah. „Er enthält seinen Namen, seine Anschrift und die Telefonnummer."

Maggie wurde es noch unbehaglicher zu Mute. Sie wandte den Blick ab und legte sich den Umschlag auf den Schoß. Dabei konnte sie es kaum erwarten, ihn zu öffnen. „Wie heißt er?" fragte sie.

„Patrick." Ihre Mutter musste lächeln. „Nach Thomas' Bruder. Ich glaube, deinem Vater hätte das gefallen."

Die Tür ging auf, und beide Frauen erschraken. Chief Henderson hielt Julia Racine, die sichtlich überrascht auf die Anwesenheit der beiden Frauen reagierte, die Tür auf. Heute trug Detective Racine einen gut gebügelten marineblauen Anzug und Pumps. Die blonden Haare waren mit Gel gebändigt und gestylt. Sie hatte sogar Lippenstift aufgelegt.

„Agentin O'Dell, Mrs. O'Dell", grüßte sie höflich, bemüht, sich ihre Verblüffung nicht anmerken zu lassen.

Maggie dachte unwillkürlich, dass Racine sich wohler gefühlt hätte, wenn sie fragen dürfte, was zum Henker, sie beide hier machten.

Racines Benehmen war jedoch tadellos heute Morgen. Was anzuraten war, da Henderson solche disziplinarischen Anhörungen nicht auf die leichte Schulter nahm.

„Agentin O'Dell, ich würde gern zuerst Sie hören", sagte Henderson und hielt ihr wartend die Tür auf.

Maggie merkte, dass Racine sie beobachtete, offenbar unsicher, welche Seite sie einnahm. Maggie blieb vor ihr stehen, sah ihr in die Augen und fragte: „Macht es Ihnen etwas aus, meine Mom ein wenig abzulenken – nur noch ein Mal?"

Sie wartete auf Racines Lächeln, dann ging sie an Chief Henderson vorbei in den Konferenzraum.

– ENDE –

Alex Kava

Das Böse

Alex Kava präsentiert in ihrem Debüt-Roman ein atemberaubend spannendes Szenario um rituelle Kindermorde und die dunkelsten Seiten der menschlichen Psyche!

Band-Nr. 25001
7,95 € (D)
ISBN 3-89941-001-7

Alex Kava

Das Grauen

Der zweite Thriller von Alex Kava: Zwischen der Spezialagentin Maggie O'Dell und dem geflohenen Serienkiller Albert Stucky kommt es zu einem Psychokampf auf Leben und Tod ...

Band-Nr. 25024
7,95 € (D)
ISBN 3-89941-032-7

Jennifer Blake

Der Benedict-Clan

„Auf immer und ewig“

Jennifer Blakes Roman entführt Sie ins heiße Louisiana, Schauplatz der leidenschaftlichen Liebe von Regina und ihrem Widersacher Kane Benedict …

Band-Nr. 25026
7,95 € (D)
ISBN 3-89941-034-3

Jennifer Blake

Der Benedict-Clan

„Der Mitternachtsmann“

Erfolgreiche Autorin wird bedroht, verfolgt und von ihrem Ex-Geliebten Luke in den Sümpfen Louisianas gerettet.

Band-Nr. 25037
7,95 € (D)
ISBN 3-89941-048-3

Jennifer Blake

Der Benedict-Clan

„Die Millionenerbin“

Turn-Coupe, Louisiana: Als Sheriff Roan Benedict auf eine vermeintlich Kriminelle schießt, ahnt er nicht, dass sie in Wirklichkeit eine entführte Millionenerbin ist …

Band-Nr. 25054
7,95 € (D)
ISBN 3-89941-069-6

Penny Jordan

Von Liebe, Ehre und Betrug

Der Moment der Wahrheit ist gekommen: Claudia und ihr Ex-Mann Garth müssen Tara sagen, dass sie adoptiert wurde, dass sie all die Jahre eine Lüge gelebt haben …

Band-Nr. 25055
7,95 € (D)
ISBN 3-89941-070-X